【許蘭雪軒全集】❸

【허난설헌전집】 ❸

허경진 · 구지현 옮김

평민사

목차

1. 종성(鍾惺) 명원시귀(名媛詩歸) 1625년 무렵 · 7
2. 조세걸(趙世杰) 고금여사(古今女史) 1628년 · 103
3. 전겸익(錢謙益) 열조시집(列朝詩集) 1652년 · 195
4. 남용익(南龍翼) 기아(箕雅) 1688년 · 239
5. 주이준(朱彝尊) 명시종(明詩綜) 1705년 · 271
6. 일본판(日本版) 난설헌시집(蘭雪軒詩集) 上·下 1711년 · 293
7. 송상기(宋相琦) 신찬 동문선(東文選) 1713년 · 433
8. 민백순(閔百順) 대동시선(大東詩選) 1770년 · 455
9. 최성환(崔瑆煥) 성령집(性靈集) 1858년 · 487

〈부록〉
부록1. 남편과 시댁 · 511
부록2. 난설헌 시에 차운하여 지은 시 · 540

명원시귀(名媛詩歸) 1625년

종성(鍾惺)

해제

『명원시귀(名媛詩歸)』는 명말청초 대의 경릉파(竟陵派) 문인 종성(鍾惺, 1574-1625)이 여성의 작품을 대상으로 1623년에서 1625년 사이에 편찬한 36권 분량의 평선집(評選集)이다. 상고시대부터 명나라 당대에 이르기까지 348명의 여성 작가의 작품 1,577수가 비평과 함께 수록되어 있다. 고일(古逸)·한(漢)·위(魏)·진(晉)부터 수(隋)·당(唐)·송(宋)·원(元)을 거쳐 명(明)나라까지 왕조별, 연대순으로 분류하였다.

종성(鍾惺)은 자가 백경(伯敬), 호가 퇴곡(退谷)으로, 호북성 경릉(竟陵) 출신이다. 다른 시선집들이 시의 형식에 따라 작품을 분류한 것과 달리 시인에 따라 작품을 분류하였으며, 각권이 시작할 때마다 "경릉(竟陵) 종성(鍾惺) 백경(伯敬) 점차(點次)"라고 밝혀서, 평점을 매겨 편찬한 인물이 자신이라는 사실을 강조하였다. 각 시에 대해서는 시어의 오른쪽에 권점(圈點)을 붙여 잘된 곳을 표시하였으며, 시어나 시구, 시의 앞이나 뒤에 평어를 붙이기도 하였다. 경릉파의 시론은 '진시(眞詩)'와 '학고(學古)'를 강조하였으므로, 역대 여성 시인들의 시를 뽑고 평하는 기준도 역시 '진시(眞詩)'와 '학고(學古)'였다. '명원시귀(名媛詩歸)'라는 제목에서 '시귀(詩歸)'는 내가 뽑은 시를 본 사람이 옛사람에게 돌아가기를 원한다[庶幾見吾所選者, 以古人爲歸也.]는 뜻이다.

가장 많은 작품이 수록된 시인은 송나라의 주숙진(朱淑眞) 174수, 당나라의 설도(薛濤) 84수, 조선의 허경번(許景樊) 68수 순으로, 난설헌은 역대 중국 여성 시인을 통틀어 3위에 선정되었다. 권29는 허난설헌의 시 44제(題) 68수만으로 한 권을 편집하였으니, 종성(鍾惺)이 난설헌의 비중을 크게 인정하였음을 알 수 있다. 허균이 1608년에 편집한 목판본 『난설헌시(蘭雪軒詩)』가 아니라, 명나라에서 간행되었던 오명제(吳明濟)의 『조선시선(朝鮮詩選)』, 남방위(藍芳威)의 『조선시선전집(朝鮮詩選全集)』, 반지항(潘之恒)의 『취사원창(聚沙元倡)』 등에서 취사선택하였기에 이전의 잘못이 그대로 답습되기는 하였지만, 나름대로 고심한 흔적도 보인다. 원본 상태가 분명치 않은 곳이 많지만, 종성(鍾惺)의 평어는 가능한 한 입력하여 번역하였다.

번역 및 원문

○ 명원시귀(名媛詩歸) 권29 목록
  명(明) 5
    허경번(許景樊)
      망선요(望仙謠)
      유소사(有所思)
      고별리(古別離)
      중씨 봉께[寄仲氏筇]
      흥을 달래다[遣懷]
      소년행(少年行)
      산람(山嵐)
      농조곡(弄潮曲)
      봄노래[春歌]

여름노래[夏歌]

가을노래[秋歌]

겨울노래[冬歌]

상현요(湘絃謠)

동선요(洞仙謠)

이의산체를 본받아[效李義山體] 2수

심아지 체를 본받아[效沈亞之體]

여자 친구에게 부치다[寄女伴]

출새곡(出塞曲)

중국에 가는 백형 봉(篈)을 송별하면서[送伯兄篈朝天]

황제가 일이 있어 천단에 제사를 지내다[皇帝有事天壇]

보허사(步虛詞)

중형 균의 견성암 시에 차운하다[次仲兄筠見星庵韻]

백형(伯兄)의 고원 망고대 시에 차운하다[次伯兄高原望高臺韻]

중형 균의 고원 망고대 시에 차운하다[次仲兄筠高原望高臺韻]

백형 봉의 망고대 시에 차운하다[望高臺次伯兄篈韻]

도 닦으러 가는 궁녀를 배웅하다[送宮人入道]

중씨 봉의 시에 차운하다[次仲氏篈]

견성암의 여관에게 지어 주다[贈見星菴女冠]

자수궁에서 자며 여관에게 지어주다[宿慈壽宮贈女冠]

손학사의 북당(北堂) 시에 차운하다[次孫內翰北堂韻]

상봉행(相逢行)

잡시(雜詩) 3수

최국보(崔國輔)를 본받아 짓다[效崔國輔]

빈녀음(貧女吟)
보허사(步虛詞)
궁사(宮詞) 6수
새하곡(塞下曲)
양류지사(楊柳枝詞)
죽지사(竹枝詞) 2수
규정(閨情)
영월루(映月樓)
추한(秋恨)
누각에 오르다[登樓]
유선사(遊仙詞) 16수

○ **허경번(許景樊)**

자는 난설(蘭雪)이니, 조선인(朝鮮人)이다. 8세에 「광한전옥루상량문(廣寒殿玉樓上樑文)」을 짓고, 자라서 진사(進士) 김성립(金成立)에게 시집갔다. 후에 김(金)이 국난(國難)에 순절하자, 허(許)는 후에 여도사(女道士)가 되었다. 그의 형 허균(許筠)은 장원이고, 작은형 허봉(許篈)은 정랑(正郞)이니, 경번의 재주와 명성이 형들과 나란히 저명하였다. 금릉(金陵) 주태사(朱太史) 난우(蘭嵎)[1]가 조선에 사신으로 나왔다가 그의 문집을 얻어서 판각하여 세상에 전해졌다.

---

1) 명나라 문인이자 서화가인 주지번(朱之蕃, 1548-1626)의 호이고, 자는 원평(元平)이다. 1606년에 조선에 사신으로 나왔다가 원접사(遠接使) 유근(柳根)의 종사관이었던 허균(許筠)과 만나 문학적인 교류가 이루어, 『蘭雪軒詩』와 『양천허씨세고(陽川許氏世稿)』에 서문을 썼다.

○ 許景樊

 字蘭雪, 朝鮮人. 八歲作廣寒殿玉樓上樑文, 長適進士金成立後金殉國難, 許後爲女道士, 其兄許筠狀元, 次許䇹正郎, 樊之才名, 與兄並著, 金陵朱太史蘭嵎出使朝, 得其集, 刻以行世.

망선요(望仙謠)

王喬呼我遊、 왕교가 나를 불러 놀자고 하여
期我崑崙墟。 곤륜산서 만나기로 약속하였네.
朝登玄圃峰、 아침 나절 현포 봉우리에 올라
遙望紫雲車。 저 멀리 자색 구름 수레를 보네.
紫雲何煌煌、 자색 구름 어쩜 그리 빛이 나는가
玉蒲正渺茫。 현포로 가는 길은 아득만 하네.
倏忽凌天漢、 어느 사이 은하수를 날아 넘어서
翻飛向扶桑。 해 뜨는 곳 부상 향해 날아가누나.
扶桑幾千里、 부상은 몇천 리나 먼 곳이런가
風波阻且長。 풍파가 길을 막아 멀기만 하네.
我欲舍此去、 이 길 말고 다른 길 가고 싶지만
佳期安可忘。 이처럼 좋은 기회 어찌 놓치랴.
君心知何許、 그대 맘이 어딨는 줄 알고 있기에
賤妾徒悲傷。 소첩 맘은 슬프기만 할 뿐이라오.

○ 望仙謠[2]

王喬呼我遊、期我崑崙墟。朝登玄圃峰、遙望紫雲車。紫雲何煌煌、玉蒲正渺茫。倏忽凌天漢、翻飛向扶桑。扶桑幾千里、

---

[2] 허균이 1608년 간행한 목판본 『蘭雪軒詩』에는 이 시가 없다.

風波阻且長。我欲舍此去、佳期安可忘。君心知何許、賤妾徒悲傷。

유소사(有所思)

朝亦有所思。 아침에도 임 생각
暮亦有所思。 저녁에도 임 생각3)
所思在何處、 그리운 임은 어디에 계신지
萬里路無涯。 만리 길이라 끝이 없구나.
風波苦難越、 풍파에 건너기 어렵고
雲雁杳何期。 구름길 아득하니 어찌 기약하랴.
素書不可託、 편지4)도 부칠 수 없으니
中情亂若絲。 속마음 헝클어진 실과 같구나.

　허공과 소리가 상응하여, 소리가 끝났는데도 앉아서 그리워하게 하고, 근심스러운 마음을 그려냈다.

○ 有所思5)

---

3) 제1구와 제2구는 당나라 시인 유운(劉雲)의 「유소사(有所思)」에서 차용하였다.
4) 원문의 '소서(素書)'는 흰 명주에 쓴 편지이다. 진(晉)나라 육기(陸機)의 「음마장성굴행(飮馬長城窟行)」에, "나그네가 먼 곳에서 와서, 내게 한 쌍의 잉어를 주었지. 아이 불러 잉어를 삶게 했더니, 뱃속에 편지가 들어 있었네.[客從遠方來, 遺我雙鯉魚. 呼童烹鯉魚. 中有尺素書.]" 하였다. 『고문진보(古文眞寶) 전집(前集)』
5) 1608년 목판본 『蘭雪軒詩』에는 이 시가 없다. 1727년에 간행된 이정(李婷, 1454-1488)의 『풍월정집(風月亭集)』에 같은 제목으로 비슷한 시가 실려 있는데, 제4구의 '萬'이 '千'으로 되어 있고, 제5구부터는 글자가 많이 다르다. "風潮望難越, 雲鴈託無期. 欲寄音情久, 中心亂如絲."

朝亦有所思。暮亦有所思。所思在何處、萬里路無涯。風波苦
難越、雲鴈杳何期。素書不可託、中情亂若絲。空聲相感　聲落
坐思　草草寫情

고별리(古別離)

轔轔雙車輪、삐걱삐걱 두 개의 수레바퀴
一日千萬轉。하루에도 천만번 돌아가누나.
　옛 뜻을 불러 일으킨다.
同心不同車、마음은 같건만 수레 같이 타지 못해
別離時屢變。헤어지고 여러 세월 변하였네.
車輪尙有迹、수레바퀴 자국이 아직 남아 있건만
相思獨不見。그리운 님은 홀로 보이지 않네.
　굴러가면서 다시 아득해지니 끝이 없다.

○ 古別離[6]
轔轔雙車輪、一日千萬轉。起得古意　同心不同車、別離時屢
變。屢變軟語 ○○○○ 車輪尙有迹、相思獨不見。轉復深渺無
端

중씨 봉께

暗窓銀燭低、어두운 창가에 촛불 나직이 흔들리고
　'低'라는 한 글자에 움직임이 펼쳐진다.
流螢度高閣。반딧불은 높은 지붕을 날아서 넘네요.

---

[6] 1608년 목판본 『蘭雪軒詩』에는 이 시가 없다. 최경창(崔慶昌)의
『고죽유고(孤竹遺稿)』에 실린 「고의(古意)」 제1수와 같은데, 제6구
의 '獨'이 '人'으로 되어 있다.

悄悄深夜寒、 깊은 밤 시름겨워 더욱 쌀쌀한데
蕭蕭秋葉落。 나뭇잎은 우수수 떨어져 흩날리네요.
關河音信稀、 산과 물이 가로막혀 소식도 뜸하니
沈憂不可釋。 그지없는 이 시름을 풀 길이 없네요.
遙想靑蓮宮、 청련궁7) 오라버니를 멀리서 그리노라니
山空蘿月白。 산속엔 담쟁이 사이로 달빛만 밝네요.

○ 寄仲氏舒8)

暗窓銀燭低、展動在一低字　流螢度高閣。悄悄深夜寒、蕭蕭秋葉落。關河音信稀、沈憂不可釋。遙想靑蓮宮、山空蘿月白。

흥을 달래다

僊人乘彩鳳、 신선께서 알록달록 봉황새를 타고
夜下朝元宮。 한밤중 조원궁9)에 내려오셨네.
絳幡拂海雲、 붉은 깃발은 바다 구름에 흩날리고
霓裳舞春風。 무지개 치마로 봄바람에 춤추네.
邀我瑤池岑、 요지10) 봉우리에서 나를 맞으며

---

7) 허봉이 즐겨 읽던 시인 이백의 호가 청련거사였으므로, 시인 허봉이 귀양간 곳을 청련궁이라고 하였다. 사찰이나 승사(僧舍)를 가리키기도 한다.
8) 1608년 목판본 『蘭雪軒詩』에 「寄荷谷」이라는 제목으로 실린 시인데, 제목이 바뀌어 있다.
9) 당나라 때에 노자(老子)를 제사하던 도관(道觀) 조원각(朝元閣)인데, 강성각(降聖閣)이라고도 했다. 이 시에서는 신선이 사는 궁전을 가리킨다.
10) 선녀 서왕모(西王母)가 거주하는 곤륜산(崑崙山)의 선경이다. 『열자(列子) 주목왕(周穆王)』에 "(목왕이) 마침내 서왕모의 빈객이 되어 요지 가에서 연회를 가졌다.[遂賓于西王母, 觴于瑤池之上.]"라고

飮我流霞鍾。 유하주11) 한 잔을 권하시더니,
借我綠玉杖、 푸른 옥지팡이를 빌려주시며
登我芙蓉峯。 나에게 부용봉에 오르게 하시네.
　4구에 한 기운이 있어 한 마디를 더하지 않아도 노련하고 고요하니, 문득 장법(章法)이 있다.

○ 遣興12)
仙人乘彩鳳、夜下朝元宮。絳幡拂海雲、霓裳舞春風。邀我瑤池岑、飮我流霞鍾。借我綠玉杖、登我芙蓉峯。四句一氣在　不添一語　老而靜　便有章法

소년행(少年行)

少年重然諾、 젊은이는 신의를 소중히 여겨
結交游俠人。 의협스런 사내들과 사귀어 노네.
腰間白轆轤、 허리에는 흰 녹로검13)을 차고
銀袍雙麒麟。 은빛 도포에는 쌍기린을 수놓았네.
朝辭明光宮、 조회를 마치자 명광궁14)에서 나와

하였다.
11) 하늘나라 신선들이 마신다는 술인데, 주림과 목마름을 잊는다고 한다. 종(鍾)은 술잔이나 술병이다. 두보(杜甫)의 「종무생일(宗武生日)」에 "유하주를 조각조각 나누어서, 방울방울 천천히 기울이노라.[流霞分片片, 涓滴就徐傾.]" 하였다.
12) 1608년 목판본 『蘭雪軒詩』에 「遣興」 8수를 편집하였는데, 그 가운데 제6수이다.
13) 칼자루에 녹로, 즉 차륜(車輪) 형태의 옥 장식을 붙인 검을 말한다. 당나라 상건(常建)의 「장공자행(張公子行)」에 "협객이 흰 구름 속에 있는데, 허리춤엔 녹로검을 차고 있구나.[俠客白雲中, 腰間懸轆轤.]" 하였다.

馳馬長樂坂。 장락궁15) 언덕길로 말을 달리네.
沽得渭城酒、 위성의 좋은 술 사 가지고서
花間日將晚。 꽃 속에서 노닐다 해가 저무네.
金鞭宿倡家、 황금 채찍으로 기생집에서 자며
行樂爭流連。 놀기에 정신 팔려 나날 지새네.
誰憐楊子雲、 그 누가 양웅을 가련타 하랴
閉門草太玄。 문 닫고 들어앉아 「태현경」이나 짓고 있으니.

○ 少年行

少年重然諾、結交游俠人。腰間白轆轤、銀袍雙麒麟。朝辭明光宮、馳馬長樂坂。沽得渭城酒、花間日將晚。金鞭宿倡家、行樂爭流連。誰憐楊子雲、閉門草太玄。

산람(山嵐)

暮雨侵江曉初闢。 저녁 비가 강에 내렸다가 새벽에야 개자
朝日染成嵐氣碧。 아침 햇살이 물을 들여 이내가 푸르구나.
經雲緯霧錦陸離、 구름과 안개로 얽으니 비단처럼 눈부신데
織罷瀟湘秋水色。 다 짜고 나니 소상강의 가을 물빛 같구나.
隨風宛轉學佳人、 바람 따라 생긴 풍경이 미인을 닮아

---

14) 한나라 무제(武帝)가 기원전 101년에 지은 대궐 이름이다. 미앙궁(未央宮) 서편에 있었는데, 주렴을 금과 옥, 진주 등으로 만들어 쳐서 밤낮없이 빛나고 밝기 때문에 붙여진 이름이다. 후대에는 대궐을 뜻하는 말로 쓰이었다.
15) 한나라 고조(高祖)가 장락궁과 미앙궁(未央宮)을 지었다. "장락미앙(長樂未央)"은 "즐거움이 끝없다"는 뜻이다. 혜제(惠帝) 이후로는 장락궁에다 태후를 모시고, 궁녀들을 머물게 했다. 이 시에선 화려한 기생집을 뜻한다.

畫出雙蛾半成蹙。 어여쁜 한 쌍 눈썹을 반쯤 찡그린 듯하네.
俄然散作雨霏霏、 갑자기 흩어져 비 되어 부슬부슬 내리니
青山忽起如新沐。 홀연히 솟은 청산이 막 머리 감은 듯해라.
　이 구절을 접하니 위와 절연된 것 같아, 문득 단락의 묘미를 느끼겠다.

○ 山嵐16)
暮雨侵江曉初闢。朝日染成嵐氣碧。經雲緯霧錦陸離、織罷瀟湘秋水色。隨風宛轉學佳人、畫出雙蛾半成蹙。俄然散作雨霏霏、青山忽起如新沐。接句似與上截然 便覺段落之妙

농조곡(弄潮曲)

妾身嫁與弄潮兒。 내가 뱃사람17)에게 시집가서
妾夢依依江水湄。 아련한 강가에서 꿈을 꾸었지요.
南風北風吹五兩、 남풍과 북풍을 오량18)으로 점치고
上船下船齊盪槳。 배에 오르고 내리며 같이 노를 저었어요.
桃花高浪接烟空。 복사꽃 높은 물결이 하늘에 닿고
杳杳歸帆夕照中。 아득히 저녁노을 속으로 배가 돌아왔지요.
　정을 머금고 기다리는데, 바라보는 가운데 그리운 마음을 견딜 수 없는 것 같다.

---

16) 1608년 목판본 『蘭雪軒詩』에는 없는 시이다.
17) 원문의 '농조아(弄潮兒)'는 조수의 성격을 잘 알아서 이를 이용하여 배를 타는 사람을 말한다. 여기서는 조류를 타고 일정한 시간에 오는 뱃사공을 지칭한 것으로 보인다.
18) 곽박(郭璞)의 「강부(江賦)」에 "5냥으로 동정을 점친다.[占五兩之動靜]"이라 했는데, 그 주에 "닭깃으로 만들되 무게가 닷 냥이 되게 해서 돛대 끝에 달고 바람을 기다린다." 하였다.

愼勿沙頭候風色。 백사장에 가서 바람 기색을 살피지 마세요
佳期不來愁殺儂。 좋은 기약 오지 않아 시름겨워 죽겠어요.
○ **弄潮曲**19)
妾身嫁與弄潮兒。妾夢依依江水湄。南風北風吹五兩、上船下
船齊盪槳。桃花高浪接烟空。杳杳歸帆夕照中。含情○待　望中
如不勝情　愼勿沙頭候風色。佳期不來愁殺儂。

봄노래

院落深深杏花雨。 그윽히 깊은 뜨락에 비가 내리고20)
鶯聲啼遍辛夷塢。 목련 핀 언덕에선 꾀꼬리가 우네.
流蘇羅幙尙輕寒、 수실 늘어진 비단 휘장은 아직 조금 추운데
博山輕飄香一縷。 박산향로에선 한 줄기 향연기가 하늘거리네.
鸞鏡曉梳春雲長。 거울 앞에서 빗질하니 봄 구름이 길고
玉釵寶髻蟠鴛鴦。 옥비녀에 트레머리 원앙이 수 놓였네.
斜捲重簾帖翡翠、 겹발을 걷고서 비취이불도 개어 놓고
金勒雕鞍歡何處。 금굴레에 아름다운 안장 님은 어디 가셨나
誰家池閣咽笙歌、 누구네 집 못가에서 생황 소리 울리는지
月照淸尊金叵羅。 맑은 술 금 술잔에 달빛이 비치는구나.
愁人獨夜不成寐、 시름겨운 사람 홀로 한밤에 잠을 못 이루니
鮫綃曉起看紅淚。 새벽에 일어나면 깁21) 수건에 눈물 자국

---

19) 허균이 1605년 황해도 수안군에서 편집 간행한 『하곡선생시초
(荷谷先生詩鈔)』에는 「탕장사(盪槳詞)」라는 제목으로 실려 있다. 오
명제가 혼동한 듯하다.
20) 청명절 뒤에 살구꽃이 피는데, 반드시 비가 내린다. 이때 내리
는 비를 행화우(杏花雨)라고 한다.
21) 원문의 '교초(鮫綃)'는 몸의 반이 물고기를 닮았고 반은 사람을

보이리.
○ **春歌**22)
院落深深杏花雨。鶯聲啼遍辛夷塢。流蘇羅幙尚輕寒、博山輕飄香一縷。鸞鏡曉梳春雲長。玉釵寶髻蟠鴛鴦。斜捲重簾帖翡翠、金勒雕鞍歎何處。誰家池閣咽笙歌、月照淸尊金叵羅。愁人獨夜不成寐、鮫綃曉起看紅淚。

여름노래

槐陰滿地花陰薄。 느티나무 그늘 땅에 덮여 꽃 그림자 엷은데
玉殿銀牀閉朱閣。 옥전 은 침상의 붉은 누각은 닫혀 있네.
白苧新裁染汗香、 흰 모시옷 새로 지어 맑은 향기 물들이자
輕風洒洒搖羅幙。 미풍이 솔솔 불어 비단 휘장을 흔드네.
瑤堦飛盡石榴花。 계단의 석류꽃은 다 흩날리고
日輾晶簾影欲斜。 햇살이 수정 주렴으로 옮겨가서 그림자도 비꼈네.
雕梁晝永午眠重、 대들보에 낮이 길어 낮잠을 실컷 자다가
錦茵扣落釵頭鳳。 비단방석에 봉황비녀를 떨어뜨리니,
額上鵝黃膩睡痕、 이마 위에 잠잔 자국이 끈적이고

닮은 인어(人魚) 교인(鮫人)이 짠 오색의 비단실이다. 『술이기(述異記)』에 "남해(南海)에 교초사(鮫綃紗)가 나오는데, 인어가 물속에서 짠 것으로 일명 용사(龍紗)라고도 하며 그 값어치는 백여 금(金)이다. 그것으로 옷을 만들어 입고 물에 들어가면 물에 젖지 않는다."라고 하였다.

22) 1608년 목판본 『蘭雪軒詩』를 비롯한 모든 시집에 「사시사(四時詞)」 또는 「사시가」 4수로 편집되었는데, 이 시집에서는 4수를 각각 독립된 시편으로 편집하였다.

鶯聲啼起江南夢。 꾀꼬리 소리가 강남 꿈을 깨워 일으키네.
南塘女兒木蘭舟。 남쪽 연못의 여아들은 목란배를 타고
採蓮何處歸渡頭。 어디에선가 연을 따서 나룻터로 돌아오네.
輕橈漫唱橫塘曲、 천천히 노를 저으며 「횡당곡」을 부르자
波外夕陽山更綠。 물결 너머 석양빛에 산이 더욱 푸르구나.

○ 夏歌

槐陰滿地花陰薄。玉殿銀牀閉朱閣。白苧新裁染汗香、輕風洒洒搖羅幙。瑤堦飛盡石榴花、日轉晶簾影欲斜。雕梁畵永午眠重、錦茵扣落釵頭鳳。額上鵝黃膩曉粧23)、鶯聲啼起江南夢。南塘女兒木蘭舟。採蓮何處歸渡頭。輕橈漫唱橫塘曲。波外夕陽山更綠。

가을노래

紗廚爽氣殘宵逈。 비단 장막24)으로 추위가 스며들고 아직도 밤이 긴데
露滴虛庭玉屛冷。 텅 빈 뜰에 이슬 내려 구슬 병풍 차가워라.
池蓮粉落夜有聲、 못의 연꽃 지는 소리 밤이라서 들리는데
井梧葉下秋無影。 우물가 오동잎 져서 가을 그림자가 없네.
金壺漏徹生西風。 물시계 소리만 똑똑 하늬바람에 들려오고
珠簾喞喞鳴寒蟲。 발 밖에선 찌륵찌륵 가을벌레 울어대네.

---

23) 원문의 '粆'는 유밀과 이름이어서 뜻이 통하지 않아, 1608년 목판본 『蘭雪軒詩』에 보이는 '장(粧)'으로 고쳐 번역하였다.
24) "부엌 주(廚)"자로 되어 있는데, 뜻이 통하지 않는다. 한치윤(韓致奫)의 『해동역사(海東繹史)』 권49 「예문지(藝文志) 8 본국시(本國詩) 3」에 실린 난설헌의 「사시사(四時詞)」를 참조하여 "장막 주(幮)"자로 고쳐 번역하였다.

金刀剪取機上素、 베틀에 감긴 무명을 가위로 잘라낸 뒤에
函關夢斷羅帷空。 함곡관25) 꿈 깨니 비단 장막 쓸쓸하구나.
縫作衣裳寄遠客。 옷 지어내어 변방 길손 편에 부치려니
蘭燈熒熒明暗壁。 등잔불만 어둔 벽을 밝혀 주는구나.
含啼自草別離難、 울음 삼키며 이별 어려움을 편지에 써서
驛使明朝發南陌。 날 밝으면 남으로 가는 역인에게 부치려네.

○ 秋歌

紗廚26)爽氣殘宵迥。露滴虛庭玉屛冷。池蓮粉落夜有聲、井梧葉下秋無影。金壺漏徹生西風。珠簾啁啁鳴寒蛩。金刀剪取機上素、函關夢斷羅帷空。縫作衣裳寄遠客。蘭燈縈縈27)明暗壁。含啼自草別離難、驛使明朝發南陌。

겨울노래

銅壺一夜聞寒枕。 한밤이라 동호28) 소리 찬 침상에 들리는데

---

25) 원문의 '함관(函關)'은 함곡관(函谷關)의 준말인데, 전국(戰國) 시대 진(秦)나라가 설치한 동쪽 관문이다. 현재의 하남성(河南省) 영보현(靈寶縣) 서남쪽에 있었는데, 천연적으로 견고하고 험준하여 함곡관을 닫으면 외적이 침범하지 못한다고 한다.
26) 앞의 각주 24번 참고.
27) 원문의 '縈縈'은 문맥에 맞지 않는다. 글자 모양으로만 보면 『열조시집(列朝詩集)』에 실린 「秋歌」의 '熒熒'으로 쓰는 것이 맞아, 그에 따라 번역한다.
28) 동호(銅壺)는 구리로 병을 만든 물시계이다. 구리병에 물을 채운 다음 아래 구멍을 열어 놓으면 양쪽 병으로 물이 떨어지는데, 오른쪽 병은 밤에 해당하고 왼쪽 병은 낮에 해당한다. 규룡이 동호에서 떨어진 물의 양에 따라 화살을 뱉어 시각을 알린다. 『초학기(初學記)』 「누각(漏刻)」

紗牕月冷鴛鴦錦。 깁창으로 달빛 차갑게 원앙금침을 비추네.
烏鴉驚飛轆轤長。 까막까치 녹로29) 도는 소리에 놀라 날고
樓前倏忽生曙光。 누각 앞엔 어느새 새벽빛이 밝아 오네.
侍婢金瓶瀉鳴玉、 여종이 금병에서 얼음 쏟아 내니
曉簾水澁胭脂香。 주렴에는 성에 꼈고 연지는 향기롭구나.
　춥다는 생각이 떠오른다.
春山欲眠眠不得、 봄 오는 산에 잠들려 해도 잠이 오지 않아
闌干佇立寒霜白。 난간에 올라서니 찬 서리가 하얗네.
去年照鏡看花柳、 지난해엔 거울에 비친 꽃과 버들 보면서
琥珀光深傾夜酒。 호박빛 짙은 술을 한밤중에 기울였지.
羅帳重重圍鳳笙、 겹겹 비단 휘장을 생황 소리가 감싸는데
玉容今爲相思瘦。 아름다운 얼굴 이제는 그리움에 시들었네.
靑驄一別春復春、 말 타고 헤어진 뒤 봄 가고 또 봄 오건만
金戈鐵馬瀚海濱。 군마 타고 쇠창 잡고 한해30)의 가에 있네.
驚沙吹雪冷黑貂、 모래 바람에 눈 날려서 초피 갖옷 차가우니
香閨良夜何迢迢。 규방의 좋은 밤이 어찌 이다지 아득한가.
○ **冬歌**31)

---

29) 도르레로 물을 긷는 두레박.
30) 한해(瀚海)는 사막(沙漠), 또는 북해(北海)를 이르는 말로 북방을 가리킨다. 시대마다 이설이 분분한 지명인데, 『동사강목(東史綱目)』에는 이렇게 설명하였다. "대방으로 해서 왜국에 이르자면, 바다를 따라가서 조선을 지나 남쪽으로 가다 동쪽으로 가다 하며 7천여 리를 지나서 한 바다를 건너고, 다시 남쪽으로 1천여 리를 가 한 바다를 건너면 1천여 리나 되는 넓은 곳이 있는데 이곳이 한해(瀚海)이다."
31) 1608년 목판본 『蘭雪軒詩』에 실린 「四時詞 冬」과 많은 글자가 겹치기는 하지만 시상(詩想)의 전개가 다르고 압운도 달라서, 다

銅壺一夜聞寒枕。紗牕月冷鴛鴦錦。烏鴉驚飛轆轤長。樓前倐忽生曙光。侍婢金瓶瀉鳴玉、曉簾水澁胭脂香。寒意可想　春山欲眠眠不得、闌干佇立寒霜白。去年照鏡看花柳、琥珀光深傾夜酒。羅帳重重圍鳳笙、玉容今爲相思瘦。靑驄一別春復春、金戈鐵馬瀚海濱。驚沙吹雪冷黑貂、香閨良夜何迢迢。

상현요(湘絃謠)

蕉花泣露湘江曲。 파초꽃 이슬에 젖은 소상강 물굽이에
九點秋烟天外綠。 아홉 봉우리32)에 가을 안개 하늘이 푸르구나.

　안개[烟]가 구점(九點)이라는 글자에 붙으니, 허(虛)하면서도 묘(妙)하다.

水府凉波龍夜吟、 수궁 찬 물결에 용은 밤마다 울고
蠻娘輕夏玲瓏玉。 남방 아가씨33) 구슬 구르듯 노래하네.
離鸞別鳳隔蒼梧。 짝 잃은 난새 봉황새는 창오산 가로막히고
雨氣侵江迷曉珠。 빗기운이 강에 스며 새벽달 희미하네.
間撥神絃石壁上、 석벽 위에서 이따금 거문고를 뜯으면서
雲鬢霧鬢啼江姝。 구름머리 안개 살쩍의 강녀가 우는구나.
瑤空星漢高超忽。 하늘 은하수는 멀고도 높은데
羽蓋金支五雲沒。 일산과 깃대가 오색구름 속에 가물거리네.

　르게 실린 글자들을 일일이 대하지 않는다.
32) 순임금 사당을 구의산(九疑山)에 모셨는데, 구점(九點)은 그 아홉 봉우리를 가리킨다.
33) 창오산 남쪽 호남성 일대 지역을 만(蠻)이라 하는데, 순임금의 두 왕비인 아황과 여영이 만(蠻) 땅의 아가씨이다.

門外漁郎唱竹枝、 문밖에서 어부들이 죽지사를 부르는데
銀潭半掛相思月。 은빛 호수에 님 그리는 달이 반쯤 걸렸네.
　반은 어디에 걸렸는지 분명히 보인다. 깊은 생각이 다 드러나
　자 도리어 생각할 수 있게 되었음을 깨닫는다.

○ 湘絃謠

蕉花泣露湘江曲。九點秋烟天外綠。烟着九點字虛妙　水府涼波
龍夜吟、蠻娘輕戞玲瓏玉。離鸞別鳳隔蒼梧。雨氣侵江迷曉
珠。閑撥神絃石壁上、雲鬟霧鬢啼江姝。瑤空星漢高超忽。羽
蓋金支五雲沒。門外漁郎唱竹枝、銀潭半掛相思月。半掛何處分
看　深思露盡　反覺能思

동선요(洞仙謠)

紫簫聲裡彤雲散。 자주빛 통소 소리에 구름이 흩어지자
簾外霜寒鸚鵡喚。 발 밖에는 서리가 차가워 앵무새 우짖네.
夜闌孤燭照羅幃、 밤 깊어 외로운 촛불이 비단 휘장 비추고
時見踈星度河漢。 이따금 드뭇한 별이 은하수를 넘어가네.
丁東銀漏響西風。 똑똑 물시계 소리가 서풍에 메아리치고
露滴梧枝語夕蟲。 이슬지는 오동나무 가지에선 밤벌레 우네.
　그윽한 소리가 들리는 것 같다.
鮫綃帕上三更淚、 교초 손수건에 밤새도록 눈물 적셨으니
明日應留點點紅。 내일 보면 점점이 붉은 자국이 남았으리.

○ 洞仙謠

紫簫聲裡彤雲散。簾外霜寒鸚鵡喚。夜闌孤燭照羅幃、時見踈
星度河漢。丁東銀漏響西風。露滴梧枝語夕蟲。幽響如聞　鮫綃
帕上三更淚、明日應留點點紅。

이의산체를 본받아34)

1.

鏡暗鸞休舞、 거울이 어두워 난새35)도 춤추지 않고
梁空燕不歸。 빈 집이라서 제비도 돌아오지 않네.
香殘蜀錦被、 비단 이불36)엔 아직도 향기가 스며 있건만
淚濕越羅衣。 비단37) 옷자락에는 눈물 자국이 젖어 있네.
驚夢迷蘭渚、 물가에서 헤매다 꿈을 깨니
輕雲落粉幃。 가벼운 구름이 채색 휘장에 스러지는데,
西江今夜月、 오늘 밤 서강의 저 달빛은
流影照金微。 그림자 흘러서 임 계신 금미산에 비치리.

○ **效李義山體**

鏡暗鸞休舞、梁空燕不歸。香殘蜀錦被、淚濕越羅衣。驚夢迷蘭渚、輕雲落粉幃。西江今夜月、流影照金微。

---

34) 의산(義山)은 만당(晚唐) 시인 이상은(李商隱, 813-858)의 자인데, 호는 옥계생(玉溪生)이다. 그의 시는 한(漢)·위(魏)·육조시(六朝詩)의 정수를 계승하였고, 두보(杜甫)를 배웠으며, 이하(李賀)의 상징적 기법을 즐겨 사용하였다. 전고(典故)를 자주 인용하고 풍려(豊麗)한 자구를 구사하여 수사문학(修辭文學)의 극치를 보여준 것으로 평가받고 있다.
35) 거울에 난새를 새겼는데, 남녀간의 사랑을 뜻한다. 님이 없어서 거울을 볼 필요가 없으므로 오랫동안 거울을 닦지 않았기 때문에, 난새의 모습이 먼지에 덮혀 보이지 않은 것이다.
36) 원문 촉금피(蜀錦被)는 촉(蜀 사천성)에서 난 비단으로 만든 이불이다. 촉에서 이름난 비단이 많이 만들어져서 『촉금보(蜀錦譜)』라는 책까지 만들어졌다.
37) 원문 월라(越羅)는 월(越) 땅에서 만들어진 비단으로, 가볍고 부드러우며 섬세한 것으로 유명하다. 화려한 무늬와 색감으로 이름난 촉금(蜀錦)과 함께 귀하고 값비싼 보화이다.

2.

月隱驂鸞扇、 달 같은 얼굴을 난새 가리개38)로 가렸는데
香生簇蝶裙。 향그런 분 내음이 나비 치마에서 나네.
多嬌秦氏女、 애교스런 진씨 여인에게
有淚衛將軍。 위장군39)인들 어찌 눈물이 없으랴.
玉匣收殘粉、 옥갑에 연지분 거둬 치우니
金爐冷舊薰。 향로에 옛 향불이 싸늘하구나.
回頭巫峽外、 머리를 돌려 무협40) 밖을 바라다보니
行雨雜行雲。 지나가는 비와 떠가는 구름41)이 어울려 있네.

　　마음 먹고 의산(義山)을 만들려다 보니, 모르는 사이에 비슷해졌다.

○ 其二

月隱驂鸞扇、香生簇蝶裙。多嬌秦氏女、有淚衛將軍。玉匣收殘粉、金爐冷舊薰。回頭巫峽外、行雨雜行雲。刻意作義山　不覺神似

---

38) 원문 참란선(驂鸞扇)은 난새를 탄 신선의 가리개인데, 이 시에서는 아름답다는 뜻으로 썼다.
39) 흉노를 일곱 번이나 토벌하여 큰 공을 세웠던 장군 위청(衛青)인데, 그도 출정할 때에는 미인과 헤어지기 아쉬워 눈물 흘린다는 뜻이다. 위청의 열전은 『사기(史記)』 권111과 『전한서(前漢書)』 권55에 실려 있다.
40) 사천성의 명승인 무산(巫山) 무협(巫峽)을 가리킨다. 초나라 회왕이 무산의 선녀를 만난 곳이다.
41) 행우(行雨)와 행운(行雲)은 무산 선녀의 아침 모습과 저녁 모습이다. 운우(雲雨)가 합쳐지면 남녀의 즐거움을 뜻한다.

심아지 체를 본받아42)

遲日明紅榭、 긴 낮의 햇볕이 붉은 정자에 비치고
晴波斂碧潭。 맑은 물결이 파란 못을 거둬가네.
柳深鶯睍睆、 버들 늘어져 꾀꼬리 소리 아름답고43)
花落燕呢喃。 꽃이 지자 제비들 조잘대네.
泥潤埋金屐、 진흙길이 질어서 꽃신 묻히고
  '묻히다[埋]'는 글자가 그윽하고도 노련하다.
鬟低膩玉箴。 머리채 숙이자 옥비녀 반짝이네.
銀屛錦茵暖、 병풍을 둘러 비단요 따스한데
春色夢江南。 봄빛 속에서 강남꿈을 꾸네.44)

○ 效沈亞之體45)

遲日明紅榭、晴波斂碧潭。柳深鶯睍睆、花落燕呢喃。泥潤埋金屐、埋字幽老 鬟低膩玉咸46)。銀屛錦茵暖、春色夢江南。

---

42) 심아지(沈亞之)는 당나라 시인인데, 자는 하현(下賢)이다. 한유(韓愈)에게서 시를 배워 잘 지었으며, 『심하현문집(沈下賢文集)』 12권이 남아 있다.
43) 원문의 현환(睍睆)은 예쁜 모습을 뜻하는 말이라고 풀이하는데, 『시경』「개풍(凱風)」의 "곱고 고운 꾀꼬리가 그 소리도 예쁘구나.[睍睆黃鳥, 載好其音.]"라는 구절에 대한 주희(朱熹)의 집주(集註)에는 "맑고 조화롭고 원만하게 굴러간다는 뜻이다."라고 하여 꾀꼬리의 우는 소리를 묘사하는 말로 풀이하였다.
44) 남녀간의 사랑을 꿈꾼다는 뜻이다.「몽강남(夢江南)」은 이덕유(李德裕)가 절서관찰사가 되었을 때에 죽은 기생 사추랑(謝秋娘)을 위해서 지은 곡조인데, 뒤에 「망강남(望江南)」이라고 고쳤다.
45) 1608년 목판본 『蘭雪軒詩』에 실린 「效沈亞之體」 2수 가운데 제1수이다.
46) 뜻이 통하지 않아, 1608년 목판본 『蘭雪軒詩』에 실린 '箴'으로 고쳐 번역하였다.

여자 친구에게 부치다

結廬臨古渡、 예 놀던 나루에 초가집 짓고서
日見大江流。 날마다 큰 강물을 바라만 본단다.
鏡匣鸞將老、 거울갑에는 난새가 혼자서 늙어가고
花園蝶已秋。 꽃동산의 나비도 가을 신세란다.
寒山新過雁、 쓸쓸한 산에 기러기 지나가고
暮雨獨歸舟。 저녁비에 조각배 홀로 돌아오는데,
一夕紗窓閉、 하룻 밤에 비단 창문 닫혔으니
那堪憶舊遊。 어찌 옛적 놀이를 생각이나 하랴.

○ 寄女伴

結廬臨古渡、日見大江流。鏡匣鸞將老、花園蝶已秋。寒山新過雁、暮雨獨歸舟。一夕紗窓閉、那堪憶舊遊。

출새곡(出塞曲)

烽火照長河。 변방의 봉홧불이 황하에 비치니
天兵出漢家。 군사들이 서울 집을 떠나가네.
枕戈眠白雪、 창을 베고 흰 눈 위에서 자며
　　백설을 베고 잔다[眠白雪]니 너무나 참혹하다.
驅馬到黃沙。 말을 몰아서 사막에 다다르네.
朔吹傳金鐸、 쇠방울소리 바람결에 들려오고
邊聲入塞笳。 오랑캐 소식은 호드기 소리에 들려오네.
年年長結束、 해마다 잘 지키건만
辛苦逐輕車。 전쟁에 끌려다니기 참으로 괴로워라.

○ 出塞曲47)

烽火照長河。天兵出漢家。枕戈眠白雪、眠白雪慘甚　驅馬到黃沙。朔吹傳金鐸、邊聲入塞笳。年年長結束、辛苦逐輕車。

중국에 가는 백형 봉(篈)을 송별하면서48)

六年離思倦登樓。 육년 헤어져 그리워하느라 누각 오르기 게을렀는데
落日涼風又別愁。 지는 해 찬바람에 또 이별일세.
湘浦淚痕還入楚、 상포의 눈물 자국 초나라로 다시 들어가고
帝鄕行色早觀周。 제향의 행색은 일찍이 주나라를 보네.
銅壺暗促鷄人曉、 구리 시계는 은근히 계인(鷄人)49)에게 새벽이라 재촉하고
紫塞寒飛野夢秋。 자새50)에 가을 꿈꾸려 학이 차갑게 날아가네.
　'추(秋)'자의 기운이 세다.
歸路正看萱草碧、 돌아가는 길에 원추리 푸르게 보이더니

---

47) 1608년 목판본 『蘭雪軒詩』에 실린 「出塞曲」 2수 가운데 제1수이다.
48) 『하곡선생시초』에 실려 있는 「送舍兄朝天」 제1수에 차운하며 여러 글자들을 가져다 지은 시이다. "六年離合倦登樓. 誰料西風又別愁. 湘浦淚痕還入楚, 帝鄕行色後觀周. 銅壺暗促雞人曉, 玉塞驚飛鴈陣秋. 怊悵急難無伴侶, 幾回延佇立沙頭." 백씨(伯氏)는 성(筬)이고 봉(篈)은 중씨(仲氏)인데, 둘 다 중국에 사신으로 다녀왔기 때문에 누가 언제 떠날 때 지어준 시인지 알 수 없다.
49) 『주례』 춘관(春官)의 소속 벼슬인데, 새벽이 되면 백관을 일깨워 일어나게 하는 직을 맡았다. 왕유(王維)의 시에 "붉은 관 쓴 계인이 새벽을 알린다.[絳幘鷄人報曉籌]"하였다.
50) 원문의 '자새(紫塞)'는 북방 변경의 요새지를 가리킨다. 만리장성을 쌓을 때 그곳 흙 색깔이 자줏빛이었던 데서 유래하였다.

函關西畔繫驊騮。 함관 서쪽 두둑에 화류마가 묶여 있구나.
○ 送伯兄篈朝天51)
六年離思倦登樓。落日凉風又別愁。湘浦淚痕還入楚、帝鄕行色早觀周。銅壺暗促鷄人曉、紫塞寒飛野夢秋。秋字氣健　歸路正看萱草碧、函關西畔繫驊騮。

황제가 일이 있어 천단에 제사를 지내다

羽蓋徘徊駐碧壇。 일산 수레52)가 배회하다 푸른 단에 머무니
璧階淸夜語和鑾。 맑은 밤 계단에 방울 소리 쩔렁거리네.
長生錦誥丁寧說、 불로장생하는 교서를 정중히 내리시고
延壽靈方仔細看。 장수하는 신령한 처방을 자세히 살피시네.
曉露濕花河影斷、 새벽이슬이 꽃을 적시자 은하수 끊어지고
天風吹月鶴聲寒。 하늘 바람 달에 불자 학 울음 차가워라.
齋香燒罷敲鳴磬、 재 올리는 향이 다 타고 풍경소리 울리는데
玉樹千章遶曲欄。 계수나무가 천겹 만겹 난간을 둘렀네.
○ 皇帝有事天壇
羽蓋徘徊駐碧壇。璧階淸夜語和鑾。長生錦誥丁寧說、延壽靈方仔細看。曉露濕花河影斷、天風吹月鶴聲寒。齋香燒罷敲鳴磬、玉樹千章遶曲欄。

보허사(步虛詞)

橫海高峯壓巨鰲。 바다에 뻗은 높은 봉우리가 큰 자라53)를

---

51) 1608년 목판본으로 간행한 『蘭雪軒詩』에 없는 시이다.
52) 원문의 우개(羽蓋)는 수레에 달린 일산인데, 왕이나 제후의 수레는 푸른 깃털로 수레 위를 덮었다.

누르고
六龍齊嘉九河濤。 여섯 용54)이 구강55) 파도를 함께 높였네.
中天飛閣星辰迥。 하늘에 솟은 다락이라 별에 가깝고
下界流霞歲月遙。 하계의 연하에 세월이 아득하구나.
金鼎曉炊涼露液。 차가운 이슬 금솥에 새벽부터 불 지피고
玉壇夜動赤霜毫。 옥단에선 밤에 적상의 붓을 움직이네.
蓬萊鶴駕歸何晚。 봉래에서 학 타고 돌아오기 어찌 더딘지
一曲鸞笙獻碧桃。 난생56) 한 곡조에 벽도를 바치네.
　그윽하고 아득하면서도 바람처럼 빠르다.

○ 步虛詞57)

---

53) 상상 속의 큰 자라인데, 삼신산(三神山)을 지고 있다고 한다.
54) 마치는 것과 시작하는 것을 크게 밝히면 6효(爻)가 때때로 이뤄지니, 때때로 여섯 용[六龍]을 타고 하늘에 오른다. -『주역』「중천건(重天乾)」
　성인이 건도(乾道)의 마침과 시작을 크게 밝히면 괘(卦)의 여섯 자리가 각기 때에 따라 이뤄지고, 이 여섯 양(陽)을 타고 천도가 행해진다는 뜻이다.
55) 하(夏)나라 우(禹)임금이 황하의 홍수를 막기 위하여 하류를 아홉 갈래로 나누었다.
56) 원문의 난생은 선인(仙人)이 부는 생소(笙簫)이다. 이백(李白)의「고풍(古風)」에 "학의 등에 걸터탄 한 선객이, 날고 날아 하늘을 올라가서, 구름 속에서 소리 높이 외치어, 내가 바로 안기생이라고 하네. 좌우에는 백옥 같은 동자가 있어, 나란히 자란생을 불어 대누나.[客有鶴上仙, 飛飛凌太淸. 揚言碧雲裏, 自道安期名. 兩兩白玉童, 雙吹紫鸞笙.]"라고 하였다.
57) 1608년 목판본 『蘭雪軒詩』에는 제목이 「夢作」으로 실리고, 제1구에서 '高'가 '靈'으로, 제2구에서 '齊嘉'가 '晨吸'으로, 제3구에서 '飛'가 '樓'로, '迥'이 '近'으로, 제4구에서 '下界流霞歲月遙'가 '上界煙霞日月高'로, 제5구에서 '曉炊涼露液'이 '滿盛丹井水'로,

橫海高峯壓巨鰲。六龍齊嘉九河濤。中天飛閣星辰逈。下界流霞歲月遙。金鼎曉炊凉霱液。玉壇夜動赤霜毫。蓬萊鶴駕歸何晚。一曲鸞笙獻碧桃。 幽杳 飄忽

중형 균의 견성암 시에 차운하다

雲生高嶂失芙蓉。 높은 산마루에 구름 일어 연꽃이 안 보이고
琪樹丹崖露氣濃。 낭떠러지 나무에는 이슬 기운이 젖어 있네.
板閣香殘僧入定、 판각에 향불 스러지자 스님은 선정에 들고58)
講堂齋罷鶴歸松。 강당에서 재 끝나 학도 소나무로 돌아가네.
蘿懸古壁啼山鬼、 다래 덩굴 얽힌 낡은 집에는 도깨비가 울고
霧鎖秋潭臥毒龍。 안개 자욱한 가을 못에는 독룡이 누워 있네.
向夜一燈明石榻、 밤 깊어가며 등불 하나가 돌의자에 밝은데
東林月黑有疎鐘。 동쪽 숲에 달은 어둡고 쇠북소리만 이따금 울리네.

○ 次仲兄筠見星庵韻59)

雲生高嶂失芙蓉。琪樹丹崖露氣濃。板閣香殘僧入定、講堂齋罷鶴歸松。蘿懸古壁啼山鬼、霧鎖深潭臥獨龍。向夜一燈明石榻、東林月黑有疎鐘。

제6구에서 '夜動'이 '晴晒'로, '毫'가 '袍'로, 제8구에서 '鸞'이 '吹'로 되어 있다.
58) 원문의 입정(入定)은 스님이 고요히 앉아 마음을 수렴하여 잡념을 일으키지 않고 마음을 한 곳에 고정시키는 것을 말한다.
59) 중형을 균(筠)이라고 쓴 것도 잘못 되었지만, 하곡이 보내준 시를 보고 난설헌이 차운해 지었을 텐데,『하곡집(荷谷集)』에는 견성암 시가 없고, 같은 운을 사용한 시도 실려 있지 않다.

백형(伯兄)의 고원 망고대 시에 차운하다

層臺一柱壓嵯峨。한 층대가 높은 산을 누르고 서니
西北浮雲接塞多。서북 하늘 뜬구름 변방에 닿아 일어나네.
鐵峽霸圖龍已去、철원에서 나라 세웠던 궁예[60]는 떠나가고
穆陵秋色鴈初過。목릉관에 가을이 되자 기러기가 날아오네.
山回大陸蟠三郡、산줄기가 대륙을 둘러 세 고을을 감싸고
水割平原納九河。강물은 벌판을 가로지르며 아홉 물줄기를 삼켰네.
萬里登臨日將暮、만리 나그네가 망대에 오르자 날 저무니
醉憑靑嶂獨悲歌。취하여 긴 칼에 기대 홀로 슬픈 노래를 부르시네.

○ 次伯兄高原望高臺韻[61]

層臺一柱壓嵯峨。西北浮雲接塞多。鐵峽霸圖龍已去、穆陵秋色鴈初過。山回大陸蟠三郡、水割平原納九河。萬里登臨日將暮、醉憑靑嶂獨悲歌。

중형 균의 고원 망고대(望高臺) 시에 차운하다

籠嵸危棧接雲霄。사다리길이 아스라하게 구름에 닿았고
峰勢侵天作漢標。하늘에 솟은 봉우리는 국경의 이정표[62]가

---

60) 원문 패도룡(霸圖龍)은 패권을 도모하던 용, 즉 나라를 세우려 던 임금을 가리키는데, 이 시에서는 나라를 철원에 세운 것을 보아 궁예(弓裔)임을 알 수 있다.
61) 1608년 목판본 『蘭雪軒詩』에는 「次仲氏高原望高臺韻」 4수 가운데 제1수로 편집되었다.
62) 원문의 한표(漢標)는 한나라 국경을 표시하던 구리기둥인데, 이 시에서는 우리 나라의 경계를 가리킨다.

되었네.
山脉北臨三水絕、 산맥은 북쪽으로 삼수63)에서 끊어지고
地形西壓兩河遙。 지형은 서쪽으로 두 강을 눌러 아득하네.
  장엄한 어휘에 굳센 기운이 있다.
烟塵暮捲孤城出、 짙은 안개가 느지막이 개어 외로운 성이 나타나고
苜蓿秋肥萬馬驕。 거여목 가을이라 우거져 말들은 신났구나.
東望塞垣鼙鼓急、 동쪽으로 국경을 바라보니 북소리 다급해
幾時重起霍嫖姚。 곽장군64) 같은 장수 언제 다시 등용되랴.

○ 次仲兄筠高原望高臺韻65)

龍縱危棧接雲霄。峰勢侵天作漢標。山脉北臨三水絕、地形西壓兩河遙。壯語有勁氣 烟塵暮捲孤城出、苜蓿秋肥萬馬驕。東望塞垣鼙鼓急、幾時重起霍嫖姚。

백형 봉의 망고대 시에 차운하다

幾載行遊一劍光。 여러 해 지니고 다닌 한 자루 칼 빛
倚天危閣俯斜陽。 하늘 가까운 다락에 석양이 걸렸네.

---

63) 함경도 삼수군인데, 갑산과 함께 가장 험한 산골이다. 조선시대에 대표적인 유배지이다.
64) 원문의 곽표요(霍嫖姚)는 흉노를 크게 무찔렀던 한나라 무제(武帝) 때의 장수 곽거병(郭去病)을 가리킨다. 표요교위(嫖姚校尉)를 지냈으므로 흔히 곽표요라고도 불렀는데, 표요(嫖姚)는 몸이 날쌘 모습이다. 『한서(漢書)』 권55 「곽거병전(霍去病傳)」
65) 1608년 목판본 『蘭雪軒詩』에 「次仲氏高原望高臺韻」 2수를 편집하였는데, 그 가운데 제2수이다. 아우 균(筠)을 중형(仲兄)이라고 쓴 근거는 알 수 없다.

河流西去迴雄郡、 강물은 서쪽 큰 고을로 돌아가고
山勢南來隔大荒。 산줄기는 남쪽 먼 곳에서 들어오네.
鳥外暮雲飛漠漠、 새 너머 저녁 구름이 아득히 날아가고
尊前靑海入茫茫。 술잔 푸른 바다가 아득히 들어오네.
碧天極目時回首、 푸른 하늘 끝까지 되돌아보니
塞馬嘶風殺氣黃。 변방의 말 달리는 소리에 살기가 넘치네.

○ **望高臺次伯兄韻**[66]
幾載行遊一劍光。倚天危閣俯斜陽。河流西去迴雄郡、山勢南來隔大荒。鳥外暮雲飛漠漠、尊前靑海入茫茫。碧天極目時回首、塞馬嘶風殺氣黃。

도 닦으러 가는 궁녀를 배웅하다

拜辭淸禁出金鑾。 궁궐[67]에 일찍 하직하고 금란전에서 물러나와
換却鴉鬟着玉冠。 나인의 큰머리[68]를 옥관으로 바꿔 썼네.
滄海有緣應駕鳳、 푸른 바다에 인연이 있어 봉황새를 타고
碧城無夢更驂鸞。 벽성에서 꿈 못 이루어 다시 난새를 탔네.
瑤裾振雪春雲煖、 옷자락으로 눈을 떨치니 봄구름이 따스한데
瓊珮鳴空夜月寒。 노리개 소리 하늘에 울려 달빛 싸늘해라.
　풍도(風度)가 바르고도 곱다.

---

66) 1608년 목판본 『蘭雪軒詩』에는 「次仲氏高原望高臺韻」 제4수로 실렸는데, 글자가 많이 다르다.
67) 원문의 청금(淸禁)은 궁궐로, 궁궐 안은 청정하고 엄숙하기 때문에 붙여진 이름이다.
68) 원문의 아환(鴉鬟)은 다리꼭지를 넣어 튼 검은 타래머리이다.

幾度步虛銀漢上、 몇 번이나 은하수 허공을 거닐었던가69)
御衣猶似奉宸幃。 주신 옷이 임금님 모시던 것처럼 기뻐라.

○ 送宮人入道
拜辭淸禁出金鑾。換却鴉鬟着玉冠。滄海有緣應駕鳳、碧城無夢更驂鸞。瑤裾振雪春雲煖、瓊珮鳴空夜月寒。風度整麗　幾度步虛銀漢上、御衣猶似奉宸幃。

중씨 봉의 시에 차운하다70)

甲山東望鬱嵯峨。 갑산에서 동쪽을 바라보니 울창하고도 가파르구나.
遷客悲吟意若何。 유배되는 나그네 슬프게 읊조리시니 그 뜻이 어떠하랴.
孤雁忍分淸漢影、 외로운 기러기가 맑은 하늘 그림자와 차마 나뉘랴
朔風偏起大江波。 겨울바람에 큰 강의 파도 유달리 일어나네.
關楡曉角征衣薄、 관새의 새벽 나팔소리에 나그네 옷 엷은데
塞路驚心落葉多。 변방 길 놀란 마음에 낙엽이 많아라.
　　경황(景況)이 소슬하다.
銀燭夜闌戎帳立、 은빛 촛불이 밤새 융장(戎帳)에 서 있어

---

69) 원문의 보허(步虛)는 신선이 허공을 걸어 다닌다는 뜻이다. 도사를 보허인(步虛人), 또는 보허자(步虛子)라 하고, 도사가 경 읽는 소리를 보허성(步虛聲)이라고 한다.
70) 허봉의 『하곡선생시초(荷谷先生詩鈔)』에 실린 「次舍兄韻」에 차운하며, 몇 글자를 가져다 지은 시이다. "夢闌姜被意如何. 回望巖城候曉過. 孤鴈忍分淸渭影, 朔風偏起漢江波. 關河死棄情曾任, 稼圃生成寵已多. 只恨庭闈無路入, 淚痕和雨共滂沱."

'립(立)'자가 좋다.
庭闈歸夢好經過。 고향 집71)에 돌아가는 꿈을 꾸기 좋구나.
○ 次仲氏韻72)
甲山東望鬱嵯峨。遷客悲吟意若何。孤雁忍分淸漢影、朔風偏起大江波。關楡曉角征衣薄、塞路驚心落葉多。景況蕭瑟 銀燭夜闌戎帳立、立字好 庭闈歸夢好經過。

견성암의 여관에게 지어 주다

淨掃瑤壇揖上仙。 단을 맑게 쓸고 옥황님께 절하자
曉星微隔絳河邊。 희미한 새벽별이 은하수가에 반짝이네.
香生嶽女春遊襪、 봄놀이하는 선녀들 버선에서 향내가 나고
水落湘娥夜雨絃。 흐르는 물소리는 상비73)의 비오는 밤 거문고 소릴세.
　그윽한 운이 완연하게 꺾인다.
松色冷侵虛殿夢、 솔빛 서늘해 빈 집의 외로운 꿈을 더하고
天香晴拂碧階泉。 천향은 푸른 샘물을 맑게 흔드네.
玄心已悟三生境、 그윽한 마음 삼생의 경지를 깨치고 남으니
玉塵何年駕紫烟。 옥진이 어느 해에야 자연을 타랴.
○ 贈見星菴女冠74)
淨掃瑤壇揖上仙。曉星微隔絳河邊。香生嶽女春遊襪、水落湘

---

71) 원문의 '정위(庭闈)'는 어버이가 거처하시는 곳을 이른다.
72) 1608년 목판본으로 간행한 『蘭雪軒詩』에 없는 시이다.
73) 순(舜)임금의 두 왕비 아황과 여영이 상강(湘江)에 빠져 죽었으므로, 흔히 상비(湘妃)라고 하였다.
74) 1608년 목판본 『蘭雪軒詩』에는 「次仲氏見星庵韻」 제2수로 편집되었다.

娥夜雨絃。幽韻宛折　松色冷侵虛殿夢、天香晴拂碧階泉。玄心已悟三生境、玉塵何年駕紫烟。

자수궁75)에서 자며 여관에게 지어주다

燕舞鶯歌字莫愁。제비처럼 춤추고 꾀꼬리 노래하는 막수76)
十三嫁與富平侯。나이 열셋에 부평후77)에게 시집왔다네.
厭携寶瑟彈朱閣、화려한 집에서 거문고 안고 실컷 타며
喜着花冠禮玉樓。화관을 즐겨 쓰고 옥황께 예를 올렸네.
琳館月明簫鳳下、구슬집에 달이 밝으면 퉁소 소리에 봉황새가 내려오고78)
綺窓雲散舞鸞休。창가에 구름이 흩어지면 춤추던 난새도 쉬네.79)

---

75) 자수궁은 도가의 수도원이고, 여관은 여자 도사이다. 조선에서는 후궁(後宮)들이 왕궁에서 물러난 뒤에 함께 머물던 궁으로, 옥인동과 효자동이 만나는 곳에 지금도 자수궁교(慈壽宮橋)가 남아 있다.
76) 당나라 석성(石城)에 살던 여자인데, 노래를 잘했다. 그를 소재로 노래한 「막수악(莫愁樂)」이 악부에 실려 있다. 양나라 시대에도 낙양에 막수라는 미인이 살았는데, 13세에 길쌈했으며, 15세에 노가(盧家)에 시집가서, 16세에 아후(阿侯)를 낳았다고 한다. 노래를 잘 불렀으며, 부귀를 누렸다. 악부시에 주인공으로 많이 나오며, 난설헌도 「막수악」 2수를 지었다.
77) 한나라 장안세(張安世)인데, 산동성 부평의 후작에 봉해졌다.
78) 이백(李白)의 시 「궁중행락사(宮中行樂詞) 8수」에 "피리를 연주하니 물속의 용이 노래하고, 퉁소를 부니 공중의 봉황이 내려오네.[笛奏龍吟水, 簫鳴鳳下空.]라고 하였다.
79) 부부 사이가 좋지 않게 되었다는 뜻인데, 막수가 자수궁에 들어와 도를 닦게 된 사연을 밝힌 듯하다

松風朝莫空壇上、솔바람이 아침저녁 제단 위에 부니
鶴背冷冷一陣秋。학 등이 차가워 어느덧 가을일세.
○ 宿慈壽宮贈女冠
燕舞鶯歌字莫愁。十三嫁與富平侯。厭携寶瑟彈朱閣80)、喜着
花冠禮玉樓。琳館月明簫鳳下、綺窓雲散舞鸞休。松風朝莫空
壇上、鶴背冷冷一陣秋。

손학사81)의 북당(北堂) 시에 차운하다

初日紅闌上玉鉤。붉은 난간 발 위로 해가 돌아 오르는데
丁香葉葉結春愁。정향 꽃같이 잎마다 봄 시름이 맺혔네.
新妝滿面貪看鏡、새로 단장하고도 거울을 더 보려고
殘夢關心懶下樓。깬 꿈 마음에 걸려 다락에서 못 내려오네.
夜月雕牀寒翡翠、한밤의 달이 상을 비춰 비취가 차가운데
東風羅幙引箜篌。봄바람 비단 휘장에서 공후를 타네.
嫣紅落粉堪惆悵、곱게 핀 붉은 꽃 떨어지는 게 서럽다고
莫把銀瓶洗急流。은병을 급류에 씻지 마오.
○ 次孫內翰北堂韻82)
初日紅闌上玉鉤。丁香葉葉結春愁。新粧83)滿面貪看鏡、殘夢

---

80) 1608년 목판본 『蘭雪軒詩』에 같은 제목으로 실린 시에 '寶瑟
彈朱閣'이 '瑤瑟彈珠閣'으로 되어 있다.
81) 원문의 내한(內翰)은 한림학사인데, 손학사는 당나라 시인 손계
(孫棨)이다. 그가 『북리지(北里志)』 1권을 지었는데, 당나라 때의
천자, 여러 기생, 사대부・서민들이 주색 즐기는 이야기들을 기
록한 책이다.
82) 1608년 목판본 『蘭雪軒詩』에는 제목이 「次孫內翰北里韻」으로
되어 있다.

關心懶下樓。夜月雕牀寒翡翠、東風羅幙引箜篌。嫣紅落粉堪惆悵、莫把銀甁洗急流。

상봉행(相逢行)

相逢靑樓下、기생집 앞에서 서로 만났지요.
繫馬門前柳。문앞 수양버들에 말을 매었지요.
笑脫錦貂裘、비단옷에다 가죽옷까지 웃으며 벗어
試取新豊酒。신풍주84)를 마셔보았지요.

　소년들이 방자하게 날뛰는 기상을 그려냈지만, 조잡하지 않고 호탕하면서도 묘하다.

○ 相逢行85)
相逢靑樓下、繫馬門前柳。笑脫錦貂裘、試取新豊酒。寫出少年挑達氣象 然不粗好妙

잡시(雜詩)

1.

---

83) '여(粰)'는 유밀과의 한 종류이기에 뜻이 통하지 않아 '장(粧)'으로 고쳐 번역하였다.
84) 신풍은 한(漢)나라 고을 이름인데, 예로부터 이곳에서 나는 술이 맛이 좋아 시에 자주 등장하였다. 왕유(王維)의 「소년행(少年行)」에 "신풍의 맛 좋은 술은 한 말에 십천인데, 함양의 유협들은 대부분 소년들일세.[新豊美酒斗十千, 咸陽游俠多少年.]"라는 구절이 유명하다.
85) 1608년 목판본 『蘭雪軒詩』에 「相逢行」 2수 가운데 제2수로 실렸는데, 제2구의 '門前'이 '垂楊'으로, 제4구의 '試取'가 '留當'으로 되어 있다

梧桐生嶧陽、 오동나무 한 그루가 역산 남쪽에서 자랐기에
斲取爲鳴琴。 베어다가 거문고를 만들었네.
一彈再三嘆、 한 번 타고 두세 번 감탄했건만
擧世無知音。 온 세상에 알아들을 사람이 없네.
○ 雜詩[86]
梧桐生嶧陽、 斲取爲鳴琴。 一彈再三嘆、 擧世無知音。

2.
我有一端綺、 내게 아름다운 비단 한 필이 있어
今日持贈郞。 오늘 님에게 정표로 드립니다.
不惜作君袴、 님의 바지 짓는 거야 아깝지 않지만
莫作他人裳。 다른 여인 치맛감으론 주지 마세요.
○ 其二[87]
我有一端綺、 今日持贈郞。 不惜作君袴、 莫作他人裳。

3.
精金明月光、 달같이 빛나는 정금을
贈君爲雜佩。 서방님 노리개로 정표 삼아 드립니다.
不惜棄道傍、 길가에 버리셔도 아깝지는 않지만
莫結新人帶。 새 여인 허리띠에만은 달아 주지 마셔요.
'새 여인'을 말하여, 앞에서 '다른 여인'을 말한 것에 비해 한 걸음 더 굳게 얽혔다.

---

86) 이 시의 제1수 가운데 제1구, 제2구, 제4구가 1608년 목판본 『蘭雪軒詩』 오언고시 「遣興」 제1수에 제1구, 제4구, 제6구로 실렸다.
87) 이 시의 제2수가 1608년 목판본 『蘭雪軒詩』 오언고시 「遣興」 제3수에 제1구, 제6구, 제7구, 제8구로 실렸다.

○ 其三88)

精金明月光、贈君爲雜珮。不惜棄道旁、莫結新人帶。說新人
益比前他人一步緊一步

　앞의 작품의 묘미는 온화하고 부드러운 말투에 있었는데, 이 작
품은 다시 교만하고 질투함으로써 묘미를 나타냈다.

　前作妙在溫婉 此作更以驕妬見妙

최국보(崔國輔)89)를 본받아 짓다

妾有黃金釵、제게90) 금비녀 하나 있어요
嫁時爲首飾。시집올 때 머리에다 꽂고 온 거죠.
今日贈君行、오늘 님 가시는 길에 드리니
千里長相憶。천리길 멀리서도 날 생각하세요.
　○ 效崔國輔91)

---

88) 이 시의 제3수가 1608년 목판본 『蘭雪軒詩』 오언고시 「遣興」
제4수에 제1구, 제6구, 제7구, 제8구로 실렸다. 제1구의 '明月
光'이 '凝寶氣'로 되어 있고, 제2구의 '贈'이 '願'으로 되어 있다.
89) 최국보는 당나라 현종(玄宗) 때의 시인인데, 여인의 정한(情恨)
을 즐겨 노래했다. 『당시품휘(唐詩品彙)』에 그의 시가 많이 실려
있는데, 은번은 평하기를, "국보의 시는 아름답고도 청초해서,
깊이 읊어볼 만하다. 악부(樂府) 몇 장은 옛사람들도 따라올 수
가 없다"고 하였다. 화려하고도 환상적인 최국보의 시를 많은
사람들이 좋아하여, 오랫동안 많은 시인들이 이를 모방하여 지
었다. 당나라 때에 이미 「효최국보체(效崔國輔體)」라는 제목의 시
들이 지어졌다.
90) 원문의 첩(妾)은 소실(小室)이라는 뜻이 아니라, 여인이 자신을
낮춰 부르는 말이다. 아내가 남편에게, 또는 딸이 아버지에게도
자신을 첩이라고 말하였다.
91) 1608년 목판본 『蘭雪軒詩』에 「效崔國輔體」라는 제목으로 3수

妾有黃金釵、嫁時爲首飾。今日贈君行、千里長相憶。

빈녀음(貧女吟)

豈是無容色、얼굴 맵시야 어찌 남에게 빠지랴.
　스스로 믿는 것이 묘하다.
工鍼復工織。바느질에 길쌈 솜씨도 모두 좋건만,
少小生寒門、가난한 집안에서 태어난 탓에
良媒不相識。중매할미 모두 나를 몰라준다오.
○ 貧女吟92)
豈是無容色、自信妙 工鍼復工織。少小生寒門、良媒不相識。

보허사(步虛詞)

乘鸞夜下蓬萊島。난새를 타고 한밤중 봉래산93)에 내려서
閒轉麟車踏瑤草。기린수레 한가롭게 굴리며 요초를 밟네.
海風吹綻碧桃花、바닷바람이 불어와 벽도 꽃망울이 터지고
玉盤滿摘安期棗。옥소반에 안기의 대추94) 가득 따왔네.

　　가 실렸는데, 그 가운데 제1수이다.
92) 1608년 목판본 『蘭雪軒詩』에 같은 제목으로 3수가 실렸는데, 그 가운데 제1수이다.
93) 동해에 있는 삼신산(三神山)의 하나인데, 신선들이 살았다고 한다. 우리나라에서는 한라산을 삼신산 가운데 하나인 영주산에, 금강산을 봉래산에, 지리산을 방장산에 비하였다.
94) 신선 안기(安期)가 대추를 먹고 천년을 살았다고 한다. 한 무제(漢武帝) 때 방사(方士) 소군(少君)이 무제에게 말하기를 "신이 일찍이 해상(海上)에 노닐면서 신선 안기생을 만나 보았는데, 그는 크기가 오이만 한 대추를 먹고 있었습니다.[臣嘗游海上, 見安期生, 食巨棗, 大如瓜.]"라고 했던 데서 온 말이다. 『사기』 권28

○ 步虛詞95)

乘鸞夜下蓬萊島。閒轉麟車踏瑤草。海風吹綻碧桃花、玉盤滿摘安期棗。

궁사(宮詞)

1.

披香殿裡會宮妝。피향전96) 안에 단장한 궁녀를 만나보니
新得承恩別作行。은총을 새로 받아 자리가 높아졌네.97)
當座繡琴彈一曲、임금 모시고 거문고 한가락 타고 났더니
內家令賜綵羅裳。나인을 부르셔서 오색 치맛감을 내리셨네.

○ 宮詞98)

披香殿裡會宮妝。新得承恩別作行。當座繡琴彈一曲、內家令賜綵羅裳。

2.

綵羅帷幙紫羅茵。화려한 비단 장막에 붉은 비단보료
香麝霏微暗襲人。짙은 사향 내음이 은은히 몸에 스며드네.
明日賞花留玉輦、내일은 꽃구경하려고 가마를 가져다 놓고는
地衣簾額一時新。깔개에다 발까지 한꺼번에 손질하네.

「봉선서(封禪書)」
95) 1608년 목판본 『蘭雪軒詩』에 「步虛詞」 2수 가운데 제1수로 실려 있다.
96) 한나라 때에 장안에 있던 궁전이다. 허균이 난설헌의 시집을 다 편집한 뒤에 발문을 썼던 곳도 피향당(披香堂)이다.
97) 작항(作行)은 항렬, 또는 높은 반열에 오르는 것이다.
98) 1608년 목판본 『蘭雪軒詩』에 「宮詞」 20수 가운데 제10수로 실려 있다.

문장을 펼치고 차례를 정하는 솜씨가 맑고도 완연하다.
○ 其二99)
綵羅帷幙紫羅茵。香麝霏微暗襲人。明日賞花留玉輦、地衣簾額一時新。

　鋪敍淸宛

3.
宮牆處處落花飛。 궁궐 뜨락 여기저기 꽃잎이 흩날리는데
侍女燒香對夕暉。 시녀는 향 사르며 저녁 노을을 바라보네.
過盡春風人不見、 봄바람이 다 지나가도록 사람은 뵈지 않고
殿門深鎖綠生衣。 굳게 잠긴 대문 자물쇠에 푸른 녹만 슬었구나.

○ 其三100)
宮牆處處落花飛。侍女燒香對夕暉。過盡春風人不見、殿門深鎖綠生衣。

4.
鸚鵡新詞羽未齊。 새로 말 배우는 앵무새가 길이 안 들어
金籠鎖向玉樓栖。 새장을 잠근 채 옥루 서쪽에 두었네.
閑回翠首依簾立、 이따금 파란 고개 돌려 주렴 안쪽을 향해
却對君王說隴西。 농서지방101) 사투리로 임금께 우짖네.

---

99) 1608년 목판본 『蘭雪軒詩』에는 「宮詞」 20수 가운데 제14수로 실려 있다.
100) 허균이 1618년에 편집하여 목판본으로 간행한 『손곡시집(蓀谷詩集)』에 실린 「宮詞」 3수 가운데 제2수이다.
101) 『금경(禽經)』에 이르기를, "앵무새는 농서 지방에서 나오는데, 능히 말을 할 수 있다.[鸚鵡出隴西, 能言鳥也.]"라고 하였다. 농서(隴西)는 감숙성의 서쪽 일대인데, 앵무새가 처음 길들여졌던 곳

○ 其四102)

鸚鵡新詞羽未齊。金龍鎖向玉樓西103)。閑回翠首依簾立、却對君王說隴西。

5.
長信宮門待曉開。 새벽부터 장신궁 문 열리길 기다렸건만
內官金鎖鎖門回。 내관은 황금 자물쇠로 궁문 잠그고 가네.
當時曾笑他人到、 예전엔 남들이 입궁한다 비웃었건만
豈識今朝自入來。 오늘 아침 내가 들 줄이야 어찌 알았으랴.

○ 其五104)

長信宮門待曉開。內官金鎖鎖門回。當時曾笑他人到、豈識今朝自入來。

6.
新擇宮人直御床。 새로 간택된 궁녀가 임금님을 모시니
錦屛初賜合歡香。 병풍을 둘러치고 합환의 은총을 내리셨네.
明朝阿監來相問、 날이 밝아 아감님이 어찌 되었냐 물으니
笑指胸前一佩囊。 가슴에 찬 노리개 주머니 웃으며 가리키네.

○ 其六105)

新擇宮人直御床。錦屛初賜合歡香。明朝阿監來相問、笑指胸前一佩囊。

에서 그곳 사투리를 먼저 배운 것이다.
102) 1608년 목판본 『蘭雪軒詩』에 「宮詞」 제4수로 실려 있다.
103) 목판본 『蘭雪軒詩』에 '龍'은 '籠'으로, '西'는 '栖'로 되어 있어서, 이에 따라 고쳐 번역하였다.
104) 1608년 목판본 『蘭雪軒詩』에 「宮詞」 제9수로 실려 있다.
105) 1608년 목판본 『蘭雪軒詩』에 「宮詞」 제17수로 실려 있다.

새하곡(塞下曲)

都護防秋卦鐵衣。 도호사106)가 가을 침입을 막느라107) 갑옷을 걸치고서
城南初解十重圍。 성 남쪽 열겹 포위망을 풀어 버렸네.
金戈渫盡單于血、 창칼에 묻은 흉노108) 피를 깨끗이 씻고
白馬天山踏雪歸。 백마가 천산109)의 눈을 밟으며 돌아오네.

○ **塞下曲**110)

都護防秋掛鐵衣。城南初解十重圍。金戈渫盡單于血、白馬天山踏雪歸。

양류지사(楊柳枝詞)

灞陵橋畔渭城西。 파릉111) 다리에서 위성 서쪽까지
雨鎖烟籠十里堤。 빗속에 잠긴 긴 둑이 안개 자욱하네.
繫得王孫歸思切、 버들가지에 말 매던 왕손 돌아올 생각 없어
不同芳草綠萋萋。 방초 푸르게 우거진 것만 같지 못하네.

---

106) 도호(都護)는 점령한 지역을 다스리는 행정관이자 지휘관인데, 이 시에서는 안서도호(安西都護)이다.
107) 흉노가 가을이 되면 겨울 날 준비를 하기 위하여 만리장성 안으로 쳐들어온다. 원문의 방추(防秋)는 흉노들의 가을 침입을 막는다는 뜻이다.
108) 원문의 선우(單于)는 흉노의 추장인데, 선우(鮮于)라고도 한다.
109) 천산은 신강성 남쪽에 있는 큰 산맥인데, 여름에도 늘 눈이 덮혀 있어서 설산(雪山)이라고도 한다. 이 산 줄기가 신강성을 둘로 나누는데, 산 북쪽을 천산북로, 산 남쪽을 천산남로라고 한다.
110) 1608년 목판본 『蘭雪軒詩』에는 「塞下曲」이라는 제목으로 5수가 실려 있는데, 그 가운데 제5수이다.
111) 파수 가에 한나라 문제(文帝)의 능이 있다.

○ **楊柳枝詞**112)

灞陵橋畔渭城西。雨鎖烟籠十里堤。繫得王孫歸思切、不同芳草綠萋萋。

죽지사(竹枝詞)

1.

永安宮外是層灘。 영안궁113) 밖에 험한 여울 층층이 굽이쳐
灘上行人多少難。 여울 건너는 사람들 많이 어려워요.
潮信有時應自至、 밀물도 때가 있어 절로 오건만
郎舟一去幾時還。 님 실은 배는 한 번 떠난 뒤 언제 오려나.

○ **竹枝詞**114)

永安宮外是層灘。灘上行人少難。潮信有時應自至、郎舟一去幾時還。

2.

家住江南積石磯。 우리 집은 강남땅 강가115)에 있어
門前流水浣羅衣。 문 앞 흐르는 물에서 비단옷을 빨았지요.
朝來閒繫木蘭棹、 아침에 목란배를 한가롭게 매어 두고는

---

112) 1608년 목판본 『蘭雪軒詩』에 「楊柳枝詞」 5수를 편집하였는데, 그 가운데 제3수이다.
113) 사천성 기주 어복현에 있는 궁궐이다. 촉나라 유비(劉備)가 오나라를 정벌할 때에 지었던 행궁인데, 그는 결국 이곳에서 죽었다.
114) 1608년 목판본 『蘭雪軒詩』에 실린 「竹枝詞」 4수 가운데 제4수이다
115) 적석기(積石磯)는 강가에 돌이 무더기로 쌓인 곳인데, 강물이 들이쳐서 저절로 쌓이기도 했고, 빨래터를 만들려고 일부러 쌓기도 했다.

貪看鴛鴦相伴飛。 짝 지어 나는 원앙새를 부럽게 보았어요.
○ 其二116)
家住江南積石磯。門前流水浣羅衣。朝來閒繫木蘭棹、貪看鴛鴦作相伴飛。

규정(閨情)

燕掠斜陽兩兩飛。 제비들은 석양에 짝지어 날고
落花撩亂撲羅衣。 지는 꽃은 어지러이 비단 옷에 스치누나.
洞房無限傷春思、 동방에서 기다리는 마음 아프기만 한데
草綠江南人未歸。 풀은 푸르러도 강남에 가신 님은 돌아오지를 않네.
 그윽한 생각이 아득하여 끝이 보이지 않는다.

○ 閨情117)
燕掠斜陽兩兩飛。落花撩亂撲羅衣。洞房無限傷春思、草綠江南人未歸。
 幽思杳杳無際

영월루(映月樓)

玉檻秋風露葉淸。 옥난간 가을바람에 이슬 내린 잎 맑아지자
 '이슬 내린 잎[露葉]'에 '맑다[淸]'는 한 글자를 붙이니 높고 아

---

116) 1608년 목판본 『蘭雪軒詩』에 「竹枝詞」 4수 가운데 제3수로 편집하였다.
117) 1608년 목판본 『蘭雪軒詩』에는 실려 있지 않고, 이수광(李睟光)의 『지봉유설(芝峯類說)』 권14 「문장부 7 규수(閨秀)」에 제목 없이 실려 전하는 시이다.

득한 표현이 되었다.

水晶簾冷桂花明。 수정 주렴 차갑고 계수나무 꽃 환해졌네.
鸞驂不返銀橋斷。 난새 수레 돌아오지 않고 은빛 다리118)는 끊어져
惆悵仙郞白髮生。 서글픈 신선 낭군은 흰머리가 생겼구나.

○ 映月樓119)
玉檻秋風露葉淸。露葉着一淸字 高曠 水晶簾冷桂花明。鸞驂不返銀橋斷。惆悵仙郞白髮生。

추한(秋恨)

絳紗遙隔夜燈紅。 붉은 비단 가린 창에 등잔불 붉게 타는데
夢覺羅衾一半空。 꿈 깨어보니 비단 이불이 절반 비어 있네.
霜冷玉籠鸚鵡語、 서리 차가운 새장에선 앵무새가 지저귀고
滿堦梧葉落西風。 섬돌에는 오동잎이 서풍에 가득 떨어졌네.

○ 秋恨
絳紗遙隔夜燈紅。夢覺羅衾一半空。霜冷玉籠鸚鵡語、滿堦梧

---

118) 원문의 '은교(銀橋)'는 당나라 도사(道士) 나공원(羅公遠)의 고사이다. 나공원이 중추절에 계수나무 석장을 공중에 던져 은빛 다리를 만들고, 현종(玄宗)과 함께 이 다리를 타고 월궁(月宮)에 올라 선녀들의 춤을 구경하고 「예상우의곡(霓裳羽衣曲)」을 들었다. 음률에 밝은 현종이 이 곡조를 몰래 기억하였다가 뒤에 「예상우의곡」을 지었다고 한다. 『설부(說郛)』

119) 이 시는 1608년 목판본 『蘭雪軒詩』에 없다. 1683년에 목판본으로 간행된 최경창(崔慶昌)의 『고죽유고(孤竹遺稿)』에 「映月樓」 제4수로 실렸으며, 제1구의 '風'이 '來'로, '葉'이 '氣'로, '제3구의 '返'이 '至'로 되어 있다.

葉落西風。

누각에 오르다
紅欄六曲壓銀河。 붉은 난간 여섯 구비가 은하수에 닿아 있고
瑞霧霏霏濕翠羅。 상서로운 안개 끼어 푸른 휘장 축축하네.
明月不知滄海暮、 달빛 밝아 창해에 날 저문 줄 몰랐는데
九疑山下白雲多。 구의산 아래에는 흰 구름 많아라.
○ 登樓120)
紅欄六曲壓銀河。 瑞霧霏霏濕翠羅。 明月不知滄海暮、 九疑山下白雲多。

유선사(遊仙詞)
1.
一春閒伴玉眞游。 봄 한 철 한가롭게 옥진과 놀았는데
倏忽西風已報秋。 어느새 서풍이 부니 벌써 가을이구나.
仙子不歸花落盡、 선자121)는 오지 않고 꽃도 다 져버려
滿天烟霧月當樓。 하늘에는 연무 가득하고 달이 다락에 다가오네.

달이 다락에 다가오면 밝고 멀리 비추게 된다.

---

120) 1608년 목판본 『蘭雪軒詩』에 실려 있지 않은 시이다. 『열조시집(列朝詩集)』에는 이숙원(李淑媛)의 시로 실려 있는데, 『고금여사(古今女史)』에도 허경번 바로 뒤에 이숙원의 시가 이어져 실려 있으니 잘못 편집된 듯하다.
121) 마고선자(麻姑仙子)나 물 위를 걷는다는 아름다운 수신(水神) 능파선자(凌波仙子)같이 선녀를 가리킨다.

○ 遊仙詞122)
一春閒伴玉眞遊。倏忽西風已報秋。仙子不歸花落盡、滿天烟霧月當樓。

  月當樓明遠○映

2.
樓鎖彤雲地絶塵。 다락은 붉은 구름에 잠기고 땅에는 먼지 걷혔는데
玉妃春淚濕羅巾。 옥비의 눈물이 비단 수건을 적시네.
瑤空月浸星河影、 아름다운 달 은하수 그림자에 잠기고
鸚鵡驚寒夜喚人。 추위에 놀란 앵무새는 밤에 사람 부르네.

○ 其二123)
樓鎖彤雲地絶塵。玉妃春淚濕羅巾。瑤空月浸星河影、鸚鵡驚寒夜喚人。

3.
絳闕夫人別玉皇。 붉은 대궐에서 부인이 옥황을 하직하고
洞天深閉紫霞房。 동천의 자하방124)을 굳게 닫았지요.
桃花落盡溪頭樹、 시냇가 복사꽃이 다 떨어졌으니
流水無情賺阮郞。 흐르는 물이 완랑을 속일 뜻은 없었지요.

○ 其三125)
絳闕夫人別玉皇。洞天深閉紫霞房。桃花落盡溪頭樹、流水無

---

122) 1608년 목판본 『蘭雪軒詩』의 「遊仙詞」의 제76수와 몇 글자가 다르다.
123) 1608년 목판본 『蘭雪軒詩』에 「遊仙詞」 제23수로 실려 있다.
124) 신선의 고장이다.
125) 1608년 목판본 『蘭雪軒詩』에 「遊仙詞」 제51수로 실려 있다.

情賺阮郞。

4.
焚香遙夜禮天壇。 긴 밤에 향불 피우고 천단에 예를 올리는데
羽駕翻風鶴氅寒。 수레 깃발 바람에 펄럭이고 학창의는 싸늘하네.
淸磬響沈星月冷、 맑은 풍경 소리 은은하고 달빛 차가운데
　　그윽한 경지이다.
桂花烟霧濕紅鸞。 계수나무 꽃 안개가 붉은 난새를 적시네.
○ 其四[126)]
焚香遙夜禮天壇。 羽駕翻風鶴氅寒。 淸磬響沈星月冷、 幽境 桂花烟霧濕紅鸞。

5.
香寒月冷夜沈沈。 날씨 싸늘하고 달빛 차가운데 밤은 캄캄해
笑別嬌妃脫玉簪。 웃으며 교비[127)]에게 하직하니 옥비녀를 뽑아 주시네.
更把金鞭指歸路、 다시금 금채찍 잡아 돌아갈 길을 가리키자
碧城西畔五雲深。 벽성[128)] 서쪽 언덕에 오색구름 자욱하네.
○ 其五[129)]
香寒月冷夜沈沈。 笑別嬌妃脫玉簪。 更把金鞭指歸路、 碧城西畔五雲深。

6.

---

126) 1608년 목판본『蘭雪軒詩』에「遊仙詞」제5수로 실려 있다.
127) 아리따운 왕비, 또는 여신이다.
128) 신선이 사는 푸른 아지랑이 집이다.
129) 1608년 목판본『蘭雪軒詩』에「遊仙詞」제12수로 실려 있다.

氷屋春回桂有花。 얼음집에 봄이 오니 계수나무에 꽃이 피어
自驂孤鳳出彤霞。 외로운 봉새를 타고 붉은 노을에 나섰네.
山前逢着安期子、 산 앞에서 안기자를 만나니
袖裏携將棗似瓜。 소매 속에 오이만한 대추를 가져 왔구나.
○ 其六[130)
氷屋春回桂有花。 自驂孤鳳出彤霞。 山前逢着安期子、 袖裏携將棗似瓜。

7.
烟鎖遙空鶴未歸。 하늘이 안개에 잠겨 학은 돌아오지 않는데
桂花陰裏閉珠扉。 계화 그늘 속에 구슬 문도 닫혔구나.
　구슬 문을 닫으니 아득히 고요하고도 깊숙해진다.
溪頭盡日神靈雨、 시냇가엔 하루 종일 신령스런 비가 내려
　비[雨]에 신령(神靈)이라는 두 글자가 붙으니 환상적인 기운이 더욱 짙어진다.
滿地香雲濕不飛。 땅에 뒤덮힌 향기로운 구름이 축축해 날지 못하네.
○ 其七[131)
烟鎖遙空鶴未歸。 桂花陰裏閉珠扉。 閉珠扉 杳然靜深 溪頭盡日神靈雨、 雨着神靈二字 幻氣森森 滿地香雲濕不飛。

8.
瑞露微微濕玉虛。 상서로운 이슬이 부슬부슬 내려 허공을 적시는데
碧箋偸寫紫皇書。 푸른 종이[132)에 자황의 글을 몰래 베끼네.

---
130) 1608년 목판본 『蘭雪軒詩』에 없는 시이다.
131) 1608년 목판본 『蘭雪軒詩』에는 「遊仙詞」 제10수로 실려 있다.

靑童睡起捲珠箔、 동자가 잠에서 깨어나 주렴을 걷자
星月滿壇花影踈。 별과 달이 단에 가득해 꽃그림자 성그네.
　　운치(韻致)가 그윽하고도 두텁다.

○ 其八[133)]
瑞露微微濕玉虛。 碧箋偸寫紫皇書。 靑童睡起捲珠箔、 星月滿壇花影踈。 韻致幽厚

9.
瓊海漫漫浸碧空。 구슬 바다는 아득해 푸른 하늘에 잠겼는데
玉妃無語倚東風。 옥비께서 말씀도 없이 동풍에 몸을 싣네.
蓬萊夢覺三千里、 봉래산 삼천리의 꿈을 깨고 났더니
滿袖啼痕一抹紅。 소매 적신 울음 자국에 연지가 묻어났네.
　　'연지가 묻어났다[一抹紅]'는 세 글자가 눈물이 다시 터지게 한다.

○ 其九[134)]
瓊海漫漫浸碧空。 玉妃無語倚東風。 蓬萊夢覺三千里、 滿袖啼痕一抹紅。 一抹紅復使破淚

10.
瓊樹扶踈露氣濃。 구슬나무 우거진 잎새에 이슬이 짙은데
月侵簾室影玲瓏。 달빛이 발 사이로 방안에 드니 그림자 영롱해라.
　　염실(簾室) 두 글자는 영롱(玲瓏)이라는 글자를 꺼내어 말하지

---

132) 신선은 푸른 종이에 글을 쓴다. 신선에게 제사지내기 위해서 쓴 글도 청사(靑詞)라고 한다.
133) 1608년 목판본 『蘭雪軒詩』에는 「遊仙詞」 제16수로 실려 있다.
134) 1608년 목판본 『蘭雪軒詩』에는 「遊仙詞」 제28수로 실려 있다.

않더라도 이미 그윽하게 비춘다.
閒催白兎敲靈藥、 한가롭게 흰 토끼에게 시켜 선약을 찧으니
滿臼天香玉屑紅。 천향 붉은 옥가루135) 절구에 가득하네.
　선인(仙人)의 일은 저절로 운치가 있다.

○ 其十136)
瓊樹扶踈露氣濃。月侵簾室影玲瓏。簾室二字　不說出玲瓏　已是
幽映　閒催白兎敲靈藥、滿臼天香玉屑紅。仙人事自韻

11.
蓬萊歸路海千里。 봉래산137) 가는 길은 바다가 천리라서
五百年來一度逢。 오백년 만에 한 번 만날 수가 있네.
花下爲沽瓊液酒、 꽃 아래서 경액주138)를 사 마시고 싶으니
莫敎靑竹化蒼龍。 푸른 대를 푸른 용으로 변치 않게 하소서.
　고사(故事)를 사용하는 것이 아주 적합하다.

○ 其十一139)
蓬萊歸路海千里。五百年來一度逢。花下爲沽瓊液酒、莫敎靑
竹化蒼龍。用事恰適

12.
榆葉飄零碧漢流。 느릅나무잎 떨어지고 푸른 은하수 흐르니

---

135) 장생불사의 선약이다.
136) 1608년 목판본 『蘭雪軒詩』에는 「遊仙詞」 제60수로 실려 있다.
137) 봉래·방장·영주의 삼신산이 발해(渤海) 가운데 있다고 한다. 여러 신선과 불사약이 모두 그곳에 있고, 온갖 새와 짐승들도 모두 하얗다. 황금과 은으로 궁궐을 지었는데, 도착하기 전에 멀리서 바라보면 마치 구름 같다. -『산해경』「해내북경(海內北經)」
138) 구슬의 진액으로 빚은 술인데, 신선들이 마신다.
139) 1608년 목판본 『蘭雪軒詩』에는 「遊仙詞」 제63수로 실려 있다.

玉蟾珠露不勝秋。 달빛140)에 구슬 같은 이슬 가을 못 견디네.
靈橋鵲散無消息、 신령스런 다리141)에 까치도 흩어져 소식 없기에
隔水空看飮渚牛。 건너편에서 물 마시는 견우성만 부질없이 바라보네.
○ 其十二142)
楡葉飄零碧漢流。玉蟾珠露不勝秋。靈橋鵲散無消息、隔水空看飮渚牛。
13.
閒解靑囊讀素書。 한가롭게 푸른 주머니143) 끌러 신선의 경전144)을 읽는데
露風吹月桂花踈。 달빛은 이슬 바람에 흐릿해지고 계수나무

---

140) 원문의 '금섬(金蟾)'은 달의 별칭이다. 상고시대 후예(后羿)의 아내인 항아(姮娥)가 서왕모(西王母)의 선약(仙藥)을 훔쳐가지고 월궁(月宮)에 달아나 두꺼비[蟾蜍]가 되었다는 전설에 의하여 달을 섬여(蟾蜍)·항아·금섬(金蟾)이라고 부른 데서 유래한 것이다.
141) 칠석날마다 까치와 까마귀들이 은하수에 모여 견우와 직녀가 만날 수 있도록 놓아주는 다리를 가리킨다.
142) 1608년 목판본 『蘭雪軒詩』에는 「遊仙詞」 제83수로 실려 있다.
143) 『진서(晉書)』 권72 「곽박열전(郭璞列傳)」에 "곽공이란 사람이 하동에 가서 살았는데, 그가 복서에 정통했으므로 곽박이 그로부터 수업을 받게 되었다. 곽공이 청낭 속에 든 책 9권을 곽박에게 주었으므로, 이로 말미암아 곽박이 마침내 오행, 천문, 복서의 술수에 통하게 되었다.[有郭公者, 客居河東, 精於卜筮, 璞從之受業, 公以靑囊書九卷與之, 由是遂洞五行天文卜筮之術.]"라고 하였다.
144) 황석공(黃石公)이 신선이 되기 위해서 수련하는 방법을 책으로 엮어서 장자방(張子房)에게 주었는데, 비단에 썼으므로 소서(素書)라고 한다.

꽃도 성글어졌네.
西妃小女春無事、서왕모의 시녀는 봄이라 할 일이 없어
笑倩飛瓊唱步虛。웃으며 비경145)에게 보허사를 불러달라네.
○ **其十三**146)
閒解靑囊讀素書。露風吹月桂花踈。西妃小女春無事、笑倩飛瓊唱步虛。

14.
瓊樹玲瓏壓瑞烟。계수나무 영롱하고 안개 뒤덮였는데
玉鞭龍駕去朝天。채찍 든 신선이 용을 타고 조회하러 가네.
紅雲塞路無人到、붉은 구름 길 막아 찾아오는 사람 없으니
短尾靈厖藉草眠。꼬리 짧은 삽살개147)가 풀밭에 앉아 조네.
○ **其十四**148)
瓊樹玲瓏壓瑞烟。玉鞭龍駕去朝天。紅雲塞路無人到、短尾靈厖藉草眠。

15.
閒携姉妹禮玄都。한가롭게 자매를 데리고 현도관149)에 예를 올리니
三洞眞人各見呼。삼신산 신선150)들이 저마다 보자시네.
分付赤龍花下立、붉은 용에게 분부해 벽도화 아래 세운 뒤

---

145) 허씨(許氏) 성의 서왕모의 시녀인데, 생황을 잘 불었다고 한다.
146) 1608년 목판본 『蘭雪軒詩』에는 「遊仙詞」 제8수로 실려 있다.
147) 원문의 "방(厖)"자는 "삽살개 방(狵)", 또는 이와 통용되는 "방(尨)"자로 써야 한다.
148) 1608년 목판본 『蘭雪軒詩』에는 「遊仙詞」 제9수로 실려 있다.
149) 신선들의 거처인데, 백옥경 칠보산(七寶山)에 있다고 한다.
150) 삼동진인(三洞眞人)은 삼신산에 사는 신선들이다.

紫皇宮裡看投壺。 자황궁 안에서 투호 놀이를 구경하였네.

○ 其十五[151]
閒携姉妹禮玄都。三洞眞人各見呼。分付赤龍花下立、紫皇宮裡看投壺。

16.
后土夫人住馬都。 후토부인[152]이 마도에 살아
日中吹笛宴麻姑。 한낮에 피리 불며 마고[153]에게 잔치를 베

---

151) 1608년 목판본 『蘭雪軒詩』에 「遊仙詞」 제14수로 실려 있다.
152) 당나라 시대에 「후토부인전(后土夫人傳)」이라는 소설이 있었는데, 고병(高騈)이 말년에 신선에 미혹된 이야기를 기록하였다. 여용지(呂用之)·장수일(張守一)·제갈은(諸葛殷) 등이 모두 귀신을 부리고 연단술을 써서 황금과 백은을 변화시킬 수 있다고 했는데, 그들이 이런 이야기를 했다.
"후토부인 영우(靈佑)가 사람을 아무개에게 보내어 병마(兵馬)를 빌리고, 아울러 이전(李筌)이 지은 「태백음경(太白陰經)」을 빌렸다. 그런데 고병이 갑자기 두 고을로 내려와 백성들로 하여금 부들자리 1,000장에다 갑마(甲馬)의 모습을 그리게 하고는 불태워 버렸다. 또 오색 종이에다 도가의 경전을 열 가지나 베끼게 하여 신(神) 옆에 두었다. 또 후토부인의 장막 안에다 푸른 옷 입은 젊은이의 모습을 흙으로 만들어 세웠는데, 그를 위랑(韋郞)이라고 하였다."
당나라 때에 후토부인을 모신 사당이 많았는데, 양주(揚州)에 특히 많았다. 부인의 모습을 흙으로 만들어 세웠다.
153) 한나라 환제 때의 신선이다. 모주(牟州) 동남쪽 고여산(姑餘山)에서 도를 닦았는데, 선인(仙人) 왕방평(王方平)이 채경(蔡經)의 집에 내려와 마고를 불렀다. 나이가 18,9세였는데, 얼굴이 몹시 아름다운데다 손톱이 새 같았다. 송나라 건화(建和) 연간에 진인(眞人)에 봉해졌다. 강서성 남성현 서남쪽 마고산 꼭대기에 단이 있는데, 마고가 도를 닦던 선단(仙壇)이라고 한다.

푸네.
韋郎年少心慵甚、 위랑은 젊은데도 유난히 게을러서
不寫輕綃五嶽圖。 얇은 비단에다 오악 모습 그리다 말았네.
○ 其十六154)
后土夫人住馬都。日中吹笛宴麻姑。韋郎年少心慵甚、不寫輕綃五嶽圖。

『명원시귀(名媛詩歸)』 권29 종(終)

---

154) 1608년 목판본『蘭雪軒詩』에「遊仙詞」제66수로 실려 있다.

名媛詩歸卷之二十九目錄

明五

許景樊
　望仙謠
　有所思
　古別離
　寄仲氏筓
　遣興
　少年行

山嵐
弄潮曲
春歌
夏歌
秋歌
冬歌
湘纍謠
詞仙謠
效李義山體 一首

放沈亞之體

寄女伴

出塞曲

送伯兄翁朝天

皇帝有事天壇

步虛詞

次仲兄筠見墨萬選韻

次伯兄筠原聲高臺韻

次仲兄筠高臺韻登高臺韻

次仲兄筠高韻登高臺韻

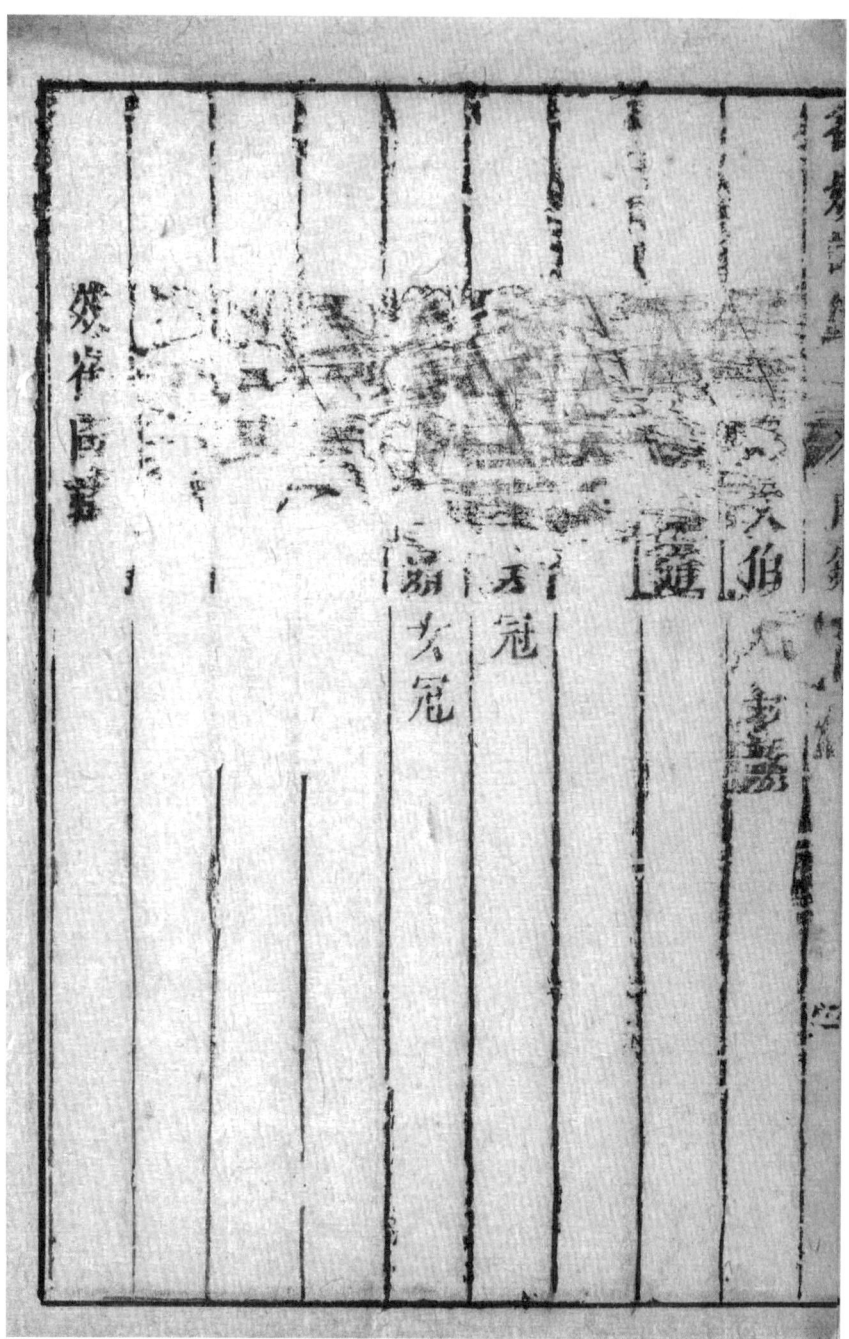

貧女吟
步虛詞
宮詞六首
塞下曲
楊柳枝詞
竹枝詞二首
閨情
映月樓
秋恨

目次

登樓
遊仙詞十六首

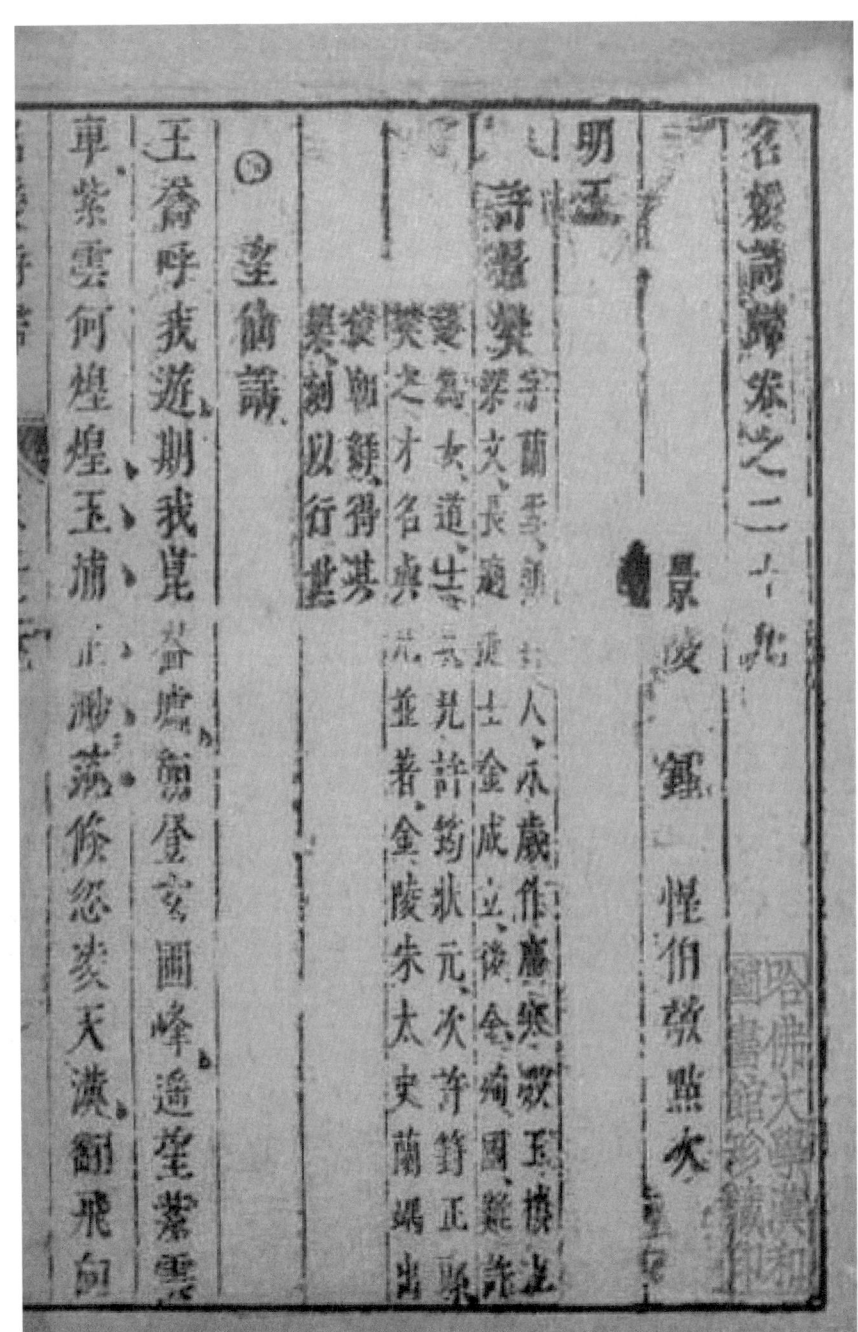

明瓚

詩讖

變文長篇趨士金成立後令癇圖難離愛鳥女道先示兒許筠狀元次等對正聚樊之才名典范並著金陵朱太史蘭嵎出

景度寫惺伯敬點次

○登仙謠

王喬呼我遊期我崑崙蓬萊朝登玄圃峰遙望紫雲車紫雲何煌煌玉浦芷䔢蕸倏忽凌天漢翻飛向

扶桑扶桑幾千里，風波阻且長，我欲舍此去，佳期安可忘，無那中忽忽，情根未斷，學仙人間不得，此曰君心知何許，妾徒悲傷，縷縷若絲。

○有所思

朝亦有所思，暮亦有所思，所思在何處，萬里路無涯，風波苦難越，雲龍杳何期，素書不可託，中情亂若絲。

○古別離

空聲相咄嗟，堂思萋草萋。

轔轔雙車輪一日千萬轉。起御同心不同車別離。○屢變歎不欵徑時屢變。不欵歎車輪尚有迹相思獨不見。○夢夜深渺無端。

○寄仲氏篸

瞧窻銀燭低。展動在流鶯度高閣惆悵深夜寒蕭蕭秋葉落關河音信病沉夏不可釋遙想青蓮字。

○遠興

山空蘿月白。

僊人乘彩鳳夜下朝元宮絳綃拂海雲霓裳舞外春

鳳邀我瑤池岑飲我流雲鍾偕我緣玉几登我芙蓉峰語奉兩靜便有章法

〇少年行

少年重然諾結交游俠大腰間白轆轤銀䩞雙䪓鞥朝辭明光宮馳馬長樂坂沽得渭城酒花間月下賜美景思金鞭宿倡家行樂爭流速誰肯惜千金買習卿華大觀

〇兒宮

春雨後江蘼初罷耕川紫成嵐氣野輕雲□□□

麈離識破瀟湘秋水色隨風乍轉孚佳人定蹤跡○勿隨風
俺人妙矣着山畫出雙蛾半成感俄然散作雨霏
霏說更覺畫變○
霏青山忽起如新沐
接句似與上截然
便覺臣添之妙

○弄潮曲

妾身嫁與弄潮兒妾夢依依江水湄南風非風吹
五兩上船下船齊蕩槳桃花高浪接煙空杳杳歸
帆夕照中○含情凝佇重慎慎勿沙頭候風色佳期不
來愁殺儂

○春歌

院落深深杏花雨鶯聲啼遍辛夷塢流蘇羅幙尚輕寒。春日輕寒不必言矣。著一尚字。便覺処時鵰緖嬌細難縷鶯鏡曉梳春雲長玉釵寶髻蟠鴛鴦斜捲重簾貼翡翠金勒雕鞍嘆何処疑情誰家池閣咽笙歌月照清尊金叵羅竟深浣幽沉如聞歌奏之愁人獨夜不成寐鮫綃曉把看紅淚

○夏歌

槐陰滿地花陰薄玉殿銀牀閒朱閣白苧新裁染

汗香輕風酒灑搖羅襪，瑤階飛盡石榴花月朦朧。

簾影欲斜雕梁畫棟午眠重，錦茵扣落釵頭鳳額

上鶯黃膩曉妝，鶯聲啼起江南夢，南塘女兒木蘭

舟，採蓮何處歸渡頭，輕撓慢唱橫塘曲波外夕陽

山更綠。末四句疑得宕漾。

○秋歌

紗廚麝氣殘宵過，露滴虛庭玉屏冷池蓮粉落夜

有聲井梧葉下秋無影金壺漏徹生西風珠簾卿

響鳴寒蟲金刀剪取機上素，驚關夢斷羅帷空縫

作衣裳寄遠客薰籠熏繡被朝啼壁堪深想。此處不合啼自
草別離難驛使明朝發南頭

○冬歌

銅壺一夜聞寒柝紗窗月冷此初驚錦烏鴉驚飛轆
轤長樓前倐忽生曙光倚婢金瓶瀉鳴玉曉簾水
溫胭脂香、寒意可想春山欲臙脂不得關于竚立寒霜
白無奈情緒去年照鏡看花蕊曉粧光深傾夜酒羅幙
重重團鳳籠玉容冷凜貓翠虛青鸚一別春徯春
金戈鐵馬滌海濱驚沙咲雪嶺黑貂香閤艮夜何

迢迢。

四詩皆以全句點題為工。看人粘滯其慧心疎蕩。俱堪汝聘。可與鄭奎妻兩詩並傳。

○湘絃謠

蕉花泣露湘江曲九疑秋烟天外綠（烟春九駝水）
麻凉波龍夜吟蠻娘輕隻玲瓏玉
梧雨氣侵天迷曉珠間撥神絃石壁上花簇月
帝江姝瑤空星漢高迢忽羽蓋金支五雲沒門外
漁郎唱竹枝銀潭半轡相思月處分看半掛何

深思露書，反覺能忍。

、、洞仙謌

紫簫聲裡彤雲散，簾外霜寒鸚鵡喚。篆字艷夜闌。
孤燈照羅幃時見，練生度河漢，丁東銀漏響西風，
露滴梧枝語多蟲，如鯨綃帕上三更淚明月應
留點點紅。

、、效李義山體

鏡暗鸞休舞梁空燕，歸香殘蜀錦被淚濕越羅
衣，鷲夢迷蘭渚可憐，罪雲落粉兩西亞今夜小流

影照金徽

○其二

月隱驚鸞扇香生篆，螺裙多嬌秦氏女有淚衛將軍玉匣收殘粉，冷嗜薰回頭巫峽外行雨難行雲。

> 刻意作羨語，不覺神似。

效沈亞之體

遲日明紅糊晴波歇，碧潭柳深鶯說睍花落燕呢喃泥潤理金頤由考鬟低壓玉扆，銀屏錦茵暖春

憶江南

江流咽咽自鏡匣鸞將老，塞山新過雁，暮雨獨歸舟。一夕紗窗陰聊攤憶舊遊，忽然。

○寄女伴

結廬臨古渡，目見大夢花園蝶已秋。

出塞曲

烽火照長河，天兵出漢家。沈戈眠白雪，驅馬渡黃沙，朔吹傳金柝，邊聲入塞笳。年年長辛苦，逐輕車。

送伯兄鈞朝天

六年離思倦登樓落日涼風又別愁湘浦淚痕邊入楚帝鄉行色早觀周、魚而銅壺瘡促雞人曉紫塞寒飛野夢秋、秋字氣健歸路正看萱艸碧函關西畔繫紫驪、

、、皇帝有事天壇

羽蓋徘徊駐碧壇壁階清夜譜和鑾、長生錦語丁寧說。可寧說想得妙延壽籙方仔細看曉露濕花河影斷、天風吹月鶴聲寒齋香燒罷餕鳴磬、玉樹千章遶

、步虛詞

橫海高峰壓巨鰲、六龍齊駕九河濤、中天飛閣星辰逈、下界流霞歲月遙金鼎曉炊凉霑液主壇夜動赤霜毫蓬萊鶴駕歸何晼一曲鸞笙老碧桃幽忽。飄忽。

○次仲兄笏兒星庵韻

有秀氣不滌蒙
醮壇待讖讖

雲光高嶂矢芙蓉琪樹卅崖露氣濃一閣香殘

入定講堂齊寂寞無著，瀟洒無着，可使潛智。靠戀古壁嘯山鬼霧鎖秋潭臥毒龍，向夜一燈明石磴，東橋月黑有踈鐘、

○○ 次伯兄高原望高臺韻

層臺一柱壓嵯峨，西北浮雲接塞多， 浮雲接塞，看一多字眺望，
鐵峽霸圖龍已去，穆陵秋色雁初過， 感有此光景，
悲歌幽氣蒙寨，山迴大陸吞三郡，水割平原納九河萬里
登臨日將莫，齊憑青嶂獨悲歌。

○○ 次仲兄濟高原望高臺韻

龍涎危棧接雲霄，峰妙屢天作漢標，山脈丑臨水絕，地形西壓南河通泐食。壯語有烟塵暮捲孤城出，首蒿秋肥萬馬驕事城聚，東望塞垣鼙鼓急幾時重起霍嫖姚。

一，詩對仗維整，觀意現龐尤為形管所難。

一、望高臺次伯兄箸韻

幾截行遊一劍光，倚天危閣俯針鋩，河流西去趨雄郡，山勢南來隔大荒，鳥外暮雲飛澹澹，尊前青海入茫茫，憑高載聳，碧天極目時回首，塞馬嘶風如有此景

殺氣橫、

、送宮人入道

拜辭清禁出金鑾換却鴉鬟着玉冠滄海有緣應

駕鳳碧城無夢更驂鸞瑤琚振雪春雲煖瓊珮鳴

空夜月寒。鳳度鏗鏘羲廩步虛銀漢上御衣猶似奉宸

懽、

、次仲氏韻

甲山東望鬱嵯峨漂客悲吟意若何孤雁忍分清

漢影朔風偏起大江波關楡曉角征衣薄塞路

心落葉多蕉瑟銀燭改關戎帳立立字庭闈歸慶好經過。

○贈兒星蒼女冠

淨掃瑤臺揖上仙曉星微膈絳河邊香生狄女春遊襪水落湘綀夜雨綻用事秀整。松邕冷侵虛殿焚天香晴拂碧階泉玄心已悟三生境玉塵何年駕紫烟。

○宿慈壽宮贈女冠

燕舞鸞歌字莫愁十三嫁與富平侯厭攜寶瑟彈

朱閣喜着花冠禮玉樓、飫宮人入道語、伊是琳管溫麗不覚寂看琳管

月羽簫鳳下綺窓雲散舞鸞休松風朝莫空壇上

鶴肯冷冷一陣秋、

○次孫內翰北堂韻

初日紅闌上玉鉤、丁香葉葉結春愁新秋滿面貪

香鏡篆夢闌心懶下樓上句溫存、夜月離狀寒翡

翠東風羅幙引鴛鴦

嫣紅落粉空惆悵、莫把銀瓶

洗急泚

○相逢行

相逢青樓下繫馬門前柳，笑脫錦貂裘試取新豐酒。

寫出少年豪邁氣象，然不粗豪。妙。

、雜詩

梧桐生嶧陽，斲取為鳴琴。一彈再三嘆，舉世無知音。泰昨甚得書意，是心聰高人一籌耳。

○其二

我有一端綺，

贈郎不惜作君袴，莫作他人裳。

黃金變故貞娥老
語不欲息欺君

○其三

精金明月光贈君為雜佩不憤君過德莫結新人

帶。說新人、益比前他
人一步縈一步
前作妙在溫婉此
作更以驕矜見姱

效崔國輔

妾有黃金釵、嫁時為首飾、叙意今日贈君行、千里
長相憶、

○貧女吟

登是無容色。自信工鍼復工織。少小生寒門良媒
不相識。只說我友意。須識此不勝淪落之戚。

步虛詞

乘鸞夜下蓬萊島、閒摶麟車踏瑤草、閒摶字說得仙人自在。
海風吹綻碧桃花、玉盤滿摘安期棗、

○宮詞

披香殿裡會宮教新得承恩別作行、別作行便卽驕貴與上會
字景況當座繡琴彈、曲力甚不同當座字亦極貧贱。內家令腸

綠羅裳。

、其二

綠羅帷幌紫羅茵、香麝霏微賸襲人香麝之氣、明
日賞花留玉輦地衣簾額一時新

○其三

躏叙
清宛、

宮牆處處落花飛、侍女燒香對夕輝。有景。妙。
春風人不見，微過。
逺。殿門深鎖綠生衣。朴濃。過盡

○其四

賜鵠新詞羽未齊，金龍鎖向玉樓西。回翠首依
簾立娟娟靜處，却對君王說隴西。
娟娟靜處，是賦見此曰玉龍鎖。
諸尺有不及他。

○其五

長信宮門待曉開，內宮金鎖鎖門闈，當時曾笑他
人到意諫今朝自失來。來寄語氣淬勁
慨嘆之詞，更深不怒。

○其六

新擇宮人直御床，錦屏初賜合歡香，明朝阿監來

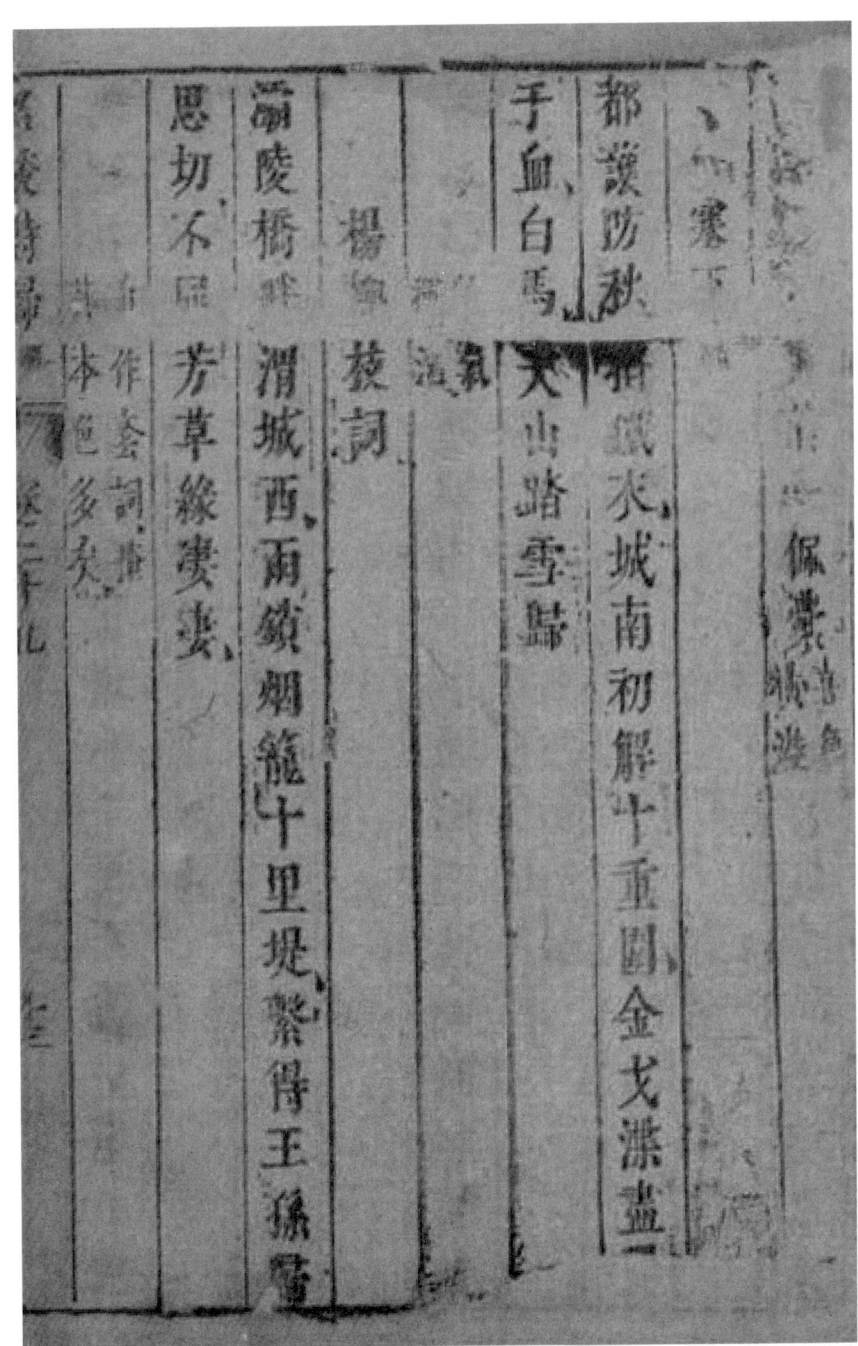

都護防秋……鐵衣城南初解、牛重圍金戈漾盡
手血白馬、天山踏雪歸

楊柳枝詞

灞陵橋畔、渭城西、雨嶺烟籠十里堤、繫得王孫□
恩切不屈……芳草綠萋萋

竹枝詞

承安宮外是層灘,灘上行人多少難,此句潮信有
時應自至,郎舟一去幾時還、沅宇朝來闊虛動

、其二

家住江南磧石磯,門前流水浣羅衣。
繫木蘭棹貪看鴛鴦相伴飛

、閨怨

燕燕斜陽反雨飛落花撩亂撲羅衣,洞房無限傷
春思 江南人未歸香無緒

玉欄秋扇　露葉清、露葉着一水晶簾冷桂花明鸞
驂未返銀橋斷惆悵仙郎白髮生　露葉清字高雅

○秋恨

絳紗遙隔夜燈紅夢覺羅衾一半空霜冷玉籠鸚
鵡語。語字檼苦。　霜瀟皆梧葉滿西風。

　登樓

紅欄六曲壓銀河瑞霧霏霏濕翠羅明月不知滄
海暮　意況　九疑山下白雲多

遊仙詞

一春閒伴玉真游,倏忽西風已報秋,仙子不歸花落盡,瀟天朝霧月當樓遠參差。

、其二

樓鎖彤雲地絕塵,玉妃春渡濕羅巾,玉妃傷有瑕空月凌星河影鸚鵡驚寒夜嘆人,想出鸚鵡性情係護彌至。

、其三

絳闕夫妄別玉皇洞天深削紫霞房桃花落盡溪頭樹,無情賺阮郎倩只如此曲曲如引尚謀無蘿薜不嫌出一賺字意。

其四

爇香遲夜禮天壇羽駕翻風鶴馭雲濤磬響按

月冷境桂花烟霧濕紅鸞

其五

香寒月冷夜沉沉，笑別嬌妃脆玉簪更把金鞭

歸路碧城西畔五雲深

馬出春
游氣象

其六

永巷春回桂有花自驂孤鳳出彤霞山前逢着安

期子袖裏攜將裹似瓜

○其七

烟鎖遙空鶴未歸桂花陰裏閉珠扉 閉珠扉杳溪

頭盡日神靈雨 雨着神靈二字孙氣森森 然靜深

滿地香雲濕不飛 不濕

叢叢雲䰂

○其八

瑞露微微隔玉虛碧箋偷寫紫皇書青童睡起捲

珠箔星月滿壇花影疎

頷夜

綺孛

其九

瓊海漫漫浸碧空、玉妃無語倚東風、不知情思向虛冷得娥
蓬萊夢覺三千里、滿袖啼痕一抹紅、使破洪

○其十

瓊樹扶踈露氣濃、月侵簾室、彩玲瓏、簾室二字不是幽閒催白兔敲靈藥、瀟自天香玉屑紅自韻、瓏甆出玲瓏已仙人事

其十一

蓬萊歸路海千里、五百年來一度逢、花下為沽瓊
液酒莫教青竹化蒼龍

用事
恰適

其十二

榆葉飄零碧漢流玉蟾珠露不勝秋靈橋鵲散無消息隔水空看飲渚牛

〇其十三

閒解青囊讀素書露風吹月桂花疎西妃小女奏無事笑倩飛瓊唱步虛（寓出蟠小作譚景事自遣）

〇其十四

玉樹珍蔬壓瑞煙丞飄鸞駕去朝天

人到短尾靈龜薺華驢

轉人奇妙直非
人間世有此

○其十五

開攜姊妹禮玄都、三洞真人各見呼、分付赤龍花
下立紫皇宮裡看投壺

烟霞縹渺齋楊
繽紛其緣無極

○其十六

后土夫人住馬都、日中吹笛宴麻姑、葦郎年少心
慊甚不寫輕綃五嶽圖

仙人亦
帶豔情

名媛詩歸卷之二十九終

고금여사 (古今女史) 1628년

조세걸 (趙世杰)

해제

『고금여사(古今女史)』는 명나라 조세걸(趙世杰)이 편찬하여 1628년에 간행한 여성 시문선집으로, 전집(前集 산문집) 12권, 시집 8권이다. 시집은 오언과 칠언, 고시와 절구, 율시 순으로 편집하였다. 조세걸은 항주 출신의 출판업자이고 자가 문기(問奇)라는 사실 정도만 알려져 있다.

여사(女史)는 중국 고대에 글을 쓰는 여성 관원이다. 『시경(詩經)』 「패풍(邶風) 정녀(靜女)」에 "얌전한 아가씨 아름다워라. 나에게 붉은 붓을 선물하였네.[靜女其孌, 貽我彤管.]"라고 하였는데, 모형(毛亨)의 전(傳)에 "옛날 후부인에게는 반드시 여사(女史) 동관(彤管)의 법이 있어 모든 일을 기록했다.[古者, 后夫人必有女史彤管之法, 事無大小, 記以成法.]"라고 하였다. 『후한서(後漢書)』 「광무 곽황후기(光武郭皇后紀)」에도 "여사(女史)가 동관(彤管)으로 공을 기록하고 허물을 쓴다.[女史彤管記功書過.]"라고 보이는데, 그 주(注)에 "동관은 붓대가 붉은 붓이다.[彤管赤管筆也.]"라고 하였다.

여사(女史)라는 제목뿐만 아니라 삼황(三皇) 오제(五帝)의 여성들이나 서왕모(西王母), 여러 왕비들의 명단을 앞에 내세운 것도 독자들에게 여성 문인의 지위를 높게 보이려는 상업적 의도라고 볼 수 있다. 독자의 이해를 돕기 위하여 시문에 이따금 평어(評語)를 편집하였는데, 높은 수준의 평어는 아니다.

난설헌의 글은 권2에 「광한전백옥루상량문」이 실렸는데, 문집 권2는 난설헌의 글 한 편으로만 편집하였다. 시집에는 권2 오언고시에 4수, 권3 칠언고시에 3수, 권4 오언절구에 3수, 권6 칠언절구에 22수, 권7 오언율시에 2수, 권8 칠언율시에 6수, 모두 40수가 실렸다. 다른 여성의 시가 허경번(許景樊)이라는 이름으로 실리기도 하였으며, 난설헌의 시가 다른 여성의 이름으로 실리기도 하였다. 『고금여사(古今女史)』는 청나라 말기에 『역대여자문집시집』이라는 제목의 석인본(石印本)으로도 간행되었다.

번역 및 원문

○ 「여사서(女史敍)」

옛날에 책을 읽으면서도 글자의 의미를 모르는 자가 있었다. 사관(史官)이 「곽광전(霍光傳)」[1]은 읽지 않아서는 안 된다고 하였는데, 그 이유는 첫째, 그가 문사(文詞)에만 능하고 혹 덕행에는 부족함을 비판한 것이고, 둘째, 그가 배우지 않아 학술이 없음을 비판한 것이리라. 일찍이 청운(靑雲)의 선비 중에 난새와 봉황처럼 훨훨 날다가 이윽고 부자가 되고 고관이 되어 당대를 빛내지만, 오히려 글자의 의미를 모르고 학술이 없다고 하여 후세에 비판을 받는 자가 있다고 생각하였다. 속담에 "명주(明珠)가 찬란하더라도 수후(隋矦)의

---

[1] 「곽광전(霍光傳)」은 『한서(漢書)』 권68에 실린 열전(列傳)이다. 곽광은 한 무제(漢武帝)의 고명(顧命)을 받고 소제(昭帝)를 보좌했다가, 소제가 죽자 창읍왕(昌邑王) 유하(劉賀)를 맞이하여 황제로 삼았는데, 창읍왕이 실덕(失德)하자 폐하고 다시 선제(宣帝)를 옹립한 재상이다.

야광주(夜光珠)만 못하고, 많은 보배를 늘어뜨리더라도 변화(卞和)의 박옥(璞玉)만 못하다."2)라고 하였으니, 이는 『여사(女史)』를 두고 말한 것이다.

여사는 황아(皇娥)3) 이후로 국조(國朝)에 이르기까지 정숙한 여인과 이름난 여인들이 아름다운 문장을 드날렸는데, 예컨대 고(誥)·조(詔)나 표(表)·소(疏)나 시(詩)·부(賦)나 서(書)·사(詞) 같은 것은 충정(忠貞)으로 회포를 드러낸 것이 아니면 절의(節義)로 속마음을 터놓은 것이었다. 또 다른 재주로는 예컨대 붉은 비단에 쓰고 푸른 비단에 그린 것이나, 다듬은 흰 비단과 재단한 깁이나, 누런 명주와 푸른 누대나, 초록 버들과 붉은 실 같은 화려한 문장들이니, 문채가 진실로 맑고 품격 또한 아름답다. 종합해 보면 물속의 달이나

---

2) 겉만 화려한 것보다는 실속이 있는 것이 낫다는 말이다. 옛날에 수후(隋矦)가 출행하다가 큰 뱀이 상처를 입은 것을 보고 사람을 시켜서 약을 발라 싸매 주게 하였다. 몇 해가 지난 뒤에 그 뱀이 명주(明珠)를 입에 물고 와서 은혜에 보답하였는데, 그 구슬이 직경 한 치가 넘었으며 밤에도 빛이 나 달이 비치는 것 같았다고 한다. 『수신기(搜神記)』 권20.
  변화(卞和)의 박옥(璞玉)은 화씨벽(和氏璧)을 말한다. 춘추 시대 초(楚)나라의 변화가 형산(荊山)에서 박옥을 얻어 여왕(厲王)에게 바쳤는데, 여왕은 잘못 판정한 옥인(玉人)의 말만 믿고서 왕을 속인다는 죄목으로 그의 왼발을 베었고, 무왕(武王)도 알아보지 못한 채 가짜라고 의심하며 그의 오른발을 베었다. 그 뒤 문왕(文王)이 즉위함에 변화가 박옥을 안고서 3일 주야를 피눈물을 흘리며 슬피 울자, 문왕이 옥인에게 다시 조사하여 가공하게 한 결과, 천하제일의 보배인 화씨벽을 얻게 되었다는 기록이 있다. 『한비자(韓非子)』 화씨(和氏)』

3) 황아(皇娥)는 황제(黃帝)의 정비(正妃)이다.

거울 속의 꽃이 공명(空明)에 점철된 것과 같다. 그렇다고 해서 명교(名敎)에도 방해가 되지 않으니, 누가 규중(閨中)에 명금알옥(鳴金戞玉)⁴⁾하고 회란지주(廻瀾砥柱)⁵⁾하는 뛰어난 사람이 없다고 말하겠는가.

나의 벗 조준지(趙濬之)와 맏아들 문기(問奇)⁶⁾가 전적(典籍)에 마음을 가다듬고 고금의 일을 널리 보아 이 책을 편찬하였다. 대개 좌구명(左丘明)·태사공(太史公)⁷⁾과 함께 나란히 중원(中原)을 내달리는 듯하니, 한갓 패관소설(稗官小說)이나 우초염이(虞初豔異)⁸⁾와 같은 수준에 두고 말할 수 있는 것이 아니다. 모아 뽑은 것이 이미 완성되어 나에게 서문을 맡겼다. 나는 아름다운 문장을 좋게 여기고 또 훌륭한 덕행을 높이기에 이를 널리 외어서, 책을 읽되 글자의 의미를 모르는 자의 경계로 삼는다.

---

4) 명금알옥(鳴金戞玉)은 갱금알옥(鏗金戞玉)과 같은 말로, 금석이나 옥돌이 서로 부딪쳐 쟁그랑 소리를 낸다는 뜻인데, 문장의 표현이 비범한 것을 말한다.
5) 회란(廻瀾)은 회광란(回狂瀾)의 준말로, 미친 듯이 함부로 흐르는 물결을 정상으로 돌린다는 뜻이고, 지주(砥柱)는 중국의 황하(黃河)의 거센 물살 가운데 우뚝 서 있는 바위산으로, 혼탁한 세속에 휩쓸리지 않고 꿋꿋하게 절조를 지키는 것을 말한다. 여기서는 퇴폐한 문풍을 되돌리거나 세속의 문풍에서도 굳게 지조를 지킨다는 말이다.
6) 조준지(趙濬之)는 조여원(趙如源)으로 준지는 그의 자이고, 문기(問奇)는 조세걸(趙世杰)의 자이다.
7) 좌구명(左丘明)과 태사공(太史公)은 모두 저명한 사관(史官)이다.
8) 우초(虞初)는 한 무제(漢武帝) 때 방사(方士)로서 처음 소설을 지은 사람이고, 염이(豔異)는 명(明)나라 왕세정(王世貞)이 지은 소설로 염정(艷情)과 괴이한 내용을 담고 있다.

숭정(崇禎) 무진년(1628) 10월에 인화(仁和)[9] 전수익(錢受益) 겸지(謙之)는 찬한다.

○「女史敍」
　古有讀書不識字者, 史稱『霍光傳』不可不讀, 蓋一則譏其徒工於文詞, 而或玷於德行, 一則譏其不學無術也, 曾謂青雲之士, 鳳鬐鸞騫, 業已懷金紆紫, 赫烜當世, 而猶然以不識字無學術遺譏於後世者乎? 語有之: "明珠璀燦, 不如隋侯之夜光; 衆寶陸離, 不如卞和之璞玉." 此『女史』之謂也. 『女史』自皇娥以降, 下及國朝, 淑媛名姝, 翩翩文采. 若誥詔、若表疏、若詩賦、若書詞, 非以忠貞表懷, 則以節義擄衷. 卽他技如題紅寫翠、擣素裁紈、黃絹青樓、綠楊紅線, 文固錚錚, 品亦姣麗. 總之如水月鏡花, 空明點綴, 然無妨於名敎也者, 孰謂閨閣中無鳴金戞玉、廻瀾砥柱之雄哉?
　余友趙潾之曁長君問奇, 精心墳典, 博覽古今, 編成是帙. 蓋與左丘明、太史氏並駕中原, 非徒稗官小說, 虞初豔異, 可同年而語也. 輯選旣成, 屬余爲敍. 余佳文采, 復高德行, 因譜誦之, 以爲讀書不識字者戒.
　旹崇禎戊辰孟冬, 仁和錢受益謙之甫撰.

○ 조선여자 허경번(許景樊)
　그의 형 허균(許筠)은 장원이고, 그 다음 허봉(許篈)은 정랑

---

9) 지금의 절강성(浙江省) 항주(杭州)인데, 당시에 출판업이 번성하던 곳이다. 서문을 쓴 전수익(錢受益)이나 편집자 조세걸(趙世杰) 모두 인화현 사람들이다.

(正郞)이다. 경번이 당시에 막 과부가 되었는데, 재명(才名)이 형들과 아울러 저명하였다.
○ [朝鮮女子] 許景樊.
　其兄許筠壯元, 次許篈正郞, 樊時新寡, 才名與兄並著.

정선고금여사(精選古今女史) 전집(前集)10) 권2

광한전 백옥루 상량문(廣寒殿白玉樓上梁文)

　명(明) 허경번(許景樊) 조선(朝鮮) 사녀(士女)이다.

伏以寶蓋懸空、보배로운 일산(日傘)이 하늘에 드리워지니
雲騈超色象之界、구름수레가 색상의 경계를 넘었고,
銀樓耀日、은빛 누각이 햇빛에 빛나니
霞楹出廣漠之墟。노을 기둥이 공막한 세상을 벗어났다.
雖復仙螺運機11)、신선의 소라로 베틀을 움직여서
玉帳之術斯殫、옥 휘장의 기술을 다하고,
翠蜃吹霧、푸른 신기루가 안개를 불어서
金櫃之方畢施。금궤짝의 묘방을 다 베풀었다.
自天作之、이는 하늘이 지은 것이지,
非人力也。사람의 힘이 아니다.
主人名編瑤籍、(광한전) 주인의 이름은 신선 명부에 오르고,

---

10) 앞부분 전집(前集)은 산문집이다.
11) 1608년 목판본 『蘭雪軒詩』에는 이 뒤에 "幻作璧瓦之殿, 翠蜃吹霧, 噓成玉樹之宮, 靑城丈人."이 더 수록되어 있다.

職綴瓊班、 벼슬도 신선 반열에 들어 있어서,
乘龍太淸、 태청궁에서 용을 타고
朝宿崑崙、 아침에 곤륜산에서 자며
暮歸方丈。 저녁에 방장산으로 돌아갔다.
駕鶴三島、 학을 타고 삼신산을 향할 때에는
右挹浮丘、 오른쪽에 신선 부구(浮丘)12)를 잡고,
左拍洪厓、 왼쪽에 신선 홍애(洪崖)13)를 잡아
千年玄鶴之棲遲、 천년 현학과 노닐며 즐기다가
一夢人間之塵土。 한 번 인간의 티끌세상을 꿈꾼다.
黃庭誤讀、 『황정경』을 잘못 읽어
謫下無央之宮、 무앙궁14)으로 귀양왔다가,
赤繩結緣、 적승(赤繩) 노파가15) 인연을 맺어주어
愧入有窮之室。 부끄럽게 유궁16)의 방에 들어왔다.
壺中靈藥、 병 속의 신령스러운 약을

---

12) 생황을 잘 불었던 신선인데, 천태산의 도사이다. 부구공(浮邱公)이라고도 한다.
13) 악박(樂拍)으로 이름난 신선이다. 곽박(郭璞)의 「유선시」에서도 왼쪽에 신선 부구를, 오른쪽에는 신선 홍애를 노래하였다.
14) 무앙(無央)은 도가의 언어로 끝이 없다는 뜻인데, 불가의 무량(無量)과 같이 쓰인다.
15) 부부의 인연을 맺어주는 신인(神人)인데, 월하노인(月下老人)이라고도 한다. 붉은 줄로 두 남녀의 발을 묶어주면 부부가 된다고 하였다.
16) 유궁(有窮) 후예(后羿)의 아내가 불사약(不死藥)을 먹고 선녀가 되어 달 속으로 달아났다고 한다. 무앙궁이 "다함이 없는 궁"이란 뜻이므로, 대구를 이루기 위해서 "다함이 있는 집[有窮之室]"이라고 한 것이다.

纔下指于玄砂、 잠시 현사(玄砂)에 내리자,

脚底銀蟾、 발 아래의 은두꺼비17)가

遽逃形于桂宇。 문득 계수나무 궁전으로 몸을 숨겼다.

笑脫紅埃赤日、 웃으면서 붉은 티끌과 붉은 해를 벗어나

重披紫府丹霞、 자부궁18)의 붉은 노을을 거듭 헤치며,

鸞笙鳳管之神遊、 난새와 봉황이 피리 부는 신령스러운 놀이

喜續舊會、 옛모임을 즐겁게 계속하였다.

錦幕銀屛之孀宿、 비단 장막과 은병풍에 홀로 자는 과부는

悔過今宵、 오늘 밤이 지나가는 것을 아쉬워하니,

胡爲日宮之銀綸、 어찌 일궁(日宮)의 은혜로운 명령을

俾掌月殿之賤奏。 월전(月殿)에까지 아뢰게 할 수 있으랴.

宮曹淸切、 관조(官曹)19)가 몹시 깨끗해서

足攝八霞之司、 발로 팔방 노을의 관청을 밟으며,

---

17) 달을 가리킨다. 한유(韓愈)의 「모영전(毛穎傳)」에서 "세상에 전하는 말에 의하면, 중산(中山)의 토끼가 신선술(神仙術)을 얻어서 항아(姮娥)를 훔쳐 가지고 두꺼비[蟾蜍]를 타고 달 속으로 들어갔다." 하였다.

18) 도가(道家)에서 신선이 사는 곳이다. 갈홍(葛洪)의 『포박자(抱朴子)』 「거혹(祛惑)」에 "천상(天上)에 도착하여 먼저 자부에 들렀는데, 금상(金床)과 옥궤(玉几)가 휘황찬란하였으니 정말로 귀한 곳이었다.[及至天上, 先過紫府, 金床玉几, 晃晃昱昱, 眞貴處也.]"라고 하였다.

19) 『사기(史記)』 권27 「천관서(天官書)」의 사마정(司馬貞) 주석에 "천문에 다섯 등급의 관이 있으니, 관은 곧 성관이다. 별자리에도 존비가 있는 것이 마치 인간 세상의 관원의 위차와 같으므로 천관이라 한다.[天文有五官, 官者, 星官也. 星座有尊卑, 若人之官曹列位, 故曰天官.]"라고 하였다.

地望崇高、 지위와 명망이 숭고하니

名壓五雲之閣。 그 이름이 오색구름의 전각을 짓눌렀다.

香凝玉斧、 옥도끼에 향이 엉기니

手下之吳質無眠、 수하의 오질(吳質)이[20] 잠을 못 자고

樂奏霓裳、 예상(霓裳)의 음악[21]을 연주하자,

闌邊之素娥不寐。 난간 가에 있던 소아(素娥)가 잠 못 이루네.

玲瓏霞佩、 영롱한 노을빛 노리개와

振霞錦于仙衣、 노을빛 비단이 신선의 옷자락에서 떨쳐지고,

熠燿星冠、 반짝이는 성관(星冠)은

點星珠于寶勝。 별빛 구슬로 머리꾸미개를[22] 꾸몄다.

爰思列仙之來會、 이에 여러 신선들 모여들 것을 생각해보니

尙乏上界之樓居。 상계에 거처할 누각이 아직도 없었다.[23]

---

20) 이름은 오강(吳剛)인데, 한나라 서하(西河) 사람이다. 신선을 배우다가 죄를 지어 달나라로 귀양가서 계수나무를 찍는 벌을 받았다. 그러나 잠도 잘 수 없는데다, 아무리 도끼질을 해도 계수나무가 곧 아물어 책임을 다하지 못했다고 한다. 단성식(段成式)이 지은『유양잡조(酉陽雜俎)』에 그 전설이 실려 있다.
"달나라 계수나무는 높이가 오백 길인데, 그 아래에서 한 사람이 언제나 나무를 깎고 있다. 그 사람의 이름은 오강인데, 서하 사람이다. (신선이 되는) 도를 배운 것이 지나쳐, (계수나무로) 귀양 보내 나무를 깎게 하였다."

21) 예상(霓裳)은 당나라 때에 월궁(月宮)의 음악을 본따서 만든 음악인「예상우의곡(霓裳羽衣曲)」인데, 이 글에서는 달나라의 음악을 가리킨다.

22) 정월 7일을 인일(人日)이라고 했는데, 비단을 끊어서 사람 모습을 만들거나 금박(金薄)으로 인승(人勝)을 만들었다. 이것을 병풍에 붙이거나, 머리에 꽂았다.『형초세시기(荊楚歲時記)』.

23) 그래서 백옥루를 새로 지을 생각을 하게 된 것이다. 이 뒤부터

靑鸞引玉妃之車、 푸른 난새가 옥비(玉妃)의 수레를 끄는데

羽葆前路、 깃으로 만든 일산이 앞서고,

白虎駕朝元之使、 백호가 조회에 참석하는 사신을 태우니

金綬後塵。 황금 수실24)이 그 뒤의 따랐다.

劉安傳經、 유안(劉安)이 경전을 전하자25)

拔雙龍于案上、 쌍용을 책상 위에서 빼어내고,

姬滿逐日、 희만(姬滿)26)이 해를 쫓아가며27)

驅八風于山阿。 팔방의 바람을 산비탈로 내몰았다.

宵迎上元、 밤에 상원부인을 맞아들이니

는 광한전으로 모여드는 신선들을 소개한 글이다.
24) 관원들의 인수(印綬)를 가리킨다. 관원들이 늘어섰다는 뜻이다.
25) 한나라 회남왕(淮南王 B.C.179-122)인데, 고조(高祖) 유방(劉邦)의 손자이다. 도가와 유가・법가(法家)를 망라한 잡가서(雜家書)『회남자(淮南子)』를 지었는데, 뒷날 모반을 꾀하다가 실패하여 자살하였다. 그의 전기는『사기』제118권과『한서』제44권에 실려 있다.『열선전』교정본에 그가 신선이 되어 하늘로 올라간 이야기가 실려 있다.
"한나라 회남왕 유안은 신선술과 연금술을 기술하여『홍보만필』3권이라 하고, 변화의 이치를 논했다. 그래서 여덟 신선이 회남왕을 찾아가『단경(丹經)』과 36수의 비방을 전수하였다."
26) 주나라 목왕(穆王)의 이름인데, 왕실의 성이 희씨(姬氏)였으므로 희만(姬滿)이라고 하였다. 소왕(昭王)의 아들인데, 55년 동안 임금으로 있으면서 태평성대를 누렸다. 서쪽으로는 견융(犬戎)을 치고, 동쪽으로는 서이(徐夷)를 정벌하였다. 후세에 지어진『목천자전(穆天子傳)』에 의하면 조보(造父)를 마부로 삼아 팔준마(八駿馬)를 타고 서쪽으로 여행하면서 여러 나라를 거치며 이상한 동식물들을 구경하고, 서왕모와 인연을 맺었다고 한다.
27) 주나라 목왕이 해가 지는 서쪽으로 여행하였으므로 "해를 쫓아갔다"고 표현한 것이다.

綠髮散三角之髻、 푸른 머리는 세 갈래 쪽이 흩어졌고,
晝接帝女、 낮에 상제의 손녀[28]를 만났더니
金梭織九紋之綃。 황금 북으로 아홉 무늬 비단을 짜고 있네.
瑤池列星會南峰、 요지(瑤池)의 열성들 남쪽 봉우리에 모였고
玉京羣帝集北斗。 백옥경의 여러 임금들 북두칠성에 모였다.
唐宗踏公遠之杖、 당종(唐宗)은 공원(公遠)[29]의 지팡이를 밟아
得羽衣于三章、 삼장(三章)의 우의(羽衣)[30]를 얻었고,
水帝對火仙之碁、 수제(水帝)는[31] 화선(火仙)과 바둑을 두며
賭寰宇于一局。 온 누리를 한 판에 걸었다.
不有紅樓之高構、 붉은 누각이 높게 지어지지 않았더라면
何安絳節之來朝。 어찌 편하게 붉은 깃발[32]을 세우고 조회에 참례할 수 있었으랴.
於是移章十洲、 이에 십주(十洲)[33]에 통문을 보내고

---

28) 직녀성(織女星)을 가리킨다. 『사기』 권27 「천관서(天官書)」에 "무녀성 북쪽이 직녀성이니, 직녀는 천제의 여손이다.[婺女其北織女, 織女天帝女孫也.]"라고 하였다
29) 당나라 현종이 나공원과 함께 월궁(月宮)에 이르러 「예상우의곡」을 얻은 이야기는 앞에 나온다.
30) 우의는 신선이나 도사가 입는 옷이고, 삼장은 세 가지 무늬이다. 왕세자가 착용하는 면복(冕服)이 칠장(七章)이고, 삼장(三章)은 윗옷에 분미를 수놓고 치마에 보와 불을 수놓은 것으로 고(孤)가 입었다. 『주례(周禮)』 「춘관종백(春官宗伯) 사복(司服)」
31) 오신(五神)의 하나이다.
32) 원문의 강절(絳節)은 전설 속에 나오는 상제(上帝)나 선군(仙君)이 가지고 다니는 일종의 의장(儀仗)을 가리킨다. 여기서는 신선의 뜻으로 쓰였다.
33) 서왕모가 한나라 무제에게 이야기해준 신선세계인데, 열 개의 섬이다.

放檄九海、구해(九海)34)에 격문을 급히 보내어,
囚大匠于屋底、집 속에 대장(大匠)을 가두어 두니35)
木宿掄材、목수36)가 재목을 가려 쓰고,
壓銕山于楹間、철산(鐵山)을 기둥 사이에 눌러 놓으니,
金精動色。황금의 정기가 빛을 낸다.
坤靈揮斧、땅의 신령이 도끼를 휘두르고
馳妙思於天開、천개에 교묘한 계획을 달려,
大冶鎔鑪、큰 대장장이가 용광로를 써서37)
運巧智于眞境。교지(巧智)를 진경에 부렸다.
靑霞垂尾、푸른 노을이 꼬리를 드리우자
雙虹飮星宿之河、쌍무지개가 은하수 강물을 들이마시고,
赤霓昂頭、붉은 무지개가 머리를 들자
六鰲戴蓬萊之島。여섯 마리 자라 봉래섬을 머리에 이었다.
璇題燭日、구슬 추녀가 햇빛에 비추니
出彤閣于烟中、붉은 누각이 아지랑이 속에 우뚝하고,
綺綴流星、비단 창가에 유성이 이어지니

---

34) 구영(九瀛)과 같은 말이다. 전국시대 제(齊)나라 추연(鄒衍)이 중국을 적현신주(赤縣神州)고 하고, 중국 밖에 적현신주와 같은 것이 아홉 개 있으니 그것을 구주(九州)라고 하며, 구주와 그 바깥을 둘러싸고 있는 바다를 영해(瀛海)라고 한다고 하였다.『사기』권74「맹자순경열전(孟子荀卿列傳)」
35) 여기부터는 백옥루를 짓는 모습을 표현하였다.
36) 목수(木宿)는 나무를 관장하는 별이다.
37) 천지의 조화를 비유하는 말이다.『장자』「대종사(大宗師)」에 "이제 한 번 하늘과 땅을 커다란 용광로 생각하고 조물주를 큰 대장장이라고 생각한다면 어디로 간들 문제될 것이 있겠는가.[今一以天地爲大鑪, 以造化爲大冶, 惡乎往而不可哉?]"라고 하였다.

駕廻廊于雲表。 회랑을 구름 너머에 꾸몄다.
魚緝鱗于玉尾、 옥기와는 물고기 비늘같이 이어졌고,
羅列羲38)于瑤堦。 구슬계단은 기러기같이 줄을 지었다.
微連捧旗、 미련(微連)이 깃대를 잡아
下月節于重霧、 월절(月節)을 자욱한 안개 속에 내리고,
梟泊樹纛、 부백(梟伯)39)이 독(纛)을 세워
設蘭橑于三辰。 난초 장막을 삼신(三辰)40)에 펼쳤다.
金繩結綺戶之流蘇、 비단 창문 수술을 황금 끈으로 매듭짓고,
珠網護雕闌之阿閣。 아로새긴 난간의 아름다운 누각41)을 구

---

38) 원문의 '羅列羲'보다 1608년 목판본 『蘭雪軒詩』에 보이는 '雁列齒'가 윗 구절과 짝을 이루어 자연스럽다. 안치(雁齒)는 기러기 이빨인데, 계단 주위에 정연하게 배열한 장식품을 말한다. 북주(北周) 유신(庾信)의 글에 "진시황이 쓰고 남은 석재로 안치의 계단을 만들었다.[秦皇餘石, 仍爲雁齒之階.]"라고 하였다. 『유자산집(庾子山集)』 권13 「온탕비(溫湯碑)」

39) 1608년 목판본 『蘭雪軒詩』에 보이는 부백(梟伯)이 맞다. 한나라 현종 때에 왕교(王喬)가 섭(葉)현령이 되었는데, 왕교는 신기한 기술이 있어 매달 삭망 때마다 조회에 참석하였다. 그가 자주 오는데도 수레가 보이지 않자, 황제가 몰래 태사를 시켜 그가 오는 것을 엿보게 하였다. 그랬더니 그가 동남쪽으로부터 한 쌍의 오리를 타고 오는 것이 보였다. 그러나 그가 온 뒤에 보니, 한 쌍의 신발만 있었다고 한다. 그 뒤로 왕교를 부백(梟伯)이라고 하였다.

40) 『춘추좌전(春秋左傳)』 「소공(昭公) 32년」에 "하늘에는 삼신이 있고 땅에는 오행이 있다[天有三辰, 地有五行.]"고 하였는데, 삼신은 해와 달과 별이고, 오행은 금(金), 목(木), 수(水), 화(火), 토(土)이다.

41) 원문의 아각(阿閣)은 사면에 모두 차양이 있는 누각이다. "옛날 황제 헌원씨 때에 봉황이 아각에 둥지를 틀었다.[昔黃帝軒轅, 鳳凰

슬 그물로 보호하였다.
仙人在棟、 신선이 기둥에 있어
氣吹彩鳳之香臺、 오색 봉황 향기로운 누대에 기운 불어오고
玉女臨窓。 선녀가 창가에 있어
水溢雙鸞之奩鏡。 쌍 난새의 화장대 거울에 물이 넘친다.
翡翠簾雲母屛靑玉案、 비취 발과 운모 병풍과 청옥 책상에는
瑞靄宵凝、 상서로운 아지랑이가 밤에 서리고,
芙蓉帳孔雀扇白銀床、 부용 휘장 공작 부채와 백은 평상에는
祥霓晝鎖。 대낮에도 상서로운 무지개가 둘러쌌다.
爰設鳳儀之宴、 이에 봉황이 춤추는 잔치를 베풀어
冀展燕賀之誠、 제비가 하례하는 정성을 바라며,
旁招百靈、 두루 백여 신령을 초대하고,
廣迎千聖。 널리 천여 성인을 맞이하였다.42)
邀王母于北海、 서왕모를 북해에서 맞아들이자
斑麟踏花、 얼룩무늬 기린이 꽃을 밟았고,
接老子于西門、 노자를 서문에서 영접하자
靑牛臥草。 푸른 소가 풀밭에 누웠다.43)

巢阿閣.]" 하였다. 『문선(文選)』 「서북유고루(西北有古樓)」 이선(李善) 주(注)
42) 백옥루 상량식에 많은 신선들이 초대되었다.
43) 노자의 성은 이씨이고, 이름은 이(耳)이며, 자는 백양(伯陽)인데, 진나라 사람이다. 은나라 때에 태어나 주나라에서 주하사(柱下史) 벼슬을 하였다. 정기를 보양하기 좋아하여, (다른 사람으로부터 정기를) 받아들이고 내보내지 않는 것을 귀하게 여겼다. 수장사로 전임되어 80여 년을 지냈는데, 『사기』에는 "200여 년"이라고 되어 있다. 당시에는 은군자로 불렸으며, 시호는 담(聃)이라고 했다. 공자가 주나라에 이르러 노자를 만나 보고는 그가 성인임을

瑤軒張錦紋之席、 구슬 난간에는 비단무늬 자리를 펼쳤고,
寶簷低霞色之帷。 보배로운 처마에는 노을빛 휘장이 나직하게 드리웠다.
獻蜜蜂王、 꿀을 바치는 왕벌은
來棲炊玉之室、 옥으로 밥을 짓는 방에 와서 머물고,
含粱雁帝、 기장을 머금은 안제(雁帝)는
頻入薦瓊之廚。 경옥을 바치는 부엌에 자주 드나드네.
雙成細管晏香銀箏、 쌍성의 세관과 안향(晏香)의 은쟁(銀箏)은
合鈞天之雅曲、 균천(鈞天)44)의 우아한 곡조45)에 맞추고,

알아, 곧 그를 스승으로 삼았다. 나중에 주나라의 덕이 쇠하자 푸른 소가 끄는 수레를 타고 떠나 대진국(大秦國)으로 들어가는 길에 서관(함곡관)을 지나게 되었는데, 관령(關令) 윤희(尹喜)가 기다렸다가 그를 맞이한 뒤에 진인(眞人)임을 알고는 글을 써 달라고 억지로 부탁하였다. 그래서 (노자가) 『도덕경』 상·하 2권을 지었다. -유향 『열선전(列仙傳)』

44) 균천(鈞天)은 구천(九天)의 한가운데 있는 하늘인데, 상제(上帝)가 있는 곳이다.

45) 조나라 간자(簡子)가 병이 나서 인사불성이 되자, 대부들이 모두 크게 걱정하였다. 명의(名醫) 편작(扁鵲)이 진찰하고 나오자, 가신 동안우(董安于)가 병세를 물었다. 그러자 편작이 이렇게 말했다.

"혈맥이 정상인데, 걱정할 게 뭐 있겠소? 이전에 진나라 목공도 이런 적이 있었는데, 7일 만에 깨어났소. 깨어나던 날 (대부) 공손지와 자여에게 '나는 상제가 사는 곳에 갔었다'고 했소. (줄임) 지금 주군의 병세도 목공의 병세와 같으니, 사흘이 지나지 않아 병세가 반드시 호전될 것이오. 병세가 호전되면 틀림없이 할 말이 있을 것이오."

이틀 하고도 한나절이 지나자 간자가 깨어났는데, 대부들에게 이렇게 말했다.

婉華淸歌飛瓊巧舞、 완화(婉華)의 청아한 노래와 비경(飛瓊)46)의 아름다운 춤은
雜駭空之靈音。 하늘의 신령스런 소리와 어울러졌다.
龍頭瀉鳳髓之醪、 용두 주전자로 봉황 골수로 빚은 술 따르고
鶴背奉麟脯之饌。 학의 등에 탄 신선은 기린 육포를 바쳤다.
瑤筵玉席、 구슬 자리와 옥방석은
光耀九枝之燈47)、 아홉 갈래48)의 등불에 흔들리고,
碧藕氷桃、 벽우(碧藕)49)와 빙도(氷桃)50)는
盤盛八海之影。 여덟 바다의 그림자51)를 소반에 담았다.

"나는 상제가 사는 곳에 갔었는데, 매우 즐거웠소. 여러 신들과 하늘 한가운데 노닐었고, 여러 악기로 웅장한 음악이 여러 차례 연주되는 것을 들었소." -『사기』 권43 「조세가(趙世家)」
균천(鈞天)에서 여러 가지 악기로 웅장하게 연주하는 음악을 「균천광악(鈞天廣樂)」이라고 한다.

46) 서왕모(西王母)가 한 무제(漢武帝)와 함께 연회를 할 때에 시녀(侍女) 허비경에게 진령(震靈)의 피리 음악을 연주하게 하였다 한다.『한무제내전(漢武帝內傳)』.
47) 아래에 "碧藕氷桃, 盤盛八海之影." 구절 순서가 바뀌었지만, 1608년 목판본『蘭雪軒詩』의 배열이 자연스러워 그에 따라 번역하였다.
48) 원문의 구지(九枝)는 옛 등(燈)의 이름으로, 등잔대 하나에 여러 개의 등불을 매단 것을 말한다.
49) 벽우는 신선이 먹는다는 전설상의 연근(蓮根)으로 길이가 7자라고 한다.『비아(埤雅)』권17 「석초(釋草) 우(藕)」에 "우는 자라나는 것이 달에 응하여, 달마다 한 마디가 나고 윤달마다 한 마디가 더 난다.[藕生應月, 月生一節, 閏輒益一.]"라고 하였다.
50) 벽우(碧藕)와 빙도(氷桃)는 모두 도교(道敎)에서 말하는 선과(仙果)이다.
51) 원문의 팔해(八海)는 사방(四方)과 사우(四隅)의 바다로 천하를

尙恨瓊姬之乏句、 선녀의 상량문 없는 것이 한스러워
而致上仙之眞嗟。 상선들의 탄식을 일으켰다.
淸平進詞太白、 「청평조(淸平調)」를 지어 올렸던52) 이백은
醉鯨背之已久、 술에 취해서 고래 등을 탄 지 오래이고53)
玉屋摘藻長吉、 옥대(玉臺)에서 글을 짓던 장길54)은
笑蛇神之何多。 사신(蛇神)이 너무 많다고 웃었다.55)

뜻한다. 팔해의 그림자는 한석봉 필사본에도 '영(影)'으로 썼는데, 미상이다.
52) 당 현종(唐玄宗)이 궁중의 모란이 활짝 핀 달 밝은 밤에 침향정(沈香亭)으로 양귀비(楊貴妃)를 불러 술 시중을 들게 하고 꽃을 완상하면서, 한림 공봉(翰林供奉) 이백(李白)을 시켜 악부 신조(樂府新調)를 짓게 하였다. 이백은 마침 술에 잔뜩 취해 있어서 좌우 신하들을 시켜 찬물로 얼굴을 씻겨 술이 조금 깨게 한 다음 지필(紙筆)을 내려 새로운 가사(歌詞)를 지어 올리게 하였다. 이백이 즉시 붓을 잡고 「청평조」 3장(章)을 지어 내니, 현종이 보고 매우 아름답게 여겨 칭찬을 아끼지 않았다. 『신당서(新唐書)』 권202 「문예열전(文藝列傳) 이백(李白)」
53) 이백이 채석강에서 배를 타고 술 마시다가, 달을 건지려고 몸을 기울이는 바람에 물에 빠져 죽었다는 전설이 있다. 그래서 고래를 타고 하늘에 올라갔다는 전설까지 생겼다. 그러나 실제로는 장개의 난을 피해서 형주로 갔다가, 현령이 보내준 술과 쇠고기를 먹고 죽었다고 한다. 날씨가 너무 더워서 고기가 상했기 때문에 식중독에 걸렸던 것이다.
54) 옥대는 백옥루이고, 장길(長吉)은 당나라 시인 이하의 자이다. 이하가 낮에 졸다가 보니 붉은 관복을 입은 도인이 옥판(玉板)을 들고 있었는데, "상제가 백옥루를 짓고 그대를 불러 기문(記文)을 짓게 하려 한다.[上帝作白玉樓, 召君作記.]"라고 쓰여 있었다. 이것을 보고는 병이 들어 27세에 요절했다.
55) 당(唐)나라 시인 두목(杜牧)이 이하 문집의 서문에서 그의 시를 소개하면서 "큰 입을 벌리는 고래와 뛰어오르는 자라, 소머리를

新宮勒銘、새로운 궁전에 새길 명(銘)을
寧用山玄卿之筆、어찌 산현경(山玄卿)56)의 솜씨를 쓰랴.
上界鐫箏、상계에 아로새길 쟁에
不數蔡眞人之詞57)。채진인(蔡眞人)58)의 글은 쳐주지를 않네.
江郞才健久、강랑(江郞)의59) 재주가 오래 굳세다가
夢五色之花、꿈에 오색 찬란한 꽃을 보았고60),
梁客詩成、양객(梁客)61)의 시가 이뤄지자

한 귀신과 뱀의 몸을 한 귀신으로도 그의 시의 허황하고 환상적
인 면을 형용하기에는 부족하다.[鯨呿鼇擲, 牛鬼蛇神, 不足爲其虛荒
誕幻也.]"라고 하였다.『번천집(樊川集)』권7 「이하집서(李賀集序)」
56) 당나라 때 어떤 사람이 꿈에 신궁(新宮)의 명을 짓고 자양진인
산현경(紫陽眞人山玄卿)이 찬(撰)한 것이라고 했다 한다. 소식(蘇軾)
의 「유나부산(游羅浮山)」에 "책을 지고 나를 따라 어찌 돌아가지
않는가, 신선들이 신궁(新宮)의 명을 짓고 있다오.[負書從我盍歸去,
群仙正草新宮銘.]" 하였다.『소동파전집(蘇東坡詩集)』권38
57) 1608년 목판본『蘭雪軒詩』에는 이 아래에 "自慙三生之墮塵,
誤登九皇之辟剡."라는 구절이 더 있다.
58) 송(宋)나라 홍매(洪邁)의 「채진인사(蔡眞人詞)」에, "속세에는 이
곡조를 아는 사람이 없어, 문득 황곡을 타고 요경을 날아오르니,
바람은 차고 달빛은 깨끗하구나.[塵世無人知此曲, 却騎黃鵠上瑤京,
風冷月華淸.]" 하였다.
59) 양나라 천재 문장가인 강엄(江淹)인데, 말년에 재주가 다하자
더 이상 아름다운 글을 짓지 못했다고 한다.
60) 원문의 '오색지화(五色之花)'은 두 가지 고사가 합쳐진 것이다.
강엄이 야정(冶亭)에서 잠을 자다가 꿈을 꾸니 곽박(郭璞)이라는
노인이 와서 말하기를, "내 붓이 그대에게 가 있은 지 여러 해
이니, 이제는 나에게 돌려다오." 하므로 품속에서 오색필(五色筆)
을 꺼내어 주었는데, 그 후로는 좋은 시문을 전혀 짓지 못하였
다고 한다. 이백이 어릴 적 붓 끝에 꽃이 피는 꿈을 꾼 뒤에 시
가 세상에 유명해졌다는 '몽필생화(夢筆生花)'의 고사가 덧붙었다.

莫催三生之鉢。 삼생의 바리를 꺾지 못했다.
徐援彤管、 붉은 붓대를 천천히 잡고
笑展紅牋。 웃으며 붉은 종이를 펼쳤다.
河懸泉湧、 황하수가 쏟아지듯 샘물이 솟아나듯 지으니
不必覆子安之衾、 자안(子安)의 이불을 덮을 필요가 없고62)
句麗文遒、 구절이 아름다운데다 문장도 굳세니
未應類謫仙之面。 이백의 얼굴을 대해도 부끄러울 게 없네.
立進錦囊之神語、 그 자리에서 비단 주머니의 신령스러운 글을 바쳐
置諸雙樑63)、 두 대들보에 걸어 두고서
留作瓊宮之盛觀、 선궁(仙宮)의 장관을 이루게 하니,
資于六偉。 육위(六偉)64)의 자료로 삼는다.

東65)。　　　 들보 동쪽이여.

---

61) 양(梁)나라의 소문염(蕭文琰)을 가리킨다. 남조의 제(齊)나라 때 경릉왕(竟陵王) 소자량(蕭子良)이 우희(虞羲)·구국빈(丘國賓)·소문염 등의 학사들을 모아 놓고 촛불이 1촌 탈 동안에 시 짓는 놀이를 하였는데, 소문염이 시간이 너무 길다고 하면서 바리때를 쳐서 울리는 소리가 그치는 사이에 시를 짓는 것으로 고치고서는 그 사이에 즉시 시를 지었다고 한다. 『남사(南史)』 권59 「왕승유열전(王僧儒列傳)」
62) 자안은 언제나 이불 속에서 문장을 구상하던 당나라 시인 왕발(王勃)의 자인데, 난설헌 자신은 그럴 필요가 없다는 뜻이다.
63) 1608년 목판본 『蘭雪軒詩』와 한 구절 순서가 바뀌었다.
64) 상량식을 마친 뒤에 떡을 던질 동서남북 상하 여섯 방향이 육위이다. 이 글에서는 여섯 방향을 노래한 시이다.
65) 1608년 목판본 『蘭雪軒詩』에는 "抛梁東"으로 되어 있으며, 6수의 순서도 다르다.

曉騎仙鳳入瑤宮。 새벽에 봉황을 타고 요궁에 들어갔더니
平明日出扶桑底、 날이 밝으면서 해가 부상 밑에서 솟아올라
萬縷丹霞射海虹。 붉은 노을 일만 올 바다 무지개를 비추네.

西。 　　　　들보 서쪽이여.
碧花零落彩鸞啼。 푸른 꽃이 떨어지고 오색 난새가 울어
靑羅書字邀王母、 푸른 비단에 글자를 써서 서왕모를 맞아
鶴馭催歸日已低。 학어(鶴馭)66)가 돌아가길 재촉하니 날이 이미 저물었네.

南。 　　　　들보 남쪽이여.
玉龍無事飮珠潭。 옥룡이 아무 일 없어 연못물이나 마시고
銀床午罷遊仙夢、 은평상에서 선선 꿈꾸다 낮잠을 깨어
笑喚瑤姬脫碧衫。 웃으며 요희를 불러 푸른 적삼을 벗네.

北。 　　　　들보 북쪽이여.
鯨海溟洋浸斗極。 고래 사는 큰 바다에 북극성이 잠기고
大鵬翼擊碧天風、 큰 붕새가 날개를 치니67) 푸른 하늘에 바

---

66) 학어(鶴馭)는 학가(鶴駕)와 같은 말로, 흔히 왕세자가 타는 수레를 가리킨다.
67) 『장자』 「소요유(逍遙遊)」에 "북쪽 바다에 물고기가 있는데 그 이름을 곤(鯤)이라 한다. 곤의 크기는 몇 천리나 되는지 알 수가 없다. 변하여 새가 되면 그 이름을 붕(鵬)이라 하는데, 붕새의 등이 몇천 리나 되는지 알지 못한다. 붕새가 남쪽 바다로 옮겨 갈 때는 물결을 치는 것이 삼천 리요, 회오리바람을 타고 구만 리를 날아올라가 여섯 달을 가서야 쉰다.[北冥有魚, 其名爲鯤, 鯤之大

람이 일어
九霄雲散雨氣黑。 구천에 구름 흩어져 빗기운이 어둑하구나.

上。　　　　　들보 위쪽이여.
曉色微明雲錦帳、 새벽빛이 희미하게 비단 장막을 밝혀
遊夢初回白玉床, 신선세계 노닐던 꿈을 백옥 평상에서 막 깨고는
臥聽北斗回枓響。 북두칠성의 자루 돌아가는[68] 소리를 누워서 듣네.

下。　　　　　들보 아래쪽이여.
九埃雲黑疑昏夜。 구애에 구름이 어두워 날 저물었나 했더니
侍兒報道水晶寒、 시녀가 수정 주렴이 춥다 아뢰고
曉色已結鴛鴦瓦。 새벽빛이 벌써 원앙 기와[69]에 맺혔네.

伏願上梁之後、 엎드려 바라오니 들보를 올린 뒤에
琪花不老、 기화(琪花)는 시들지 말고
瑤草長春、 요초(瑤草)도 길이 봄날이어서
曦舒凋光、 햇빛이 퍼져 (달이) 빛을 잃어도
御鸞轡而猶戲、 난새 수레 어거하여 더욱 즐거움 누리시고,
陸海變色、 땅과 바다의 빛이 바뀌어도

不知其幾千里也。化而爲鳥, 其名爲鵬, 鵬之背不知其幾千里也. 鵬之徙於南冥也, 水擊三千里, 搏扶搖而上者九萬里, 去以六月息者也.]"라고 하였다.
68) 새벽이 되면 지구가 움직이면서 북두칠성의 자루가 돌아간다.
69) 짝을 이룬 기와로, 암키와와 수키와를 이른다.

伸虹玉而尙存。 홍옥을 펴서 더욱 길이 사소서.

銀窓壓河、은빛 창문이 은하를 누르면

下視九萬里依微世界、아래로 구만리 희미한 세계를 내려다보시고,

璧戶臨海、구슬문이 바다에 다다르면

笑看三千年淸淺桑田、삼천년 맑고 얕아진 뽕나무밭70)을 웃으며 바라보아

手揮三霄日星、손으로 세 하늘71)의 해와 별을 지휘하시고

身遊九天風露。몸은 구천세계 바람과 이슬 속에 노니소서.

○ 탕약사(湯若士)72)가 말하였다. 경번(景樊)의 소자(小字)는 취아(翠娥)73)이니, 장원(壯元) 허균(許筠)의 누이이다. 어려서부터 서사(書史)를 공부하여, 육예(六藝)에 통달하였으며, 붓을 들면 일곱 걸음도 되지 않아74) 문장이 이루어졌다. 나이

---

70) 선녀 마고(麻姑)가 왕방평(王方平)에게 이르기를 "만나 뵌 이래로 벌써 동해가 세 차례 상전으로 변하는 것을 보았는데, 지난번에 봉래산에 이르자 물이 또 지난번 만났을 때보다 절반쯤 얕아졌으니, 어찌 장차 다시 육지로 변하지 않겠습니까.[接侍以來, 已見東海三爲桑田, 向到蓬萊, 水又淺於往者會時略半也. 豈將復還爲陵陸乎?]"라고 말하였다. 『신선전(神仙傳)』 권7「마고(麻姑)」

71) 삼소(三霄)는 신선이 산다는 삼청(三淸), 즉 옥청(玉淸)·상청(上淸)·태청(太淸)을 가리킨다.

72) 약사(若士)는 탕현조(湯顯祖, 1550-1616)의 호인데, 자는 의잉(義仍), 다른 호는 해약(海若)·견옹(繭翁)·별서청원도인(別暑淸遠道人)이다. 대표작으로 「모란정(牡丹亭)」이 있고, 저서로는 『탕현조집(湯顯祖集)』이 있다.

73) 무슨 근거로 이렇게 말하는지 알 수 없다.

74) 원문의 '칠보(七步)'는 삼국 시대 위 문제(魏文帝) 조비(曹丕)가

20세에 과부가 되었는데, 재주와 명성이 형과 아울러 유명하였다. 내가 기성(畿省)에서 우연히 그의 문집 한 권을 얻어 읽어보니 햇빛이 비치는 것처럼 찬란해, 이역 여인의 글이라는 것을 느낄 수 없었다. 이 여인이 이같이 바탕이 맑고 총명하였다.

○ 湯若士曰, 景樊小字翠蛾, 壯元許筠之妹也. 幼工書史, 通六藝, 擧筆成文, 不下七步. 年二十而寡, 才名與兄並著. 予於畿省, 偶得其文集一卷, 讀之陸離射日, 不虞異域, 姬乃有此淑質聰.

○ 조문기(趙問奇)[75]가 말하였다. "천부(天府)의 기이한 만남과 운하(雲霞)의 아름다움을 모두 나열하였으니, 필묵(筆墨) 사이를 돌아다니다 보면 백옥루(白玉樓)만 신유(神遊)[76]할 뿐이 아니다.

아우 조식(曹植)의 글재주를 시기하여 7보 안에 시를 짓지 못하면 큰 벌을 내릴 것이라고 윽박지르자, 조식이 이에 시를 지었다는 칠보시(七步詩) 고사를 가리킨다. 조식이 지은 「칠보시(七步詩)」는 이렇다. "콩대는 솥 밑에서 활활 타고, 콩은 솥 안에서 울어 대네. 본래 같은 뿌리에서 나왔거늘, 서로 볶기를 어찌 그리 급하게 하는가.[其在釜下燃, 豆在釜中泣. 本自同根生, 相煎何太急.]"

75) 문기(問奇)는 『古今女史』를 편찬한 조세걸(趙世杰)의 자이다. 인화(仁和) 출신으로, 지금의 절강성 항주(杭州)사람이다.

76) 이백의 「대붕부 서(大鵬賦序)」에 나오는 말이다. "내가 옛날 강릉에서 도사(道士) 사마자미(司馬子微)를 만났는데, 그가 나에게 말하기를 '선풍도골이 있으니, 팔극 밖에서 함께 신유(神遊)할 만하다.[有仙風道骨 可與神遊八極之表]'고 했다." 자미(子微)는 사마승정(司馬承禎)의 자이다.

○ 趙問奇曰, 譜天府之奇○, 雲霞之麗, 低廻筆墨間, 不啻神遊白玉樓矣.

○ 주언여(朱言如)가 말하였다. 선기(仙奇)로는 태백(太白)의 퇴관편(退觀篇)이고, 곱기로는 강엄(江淹)의 피석(避席)이니, 문장으로 진한(秦漢) 이상 뛰어난 사람이다.
○ 朱言如曰, 仙奇則太白退觀篇, 麗則江淹避席, 文之出秦漢以上者.
○ 卷終
○ 권2 끝77)

시집 권2 오언고시(五言古詩)

유소사(有所思)

朝亦有所思。 아침에도 임 생각
暮亦有所思。 저녁에도 임 생각78)
所思在何處、 그리운 임은 어디에 계신지
萬里路無涯。 만리 길이라 끝이 없구나.
風波苦難越、 풍파에 건너기 어렵고
雲鴈杳何期。 구름길 아득하니 어찌 기약하랴.

---

77) 『정선고금여사(精選古今女史)』 권2는 난설헌의 「광한전백옥루상량문」 1편으로 끝난다.
78) 제1구와 제2구는 당나라 시인 유운(劉雲)의 「유소사(有所思)」에서 차용하였다.

素書不可託、편지79)도 부칠 수 없으니
中情亂若絲。속마음 헝클어진 실과 같구나.
　깊은 정에 옛 뜻이 있다.
○ 有所思80)
朝亦有所思。暮亦有所思。所思在何處、萬里路無涯。風波苦難越、雲鴈杳何期。素書不可託、中情亂若絲。
　深情 古意.

망선요(望仙謠)

王喬呼我游、왕교가 나를 불러 놀자고 하여
期我崑崙墟。곤륜산서 만나기로 약속하였네.
朝登玄圃峯、아침 나절 현포 꼭대기 올라
遙望紫雲車。저 멀리 자색 구름 수레를 보네.
紫雲何煌煌、자색 구름 어쩜 그리 빛이 나는가
玉蒲正渺茫。현포로 가는 길은 아득만 하네.
倐忽凌天漢、어느 사이 은하수를 날아 넘어서

---

79) 원문의 '소서(素書)'는 흰 명주에 쓴 편지이다. 진(晉)나라 육기(陸機)의 「음마장성굴행(飮馬長城窟行)」에, "나그네가 먼 곳에서 와서, 내게 한 쌍의 잉어를 주었지. 아이 불러 잉어를 삶게 했더니, 뱃속에 편지가 들어 있었네.[客從遠方來, 遺我雙鯉魚. 呼童烹鯉魚. 中有尺素書.]" 하였다. 『고문진보(古文眞寶) 전집(前集)』

80) 1608년 목판본 『蘭雪軒詩』에는 이 시가 없다. 1727년에 간행된 이정(李婷, 1454-1488)의 『풍월정집(風月亭集)』에 같은 제목으로 비슷한 시가 실려 있는데, 제4구의 '萬'이 '千'으로 되어 있고, 제5구부터는 글자가 많이 다르다. "風潮望難越, 雲鴈託無期. 欲寄音情久, 中心亂如絲."

翻飛向扶桑。 해 뜨는 곳 부상 향해 날아가누나.
扶桑幾千里、 부상은 몇천 리나 먼 곳이런가
風波阻且長。 풍파가 길을 막아 멀기만 하네.
我欲舍此去、 이 길 말고 다른 길 가고 싶지만
佳期安可忘。 이처럼 좋은 기회 어찌 놓치랴.
君心知何許、 그대 맘이 어딨는 줄 알고 있기에
賤妾徒悲傷。 천첩 맘은 슬프기만 할 뿐이라오.

　결구(結句)에서 정이 깊어졌다.

○ **望仙謠**81)

王喬呼我游、期我崑崙墟。朝登玄圃峯、遙望紫雲車。紫雲何煌煌、玉蒲正渺茫。倏忽凌天漢、翻飛向扶桑。扶桑幾千里、風波阻且長。我欲舍此去、佳期安可忘。君心知何許、賤妾徒悲傷。

　結得情深

고별리(古別離)

轔轔雙車輪、 삐걱삐걱 두 개의 수레바퀴
一日千萬轉。 하루에도 천만번 돌아가누나.
同心不同車、 마음은 같건만 수레 같이 타지 못해
別離時屢變。 헤어지고 여러 세월 변하였네.
車輪尙有迹、 수레바퀴 자국이 아직 남아 있건만
相思獨不見。 그리운 님은 홀로 보이지 않네.

○ **古別離**82)

---

81) 1608년 목판본 『蘭雪軒詩』에는 이 시가 없다.
82) 1608년 목판본 『蘭雪軒詩』에는 이 시가 없다. 최경창(崔慶昌)

轔轔雙車輪、一日千萬轉。同心不同車、別離時屢變。車輪尙有迹、相思獨不見。

중씨 봉(篈)께

暗窓銀燭低、 어두운 창가에 촛불 나직이 흔들리고
流螢度高閣。 반딧불은 높은 지붕을 날아서 넘네요.
悄悄深夜寒、 깊은 밤 시름겨워 더욱 쌀쌀한데
蕭蕭秋葉落。 나뭇잎은 우수수 떨어져 흩날리네요.
關河音信稀、 산과 물이 가로막혀 소식도 뜸하니
沈憂不可釋。 그지없는 이 시름을 풀 길이 없네요.
遙想靑蓮宮、 청련궁83) 오라버니를 멀리서 그리노라니
山空蘿月白。 산속엔 담쟁이 사이로 달빛만 밝네요.

　바람결에 가벼운 구름을 띄워 보내는 뜻이 있다.

○ 寄仲氏篈84)

暗窓銀燭低、流螢度高閣。悄悄深夜寒、蕭蕭秋葉落。關河音信稀、沈憂不可釋。遙想靑蓮宮、山空蘿月白。

　有風送輕雲之致

　　의 『고죽유고(孤竹遺稿)』에 실린 「고의(古意)」 제1수와 같은데, 제6구의 '獨'이 '人'으로 되어 있다.
83) 허봉이 즐겨 읽던 시인 이백의 호가 청련거사였으므로, 시인 허봉이 귀양 간 곳을 청련궁이라고 하였다. 사찰이나 승사(僧舍)를 가리키기도 한다.
84) 1608년 목판본 『蘭雪軒詩』에 「寄荷谷」이라는 제목으로 실린 시인데, 제목이 바뀌어 있다.

권3 칠언고시(七言古詩)

산람(山嵐)

暮雨侵江曉初闢。 저녁 비가 강에 내렸다가 새벽에야 개자
朝日染成嵐氣碧。 아침 햇살이 물을 들여 이내가 푸르구나.
經雲緯霧錦陸離、 구름과 안개로 얽으니 비단처럼 눈부신데
織罷瀟湘秋水色。 다 짜고 나니 소상강의 가을 물빛 같구나.
隨風宛轉學佳人、 바람 따라 생긴 풍경이 미인을 닮아
畫出雙蛾半成蹙。 어여쁜 한 쌍 눈썹을 반쯤 찡그린 듯하네.
俄然散作雨霏霏、 갑자기 흩어져 비 되어 부슬부슬 내리니
靑山忽起如新沐。 홀연히 솟은 청산이 막 머리 감은 듯해라.

　서(徐)[85]·허(許) 두 여인의 필묵은 모두 향염(香艷) 사이에 있어 한 치도 다르지 않다.

○ 山嵐[86]

暮雨侵江曉初闢。朝日染成嵐氣碧。經雲緯霧錦陸離、織罷瀟湘秋水色。隨風宛轉學佳人、畫出雙蛾半成蹙。俄然散作雨霏霏、靑山忽起如新沐。

　徐許李女郎 筆墨俱香艷間 不以寸

상현요(湘絃謠)

蕉花泣露湘江曲。 파초꽃 이슬에 젖은 소상강 물굽이에
九點秋烟天外綠。 아홉 봉우리[87] 가을빛 짙어 하늘 푸르네.

---

85) 서(徐)는 바로 앞에 시가 실린 명나라 여성 서원(徐媛)을 가리킨다.
86) 1608년 목판본 『蘭雪軒詩』에는 없는 시이다.

水府凉波龍夜吟、 수궁 찬 물결에 용은 밤마다 울고
蠻娘輕戞玲瓏玉。 남방 아가씨88) 구슬 구르듯 노래하네.
離鸞別鳳隔蒼梧。 짝 잃은 난새 봉새는 창오산이 가로막히고
雨氣侵天迷曉珠。 빗기운이 하늘에 스며 새벽달 희미하네.
間撥神絃石壁上、 한가롭게 벼랑 위에서 거문고를 뜯으니
花鬟月鬢啼江姝。 꽃같고 달같은 큰머리의 강아가씨가 우네.
瑤空星漢高超忽。 하늘 은하수는 멀고도 높은데
羽盖金枝五雲沒。 일산의 금가지에 오색구름 스러지네.
門外漁郞唱竹枝、 문밖에서 어부들이 「죽지사」를 부르는데
銀潭半掛相思月。 은빛 호수에 님 그리는 달 반쯤 걸렸구나.
　돌을 꾸짖어 양이 되게 하였다.89)

○ 湘絃謠

蕉花泣露湘江曲。九點秋烟天外綠。水府凉波龍夜吟、蠻娘輕戞玲瓏玉。離鸞別鳳隔蒼梧。雨氣侵天迷曉珠。間撥神絃石壁上、花鬟月鬢啼江姝。瑤空星漢高超忽。羽盖金枝五雲沒。門外漁郞唱竹枝、銀潭半掛相思月。

　叱石成羊

---

87) 순임금 사당을 구의산(九疑山)에 모셨는데, 구점(九點)은 그 아홉 봉우리를 가리킨다.
88) 창오산 남쪽 호남성 일대 지역을 만(蠻)이라 하는데, 순임금의 두 왕비인 아황과 여영이 만(蠻) 땅의 아가씨이다.
89) 옛날에 황초평(皇初平)이라는 사람이 양을 길렀는데, 어떤 도사를 따라 금화산(金華山)의 굴속으로 가서 40년이나 되도록 돌아오지 않았다. 그 형이 찾아가서 보니 양은 없고 흰 돌만 보여서 연유를 묻자 "양이 있는데 형이 보지 못하는 것이오."라고 하고는 "워! 워! 양들아, 일어나거라."라고 하니, 흰 돌이 모두 일어나 수만 마리 양이 되었다고 한다. 『신선전(神仙傳) 권2』

동선요(洞仙謠)

紫簫聲裏彤雲散。 자주빛 퉁소 소리에 구름이 흩어지자
簾外霜寒鸚鵡喚。 발 밖에는 서리 차가워 앵무새가 우짖네.
夜闌疎燭照羅帷、 밤 깊어져 외로운 촛불 비단 휘장 비추고
時見疏星度河漢。 이따금 드뭇한 별이 은하수를 넘어가네.
丁冬銀漏響西風。 똑똑 물시계 소리가 서풍에 메아리치고
露滴梧枝語夕蟲。 이슬지는 오동나무 가지에선 밤벌레 우네.
鮫綃帕上三更淚、 교초 손수건에 밤새도록 눈물 적셨으니
明日應留點點紅。 내일 보면 점점이 붉은 자국 남았으리라.

○ 洞仙謠

紫簫聲裏彤雲散。簾外霜寒鸚鵡喚。夜闌孤燭照羅帷、時見疎星度河漢。丁冬銀漏響西風。露滴梧枝語夕蟲。鮫綃帕上三更淚、明日應留點點紅。

권4 오언절구(五言絶句)

잡시(雜詩)

1.

梧桐生嶧陽、 오동나무 한 그루가 역산 남쪽에서 자랐기에
斲取爲鳴琴。 베어다가 거문고를 만들었네.
一彈再三歎、 한 번 타고 두세 번 감탄했건만
擧世無知音。 온 세상에 알아들을 사람이 없네.
○ 雜詩90)

梧桐生嶧陽、斲取爲鳴琴。一彈再三歎、擧世無知音。

2.
我有一端綺、 내게 아름다운 비단 한 필이 있어
今日持贈郞。 오늘 님에게 정표로 드립니다.
不惜作君袴、 님의 바지 짓는 거야 아깝지 않지만
莫作他人裳。 다른 여인 치맛감으론 주지 마세요.
○ 其二91)
我有一端綺、今日持贈郞。不惜作君袴、莫作他人裳。

3.
精金明月光、 달같이 빛나는 정금을
贈君爲雜佩。 서방님 노리개로 정표 삼아 드립니다.
不惜棄道傍、 길가에 버리셔도 아깝지는 않지만
莫結新人帶。 새 여인 허리띠에만은 달아 주지 마셔요.
○ 其三92)
精金明月光、贈君爲雜珮。不惜棄道旁、莫結新人帶。

---

90) 이 시의 제1수 가운데 제1구, 제2구, 제4구가 1608년 목판본 『蘭雪軒詩』 오언고시 「遣興」 제1수에 제1구, 제4구, 제6구로 실렸다.
91) 이 시의 제2수가 1608년 목판본 『蘭雪軒詩』 오언고시 「遣興」 제3수에 제1구, 제6구, 제7구, 제8구로 실렸다.
92) 이 시의 제3수가 1608년 목판본 『蘭雪軒詩』 오언고시 「遣興」 제4수에 제1구, 제6구, 제7구, 제8구로 실렸다. 제1구의 '明月光'이 '凝寶氣'로 되어 있고, 제2구의 '贈'이 '願'으로 되어 있다.

권6 칠언절구(七言絶句)

누각에 오르다

紅欄六曲壓銀河。 붉은 난간 여섯 구비가 은하수에 닿아 있고
瑞霧霏霏濕翠羅。 상서로운 안개 끼어 푸른 휘장 축축하네.
明月不知滄海暮、 달빛 밝아 창해에 날 저문 줄 몰랐는데
九疑山下白雲多。 구의산 아래에는 흰 구름 많아라.

　한아한 운치가 있다.

○ 登樓[93]

紅欄六曲壓銀河。瑞霧霏霏濕翠羅。明月不知滄海暮、九疑山下白雲多。

　閒雅爲致。

유선사(遊仙詞)

1.

一春閒伴玉眞遊。 봄 한 철 한가롭게 옥진과 놀았는데
倏忽西風已報秋。 어느새 서풍이 부니 벌써 가을이구나.
仙子不歸花落盡、 선자[94]는 오지 않고 꽃도 다 져버려
滿天烟霧月當樓。 하늘에는 연무 가득하고 달이 다락에 다가오네.

○ 遊仙詞[95]

---

93) 1608년 목판본 『蘭雪軒詩』에 실려 있지 않은 시이다.
94) 마고선자(麻姑仙子)나 물 위를 걷는다는 아름다운 수신(水神) 능파선자(凌波仙子)같이 선녀를 가리킨다.
95) 1608년 목판본 『蘭雪軒詩』「遊仙詞」의 제76수와 몇 글자가

一春閒伴玉眞遊。倏忽西風已報秋。仙子不歸花落盡、滿天烟霧月當樓。

2.
樓鎖彤雲地絕塵。 다락은 붉은 구름에 잠기고 땅에는 먼지 걷혔는데
玉妃春淚濕羅巾。 양귀비의 눈물이 비단 수건을 적시네.
瑤空月浸星河影、 하늘의 달은 은하수 그림자에 잠기고
鸚鵡驚寒夜喚人。 추위에 놀란 앵무새 밤에 사람을 부르네.
○ 其二96)
樓鎖彤雲地絕塵。 玉妃春淚濕羅巾。 瑤空月浸星河影、 鸚鵡驚寒夜喚人。

3.
絳闕夫人別玉皇。 붉은 대궐에서 부인이 옥황을 하직하고
洞天深閉紫霞房。 동천의 자하방97)을 굳게 닫았지요.
桃花落盡溪頭樹、 시냇가 복사꽃이 다 떨어졌으니
流水無情賺阮郞。 흐르는 물이 완랑을 속일 뜻은 없었지요.
○ 其三98)
絳闕夫人別玉皇。 洞天深閉紫霞房。 桃花落盡溪頭樹、 流水無情賺阮郞。

4.
焚香遙夜禮天壇。 긴 밤에 향불 피우고 천단에 예를 올리는데

다르다.
96) 1608년 목판본 『蘭雪軒詩』에 「遊仙詞」 제23수로 실려 있다.
97) 신선의 고장이다.
98) 1608년 목판본 『蘭雪軒詩』에 「遊仙詞」 제51수로 실려 있다.

羽駕翻風鶴氅寒。 수레 깃발 바람에 펄럭이고 학창의는 싸늘하네.
淸磬響沈星月冷、 맑은 풍경 소리 은은하고 달빛 차가운데
桂花烟露濕紅鸞。 계수나무 꽃의 이슬이 붉은 난새를 적시네.

○ 其四⁹⁹⁾

焚香遙夜禮天壇。羽駕翻風鶴氅寒。淸磬響沈星月冷、桂花烟露濕紅鸞。

5.
香寒月冷夜沈沈。 날씨 싸늘하고 달빛 차가운데 밤은 캄캄해
笑別嬌妃脫玉簪。 웃으며 교비100)에게 하직하니 옥비녀를 뽑아 주시네.
更把金鞭指歸路、 다시금 금채찍 잡아 돌아갈 길을 가리키자
碧城西畔五雲深。 벽성101) 서쪽 언덕에 오색구름 자욱하네.

○ 其五¹⁰²⁾

香寒月冷夜沈沈。笑別嬌妃脫玉簪。更把金鞭指歸路、碧城西畔五雲深。

6.
氷屋春回桂有花。 얼음집에 봄이 오니 계수나무에 꽃이 피어
自驂孤鳳出彤霞。 외로운 봉새를 타고 붉은 노을에 나섰네.
山前逢着安期子、 산 앞에서 안기자를 만나니
袖裏携將棗似瓜。 소매 속에 오이만한 대추를 가져 왔네.

---

99) 1608년 목판본 『蘭雪軒詩』에 「遊仙詞」 제5수로 실려 있다.
100) 아리따운 왕비, 또는 여신이다.
101) 신선이 사는 푸른 아지랑이 집이다.
102) 1608년 목판본 『蘭雪軒詩』에 「遊仙詞」 제12수로 실려 있다.

우선(羽扇)과 윤건(綸巾)의 필의(筆意)가 있다.

○ 其六[103])
氷屋春回桂有花。自驂孤鳳出彤霞。山前逢着安期子、袖裏携將棗似瓜。

　羽扇綸巾筆意

7.
烟鎖遙空鶴未歸。　하늘이 안개에 잠겨 학은 돌아오지 않는데
桂花陰裏閉朱扉。　계화 그늘 속에 붉은 문도 닫혔구나.
溪頭盡日神靈雨、　시냇가엔 하루 종일 신령스런 비가 내려
滿地香雲濕不飛。　땅에 뒤덮인 향기로운 구름이 축축해 날지 못하네.

○ 其七[104])
烟鎖遙空鶴未歸。桂花陰裏閉朱扉。溪頭盡日神靈雨、滿地香雲濕不飛。

8.
瑞露微微濕玉虛。　상서로운 이슬이 부슬부슬 내려 허공을 적시는데
碧牋偸寫紫皇書。　푸른 종이[105])에 자황의 글을 몰래 베끼네.
靑童睡起捲珠箔、　동자가 잠에서 깨어나 주렴을 걷자
星月滿壇花影疎。　별과 달이 단에 가득해 꽃그림자 성그네.

○ 其八[106])

---

103) 1608년 목판본 『蘭雪軒詩』에 없는 시이다.
104) 1608년 목판본 『蘭雪軒詩』에는 「遊仙詞」 제10수로 실려 있다.
105) 신선은 푸른 종이에 글을 쓴다. 신선에게 제사지내기 위해서 쓴 글도 청사(靑詞)라고 한다.

瑞露微微濕玉虛。碧牋偸寫紫皇書。靑童睡起捲珠箔、星月滿壇花影疎。

9.
瓊海漫漫浸碧空。 구슬 바다는 아득해 푸른 하늘에 잠겼는데
玉妃無語倚東風。 옥비께서 말씀도 없이 동풍에 몸을 싣네.
蓬萊夢覺三千里、 봉래산 삼천리의 꿈을 깨고 났더니
滿袖啼痕一抹紅。 소매 적신 울음 자국에 연지가 묻어났네.
○ 其九107)
瓊海漫漫浸碧空。玉妃無語倚東風。蓬萊夢覺三千里、滿袖啼痕一抹紅。

10.
瓊樹扶疎露氣濃。 구슬나무 우거진 잎새에 이슬이 짙은데
月侵簾室影玲瓏。 달빛이 발 사이로 방안에 드니 그림자 영롱해라.
閒催白兎敲靈藥、 한가롭게 흰 토끼에게 시켜 선약을 찧으니
滿臼天香玉屑紅。 천향의 붉은 옥가루108) 절구에 가득하네.
  티끌세상의 기운이 모두 맑아졌다.
○ 其十109)
瓊樹扶疎露氣濃。月侵簾室影玲瓏。閒催白兎敲靈藥、滿臼天香玉屑紅。
  塵氛俱淨

---

106) 1608년 목판본 『蘭雪軒詩』에는 「遊仙詞」 제16수로 실려 있다.
107) 1608년 목판본 『蘭雪軒詩』에는 「遊仙詞」 제28수로 실려 있다.
108) 장생불사의 선약이다.
109) 1608년 목판본 『蘭雪軒詩』에는 「遊仙詞」 제60수로 실려 있다.

11.
蓬萊歸路海千里。 봉래산110) 가는 길은 바다가 천리라서
五百年來一度逢。 오백년 만에 한 번 만날 수가 있네.
花下爲沽瓊液酒、 꽃 아래서 경액주111)를 사 마시고 싶으니
莫敎靑竹化蒼龍。 푸른 대를 푸른 용으로 변치 않게 하소서.
○ 其十一112)
蓬萊歸路海千里。五百年來一度逢。花下爲沽瓊液酒、莫敎靑竹化蒼龍。

12.
楡葉飄零碧漢流。 느릅나무잎 지고 푸른 은하수는 흐르는데
玉蟾珠露不勝秋。 달빛에 구슬 이슬이 가을을 못 견디네.
靈橋鵲散無消息、 신령스런 다리113)에 까치도 흩어져 소식 없기에
隔水空看飮渚牛。 건너편 물 마시는 소만 바라보네.
○ 其十二114)
楡葉飄零碧漢流。玉蟾珠露不勝秋。靈橋鵲散無消息、隔水空看飮渚牛。

---

110) 봉래·방장·영주의 삼신산이 발해(渤海) 가운데 있다고 한다. 여러 신선과 불사약이 모두 그곳에 있고, 온갖 새와 짐승들도 모두 하얗다. 황금과 은으로 궁궐을 지었는데, 도착하기 전에 멀리서 바라보면 마치 구름 같다. -『산해경』「해내북경(海內北經)」
111) 구슬의 진액으로 빚은 술인데, 신선들이 마신다.
112) 1608년 목판본『蘭雪軒詩』에는「遊仙詞」제63수로 실려 있다.
113) 칠석날마다 까치와 까마귀들이 은하수에 모여 견우와 직녀가 만날 수 있도록 놓아주는 다리를 가리킨다.
114) 1608년 목판본『蘭雪軒詩』에는「遊仙詞」제83수로 실려 있다.

새하곡(塞下曲)

都護防秋挂鐵衣。 도호사115)가 가을 침입을 막느라116) 갑옷을 걸치고서
城南初解十重圍。 성 남쪽 열 겹 포위망을 풀어 버렸네.
金戈洗盡單于血、 창칼에 묻은 흉노 피를 깨끗이 씻고
白馬天山踏雪歸。 백마가 천산117)의 눈을 밟으며 돌아오네.

○ 塞下曲118)

都護防秋挂鐵衣。城南初解十重圍。金戈洗盡單于血、白馬天山踏雪歸。

궁사(宮詞)

1.

披香殿裏會宮妝。 피향전119) 안에 단장한 궁녀를 만나보니
新得承恩別作行。 은총을 새로 받아 자리가 높아졌네.120)
當座繡栱彈一曲、 임금 모시고 거문고 한가락 타고 났더니

---

115) 도호(都護)는 점령한 지역을 다스리는 행정관이자 지휘관인데, 이 시에서는 안서도호(安西都護)이다.
116) 흉노가 가을이 되면 겨울 날 준비를 하기 위하여 만리장성 안으로 쳐들어온다. 원문의 방추(防秋)는 흉노들의 가을 침입을 막는다는 뜻이다.
117) 천산은 신강성 남쪽에 있는 큰 산맥인데, 여름에도 늘 눈이 덮혀 있어서 설산(雪山)이라고도 한다. 이 산 줄기가 신강성을 둘로 나누는데, 산 북쪽을 천산북로, 산 남쪽을 천산남로라고 한다.
118) 1608년 목판본 『蘭雪軒詩』에는 「塞下曲」이라는 제목으로 5수가 실려 있는데, 그 가운데 제5수로 실려 있다.
119) 한나라 때에 장안에 있던 궁전이다.
120) 작항(作行)은 항렬, 또는 높은 반열에 오르는 것이다.

內家令賜綵羅裳。 나인을 부르셔서 오색 치맛감을 내리셨네.

○ 宮詞121)

披香殿裏會宮妝。新得承恩別作行。當座繡琹彈一曲、內家令賜綵羅裳。

2.

綵羅帷幕紫羅茵。 화려한 비단 장막에 붉은 비단보료
香麝霏微暗襲人。 짙은 사향 내음이 은은히 몸에 스며드네.
明日賞花留玉輦、 내일은 꽃구경하려고 가마를 가져다 놓고
地衣簾額一時新。 깔개에다 발까지 한꺼번에 손질하네.

○ 其二122)

綵羅帷幕紫羅茵。香麝霏微暗襲人。明日賞花留玉輦、地衣簾額一時新。

3.

宮牆處處落花飛。 궁궐 뜨락 여기저기 꽃잎이 흩날리는데
侍女燒香對夕暉。 시녀는 향 사르며 저녁 노을을 바라보네.
過盡春風人不見、 봄바람이 다 지나가도록 사람은 뵈지 않고
殿門深鎖綠生衣。 굳게 잠긴 대문 자물쇠에 푸른 녹 슬었네.

○ 其三123)

宮牆處處落花飛。侍女燒香對夕暉。過盡春風人不見、殿門深鎖綠生衣。

4.

---

121) 1608년 목판본 『蘭雪軒詩』에 「宮詞」 제10수로 실려 있다.
122) 1608년 목판본 『蘭雪軒詩』에는 제14수로 실려 있다.
123) 허균이 1618년에 편집하여 목판본으로 간행한 『손곡시집(蓀谷詩集)』에 실린 「宮詞」 3수 가운데 제2수이다.

鸚鵡新詞羽未齊。 새로 말 배우는 앵무새 아직 길들지 않아
金龍鎖向玉樓西。 새장을 잠근 채 옥루 서쪽에 두었네.
閒回翠首依簾立、 가끔 파란 고개를 돌려 주렴 안쪽을 향해
却對君王說隴西。 농서지방124) 사투리로 임금께 우짖네.

　　네 편의 시를 합하여 기승전합(起承轉合)이 되므로, 한 글자도 내버려 둘 수가 없다.

○ 其四125)

鸚鵡新詞羽未齊。 金龍鎖向玉樓西126)。 閒回翠首依簾立、 却對君王說隴西。

合四詩爲起承轉合 一字不可勿置

규정(閨情)

燕掠斜陽兩兩飛。 제비들은 석양에 짝지어 날고
落花撩亂撲羅衣。 지는 꽃은 어지러이 비단 옷에 스치누나.
洞房無限傷春思、 동방에서 기다리는 마음 아프기만 한데
草綠江南人未歸。 풀은 푸르러도 강남에 가신 님은 돌아오지를 않네.

○ 閨情127)

---

124) 『금경(禽經)』에 이르기를, "앵무새는 농서 지방에서 나오는데, 능히 말을 할 수 있다.[鸚鵡出隴西, 能言鳥也.]"라고 하였다. 농서(隴西)는 감숙성의 서쪽 일대인데, 앵무새가 처음 길들여졌던 곳에서 그곳 사투리를 먼저 배운 것이다.
125) 1608년 목판본 『蘭雪軒詩』에 「宮詞」 제4수로 실려 있다.
126) 목판본 『蘭雪軒詩』에 '龍'은 '籠'으로, '西'는 '栖'로 되어 있어서, 이에 따라 번역하였다.
127) 1608년 목판본 『蘭雪軒詩』에는 실려 있지 않고, 이수광(李睟

燕掠斜陽兩兩飛。落花撩亂撲羅衣。洞房無限傷春思、草綠江南人未歸。

영월루(映月樓)

玉檻秋風露葉淸。 옥난간 가을바람에 이슬 내린 잎 맑아지자
水晶簾冷桂花明。 수정 주렴 차갑고 계수나무 꽃 환해졌네.
鸞驂不返銀橋斷。 난새 수레 돌아오지 않고 은빛 다리[128]는 끊어져
惆悵仙郎白髮生。 서글픈 신선 낭군은 흰머리가 생겼구나.

○ 映月樓[129]
玉檻秋風露葉淸。水晶簾冷桂花明。鸞驂不返銀橋斷。惆悵仙郎白髮生。

죽지사(竹枝詞)

永安宮外是層灘。 영안궁[130] 밖에 험한 여울이 층층이 굽이쳐

光)의 『지봉유설(芝峯類說)』 권14 「문장부 7 규수(閨秀)」에 제목 없이 실려 전하는 시이다.
128) 원문의 '은교(銀橋)'는 당나라 도사(道士) 나공원(羅公遠)의 고사이다. 나공원이 중추절에 계수나무 석장을 공중에 던져 은빛 다리를 만들고, 현종(玄宗)과 함께 이 다리를 타고 월궁(月宮)에 올라 선녀들의 춤을 구경하고 「예상우의곡(霓裳羽衣曲)」을 들었다. 음률에 밝은 현종이 이 곡조를 몰래 기억하였다가 뒤에 「예상우의곡」을 지었다고 한다. 『설부(說郛)』
129) 이 시는 1608년 목판본 『蘭雪軒詩』에 없다. 1683년에 목판본으로 간행된 최경창의 『고죽유고(孤竹遺稿)』에 「映月樓」 제4수로 실렸으며, 제1구의 '風'이 '來'로, '葉'이 '氣'로, 제3구의 '返'이 '至'로 되어 있다.

灘上行舟多少難。 물결 위에 조각배를 노 젓기 어려워요.
潮信有時應自至、 밀물도 때가 있어 절로 오건만
郎舟一去幾時還。 님 실은 배는 한 번 떠난 뒤 언제 오려나.

　월교(月嬌)와 견우직녀, 경번의 조신(潮信)이 부앙(俯仰)하여 생각이 이어지게 한다.

○ 竹枝詞131)

永安宮外是層灘。灘上行舟多少難。潮信有時應自至、郎舟一去幾時還。

　月嬌牛女景樊潮信 俯仰有餘思

추한(秋恨)

絳紗遙隔夜燈紅。 붉은 비단으로 가린 창에 등잔불 붉게 타고
夢覺羅衾一半空。 꿈 깨어보니 비단 이불이 절반 비어 있네.
霜冷玉籠鸚鵡語、 서리 차가운 새장에선 앵무새가 지저귀고
滿階梧葉落西風。 섬돌에는 오동잎이 서풍에 가득 떨어졌네.

　색마다 마음을 참담하게 한다.

○ 秋恨

絳紗遙隔夜燈紅。夢覺羅衾一半空。霜冷玉龍132)鸚鵡語、滿階梧葉落西風。

　色色慘心

---

130) 사천성 기주 어복현에 있는 궁궐이다. 촉나라 유비(劉備)가 오나라를 정벌할 때 지었던 행궁인데, 그는 결국 이곳에서 죽었다.
131) 1608년 목판본 『蘭雪軒詩』에 「竹枝詞」 4수 가운데 제4수로 편집하였다.
132) 1608년 목판본 『蘭雪軒詩』에 실린 「秋恨」에 따라 '籠'으로 고쳐 번역하였다.

권7 오언율시(五言律詩)

이의산체를 본받아[133]

鏡暗鸞休舞、 거울이 어두워 난새도 춤추지 않고
梁空燕不歸。 빈 집이라서 제비도 돌아오지 않네.
香殘蜀錦被、 비단 이불[134]엔 아직도 향기가 스며 있건만
淚濕越羅衣。 비단 옷자락에는 눈물 자국이 젖어 있네.
驚夢迷蘭渚、 물가[135]에서 헤매다 놀라 꿈을 깨니
輕雲落粉闈。 가벼운 구름이 전각에 스러지는데,
西江今夜月、 오늘 밤 서강의 저 달빛은
流影照金微。 그림자 흘러서 임 계신 금미산에 비치리.

○ 效李義山體[136]

鏡暗鸞休舞、梁空燕不歸。香殘蜀錦被、淚濕越羅衣。驚夢迷蘭渚、輕雲落粉闈。西江今夜月、流影照金微。

---

133) 의산(義山)은 만당(晚唐) 시인 이상은(李商隱 813-858)의 자인데, 호는 옥계생(玉溪生)이다. 그의 시는 한(漢)·위(魏)·육조시(六朝詩)의 정수를 계승하였고, 두보(杜甫)를 배웠으며, 이하(李賀)의 상징적 기법을 즐겨 사용하였다. 전고(典故)를 자주 인용하고 풍려(豊麗)한 자구를 구사하여 수사문학(修辭文學)의 극치를 보여준 것으로 평가받고 있다.
134) 원문 촉금피(蜀錦被)는 촉(蜀 사천성)에서 난 비단으로 만든 이불이다. 촉에서 이름난 비단이 많이 만들어져서 『촉금보(蜀錦譜)』라는 책까지 만들어졌다.
135) 원문 난저(蘭渚)는 난초가 핀 물가이다. 이 시에서는 상강(湘江)에 살다가 선녀가 되어 올라간 두난향(杜蘭香) 이야기인 듯하다.
136) 1608년 목판본 『蘭雪軒詩』에 실린 「效李義山體」 2수 가운데 제1수이다.

심아지 체를 본받아137)

遲日明紅榭、 긴 낮의 햇볕이 붉은 정자에 비치고
晴波斂碧潭。 맑은 물결이 파란 못을 거둬가네.
柳深鶯睍睆、 버들 늘어져 꾀꼬리 소리 아름답고
花落燕呢喃。 꽃이 지자 제비들 조잘대네.
泥潤埋金屐、 진흙길이 질어서 꽃신 묻히고
鬟低膩玉箴。 머리채 숙이자 옥비녀 반짝이네.
銀屛錦茵暖、 병풍을 둘러 비단요 따스한데
春色夢江南。 봄빛 속에서 강남꿈을 꾸네.138)

○ **效沈亞之體**139)

遲日明紅榭、晴波斂碧潭。柳深鶯睍睆、花落燕呢喃。泥潤埋金屐、鬟低膩玉膩140)。銀屛錦茵暖、春色夢江南。

---

137) 심아지(沈亞之)는 당나라 시인인데, 자는 하현(下賢)이다. 한유(韓愈)에게서 시를 배워 잘 지었으며, 『심하현문집(沈下賢文集)』 12권이 남아 있다.
138) 남녀간의 사랑을 꿈꾼다는 뜻이다. 「몽강남(夢江南)」은 이덕유(李德裕)가 절서관찰사가 되었을 때에 죽은 기생 사추랑(謝秋娘)을 위해서 지은 곡조인데, 뒤에 「망강남(望江南)」이라고 고쳤다.
139) 1608년 목판본 『蘭雪軒詩』에 실린 「效沈亞之體」 2수 가운데 제1수이다.
140) 같은 글자가 반복되었는데, 운에 맞지 않고 뜻도 통하지 않는다. 1608년 목판본 『蘭雪軒詩』에 실린 '箴'으로 고쳐 번역하였다.

권8 칠언율시(七言律詩)

중씨 봉의 시에 차운하다141)

甲山東望鬱嵯峨。 갑산 동쪽을 바라보니 울창하고 가팔라
遷客悲吟意若何。 유배되는 나그네 슬프게 읊조리시니 그 뜻이 어떠하랴.
孤雁忍分淸漢影、 외로운 기러기가 맑은 하늘 그림자와 차마 나뉘랴
朔風偏起大江波。 겨울바람에 큰 강 파도가 유달리 일어나네.
關楡曉月征衣薄、 관새142)의 새벽 달빛에 나그네 옷 엷은데
塞路驚心落葉多。 변방 길 놀란 마음에 낙엽이 많아라.
銀燭夜闌戎帳立、 은빛 촛불이 밤새도록 융장(戎帳)에 서 있어
庭闈歸夢好經過。 고향 집143)에 돌아가는 꿈을 꾸기 좋구나.

　어느 곳인들 재주가 없으랴. 경번(景樊)은 더욱 슬프고도 단아하게 잘 지어냈다.

○ 次仲氏韵144)

甲山東望鬱嵯峨。 遷客悲吟意若何。 孤雁忍分淸漢影、 朔風偏

---

141) 허봉의 『하곡선생시초(荷谷先生詩鈔)』에 실린 「次舍兄韻」에 차운하며, 몇 글자를 가져다 지은 시이다. "夢闌姜被意如何. 回望巖城候曉過. 孤鴈忍分淸渭影, 朔風偏起漢江波. 關河死棄情曾任, 稼圃生成寵已多. 只恨庭闈無路入, 淚痕和雨共滂沱."
142) 원문의 '관유(關楡)'는 관산의 느릅나무로, 북방 변경에 자라는 초목을 대표한다. 유관(楡關)이라고 하면 산해관(山海關)의 별칭이 된다.
143) 원문의 '정위(庭闈)'는 어버이가 거처하시는 곳을 이른다.
144) 1608년 목판본으로 간행한 『蘭雪軒詩』에 없는 시이다.

起大江波。關楡曉征衣薄、塞路驚心落葉多。銀燭夜闌戎帳立、庭闈歸夢好經過。

何地無才 景樊更以悲雅勝

황제가 일이 있어 천단에 제사를 지내다

羽盖徘徊駐碧壇。 일산 수레145)가 배회하다 푸른 단에 머무니
璧階淸夜語和鑾。 맑은 밤 계단에 방울 소리 쩔렁거리네.
長生錦誥丁寧說、 불로장생하는 교서를 정중히 내리시고
延壽靈方仔細看。 장수하는 신령한 처방을 자세히 살피시네.
曉露濕花河影斷、 새벽이슬이 꽃을 적시자 은하수도 끊어지고
天風吹月鶴聲寒。 하늘바람이 달에 불자 학 울음소리 차가워
齋香燒罷敲鳴磬、 재 올리는 향이 다 타고 풍경 소리 울리고
玉樹千章遶曲欄。 계수나무가 천겹 만겹 난간을 둘렀네.

○ 皇帝有事天壇

羽盖徘徊駐碧壇。璧階淸夜語和鑾。長生錦誥丁寧說、延壽靈方仔細看。曉露濕花河影斷、天風吹月鶴聲寒。齋香燒罷敲鳴磬、玉樹千章遶曲欄。

중씨의 고원 망고대(望高臺) 시에 차운하다

籠嵸危棧接雲霄。 사다리길이 아스라하게 구름에 닿았고
峯勢侵天作漢標。 하늘에 솟은 봉우리는 국경의 이정표146)

---

145) 원문의 우개(羽盖)는 수레에 달린 일산인데, 왕이나 제후의 수레는 푸른 깃털로 수레 위를 덮었다.
146) 원문의 한표(漢標)는 한나라 국경을 표시하던 구리기둥인데, 이 시에서는 우리나라의 경계를 가리킨다.

가 되었네.
山脉北臨三水絕、 산맥은 북쪽으로 삼수에서 끊어지고
地形西壓兩河遙。 지형은 서쪽으로 두 강을 눌러 아득하네.
烟塵暮捲孤城出、 짙은 안개 늦게 개어 외로운 성 나타나고
苜蓿秋肥萬馬驕。 가을이라 거여목 우거져 말들은 신났네.
東望塞垣鼙鼓急、 동쪽으로 국경을 바라보니 북소리 다급해
幾時重起霍嫖姚。 곽장군147) 같은 장수 언제 다시 등용되랴.
　구기(口氣)가 창울(蒼鬱)하고, 자구(字句)가 새롭고도 곱다.

○ **次仲氏高原望高臺韻**148)
寵從危棧接雲霄。峯勢侵天作漢標。山脉北臨三水絕、地形西壓兩河遙。烟塵暮捲孤城出、苜蓿秋肥萬馬驕。東望塞垣鼙鼓急、幾時重起霍嫖姚。

　口氣蒼鬱 字句新艷

도 닦으러 가는 궁녀를 배웅하다

拜辭淸禁出金鑾。 궁궐에 일찍 하직하고 금란전149)에서 물러나와
換却鴉鬟着玉冠。 나인의 큰머리를 옥관으로 바꿔 썼네.

---

147) 원문의 곽표요(霍嫖姚)는 흉노를 크게 무찔렀던 한나라 무제(武帝) 때의 장수 곽거병(郭去病)을 가리킨다. 표요교위(嫖姚校尉)를 지냈으므로 흔히 곽표요라고도 불렀는데, 표요(嫖姚)는 몸이 날쌘 모습이다. 『한서(漢書)』 권55 「곽거병전(霍去病傳)」.
148) 1608년 목판본 『蘭雪軒詩』에 「次仲氏高原望高臺韻」 2수를 편집하였는데, 그 가운데 제2수이다.
149) 황궁(皇宮)의 정전(正殿)인데, 당나라 한림원(翰林院)이 그 곁에 있어 한림원의 별칭도 금란(金鑾)이라 하였다.

滄海有緣應駕鳳、 푸른 바다에 인연이 있어 봉황새를 타고
碧城無夢不驂鸞。 벽성에서 꿈 못 이루어 난새를 못 타네.150)
瑤裾振雪春雲煖、 옷자락으로 눈을 떨치니 봄구름이 따스한데
瓊珮鳴空夜月寒。 노리개 소리 하늘에 울려 달빛이 싸늘해.
幾度步虛銀漢上、 몇 번이나 은하수 허공을 거닐었던가
御衣猶似奉宸懽。 주신 옷이 임금님 모시던 것처럼 기뻐라.
○ 送宮人入道
拜辭淸禁出金鑾。換却鴉鬟着玉冠。滄海有緣應駕鳳、碧城無
夢不驂鸞。瑤裾振雪春雲煖、瓊珮鳴空夜月寒。幾度步虛銀漢
上、御衣猶似奉宸懽。

중씨의 견성암 시에 차운하다

雲生高嶂濕芙蓉。 높은 산마루에 구름 일어 연꽃이 촉촉하고
琪樹丹崖露氣濃。 낭떠러지 나무에 이슬 기운이 젖어 있네.
板閣香殘僧入定、 판각에 향 스러지자 스님은 선정에 들고
講堂齋罷鶴歸松。 강당에서 재 끝나자 학도 소나무로 돌아
가네.
蘿懸古壁啼山鬼、 다래 덩굴 얽힌 낡은 집에 도깨비가 울고
霧鎖深潭臥獨龍。 안개 자욱한 깊은 못에 독룡이 누워 있네.
向夜香燈明石榻、 밤 깊어가며 향그런 등불 돌의자에 밝은데
東林月黑有疎鐘。 동쪽 숲에 달 어둡고 쇠북소리만 들리네.
○ 次仲氏見星菴韻

---

150) 꿈은 운우(雲雨)의 즐거움을 가리키니, 임금의 사랑을 잃어서
여도사가 되었다는 뜻이다.

雲生高嶂濕芙蓉。琪樹丹崖露氣濃。板閣香殘僧入定、講堂齋罷鶴歸松。蘿懸古壁啼山鬼、霧鎖深潭臥獨龍。向夜香燈明石榻、東林月黑有疎鐘。

중씨의 고원 망고대 시에 또 차운하여 짓다

層城一柱壓嵯峨。 한 층성이 높은 산을 누르고 서니
西北浮雲接塞多。 서북 하늘 뜬구름 변방에 닿아 일어나네.
鐵峽霸圖龍已去、 철원에서 나라 세웠던 궁예151)는 떠나고
穆陵秋色鴈初過。 목릉관에 가을이 되자 기러기가 날아오네.
山連大陸蟠三郡、 산줄기가 대륙에 이어져 세 고을을 감싸고
水劃平原納九河。 강물은 벌판을 긋고 아홉 물줄기 삼켰네.
萬里登臨日將暮、 만리 나그네가 망대에 오르자 날 저무는데
醉憑長劍獨悲歌。 취하여 긴 칼에 기대 홀로 슬픈 노래를 부르시네.

○ 又次仲氏高原望高臺韻152)

層城一柱壓嵯峨。西北浮雲接塞多。鐵峽霸圖龍已去、穆陵秋色鴈初過。山連大陸蟠三郡、水劃平原納九河。萬里登臨日將暮、醉憑長劍獨悲歌。

---

151) 원문 패도룡(霸圖龍)은 패권을 도모하던 용, 즉 나라를 세우려던 임금을 가리키는데, 이 시에서는 나라를 철원에 세운 것을 보아 궁예(弓裔)임을 알 수 있다.
152) 1608년 목판본 『蘭雪軒詩』에는 「次仲氏高原望高臺韻」 4수 가운데 제1수로 편집되었다.

女史敘

古有讀書不識字者
史稱霍光傳不可不
讀蓋一則譏其徒工

於文詞而或玷於德
行一則譏其不學無
術也會謂青雲之士
鳳耆鸞騫業已懷金

紆紫赫烜當世而猶
然以不識字無學術
遺譏於後世者乎語
有之明珠璀燦不如

隋矦之夜光眾寶陸
離不如卞和之璞玉
此女史之謂也女史
自皇娥以降下及

國朝淑媛名姝翩翩
文采若誥詔若表疏
若詩賦若書詞非以
忠貞表愫則以節義

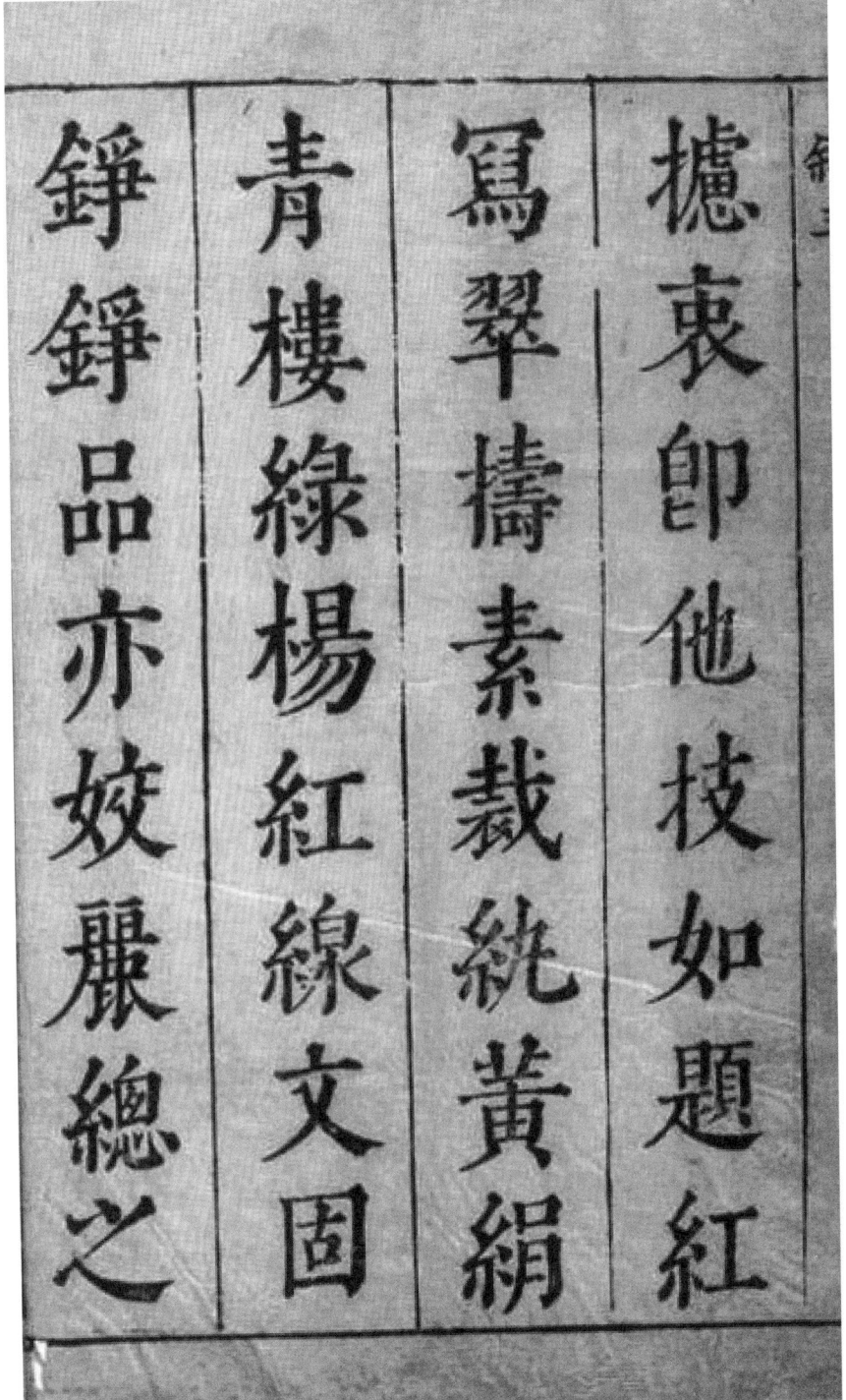

櫨衷卽他枝如題紅
寫翠檮素裁純黃絹
青樓綠楊紅線文固
錚錚品亦姣麗總之

如水月鏡花空酊點綴然無妨於名教也者孰謂閨閣中無嗚金戛玉廻瀾砥柱之

雄哉余友趙滄之暨
長君聞奇精心墳典
博覽古今編成是帙
蓋與左丘明太史氏

並駕中原非徒稗官小說虞初豔異可同年而語也輯選既成屬余為敘余佳文采

復高德行因譜誦之以爲讀書不識字者戒當

崇禎戊辰孟冬仁和
錢受益謙之甫撰

丁孝懿　古杭人天部虞德園女適郡庠丁士事姑以孝謹年二十而卒有鏡園遺咏黃貞父爲之誌云

薄少君　吳江秀士沈承妻也夫死作悼亡詩以吊之

〖朝鮮女子〗

許景樊　其兄許筠狀元次謗對正郎樊時新篆才名與兄並著

李淑媛

成氏

俞汲舟妻

妓德介氏

權賢妃 高麗人

古今女史姓氏終

精選古今女史卷二

武林　朱錫綸言如　選輯
仁和　周士傑漢臣　叅訂
明許景樊士女朝鮮

廣寒殿白玉樓上梁文

伏以寶蓋懸空雲駢超色象之界銀樓耀日霞檻出
廣漠之墟雖復仙螺運機玉帳之術斯殫翠脣吹霧
金鑽之方畢施自天作之非人力也主人名編瑤籍
職綴瓊琚乘龍太清朝宿崐崘暮歸方丈駕鶴三島
右抛浮丘左拍洪崖千年玄鶴之樓遽一夢人間之

殿中奇
樹窮眞
楊花城
家

廊上黃庭誤讀謫下無央之宮赤繩結緣愧入有窮
之室壺中靈藥纔下指于玄砂卻底銀蟾遽逃形于
桂宇笑脫紅埃赤日重披紫府丹霞鸞笙鳳管之神
遊喜續舊會錦幕銀屛之媚宿悔過今宵何意目宮
之銀綃俾掌月殿之殘奏宮曹清切足攝八霞之司
地望崇高明歷五雲之閣香凝玉斧手下之吳質無
眠樂奏霓裳闌邊之素娥不寐玲瓏龍霞佩振霞錦
仙衣熠燿星冠點星珠于寶勝愛思列眞之來會尚
乏上界之樓居青鸞引玉妃之車羽葆前路白虎駕

朝元之使、金綾後塵、劉安傳經、坂雙龍于案上、姬滿逐日驅八風于山阿、宵迎上元綠髮散三角之鬢畫、接帝女金梭織九紋之綃瑤池列聖會南峯玉京羣帝集、比斗唐宗踏公遠之杖得羽衣于三章水帝對火仙之碁睹寰宇于一局不有紅樓之高構何安絳節之來朝於是稷章十洲放射九海囚大匠于屋底、木宿楡杜壓峩山于檻間金精動包坤靈揮斧馳妙思、丁天開大冶鎔鑪運巧智于真境青霞垂尾雙虹飲、星宿之河赤霓昂頭六鰲戴蓬萊之島璇題燭日出彤閣于烟中綺綾流星駕廻廊于雲表魚緝鱗于玉尾羅列蠚于瑤堦徹連捧旗下月節于重霧鳬泊樹蘂設蘭桡于三辰金繩結綺戶之流蘇珠網護雕蘭之阿閣仙人在棟氣吹彩鳳之香臺玉女臨恩水溢雙鸞之奩鏡翡翠簾雲母屏青玉案瑞靄宵凝芙蓉帳孔雀扇白銀床祥煙晝鎖雲流蘭浦寒生玉簟之秋露滴桂花香葐瑞余之夢爰設鳳儀之宴冀展燕賀之誠芳招百靈廣迎千聖邀王母于北海班麟踏花接老子于西門青牛卧草瑤軒張錦紋之席寶

簪垂霞色之帷，獻家蜂王來樓炊玉之室，命梁雁帝頻入鷹瓊之廚，雙成細管，晏香銀箏，含釣天之雅曲。婉華清歌飛瓊巧舞，雜駭空之靈音，龍頭瀉鳳髓之醑。鶴背奉麟脯之饌，瑤筵玉脂光耀九枝之燈，尚恨瓊姬之乏。何碧藕氷桃盤盛八海之影而致上仙之真嗟清平進詞太白鯨鯢背之巳久玉屋摘藻長吉笑蛇神之何多新宮勒銘寧用山玄卿之筆上界鱗筆不數蔡真人之詞江郎才健久夢五色之花梁客蔣成莫催三生之鉢徐援彤管笑展紅箋河懸泉湧

不必覆子安之衾句麗文逌未應頗譏仙之面立進錦囊之神語置諸雙梁留作瓊官之盛觀資于六偉

東　曉騎仙鳳入瑤宮平明月出扶桑底萬縷丹霞射海虹

西　碧花零落彩鸞啼青羅書字邀王母鶴馭催歸日已低

南　玉龍無事卧珠潭銀床午罷遊仙夢笑喚瑤姬脫碧衫

北　鯨海濱洋浸斗極大鵬翼擊碧天風九霄雲

散雨氣黑

上　曉色微明雲錦帳，遊夢初回白玉床。臥聽北

下　九埃雲黑凝昏夜，待見報道水晶寒曉色巴

十回杓響：

結鴛鴦兒。

伏願上梁之後琪花不老瑞草長春羲皀洞光御鸞

響而猶戲陸海變邑伸虹玉而尚存銀窗壓河下視

。九萬里依稀世界壁戶臨海笑看三千年清淺桑田

、手揮三寶日星身遊九天風露

湯若士曰景樊小字畢蛾狀元許筠之妹也幼工書史通六藝舉筆成文不下七步年二十而寡才名與兄並著于畿省偶得其文集一卷讀之陸離射目不虞異域姆乃有此淑質耶

趙問奇曰譜天府之奇闢雲霞之麗低廻筆墨間不啻神遊白玉樓矣

朱言如曰仙奇則太白退觀篇麗則江淹遜席文之出秦漢以上者

卷終

揮戈回躍烏窺藥邀潛兔七曜並時明千載歡相賒

許景樊 朝鮮女下

深情古意

有所思

朝亦有所思暮亦有所思所思在何處萬里路無涯
風波苦難越雲鴈杳何期素書不可託中情亂若絲

徼逸

望仙謠

王喬呼我游期我崑崙墟朝登玄圃峯遙望紫雲車
紫雲何煌煌玉浦正瀰瀰倏忽凌天漢翻飛向扶桑
扶桑幾千里風波吼且長我欲舍此去佳期安可忘

結得情深

若心知何許賤妾徒悲傷

古別離

轔轔雙車輪一日千萬轉同心不同車別離詎屢變車輪尚有迹相思獨不見

熊古

寄仲氏韜

瞻窓銀燭低流螢度高閣悄悄深夜寒蕭蕭秋葉落關河音信稀沉憂不可釋遙想青蓮宮山空蘿月白

有風送輕雲之致

斑竹怨

二妃昔追帝南奔湘山間有淚寄瀟竹至今湘竹斑雲深九嶷廟日落蒼梧山餘恨在江水滔滔去不還

李泌悠

續有沐秀池

七貴競豪奢銀闕金九油壁車龍沙細柳將軍檄繫
閣蘭臺萬戶家呼嗟人事安可度旖旎朝華暮成落
功高不數淮陰狗勢盈空憶華亭鶴盛衰環轉浩無
端滿眼誰能定哀樂自來惟見青松根年年翠葉凌

嬌春

不說凌寒
反說凌春
更貴嬌字
不可思議

山嵐　　　　　　許景樊女子 朝鮮

慕雨侵江曉初闢朝日染成嵐氣碧經雲緯霧錦陸
離織破瀟湘秋水色隨風宛轉學佳人畫出雙蛾半
成蹙俄然散作雨霏霏青山忽起如新沐

忽○起○善○參○訴○

徐許二女
郎筆堅俱
杏豔間不
以寸

湘絃謠

蕉花泣露湘江曲。九點秋烟天外綠水府凄渡龍夜吟。蠻娘輕戛玲瓏玉。離鸞別鳳隔蒼梧雨氣侵天迷、曉珠間撥神絃石壁上花鬟月鬢啼江姝瑤室屋漢、高超忽羽蓋金支五雲沒門外漁郎唱竹枝銀潭半。掛相思月。

洞仙謠

紫簫聲裏彤雲散簾外霜寒、鸚鵡喚。夜闌孤燭照羅帷時見疎星度河漢丁冬、銀漏響西風露滴梧枝語

夕蟲鮫鮹帕上三更淚明月應留點點紅

古別離

李淑媛 明

西鄰女兒十五時，笑殺東鄰苦別離。登知今日坐此恨。青鬢一夜垂絲絲。愛郎無計繫驄馬，滿懷都是風雲期。男兒功名自有日，女子盛歲忽已馳。吞聲那敢歎離別，掩面却慚相見遲。聞郎已過康城縣，抱琴獨對江南湄。妾身恨不似江鴻，翩翩羽翮遙相隨。明鏡棄不照，春風寧復舞羅衣。天涯魂夢不識路，人生何用慰愁思。

楊花猶是
無徑水石
那是奇峯

其二

妾作溪中水、水流不離石、君心似楊花、隨風無定跡。

夜月 王微

寒湖浮夜月、清淺幾廻波、莫道無情水、情人當奈何、

採蓮 端淑卿

風日正晴明、荷花蔽洲渚、不見採蓮人、只聞花下語、

思姪女

一水遠天遠、愁多兩鬢斑、夢魂不知險、風雨過溪山、

雜詩 許景樊 朝鮮女子

梧桐生嶧陽,斲取為鳴琴,一彈再三歎,舉世無知音、

其二

我有一端綺,今日持贈郎,不惜作君袴,莫作他人裳、

其三

精金明月光贈君為雜佩,不惜棄道傍,莫結新人帶、

貧女吟　　　　　俞汝舟妻 唐

夜久織未休戛戛鳴寒機,機中一疋練,終作阿誰衣

賈客詞

朝發宜都渚北風吹五兩,船頭各澆酒,月下齊蕩槳、

寄陳八玉英膾留姓蘇　　　　　　趙令燕明

何處簫聲獨上樓傷心桃葉水空流、一從南國香銷
後、誰復佳人字莫愁。

送張隆父還閩　　　　　　　　　郝文珠明

一曲春風酒一卮渡頭楊柳不開眉從今海路三千
里有夢為雲到也遲

登樓　　　　　　　　　　　許景樊朝鮮女子

紅欄六曲壓銀河瑞霧霏霏濕翠羅明月不知滄海
暮九嶷山下自雲多。

遊仙詞

一春閒伴玉真遊，倏忽西風已報秋，仙子不歸花落盡，滿天烟霧月當樓。

其二

樓鎖彤雲地絕塵，玉妃春淚濕羅巾，瑤空月浸星河影，鸚鵡驚寒夜喚人。

其三

絳闕夫人別玉皇，洞天深閉紫霞房，桃花落盡溪頭樹，流水無情賺阮郎。

啼月子規，恍舌冷取，賦此詩

〻謠多味

○賺○守○妙

其四

焚香遙夜禮天壇、羽駕翻風鶴氅寒、清磬響沉星月冷、桂花煙霧濕紅鸞。

其五

香寒月冷夜沉沉、笑別嬌妃脫玉簪、更把金鞭指歸路、碧城西畔五雲深。

其六

氷屋春回桂有花、自驚孤鳳出彤霞、山前逢著安期子、袖裏攜將棗似瓜。

其七、

烟鎖瑤空鶴未歸桂花陰裏閉朱扉溪頭盡日神靈雨滿地香雲濕不飛

其八、

瑞露微微隔玉虛碧牋偷寫紫皇書青童睡起捲珠箔星月滿壇花影疎

其九、

瓊海湯湯浸碧空玉妃無語倚東風蓬萊夢覺三千里滿袖啼痕一抹紅

其十、

瓊樹扶疎露氣濃月侵簾室影玲瓏閒催白兔敲靈藥滿白天香玉屑紅

其十一、

蓬萊歸路海千里五百年來一度逢花下為沽瓊液酒莫教青竹化蒼龍

其十二、

榆葉飄零碧漢流玉蟾珠露不勝秋靈橋鵲散無消息隔水空看飲渚牛

氣梗雄渾不下盛唐

塞下曲

都護防秋挂鐵衣城南初解十重圍金戈溅盡戰血白馬天山踏雪歸

宮詞

披香殿裏會宮妝新得承恩別作行當座繡琴彈一曲內家令賜綵羅裳

其二

綵羅帷幕紫羅茵香麝霏微暗襲人明日賞花留玉輦地衣簾額一時新

合四詩為起承轉合一字不可易置

其三

宮牆處處落花飛侍女燒香對夕暉過盡春風人不見殿門深鎖綠生衣

其四

鸚鵡新詞羽未齊金龍鎖向玉樓西閒回翠首依簾立却對君王說隴西

閨情

燕櫟斜陽雨兩飛落花撩亂撲羅衣洞房無限傷春思草綠江南人未歸

映月樓

玉檻秋風露葉清水晶簾冷桂花明鶯驂未返銀橋斷惆悵仙郎白髮生

竹枝詞

未安宮外是層灘灘上行舟多少難潮信有時應自至郎舟一去幾時還

秋恨

絳紗遙隔夜燈紅夢覺羅衾一半空霜冷玉龍鸚鵡語滿階梧葉落西風

月嬌牛女葵樊潮信俯仰有餘思

色色慘心

本是輕盈質翻爲淺淡粧衆皆誇艷麗汝獨愛尋常

匹李饒些辦殊梅少段香梨花相掩映夜月欲昏黃

　　效李義山體　　　　　　　許景樊　朝鮮

驚夢迷蘭渚輕雲落粉闈西江今夜月流影照金微

鏡暗鸞休舞梁空燕不歸香殘蜀錦被淚濕越羅衣

　　效沈亞之體

遲日明紅榭晴波歙碧潭柳深鶯睍睆花落燕呢喃

泥潤理金屩鬟低膩玉臕銀屏錦茵暖春色夢江南

　　書懷次叔孫兄弟　　　　　成氏

次仲氏韻　　　　　　　　　許景樊 朝鮮女子

甲山東望鬱崖巖遷客悲吟意若何孤雁忍分清漢
影翎風偏起大江波關楡曉月征衣薄塞路驚心落
葉多銀燭夜闌戎帳立庭闈歸夢好經過

皇帝有事天壇

羽蓋徘徊駐碧壇瑩階清夜語和鑾長生錦誥丁寧
說延壽靈方仔細看曉露濕花河影斷天風吹月鵷
聲寒齋香燒罷敲鳴磬玉樹千章遶曲欄

次仲氏高原望高臺韻

口氣荅爽字句新艷

籠從危棧接雲霄峯勢侵天作漢標山脈北臨三水絕地形西壓雨河遙烟塵暮捲孤城出首蓿秋肥萬馬驪東望塞垣鼙鼓急幾時重起霍嫖姚

送宮人入道

拜辭清禁出金鑾摠却鴉鬟着玉冠滄海有緣應駕鳳碧城無夢更驂鸞瑤裾振雲春雲煖瓊珮鳴空夜月寒幾度步虛銀漢上御衣猶似奉宸懽

次仲氏見星卷韻

雲生高嶂濕芙蓉琪樹丹崖露氣濃板閣梵殘僧入

定講堂齋罷鶴歸松蘿懸古壁啼山鬼霧鎖秋潭臥燭龍向夜香燈明石榻東林月黑有踈鐘

又次仲氏高原望高臺韻

層城一柱壓嵯峨西北浮雲接塞多鐵峽霸圖龍已去穆陵秋色鴈初過山連大陸蟠三郡水劃平原納九河萬里登臨目將暮醉憑長劍獨悲歌

春日有懷

李淑媛

章臺迢遞阻膓人雙鯉傳書漢水濱黃鳥曉啼愁裏雨綠楊晴景望中春瑤階寂歷生青草寶瑟淒凉閉

전겸익(錢謙益)

열조시집(列朝詩集) 1652년

해제

　『열조시집』은 청(淸)나라 전겸익(錢謙益, 1582-1664)이 1652년에 편찬한 명나라의 시선집(詩選集)인데, 서문에서는 『역조시집(歷朝詩集)』이라고도 하였다. 총 81권에 1,600여 명의 시 21,897수가 수록되어 있는데, 작자마다 소전(小傳)을 붙였다.
　전겸익의 자는 수지(受之), 호는 목재(牧齋)로, 강소(江蘇) 상숙(常熟) 사람이다. 1610년에 명나라 조정에서 진사로 출사하여 예부 우시랑(禮部右侍郎)을 역임하였으며, 명나라가 망하자 잠시 명나라 부흥운동에 참여하였지만, 청나라 조정에서 다시 예부 우시랑에 임명되어 『명사(明史)』의 편찬에 참여하였다. 그러나 건륭제(乾隆帝) 때에 두 왕조에서 벼슬한 불충한 신하로 비난받고 저서가 모두 불태워졌다. 시문(詩文)에 뛰어났으며, 『목재초학집(牧齋初學集)』・『목재유학집(牧齋有學集)』 등의 저서가 있으며, 『청사(淸史)』 권483에 「전겸익열전(錢謙益列傳)」이 실려 있다.
　『열조시집』은 명청(明淸) 교체기에 전겸익이 명나라를 잊지 못해 편찬하였으며, 명나라가 망한 지 8년 되던 1652년에 마무리짓고 서문을 썼다. 급하게 편찬하느라고, 산만하게 편찬된 느낌이 있다. 「규집(閨集) 외이(外夷)」 편에 조선(朝鮮)・일본(日本)・안남(安南)・점성(占城)의 시가 실렸는데, 조선은 42명의 시 171수가 실려 221수 가운데 77%를 차지하고 있다. 고려 시인 정몽주・이색・이숭인・김구용 외에는 모두 조선시대 시인들이다.
　외이(外夷) 편을 급하게 편찬하다 보니, 조선의 시는 오명제(吳明濟)가 간행한 『조선시선』에 실린 시에서 상당 부분을 전재하였으며, 오명제의 「조선시선서(朝鮮詩選序)」와 허균의 「조선시선후서(朝鮮詩選後序)」의 일부까지 그대로 편집하였다. 난설헌의 시는 19수가 실려, 난설헌에게 시를 가르쳤다는 손곡(蓀谷) 이달(李達) 다음으로 많이 실렸다. 난설헌의 소전(小傳)은 전겸익의 소실인 유여시(柳如是)의 비평이 대부분이다. 『조선시선(朝鮮詩選)』의 오류가 답습되었으며, 1608년 목판본 『난설헌시(蘭雪軒詩)』에 실리지 않은 작품을 포함하여 난설헌 시집의 정본화 작업이 필요하다.

번역 및 원문

○ 『역조시집(歷朝詩集)』[1] 서(序)

　모자(毛子) 자진(子晉)[2]이 『역조시집(歷朝詩集)』을 판각하여 완성하자, 내가 어루만지며 개연(愾然)히 탄식하였다. 모자가 물었다.

　"선생께서는 어찌하여 탄식하십니까?"

　내가 대답하였다.

　"내가 탄식했던가? 그렇다면 나의 탄식은 맹양(孟陽)[3]을

---

1) 역조시집(歷朝詩集)은 청(淸)나라 전겸익(錢謙益)이 편찬한 명나라의 시선집(詩選集)인 『열조시집』을 말한다.
2) 모자(毛子) 자진(子晉)은 모진(毛晉, 1599-1659)으로 자진은 그의 자이고, 호는 잠재(潛在)이다. 명말의 장서가(藏書家)이며, 전겸익(錢謙益)을 사사하였다. 강소성(江蘇省) 상숙(常熟)에서 급고각(汲古閣)이라는 출판사를 경영하였다.
3) 맹양(孟陽)은 정가수(程嘉燧, 1565-1643)의 자로, 명(明)나라 때 가

탄식한 것이네."

그러자 모자가 물었다.

"선생께서는 어찌하여 맹양을 탄식한 것입니까?"

내가 이렇게 대답하였다.

"시를 기록한 것이 언제 시작하였는가? 맹양이 『중주집(中州集)』4)을 읽은 때부터 시작하였네. 맹양의 말에 '원씨(元氏, 원호문)가 시를 모을 때, 시 뒤에 인물을 기록하고 인물 뒤에 전(傳)을 기록하였으니, 『중주집』에 수록된 시는 또한 금원(金源)5)의 역사이다. 내가 장차 이를 모방하여 편찬하리라. 나는 시를 채집하고 그대는 역사를 기술하면 또한 좋지 않겠는가.'하였네. 산속에 거처하는 동안 여가가 많아서 국조(國朝)의 시집을 편차(編次)하니 거의 서른 명이었는데 얼마 되지 않아 그만두고 떠났네. 이것이 천계(天啓, 1621-

---

정(嘉定)에서 태어나고 학문과 시문(詩文)에 뛰어나 가정 사선생(嘉定四先生)으로 일컬어졌다. 숭정(崇禎) 연간에 전겸익(錢謙益)이 벼슬을 그만두고 돌아와 우경당(耦耕堂)을 짓고 정가수를 맞이하여 그곳에서 독서하면서 밤낮으로 시를 수창하였고 함께 송시(宋詩)를 추천하였다.

4) 『중주집(中州集)』은 중국 금(金)나라 때의 시인이자 역사가였던 원호문(元好問, 1190-1257)이 편찬한 시집이다. 약 200여 명의 시를 저자별로 모아 엮고, 저자마다 간략히 전을 붙였다.

5) 금원(金源)은 금(金)나라의 별칭이다. 『금사(金史)』 권24 「지리지상(地理志上)」에 "상경로(上京路)는 바로 해고(海古)의 지역인데, 금나라의 옛 땅이다. 금나라 사람이 금(金)을 안출호(按出虎)라고 하는데, 안출호수(按出虎水)가 여기에서 발원하기 때문에 금원으로 이름을 붙였다. 금나라의 국호는 여기에서 취한 것이다."라고 하였다.

1627) 초년의 일이네.

그 후 20여 년이 지나 개보(開寶)의 난리를 만나 천하가 어지러워 전적(典籍)이 유실되었는데, 빈사(瀕死) 상태에서 감옥에 갇혀 다시 이 문집을 편찬하게 되었네. 병술년(1646)에 시작하여 기축년(1649)에 마쳤는데, 그 사이에 소대(昭代)의 문장을 차례로 편차하고 조정의 역사를 찾아 모으며, 내용에 따라 분류하고 새롭게 범례를 정하여, 사책(史冊)을 만드는 데 백발이 되어서야 거의 끝마칠 날이 있게 되었네. 그러나 경인년(1650) 10월에 융풍(融風)의 재앙6)으로 인하여 상자에 가득한 책들이 흩어져 잿더미가 되었네. 이 문집은 먼저 살청(殺靑)에 맡겼기 때문에7) 다행히 화재의 재앙을 피할 수 있었네. 아! 슬프네.

이 일을 처음 시작했던 때를 뒤미처 생각해 보니 마치 오랜 세월이 흐른 듯하네. 뛰어난 글을 함께 감상하고 의심나는 뜻을 서로 분석하였는데, 훌륭한 분(맹양을 가리킴)이 돌아가시어 유풍(流風)이 아득해졌네. 애석한 것은 맹양이 이 문

---

6) 융풍(融風)의 재앙은 화재(火災)를 말하는 것으로, 융풍은 바람이 일어나기 쉬운 동북풍(東北風)을 말한다.『춘추좌씨전』소공(昭公) 18년에 "병자일에 바람이 크게 불었다. 노(魯)나라 재신이 말하기를 '이것은 융풍으로 화재의 전조(前兆)이다. 7일 뒤에 화재가 일어날 것이다.' 하였다.[丙子, 風, 梓愼曰, 是謂融風, 火之始也, 七日, 其火作乎.]"라는 말이 나오는데, 두예(杜預)가 이렇게 해설하였다. "동북풍을 융풍이라고 한다. 융풍은 목에 속하는데, 목은 화모(火母)이기 때문에 화재의 전조라고 한 것이다.[東北曰融風, 融風, 木也, 木, 火母, 故曰火之始.]"
7) 탈고(脫稿)하여 간행한 것을 말한다. 살청은 대나무를 불에 쬐어 수분을 없애는 것을 뜻한다.

집을 처음 편찬하였으나 교정하고 교감해서 붓을 휘둘러 완성하지 못한 점이네. 약천(瀹泉)에서는 거위가 나오고 천진교(天津橋)에선 두견새가 울며, 바다에서는 골짜기 소리를 담아 재앙의 징조를 먼저 경고하였네.8) 그런데 내가 전에 죽어 구원(九原)9)에서 맹양을 따르지 못한 채, 외람되이 쇠잔한 혼과 남은 기운으로 야사정(野史亭)10)의 유한(遺恨)에 응한 것이 한스럽기만 하네. 곡읍(哭泣)은 할 수 없지만 탄식하는 데 무슨 어려움이 있겠는가. 그래서 '나의 탄식은 맹양을 탄식한 것이다.'라고 한 것이네"

모자가 물었다.

"원씨가 모은 시는 갑(甲)에서 계(季)까지인데, 이제 정(丁)에서 그친 것은 어째서입니까?"

이렇게 대답하였다.

"'계(癸)'는 돌아간다는 뜻이네. 괘(卦)에서는 귀장(歸藏)이 되고, 시(時)로는 겨울철이 되며, 달[月]이 계에 있는 것을

---

8) 모두 불길한 징조를 말하는 것으로, 정가수(程嘉燧)의 죽음을 의미한다.
9) 원문의 '구경(九京)'은 춘추 시대 진(晉)나라 경대부(卿大夫)의 묘지가 있던 곳이다. 『국어(國語)』 권14 「진어(晉語)」에 "조문자가 숙향과 구경에 가서 노닐다가 말하기를 '죽은 이들을 만약 일으킬 수 있다면 나는 누구를 따라 돌아갈까.' 하였다.[趙文子與叔向游於九京曰, 死者若可作也, 吾誰與歸?]"라고 한 데서 구원(九原)이나 구천(九泉)과 같은 말로 쓰이게 되었다.
10) 야사정(野史亭)은 원호문(元好問)이 금나라의 전장법도(典章法度)가 묻힐 것을 염려하여 자기 집에 지은 정자이다. 예전 금나라의 군신 간에 남긴 언행들을 들은 대로 낱낱이 기록하여 모아 두었다. 『금사(金史)』 권126 문예열전(文藝列傳) 원호문(元好問)』

'끝'이라고 하네. 반면에 '정(丁)'은 장성하여 열매를 이룬다는 뜻이고, 해[歲]에서는 '강어(强圉)11)'의 해이네. 만물은 '병(丙)'에서 번성하고, '정(丁)'에서 성취하며, '무(戊)'에서 무성하네. 시(時)로는 주명(朱明 여름)에 해당하며, 사십 세의 강성한 나이이네. 이때 금경(金鏡)12)은 아직 떨어지지 않았고 주낭(珠囊)은 거듭 다스려져,13) 창성하고 장엄하며 부유하고 일신(日新)하니,14) 천지의 마음이자 성문(聲文 음조(音調))의 운세일세."

모자가 물었다.

"그렇다면 어찌하여 '모으다[集]'라고 말하고 '뽑다[選]'라고 말하지 않은 것입니까?"

이와 같이 대답하였다.

"전고(典故)를 갖추고 풍요(風謠)를 채집하며 쓸데없고 장황한 부분을 정리하고 깊고 외진 부분을 찾아내며, 임금의 밝은 지혜를 펼치며 재주를 발휘하는 것이, 내가 뜻을 두고 있는 부분이네. 풍아(風雅)를 토론하고 가짜 문체를 구별하

---

11) 강어(强圉)는 정(丁)의 고갑자(古甲子)이다.
12) 금경(金鏡)은 밝고도 밝은 정도(正道)를 말한다.
13) 주낭(珠囊)은 오성(五星)의 궤도로, 천도(天道)를 따라 다스려서 유학(儒學)을 중흥시켰다는 말이다. 『상서위(尙書緯) 고영요(考靈耀)』에 "하늘이 해와 달을 잃어서 주낭(珠囊)을 잃어버렸다.[天失日月, 遺其珠囊.]" 하였는데, 정현(鄭玄)의 주에 "주(珠)는 오성(五星)을 이른다. 낭(囊)을 잃었다는 것은 차고 기움에 궤도를 잃은 것이다.[珠謂五星也. 遺其囊者, 盈縮失度也.]" 하였다.
14) 『주역』 「계사전 상(繫辭傳上)」에 "풍부하게 소유하는 것을 대업(大業)이라고 이르고, 날로 새로워지는 것을 성덕(盛德)이라고 이른다.[富有之謂大業, 日新之謂盛德.]"라고 하였다.

는 것은 맹양의 가르침이 남아 있으니, 내가 감당할 수 있는 바가 아니기에 후세의 작자를 기다리려고 하네."

맹양의 이름은 가수(嘉燧)이고 신안 정씨(新安程氏)이며, 가정(嘉定)에 살았다. 그의 시는 정집(丁集)에 수록되어 있다. 나는 우산(虞山)의 몽수(蒙叟) 전겸익(錢謙益)이다. 시집이 완성된 것은 임진년(1652)이고, 서문은 9월 13일에 지었다.

○ 歷朝詩集序

毛子子晉刻『歷朝詩集』成, 余撫之愾然而嘆. 毛子問曰:"夫子何嘆?"余曰:"有嘆乎? 余之嘆, 蓋嘆孟陽也."曰:"夫子何嘆乎孟陽也?"曰:"錄詩何始乎? 自孟陽之讀『中州集』始也. 孟陽之言曰:'元氏之集詩也, 以詩繫人, 以人繫傳, 『中州』之詩, 亦金源之史也. 吾將仿而爲之. 吾以採詩, 子以庀史, 不亦可乎?'山居多暇, 讚次國朝詩集, 幾三十家, 未幾罷去. 此天啟初年事也. 越二十餘年而丁開寶之難, 海宇板蕩, 載籍放失, 瀕死頌繫, 復有事於斯集. 托始於丙戌, 徹簡於己丑. 乃以其間論次昭代之文章, 蒐討朝家之史乘, 州次部居, 發凡起例, 頭白汗青, 庶幾有日. 庚寅陽月, 融風爲災, 插架盈箱, 蕩爲煨燼. 此集先付殺青, 幸免於秦火漢灰之餘. 於乎悕矣! 追惟始事, 宛如積劫. 奇文共賞, 疑義相析, 哲人其萎, 流風迢然. 惜孟陽之草創斯集, 而不獲丹鉛甲乙, 奮筆以潰於成也. 翟泉鵝出, 天津鵑啼, 海錄谷音, 咎徵先告. 恨余之不前死, 從孟陽於九京, 而猥以殘魂餘氣, 應野史亭之遺懺也. 哭泣之不可, 嘆於何有! 故曰余之嘆嘆孟陽也."曰:"元氏之集, 自甲訖癸. 今止於丁者, 何居?"曰:"癸, 歸也. 於卦爲歸藏, 時爲冬令. 月在癸曰極. 丁, 丁壯成實也. 歲曰強圉. 萬物盛於丙, 成於丁, 茂於戊. 於時爲朱明, 四十強盛之年也. 金鏡未墜, 珠囊重理, 鴻朗莊嚴, 富有日新, 天地之心, 聲文之運也." "然則, 何以言集而不言選?" 曰: "備典故, 採風謠, 汰冗長, 訪幽仄, 鋪陳皇明, 發揮才調, 愚竊有志焉. 討論風雅, 別裁僞體, 有孟陽之緖言在, 非吾所敢任也, 請以俟世之作者."

孟陽名嘉燧, 新安程氏, 僑居嘉定. 其詩錄丁集中. 余虞山蒙叟錢謙益也. 集之告成, 在玄黓執徐之歲, 而序作於玄月十有三日.

○ 허매씨(許妹氏)

허경번(許景樊)은 자가 난설(蘭雪)이고 조선 사람이다. 그의 오빠인 허봉(許篈)과 허균(許筠)은 모두 장원급제하였다. 8세 때 「광한궁옥루상량문(廣寒宮玉樓上梁文)」을 지었는데, 재주와 명성이 두 오라비보다 위에 있었다. 진사(進士) 김성립(金成立)에게 시집갔는데, 남편에게 사랑을 받지 못하였다. 김성립이 국난(國難)에 죽자, 허경번은 마침내 여도사(女道士)가 되었다. 금릉(金陵)의 주장원(朱壯元)이 동국에 사신으로 나갔을 때 그의 문집을 구해 돌아와 드디어 중국에 널리 전해졌다.

유여시(柳如是)가 이렇게 말하였다.

"허매씨의 시는 화려하고 아름다워서 사람들의 입에 회자되었다. 그러나 내가 보니, 그가 지은 「유선곡(遊仙曲)」 가운데, '벽성에서 소모군 맞이하여 가누나.[碧城邀取小茅君]'라고 한 구절과 '이는 바로 인간 세상 일만 년일세.[便是人間一萬

年]'라고 한 구절은 조당(曹唐)의 사(詞)이다. 「양류지사(楊柳枝詞)」의 '마중할 줄은 모르고 보낼 줄만 아는구나.[不解迎人解送人]'라고 한 구절은 배열(裴說)의 사에 나오는 구절이다. 「궁사」의 '깔개에다 발까지 한꺼번에 손질하네.[地衣簾額一時新]'라고 한 구절은 전적으로 왕건(王建)의 사에 나오는 구절을 쓴 것이다. '당시에는 일찍이 남 오는 걸 비웃더니, 오늘 아침 제 스스로 올 줄 어찌 알았으랴.[當時曾笑他人到, 豈識今朝自入來.]'라고 한 구절은 왕애(王涯)의 말을 곧장 베낀 것이며, '붉은 비단 보자기로 건계차를 싸서, 시녀가 봉함하고 비단 꽃을 다는구나. 비스듬히 도장 찍고 칙자 글자 쓰고서는, 내관이 제후 집에 나누어서 보내누나.[絳羅袱裹建溪茶. 侍女封緘結綵花. 斜押紫泥書勅字, 內官分賜五侯家.]'라고 한 구절은 왕중초(王仲初)의 '황금합 속에는 붉은 구름 담겨 있네.[黃金合裏盛紅雲]'라는 구절과 왕기공(王岐公)의 '내고의 새 함 열어 황제 드실 차 올리네.[內庫新函進御茶]'라고 한 두 시를 섞어서 지은 것이다. '한가로이 머리 돌려 주렴에 기대 서서, 군왕을 마주하여 농서 사투리로 말하네.[閒回翠首依簾立, 閒對君王說隴西.]'는 또 왕중초의 '자주 군왕을 대해 농산을 그리누나.[數對君王憶隴山]'라고 한 말을 훔쳐 쓴 것이다. 또 「차손내한북리운[次孫內翰北里韻]」 시의 '얼굴 화장 마치고도 자주 거울 쳐다보다, 남은 꿈이 맘에 걸려 천천히 누에서 내려오네.[新粧滿面頻看鏡 殘夢關心懶下樓]'라고 한 구절은 원나라 사람 장광필(張光弼)의 무제경구(無題警句)이다.

오자어(吳子魚)의 『조선시선』에 '유선곡(遊仙曲)은 300수인데, 내가 그의 수서(手書) 81수를 얻었다.'고 하였다. 지금

전해지는 것은 대부분 당나라 시인들의 시구를 본떠서 지은 것이며, 본조(本朝) 사람인 마호란(馬浩瀾)의 유선사(遊仙詞)로서 『서호지여(西湖志餘)』에 나오는 것도 그 속에 들어 있다. 그 외에 「새상곡(塞上曲)」, 「양류지사(楊柳枝詞)」, 「죽지사(竹枝詞)」 같은 제목의 시들도 모두 그렇다. 이 어찌 계림(鷄林)으로 흘러 들어간 중국의 시편(詩篇)을 허매씨가 옥갑(玉匣) 속에 깊숙이 보관해 두고서 다른 사람들이 보지 못하였을 것이라고 여겨 드디어는 원작자를 숨기고서 자신의 작품으로 만들고자 한 것이 아니겠는가.

우리나라의 문사(文士)들이 기이한 것을 찾아다니다가 한갓 외방 오랑캐의 여자 손에서 나온 것만 보고서는 놀라고 찬탄하면서 다시는 원작자가 누구인지를 따져 보지 않았다. 동성(桐城)의 방부인(方夫人)이 시사(詩史)를 채집(採輯)하면서 서원(徐媛)의 시에 대해 '이름나기만을 좋아하고 학문이 없다.[好名無學]'는 네 글자로 평하여 오중(吳中)의 사녀(士女)들을 두루 꾸짖었다. 허매씨의 시에 대해서도 '질펀하고 요약이 없어서 무슨 말을 하고 있는지 모르겠다.[漫無簡括, 不知其何說]'고 하였다.

부자(夫子)의 명을 받아서 규중 여인들의 시편을 교정(校正)하다가 우연히 짧은 소견이 있기에 문득 짤막하게 기록한다. 지금 찬록(撰錄)한 것 역시 『조선시선』에 의거하여 열 가운데 두셋만을 남겨 두었다. 그 가운데 자구(字句)를 따다 쓰거나 느낌을 표절한 것을 찾아보면 참으로 일일이 다 헤아릴 수가 없다. 그러니 보는 자는 자세히 따져 봐야 할 것이다."

○ 許妹氏

許景樊字蘭雪, 朝鮮人. 其兄葑筠皆狀元, 八歲作「廣寒殿玉樓上梁文」, 才名出二兄之右, 適進士金成立, 不見答于其夫, 金殉國難, 許遂爲女道士. 金陵朱狀元, 奉使東國, 得其集以歸, 遂盛傳于中夏. 柳如是曰, "許妹氏詩, 散華落藻, 膾炙人口, 然吾觀其「游仙曲」, '不過[15]邀取小茅君', '便是人間一萬年.' 曹唐之詞也. 「楊柳之詞」, '不解迎人解送人.' 裴說之詞也. 「宮詞」, '地衣簾額一時新.' 全用王建之句, '當時曾笑他人到, 豈識今朝自入來.' 直鈔王涯之語, '絳羅袱裏建溪茶, 侍女封緘結綵花. 斜押紫泥書勅字, 內官分賜五侯家.' 則撮合王仲初, '黃金合裏盛紅雲.' 與王岐公, '內庫新函進御茶' 兩詩, 而錯直出之, '間回翠首依簾立, 閑對君王說隴西.' 則又偸用仲初, '數對君王憶隴山'之語也. 「次孫內翰北里韻」, '新粧滿面頻看鏡, 殘夢關心懶下樓.' 則元人張光弼無題警句也. 吳子魚『朝鮮詩選』云, '「遊仙曲」三百首, 余得其手書八十一首', 今所傳者, 多沿襲唐人舊句, 而本朝馬浩瀾「游仙詞」, 見『西湖志餘』者, 亦竄入其中, 凡塞上楊柳枝竹枝等舊題皆然, 豈中華編什, 流傳鷄林, 彼中以爲琅函秘册, 非人世所經見, 遂欲掩而有之耶. 此邦文士, 搜奇獵異, 徒見出于外夷女子, 驚喜讚歎, 不復覈其從來, 桐城方夫人, 採輯詩史, 評徐媛之詩, 以好名無學四字, 遍誚吳中之士女, 於許妹之詩, 亦復漫無簡括, 不知其何說也. 承夫子之命, 讎校香奩諸什, 偶有管窺, 輒加椠記, 今所撰錄, 亦据朝鮮詩選,

---

15) 『열조시집』에는 이 시가 실리지 않았으며, 1608년 목판본 『蘭雪軒詩』「유선사」 제4수에는 '碧城'으로 되어 있다. 이 글에서도 '벽성'으로 번역하였다.

存其什之二三, 其中字句竄竊, 觸類而求之, 因未可悉數也, 觀者詳之而已."

고별리(古別離)

轔轔雙車輪、삐걱삐걱 두 개의 수레바퀴
一日千萬轉。하루에도 천만번 돌아가누나.
同心不同車、마음은 같건만 수레 같이 타지 못해
別離時屢變。헤어지고 여러 세월 변하였네.
車輪尙有跡、수레바퀴 자국이 아직 남아 있건만
相思獨不見。그리운 님은 홀로 보이지 않네.
○ 古別離16)
轔轔雙車輪、一日千萬轉。同心不同車、別離時屢變。車輪尙有跡、相思獨不見。

감우(感遇) 3수

1.
盈盈窓下蘭、하늘거리는 창가의 난초
枝葉何芬芬。가지와 잎 그리도 향그럽더니,
西風一夕起、하룻밤 가을바람이 일어나자
零落悲秋霜。슬프게도 찬 서리에 다 시들었네.
秀色總消歇、빼어난 모습이 모두 시들어도
淸香終不死。맑은 향기만은 끝내 죽지 않아,

---

16) 1608년 목판본 『蘭雪軒詩』에는 이 시가 없다. 최경창(崔慶昌)의 『고죽유고(孤竹遺稿)』에 실린 「고의(古意)」 제1수와 같은데, 제6구의 '獨'이 '人'으로 되어 있다.

感物傷我心。 그 모습 보면서 내 마음이 아파져
流涕沾衣袂。 눈물이 흘러 옷소매를 적시네.

○ 感遇 三首17)

盈盈窓下蘭、枝葉何芬芬。西風一夕起、零落悲秋霜。秀色總消歇、淸香終不死。感物傷我心。流涕沾衣袂。

2.

古屋晝無人、 낡은 집이라 대낮에도 사람이 없고
桑樹鳴鶻鵂。 부엉이만 혼자 뽕나무 위에서 우네.
蒼苔蔓玉砌、 섬돌에는 푸른 이끼가 끼고
鳥雀巢空樓。 빈 다락에는 새들만 깃들었구나.
向來車馬地、 전에는 말과 수레들이 몰려들던 곳
今成狐兔丘。 이제는 여우 토끼의 굴이 되었네.
信哉達人言、 달관한 분의 말씀을 이제야 믿겠으니
慨慨復何求。 슬프구나! 다시 무엇을 구하랴.18)

○ 古屋晝無人、桑樹鳴鶻鵂。蒼苔蔓玉砌、鳥雀巢空樓。向來車馬地、今成狐兔丘。信哉達人言、慨慨復何求。

3.

梧桐生嶧陽、 오동나무 한 그루가 역산 남쪽19)에서 자라나

---

17) 1608년 목판본 『蘭雪軒詩』에 같은 제목으로 4수가 실려 있다.
18) 원문의 달인(達人)은 진(晉)나라 시인 도잠(陶潛)을 가리킨다. 도잠의 「귀거래사(歸去來辭)」에 "부귀는 내가 바라는 바 아니요, 제향도 기약할 수 없는 일이라.[富貴非吾願, 帝鄕不可期.]"라고 하였다.
19) 역양(嶧陽)은 산동성에 있는 역산의 남쪽이라는 뜻이다. 『서경』 「하서(夏書) 우공(禹貢) 서주(徐州)」 편에 "공물은 오색 흙과 우산(羽山) 골짜기의 여름철 꿩과 역산(嶧山) 남쪽의 우뚝하게 자라는 오동나무와 사수(泗水) 가에 떠 있는 석경이다.[厥貢, 惟土五色, 羽

鳳凰翔其傍。 봉황이 그 곁에서 날며,
文章燦五色、 오색 무늬 찬란하게
喈喈千仞岡。 천길 언덕에서 우네.
稻粱非所慕、 벼나 조를 사모하는 게 아니라
竹實迺其飡。 대나무 열매만 먹는다네.
奈何桐樹枝、 어쩌다 저 오동나무 가지에
棲彼鴟與鳶。 올빼미와 솔개만 깃들어 있단 말인가.

　허매씨(許妹氏)가 그 남편에게 사랑을 받지 못하였으므로 말하는 것이 이와 같았다.

○ 梧桐生嶧陽、鳳凰翔其傍。文章燦五色、喈喈千仞岡。稻粱非所慕、竹實迺其飡。奈何桐樹枝、棲彼鴟與鳶。妹氏不愛于其夫 而言者此[20]

백씨 봉(篈)께 부치다

暗窓銀燭低、 어두운 창가에 촛불 나직이 흔들리고
流螢度高閣。 반딧불은 높은 지붕을 날아서 넘네요.
悄悄深夜寒、 깊은 밤 시름겨워 더욱 쌀쌀한데
蕭蕭秋葉落。 나뭇잎은 우수수 떨어져 흩날리네요.
關河音信稀、 산과 물이 가로막혀[21] 소식도 뜸하니

畎夏翟, 嶧陽孤桐, 泗濱浮磬.]"라고 보인다. 그 주에 "역산의 남쪽에 특별히 오동나무가 생산되는데, 거문고를 만드는 데 적합하다."라고 하였다.
20) 제3수는 1608년 목판본 『蘭雪軒詩』에 실려 있지 않다.
21) 원문의 관하(關河)는 변방 국경지대인데, 허봉이 이때 함경도 갑산에 유배되어 있었다. 경기도 순무어사로 나갔던 허봉이 병조판서 이이의 잘못을 탄핵하였는데, 동인의 선봉이었던 대사간

沈憂不可釋。 그지없는 이 시름을 풀 길이 없네요.
遙想靑蓮宮、 청련궁22) 오라버니를 멀리서 그리노라니
山空蘿月白。 산속엔 담쟁이 사이로 달빛만 밝네요.

○ 寄伯氏篈23)

暗窓銀燭低、流螢度高閣。悄悄深夜寒、蕭蕭秋葉落。關河音信稀、沈憂不可釋。遙想靑蓮宮、山空蘿月白。

봉대곡(鳳臺曲)

秦女侶蕭史、 진나라의 농옥이 소사와 짝이 되어
日夕吹參差。 아침저녁으로 봉대에서 퉁소 불었네.24)

송응개·승지 박근원과 함께 탄핵하다가 오히려 선조(宣祖)의 비위를 거슬려 유배되었다. 허봉은 창원부사로 좌천되었다가, 수레에서 내리자마자 다시 갑산으로 유배되었다. 이 해가 바로 계미년(1583)이었으므로, 역사에서는 이 사건을 계미삼찬(癸未三竄)이라고 한다.

22) 허봉이 즐겨 읽던 시인 이백의 호가 청련거사였으므로, 시인 허봉이 귀양간 곳을 청련궁이라고 하였다. 사찰이나 승사(僧舍)를 가리키기도 한다.
23) 1608년 목판본 『蘭雪軒詩』에 「寄荷谷」이라는 제목으로 실린 시인데, 제목이 바뀌어 있다. 하곡(荷谷) 봉(篈)은 난설헌의 중씨(仲氏) 봉(篈)인데, 오명제(吳明濟)의 실수를 그대로 옮겨 썼다.
24) 소사(蕭史)는 진나라 목공(穆公) 때 사람이다. 퉁소를 잘 불어 공작과 백학을 뜰에 불러들일 수 있었다. 목공에게는 자를 농옥(弄玉)이라고 하는 딸이 있었는데, 그녀가 그를 좋아하자 목공이 마침내 딸을 소사에게 시집보냈다. (소사는) 날마다 농옥에게 (퉁소로) 봉황의 울음소리 내는 법을 가르쳤다. 몇 년이 지난 뒤에 (농옥이) 봉황 소리와 비슷하게 (퉁소를) 불었더니, 봉황이 그 집 지붕에 날아와 머물었다. 목공이 (그들에게) 봉대(鳳臺)를 지어 주자, 부부는 그 위에 머물면서 몇 년 동안 내려오지 않았다. 그러

崇臺騎彩鳳、 높은 누대에서 봉새 타고 가니
渺渺不可追。 아득하여 쫓아갈 수가 없었네.
天地以永久、 하늘과 땅이 영구하다지만
那識人間悲。 인간 세상의 슬픔이야 어떻게 알리.
妾淚不可忍、 이내 몸의 눈물을 참을 수 없으니
此生長別離。 이 세상에서 오래 이별해서일세.

〇 **鳳臺曲**25)
秦女侶蕭史、日夕吹參差。崇臺騎彩鳳、渺渺不可追。天地以
永久、那識人間悲。妾淚不可忍、此生長別離。

망선요(望仙謠)

瓊花風細飛靑鳥。 구슬꽃 산들바람 속에 파랑새가 날더니
王母麟車向蓬島。 서왕모는 기린 수레 타고 봉래섬으로 가네.
蘭旌藥帔白雉裘、 난초 깃발 꽃배자에다 흰 꿩갖옷을 입고
笑倚紅欄拾瑤艸。 웃으며 난간에 기대 요초를 뜯네.
天風吹擘翠霞裙。 천풍 불어 푸른 노을 치마 갈라지게 하니
玉環金珮聲琅琅。 옥고리와 노리개가 쟁그랑 부딪치네.
素娥兩兩鼓瑤瑟、 달나라 선녀26)들은 쌍쌍이 거문고를 뜯고
三花珠樹春雲香。 계수나무27) 위에는 봄구름이 향그러워라.

다가 어느날 봉황을 따라서 함께 날아가 버렸다. 그래서 진나라 사람들이 옹궁(雍宮) 안에 봉녀사(鳳女祠)를 지었는데, 이따금 통소 소리가 들리곤 했다. -유향『열선전(列仙傳)』
25) 1608년 목판본『蘭雪軒詩』에는 이 시가 없다. 김종직의『점필재집(佔畢齋集)』권11에 실린 「鳳臺曲」과 상당 부분이 겹친다.
26) 원문의 소아(素娥)는 달나라 선녀인데, 흰 옷을 입고 흰 난새를 탄다고 한다.

平明宴罷芙蓉閣。 동틀 무렵에야 부용각 잔치가 끝나
碧海靑童乘白鶴。 청동28)은 흰 학을 타고 바다를 건너네.
紫簫聲裡彩雲飛、 붉은 퉁소 소리에 오색구름이 걷히자
露濕銀河曉星落。 이슬에 젖은 은하수에 새벽별이 지네.

○ 望仙謠29)
瓊花風細飛靑鳥。王母麟車向蓬島。蘭旌蕣帔白雉裘、笑倚紅
欄拾瑤艸。天風吹擘翠霞裙。玉環金珮聲琅琅。素娥兩兩鼓瑤
瑟、三花珠樹春雲香。平明宴罷芙蓉閣。碧海靑童乘白鶴。紫
簫聲裡彩雲飛、露濕銀河曉星落。

상현곡(湘絃曲)

薰花泣露湘江曲。 향기로운 꽃 이슬에 젖은 소상강 물굽이에
點點秋烟天外綠。 아홉 봉우리30) 가을빛 짙어 하늘 푸르네.
水府凉波龍夜吟、 수궁 찬 물결에 용은 밤마다 울고
蠻娘輕夏玲瓏玉。 남방 아가씨31) 구슬 구르듯 노래하네.
離鸞別鳳隔蒼梧。 짝 잃은 난새 봉새는 창오산이 가로막히고

---

27) 삼화주수(三花珠樹)는 선궁에 있는 계수나무인데, 꽃이 일년에 세 번이나 피고, 오색 열매가 열린다고 한다.
28) 『진서(晉書)』에 "선제(宣帝)의 내구마(內廐馬)가 어느 날 바람이 자고 하늘이 쾌청할 때 학이 날아오자 청의동자(靑衣童子)로 변화하여 두 마리 큰 말을 타고 공중으로 날아갔다."라고 하였다.
29) 1608년 목판본 『蘭雪軒詩』에 같은 제목 시의 제1수로 실려 있다.
30) 순임금 사당을 구의산(九疑山)에 모셨는데, 점점(點點)은 그 아홉 봉우리를 가리킨다.
31) 창오산 남쪽 호남성 일대 지역을 만(蠻)이라 하는데, 순임금의 두 왕비인 아황과 여영이 만(蠻) 땅의 아가씨이다.

雨氣浸江迷曉珠。 빗기운이 강에 스며 새벽달 희미하네.
神絃聲徹石苔冷、 거문고 소리 스러지자 돌이끼 차가운데
雲鬟霧鬢啼江姝。 구름머리 안개 살쩍의 강녀가 우는구나.
瑤空星漢高超忽。 하늘 은하수는 멀고도 높은데
羽蓋金支五雲沒。 일산과 깃대가 오색구름 속에 가물거리네.
門外漁郎唱竹枝、 문밖에서 어부들이 「죽지사」를 부르는데
銀潭半掛相思月。 은빛 호수에 님 그리는 달이 반쯤 걸렸네.
〇 湘絃曲32)
薰花泣露湘江曲。點點秋烟天外綠。水府涼波龍夜吟、蠻娘輕
戛玲瓏玉。離鸞別鳳隔蒼梧。雨氣浸江迷曉珠。神絃聲徹石苔
冷、雲鬟霧鬢啼江姝。瑤空星漢高超忽。羽蓋金支五雲沒。門
外漁郎唱竹枝、銀潭半掛相思月。

사시가(四時歌)
四時歌33)
봄노래
院落深深杏花雨。 그윽이 깊은 뜨락에 행화우(杏花雨) 내리고
鸎聲啼遍辛夷塢。 목련 핀 언덕에선 꾀꼬리가 우네.
流蘇羅幙春尙寒、 수실 늘어진 비단 휘장에 봄은 아직 차갑고

---

32) 1608년 목판본 『蘭雪軒詩』에 「湘絃謠」라는 제목으로 실려 있다.

33) 1608년 목판본 『蘭雪軒詩』에 「四時詞」라는 제목으로 4수가 실려 있다. 이 시를 『해동역사(海東繹史)』에 소개한 한치윤(韓致奫)이 "이 시를 살펴보니 『난설집』의 본문과 전혀 달라 의심스럽다.[按此詩, 與蘭雪集本文判異, 是可疑也.]"고 의견을 붙였다.

博山輕飄香一縷。 박산향로에선 한 줄기 향연기 하늘거리네.
鸞鏡曉梳春雲長。 거울 앞에서 빗질하니 봄 구름이 길고
玉釵寶髻蟠鴛鴦。 옥비녀에 트레머리 원앙이 수 놓였네.
斜捲重簾帖翡翠、 겹발을 걷고서 비취이불도 개어 놓고
金勒雕鞍歟何處。 금굴레 아름다운 안장 님은 어디 가셨나.
誰家池館咽笙歌、 누구네 집 못가에서 생황 소리 울리는지
月照清尊金叵羅。 맑은 술 금 술잔에 달빛이 비치는구나.
愁人獨夜不成寐、 시름겨운 사람 홀로 한밤에 잠 못 이루니
絞綃曉起看紅淚。 새벽에 일어나면 깁 수건에 눈물 자국 보이리.

○ 春歌
院落深深杏花雨。鸎聲啼遍辛夷塢。流蘇羅幎春尙寒、博山輕飄香一縷。鸞鏡曉梳春雲長。玉釵寶髻蟠鴛鴦。斜捲重簾帖翡翠、金勒雕鞍歟何處。誰家池館咽笙歌、月照清尊金叵羅。愁人獨夜不成寐、絞綃曉起看紅淚。

여름노래

槐陰滿地花陰薄。 느티나무 그늘 땅에 덮여 꽃그림자 옅은데
玉簟銀牀敞朱閣。 옥 대자리 은침상의 붉은 누각이 탁 트였네.
白苧新裁染汗香、 흰 모시옷 새로 지어 맑은 향기 물들이자
輕風洒洒搖羅幎。 미풍이 솔솔 불어 비단 휘장을 흔드네.
瑤堵飛盡石榴花。 계단의 석류꽃은 다 흩날리고
日輾晶簾影欲斜。 햇살이 수정 주렴으로 옮겨가서 그림자도 비꼈네.
雕梁晝永午眠重、 대들보에 낮이 길어 낮잠을 실컷 자다가

錦茵扣落釵頭鳳、비단방석에 봉황비녀를 떨어뜨리니,
額上鵝黃膩曉粧、이마 위에 새벽 화장이 촉촉하고
鶯聲啼起江南夢。꾀꼬리 소리가 강남 꿈을 깨워 일으키네.
南塘女伴木蘭舟、남쪽 연못의 벗들은 목란배를 타고
采蓮何處歸渡頭。어디에선가 연을 따서 나룻터로 돌아오네.
輕橈漫唱橫塘曲、천천히 노를 저으며 「횡당곡」을 부르자
波外夕陽山更綠。물결 너머 석양빛에 산이 더욱 푸르구나.

○ 夏歌
槐陰滿地花陰薄。玉簟銀牀敞朱閣。白苧新裁染汗香、輕風洒洒搖羅幙。瑤堦飛盡石榴花、日轉晶簾影欲斜。雕梁畫永午眠重、錦茵扣落釵頭鳳。額上鵝黃膩曉粧、鶯聲啼起江南夢。南塘女兒木蘭舟。采蓮何處歸渡頭。輕橈漫唱橫塘曲。波外夕陽山更綠。

가을노래

紗廚爽氣殘宵迥。비단 장막 추위 스며 아직도 밤이 긴데
露滴虛庭玉屛冷。텅 빈 뜰에 이슬 내려 구슬 병풍 차가워라.
池蓮粉落夜有聲、못의 연꽃 지는 소리 밤이라서 들리는데
井梧葉下秋無影。우물가 오동잎이 져서 가을 그림자 없네.
金壺漏徹生西風。물시계 소리만 똑똑 하늬바람에 들려오고
珠簾喞喞鳴寒蟲。발 밖에선 찌륵찌륵 가을벌레 울어대네.
金刀剪取機上素、베틀에 감긴 무명을 가위로 잘라낸 뒤에
玉關夢斷羅帷空。옥문관[34] 꿈 깨니 비단 장막 쓸쓸하구나.

---

34) 만리장성에서 서역(西域)으로 나가는 길목의 이름난 관문인데, 감숙성 돈황현 서쪽, 양관의 서북쪽에 있다. 장안으로부터 3,600

縫作衣裳寄遠客。 님의 옷 지어 변방 길손 편에 부치려니
蘭燈熒熒明暗壁。 등잔불이 환하게 어둔 벽을 밝혀 주네.
含啼自卹別離難、 울음 삼키며 헤어진 어려움을 편지에 써서
驛使明朝發南陌。 날 밝으면 남쪽 가는 역인에게 부치려네.

○ 秋歌
紗廚[35)]爽氣殘宵迥。露滴虛庭玉屛冷。池蓮粉落夜有聲、井梧葉下秋無影。金壺漏徹生西風。珠簾喞喞鳴寒蟲。金刀剪取機上素、玉關夢斷羅帷空。縫作衣裳寄遠客。蘭燈熒熒明暗壁。含啼自卹別離難、驛使明朝發南陌。

겨울노래
銅壺一夜聞寒枕。 한밤이라 물시계 소리 찬 침상에 들리는데
紗窓月落鴛鴦錦。 깁 창으로 스민 달빛 원앙 금침을 비추네.
烏鴉驚飛轆轤長。 까막까치 녹로[36)] 도는 소리에 놀라 날고
樓前倏忽生曙光。 누각 앞엔 어느 새 새벽빛이 밝아 오네.
侍婢金瓶瀉鳴玉、 여종이 금병에서 얼음 쏟아 내니
曉簾水澁胭脂香。 주렴에는 성에 꼈고 연지는 향기롭구나.
春山欲描描不得、 눈썹을 그리려나 그려지지가 않아
欄汗佇立寒霜白。 난간에 우두커니 서니 찬 서리가 하얗네.

리 떨어져 있다. 악부시에 많이 나오는 관문인데, 사신이나 군사들이 이곳을 한 번 나가면 살아서 돌아오기 힘든 곳으로 여겼다.
35) "부엌 주(廚)"자로 되어 있는데, 뜻이 통하지 않는다. 한치윤(韓致奫)의 『해동역사(海東繹史)』 권49 「예문지(藝文志) 8 본국시(本國詩) 3」에 실린 난설헌의 「사시가(四時歌)」를 참조하여 "장막 주(幮)"자로 번역하였다.
36) 도르레로 물을 긷는 두레박.

去年照鏡看花柳、 지난해엔 거울에 비친 꽃과 버들 보면서
琥珀光深傾夜酒。 호박빛 짙은 술을 한밤중에 기울였지.
羅帳重重圍鳳笙、 겹겹 비단 휘장을 생황 소리가 감싸는데
玉容今爲相思瘦。 아름다운 얼굴 이제는 그리움에 시들었네.
靑驄一別春復春、 말 타고 헤어진 뒤 봄 가고 또 봄 오건만
金戈鐵馬瀚海濱。 군마 타고 쇠창 잡고 한해37)의 가에 있네.
驚沙吹雪冷黑貂、 모래바람에 눈 날려서 초피 갖옷 차가우니
香閨良夜何迢迢。 규방의 좋은 밤이 어찌 이다지 아득한가.

○ 冬歌38)

銅壺一夜聞寒枕。紗窓月落鴛鴦錦。烏鴉驚飛轆轤長。樓前倐忽生曙光。侍婢金瓶瀉鳴玉、曉簾水澁胭脂香。春山欲描描不得、欄汗39)佇立寒霜白。去年照鏡看花柳、琥珀光深傾夜酒。羅帳重重圍鳳笙、玉容今爲相思瘦。靑驄一別春復春、金戈鐵馬瀚海濱。驚沙吹雪冷黑貂、香閨良夜何迢迢。

---

37) 한해(瀚海)는 사막(沙漠), 또는 북해(北海)를 이르는 말로 북방을 가리킨다. 시대마다 이설이 분분한 지명인데, 『동사강목(東史綱目)』에는 이렇게 설명하였다. "대방으로 해서 왜국에 이르자면, 바다를 따라가서 조선을 지나 남쪽으로 가다 동쪽으로 가다 하며 7천여 리를 지나서 한 바다를 건너고, 다시 남쪽으로 1천여 리를 가 한 바다를 건너면 1천여 리나 되는 넓은 곳이 있는데 이것이 한해(瀚海)이다."

38) 1608년 목판본 『蘭雪軒詩』에 실린 「四時詞 冬」과 많은 글자가 겹치기는 하지만 시상(詩想)의 전개가 다르고 압운도 달라서, 다르게 실린 글자들을 일일이 대하지 않는다.

39) '汗'으로는 뜻이 통하지 않아, 『열조시집』의 출전인 오명제(吳明濟)의 『조선시선』에 따라 '干'으로 번역하였다. 1608년 목판본 『蘭雪軒詩』에 없는 글자이다.

친구에게 부치다

結廬臨古道、 예 놀던 길가에 초가집 짓고서
日見大江流。 날마다 큰 강물을 바라만 본단다.
鏡匣鸞將老、 거울갑에는 난새가 혼자서 늙어가고
園花蝶已秋。 동산 꽃의 나비도 가을 신세란다.
寒山新過雁、 쓸쓸한 산에 기러기 지나가고
暮雨獨歸舟。 저녁비에 조각배 홀로 돌아오는데,
寂寞窓紗掩、 비단 창문 닫혀져 적막한 신세이니
那堪憶舊游。 어찌 옛적 놀이를 생각이나 하랴.

○ 寄女伴

結廬臨古道、日見大江流。鏡匣鸞將老、園花40)蝶已秋。寒山新過41)雁、暮雨獨歸舟。寂寞窓紗掩42)、那堪憶舊游。

갑산으로 유배가는 성(筬) 오라버니를 송별하며

遠謫甲山客、 멀리 갑산으로 귀양가는 나그네여
咸原行色忙。 강릉에서 헤어지는 길 멀기만 하네.
臣同賈太傅、 쫓겨나는 신하야 가태부시지만
主豈楚懷王。 임금이야 어찌 초나라 회왕43)이시랴.

---

40) 1608년 목판본 『蘭雪軒詩』에 같은 제목으로 실린 시에 '園花'가 '花園'으로 되어 있다.
41) 1608년 목판본 『蘭雪軒詩』에는 '山新過'가 '沙初下'로 되어 있다.
42) 1608년 목판본 『蘭雪軒詩』에는 '寂寞窓紗掩'이 '一夕紗窓閉'로 되어 있다.
43) 초나라 충신 굴원(屈原)이 회왕(懷王)을 섬겨 벼슬이 좌도(左徒)에 이르고 큰 신임을 받았는데, 회왕이 장의(張儀)의 연횡술책에 빠지는 것을 간하여 장의를 죽이자고 하였으나 실패하였다. 회

河水平秋岸、 가을 비낀 언덕엔 강물이 찰랑이고
關門但夕陽。 관문에는 석양 빛만 비치는데,
霜風吹雁翼、 서릿바람 받으며 기러기 울어 예니
中斷不成行。 걸음이 멎어진 채 차마 길을 못 가시네.

○ 送兄筬謫甲山[44]

遠謫甲山去[45]、江陵別路長[46]。臣同賈太傅、主豈楚懷王。河水平秋岸、關門但[47]夕陽。霜風吹雁翼[48]、中斷不成行。

백형(伯兄)의 고원 망고대 시에 차운하여 짓다

層臺一柱壓嵯峨。 한 층대가 높은 산을 누르고 서니
西北浮雲接塞多。 서북 하늘 뜬구름 변방에 닿아 일어나네.
鐵峽霸圖龍已去、 철원에서 나라 세웠던 궁예[49]는 떠나가고
穆陵秋色雁初過。 목릉에 가을이 되자 기러기가 날아오네.
山廻大陸呑三郡、 산줄기가 대륙을 감돌며 세 고을을 삼키고

왕은 결국 꾀임에 빠져 진(秦)나라에 갔다가 그 곳에서 죽고, 굴원은 대부들의 시기를 받아 쫓겨나 장사(長沙)의 멱라수(汨羅水)에 투신자살하였다.
44) 같은 시가 1608년 목판본 『蘭雪軒詩』에는 「送荷谷謫甲山」이라는 제목으로 실려 있다. 맏오라버니 성(筬)은 유배간 적이 없으므로, 『열조시집』의 제목이 틀렸다.
45) 1608년 목판본 『蘭雪軒詩』에는 '去'가 '客'으로 되어 있다.
46) 1608년 목판본 『蘭雪軒詩』에는 '江陵別路長'이 '咸原行色忙'으로 실려 있다.
47) 1608년 목판본 『蘭雪軒詩』에는 '門但'이 '雲欲'으로 되어 있다.
48) 1608년 목판본 『蘭雪軒詩』에는 '翼'이 '去'로 되어 있다.
49) 원문 패도룡(霸圖龍)은 패권을 도모하던 용, 즉 나라를 세우려던 임금을 가리키는데, 이 시에서는 나라를 철원에 세운 것을 보아 궁예(弓裔)임을 알 수 있다.

水割平原納九河。 강물은 벌판을 긋고 아홉 물줄기 삼켰네.
萬里登臨日將暮、 만리 나그네가 망대에 오르자 날 저무는데
醉憑靑嶂獨悲歌。 취하여 푸른 산에 기대 홀로 슬픈 노래를
부르시네.

○ **次伯兄高原望高臺韻**[50]
層臺一柱壓嵯峨。西北浮雲接塞多[51]。鐵峽霸圖龍已去、穆陵
秋色雁初過。山廻大陸呑三郡、水割平原納九河。萬里登臨日
將暮、醉憑靑嶂[52]獨悲歌。

백씨의 새상(塞上) 시에 차운하여 짓다

侵雲石磴馬蹄穿。 구름 서린 돌길에 말발굽 디디며
陟盡重崗若上天。 겹겹 둘린 산에 오르니 하늘 오른 듯해라.
秋晩魚龍眠巨壑、 가을도 저물어 어룡이 큰 구렁에서 잠자고
雨晴虹蜺落飛泉。 비 개자 폭포에 무지개 서네.
將軍鼓角行邊急、 장군의 북소리는 출정을 재촉하는데
公主琵琶說怨偏。 궁주[53]의 비파[54]는 원망스레 하소연하네.

---

50) 1608년 목판본 『蘭雪軒詩』에는 「次仲氏高原望高臺韻」 제1수
로 편집되었다.
51) 『명시종』에 실릴 때에는 '接'이 '入'으로 되었다.
52) 1608년 목판본 『蘭雪軒詩』에는 '靑嶂'이 '長劍'으로 되어 있다.
53) 한나라 고조(高祖) 때부터 흉노와 평화를 이루기 위해 정책적
으로 공주나 궁녀들을 추장에게 출가시켰는데, 무제(武帝)의 화
번공주(和蕃公主)가 오손국(烏孫國)에 출가하였다.
54) 왕소군(王昭君)은 한나라 효원제(孝元帝)의 궁녀인데, 이름은 장
(嬙)이고, 소군은 그의 자이다. 황제가 궁녀들의 초상을 그리게
해서 그 초상을 보고 동침할 궁녀를 골랐으므로, 궁녀들이 화공
에게 뇌물을 주며 잘 그리게 해달라고 부탁하였다. 그러나 왕소

日暮爲君歌出塞、 날 저물며 「출새곡」 부르노라니
劍花騰躍匣中蓮。 칼집에서 연화검55)이 춤을 추는구나.

○ 塞上次伯氏56)

侵雲石磴馬蹄穿。陟盡重崗若上天。秋晚魚龍眠巨壑57)、雨晴
虹蜺落飛泉。將軍鼓角行邊急、公主琵琶說怨偏。日暮爲君歌
出塞、劍花騰躍匣中蓮。

최국보(崔國輔)58)를 본받아 짓다

군은 자신이 왕궁 안에서 가장 아름답다고 생각했으므로 굳이 뇌물을 주지 않았고, 그는 끝내 황제의 눈에 띌 기회가 없었다. 한나라가 흉노와 화친하는 조건으로 호한선우(呼韓單于)에게 궁녀를 시집보내게 되었는데, 왕소군이 뽑혔다. 그가 시집가는 날에야 그의 아름다운 모습을 본 황제가 화공들을 처벌하였다. 왕소군은 융복(戎服)에 말을 타고 비파를 들고 흉노 땅으로 갔는데, 끝내 돌아오지 못하고 그곳에서 죽었다. 왕소군을 소재로 한 시와 연극이 많다.

55) 월왕(越王)의 옥검 가운데 순구검(純鉤劍)이 부용(芙蓉)과 같다고 해서 연화(蓮花)라 하였다.
56) 1608년 목판본 『蘭雪軒詩』에는 「次仲氏高原望高臺韻」 제3수로 편집되었다.
57) 1608년 목판본 『蘭雪軒詩』에는 '滙巨壑'이 '廃大壑'으로 되어 있다.
58) 최국보는 당나라 현종(玄宗) 때의 시인인데, 여인의 정한(情恨)을 즐겨 노래했다. 시를 잘 지어 집현직학사(集賢直學士)와 예부원외랑(禮部員外郞)에 올랐지만, 그의 시집은 지금 남아 있지 않다. 『당시품휘(唐詩品彙)』에는 그의 시가 많이 실려 있는데, 은번은 평하기를, "국보의 시는 아름답고도 청초해서, 깊이 읊어볼 만하다. 악부(樂府) 몇 장은 옛사람들도 따라올 수가 없다"고 하였다. 화려하고도 환상적인 최국보의 시를 많은 사람들이 좋아

春雨暗西池、 봄비에 연못이 어두워지고
輕寒襲羅幕。 서늘한 기운이 비단 휘장에 스며드네요.
愁倚小屛風、 시름겹게 병풍에 기대 바라보니
墻頭杏花落。 담장 위에 살구꽃이 떨어지네요.
○ 效崔國輔59)
春雨暗西池、輕寒襲羅幕。愁倚小屛風、墻頭杏花落。

새하곡(塞下曲)

寒塞無春不見梅。 추운 변방은 봄이 없어 매화도 볼 수 없고
邊人吹入笛聲來。 누가 부는지 「낙매곡」60)만 피리 소리에 들려오네.
夜深驚起思鄕夢、 깊은 밤 고향 꿈꾸다 놀라서 깨어나보니
月滿陰山百尺臺。 밝은 달빛 혼자 음산61)의 망대를 비추네.
○ 塞下曲62)

하여, 오랫동안 많은 시인들이 이를 모방하여 지었다. 당나라 때에 이미 「효최국보체(效崔國輔體)」라는 제목의 시들이 지어졌다.
59) 1608년 목판본 『蘭雪軒詩』에 실린 「效崔國輔體」 3수 가운데 제3수이다.
60) 「낙매곡(落梅曲)」은 한나라 때의 적곡(笛曲)이다. 원문에 「낙매곡」이란 제목은 밝혀져 있지 않지만, 매화 보이지 않고 피리소리로만 들린다고 한 것을 보아 짐작하였다.
61) 흉노족의 땅에 있던 산으로, 사시사철 눈과 얼음으로 덮여 있다고 한다. 현재 내몽골(內蒙古)의 자치구(自治區) 남쪽으로부터 동북쪽으로 내흥안령(內興安嶺)까지 뻗어 있는 음산산맥(陰山山脈)을 가리키는데, 일반적으로 북쪽 변경의 산을 뜻하는 말로 쓰인다.
62) 1608년 목판본 『蘭雪軒詩』에 실린 「塞下曲」 5수 가운데 제4수이다.

寒塞無春不見梅。邊人吹入笛聲來。夜深驚起思鄕夢、月滿陰山百尺臺。

서릉행(西陵行)

錢塘江上是儂家。 전당63) 강가에 바로 우리 집이 있는데
五月初開菡萏花。 오월이면 연꽃이 피기 시작했지요.
半嚲烏雲新睡覺、 검은 머리 반쯤 늘어뜨리고 자다가 깨면
倚欄閑唱浪淘沙。 난간에 기대 한가롭게 뱃노래64)를 불렀죠.

○ **西陵行**65)

錢塘江上是儂家。五月初開菡萏花。半嚲烏雲新睡覺、倚欄閑唱浪淘沙。

---

63) 항주의 서쪽에 있다고 해서 서호(西湖)라고도 불린다. 후량(後梁) 개평(開平) 4년(910)에 무숙왕(武肅王) 전류(錢鏐)가 처음으로 바다를 막는 못[捍海塘]을 조수가 통하는 강어귀에 쌓았다는 기록이 있어서 전당(錢塘)이라 했다고 한다. 뒤에 송나라 소식(蘇軾)이 이 호수의 둑을 수축하여 관개 사업을 하였고, 지금도 그 둑을 소제(蘇堤)라고 한다.
64) 원문의 「낭도사(浪淘沙)」는 악부(樂府)의 곡명인데, 뱃노래이다. 유우석(劉禹錫)·백거이(白居易)·황보송(皇甫松) 등이 지었으며, 유우석의 「낭도사(浪淘沙)」에서 "황하수 아홉 굽이 일만리 모래밭, 물결이 일어나고 하늘 끝 바람이 짓까부네[九曲黃河萬里沙, 浪淘風簸自天涯.]"라는 구절이 유명하다.
65) 1608년 목판본 『蘭雪軒詩』에 실린 「西陵行」 2수 가운데 제2수이다.

絳雲樓選

列朝詩集

本府藏板

歷朝詩集序

毛子子晉刻歷朝詩集成余撫之憮然而歎毛子問曰夫子何歎余曰有歎乎余之歎蓋歎孟陽也曰夫子何歎乎孟陽也曰錄詩何始乎自孟陽之讀中州集始也孟陽之言曰元氏之集詩也以詩繫人以人繫傳中州之詩亦金源之史也吾將倣而為之吾以採詩子以庀史不亦可乎山居多暇謀次國朝詩集幾三十家未幾罷去此天啓初年事也越二十餘年

列朝詩集序　一

而丁開寶之難海宇版蕩載籍放失瀕死頌繫復有事於斯集託始於丙戌徹簫於己丑乃以其關論次昭代之文章蒐討朝家之史乘州次部居發凡起例頭白汗青庶幾有日庚寅陽月融風為災插架盈籥蕩為煨燼此集先付殺青幸免於秦火漢灰之餘於乎怖矣追惟始事宛如積劫奇文共賞疑義相析桁哲人其萎淚風邈然惜孟陽之草創斯集而不獲丹鉛甲乙為笑以游於戌也瞿泉鷓出天津鴟啼海錄谷

音爹徵先告恨余之不前死從孟陽於九京而猥以殘魂餘氣應野史亭之遺懨也哭泣之不可歎於何有故曰余之歎歎孟陽也曰元氏之集自甲訖癸今止於丁若何居曰癸歸也於卦為歸藏時為冬令月在癸曰極丁丁壯成實也歲曰強圉萬物盛於丙成於丁茂於戊於時為朱明四十強盛之年也金鏡米隊珠纍重理鴻朗莊嚴富有日新天地之心聲文之運也然則何以言集而不言選曰備典故採風謠汰

川川寺長序

冗長訪幽仄鋪陳皇明發揮才調懲窮有志焉討論風雅別裁偽體有孟陽之緒言在非吾所收任也請以俟世之作者孟陽名嘉燧新安程氏僑居嘉定其詩錄丁集中余虞山蒙叟錢謙益也集之告成在玄默執徐之歲而序作於玄月十有三日

徐居正三首　申叔舟二首
白元恒一首　崔應賢一首
金訢一首　南季溫一首
金宗直六首　金淨五首
申光漢七首　安璲一首
崔慶昌一首　許筠四首
許筠十首　李秀才一首
藍秀才一首　尹國馨一首
梁亨遇一首　梅月堂詩二首
蓀谷詩三十六首　崔孤竹一首
趙瑗妾李氏十一首　成氏三首
俞汝舟妻三首　許妹氏十九首
德介氏一首　婷一首
日本
釋全俊一首　天祥一十三首

楊柳詞二首

青樓西畔絮飛揚烟鎖柔條棉檻長何處少年鞭白馬綠陰求繫紫游韁
條如纖腰葉如眉怕風愁雨盡低垂黃金穗短人爭挽更破東風折一枝

書懷次叔孫兄弟
事隨流水遠愁逐曉春生野色開烟綠山光過雨明簾前雙燕語林外數
鶯聲獨坐無多興傷心粧不成

俞汝舟妻
別贈
恨別逾三歲衣裳獨禦冬秋風吹短鬢寒鏡入衰容旅夢風塵際離愁
塞重徘徊思遠近流歡滿房櫳

貧女吟
夜久織木休憂憂鳴寒機機中一定練終作阿誰衣

賈容詞
朝發宜都渚北風吹五雨箭頭各洴酒月下牽溫槳

許妹氏

許景樊字蘭雪朝鮮人其兄篈筠皆狀元八歲作廣寒殿玉樓上梁文才名出二兄之右適進士金成立不見答于其夫金夙國難許遂爲女道士金陵朱狀元奉使東國得其集以歸盛傳于中夏柳如是曰許妹氏詩散華落藻膾炙人口然吾觀其游仙曲不過取小茅君便是人閒一萬年曹唐之詞也楊柳枝詞不解迎人解送人裵說之詞也宮詞地衣簾額一時新全用王建之句當時曾笑他人到壹識今朝自入來直鈔王涯之語則撮合王仲初黃金合裡盛紅雪與至岐公內庫新函進御茶兩詩而錯直出家縫羅袱裡建溪茶侍女封緘結採花斜押紫泥書勑字內官分賜五侯之間回翠首依簾立間對君王說隴西則又偸用仲初數對君王憶隴山之語也次孫內翰北里韻新粧滿面頻看鏡殘夢闌心懶下樓則元人張光弼無題警句也吳子魚朝鮮詩選云游仙曲三百首余得其手書八十一首今所傳者多泫襲唐人舊句而本朝馬浩瀾游仙詞見西湖志餘者亦竄入其中尤塞上楊柳枝竹枝等題皆然豈中華篇什流傳鷄林彼中以爲琅函秘冊非人世所經見遂欲掩而有之耶此邦文士捜奇獵異亦見出于外夷女子驚喜讚歎不復覈其從來桐城方夫人採輯詩史評徒

徐媛之詩以好名無學四字遍誚吳中之士女於許妹之詩亦復漫無簡括不知其何說也承夫子之命響校香奩諸什偶有管窺輒加槧記今所撰錄亦據朝鮮詩選存其什之二三其中字句寡窈觸類而求之固未可悉數也觀者詳之而已

古別離
轆轤雙車輪一日千萬轉同心不同車別離時屢變車輪尚有迹相思獨不見

感遇三首

盈盈窗下蘭枝葉何芬芳西風一夕起零落悲秋霜秀色總消歇清香終不死感物傷我心流涕沾衣袂

古屋畫無人桑樹鳴鵾鶇薈苔蔓玉砌鳥雀飛空樓向來車馬地今成狐兔丘信哉達人言慨慨復何求

梧桐生嶧陽鳳凰翔其傍文章爛五色喈喈千伉岡稻梁非所慕竹實迺其食柰何桐樹枝樓彼鴟與鳶妹氏不愛于其夫而言若此寄伯氏鈞

晴窗銀燭低流螢慶高閣悄悄深夜寒蕭蕭秋葉落關河音信稀沉憂不可釋遙想青蓮宮山空蘿月白

鳳臺曲

秦女侶蕭史日夕吹參差崇臺騎彩鳳渺渺不可追天地以永久那識人間悲妾淚不可恐此生長別離

望仙謠

瑤花風細飛青鳥王母麟車向蓬島蘭旌葴帔白雉裘笑倚紅欄拾瑤艸天風吹擘翠霞裳玉環金珮聲琅琅素娥兩兩鼓瑤瑟三花珠樹春雲香平明宴罷芙蓉閣碧海青童來白鶴紫簫聲裡彩雲飛露濕銀河曉星落

湘絃曲

蕙花泣露湘江曲點點秋煙天外綠水府涼波龍夜吟蠻娥輕憂玲瓏玉離鸞別鳳隔蒼梧雨氣浸江迷曉珠神絃聲徹石菖冷雲鬟霧鬢啼江姝瑤空星漢高超忽羽葢金支五雲沒門外漁郞唱竹枝銀潭半掛相思月

四時歌

春歌

院落深深杏花雨鶯聲啼遍辛夷塢流蘇羅幙春尚寒
鸞鏡曉梳春雲長玉釵寶髻蟠鴛鴦斜捲重簾帖翠金勒雕鞍歎何處
誰家池館咽笙歌月照清尊金叵羅愁人獨夜不成寐絞綃曉起看紅淚

夏歌
槐陰滿地花陰薄玉簟銀牀敞朱閣白苧新裁染汗香輕風洒洒搖羅幙
瑤階飛盡石榴花日轉晶簾影欲斜雕梁畫承午眠重錦茵扣落釵頭鳳
嶺上鵝黃膩曉粧鶯聲啼起江南夢南塘女兒木蘭舟采蓮何處歸渡頭
輕橈漫唱橫塘曲波外夕陽山更綠

秋歌
紗廚爽氣夜香迥露滴虛庭玉屏冷池蓮粉落夜有聲井梧葉下秋無影
金壺漏徹生西風珠簾唧唧鳴寒蟲金刀剪取機上素玉關夢斷羅帷空
繼作衣裳寄遠客蘭燈熒熒明暗壁合啼自卹別離難驛使明朝發南陌

冬歌
銅壺一夜聞寒柝紗窗月落鴛鴦鎖烏鴉驚飛轆轤長樓前倏忽生曙光
侍婢金籠瀉鳴玉曉簾水溢胭脂香春山欲描描不得欄汗佇立寒霜白

去年照鏡看花柳琥珀光深傾夜酒羅帳重重圍鳳笙玉容今爲相思瘦
青驄一別春復春金戈鐵馬瀚海濱驚沙吹雪冷黑貂香閨良夜何迢迢

寄女伴

結廬臨古道日見大江流鏡匣鸞將老園花蝶已秋寒山新過雁暮雨獨
歸舟寂莫窗紗掩那堪憶舊游

送兄謫甲山

遠謫甲山去江陵別路長臣同賈太傅主豈楚懷王河水平秋岸關門但
夕陽霜風吹雁翼中斷不成行

次伯兄高原望高臺韻

層臺一柱壓嵯峨西北浮雲接塞多鐵峽霸圖龍已去穆陵秋色雁初過
山迴大陸吞三郡水割平原納九河萬里登臨日將暮醉憑青嶂獨悲歌

塞上次伯氏

侵雲石磴馬蹄穿陟盡重崗若上天秋曉魚龍眠巨壑晴虹蜺落飛泉
將軍鼓角行邊急公主琵琶說怨偏日暮爲君歌出塞劍花騰躍匣中蓮

效崔國輔

春雨暗西池輕寒襲羅幕愁倚小屏風墻頭杏花落

塞下曲

寒塞無春不見梅邊人吹入笛聲來夜深驚起思鄉夢月滿陰山百尺臺

西陵行

錢塘江上是儂家五月初開菡萏花半韁烏雲新睡覺倚欄閒唱浪淘沙

德介氏 高麗妓

送行

琵琶聲裡寄離情怨入東風曲不成一夜高堂香夢冷越羅裙上淚痕明

日本五人

釋全俊 出宋學士詩集

全俊字秀崖姓神氏日本國北陸道信濃州高井縣人依善應寺快鈍夫出家快印月江之嗣子也

和宋學士贈詩

一回錯買離鄉舶抹過鯨波萬里間震旦扶桑無異土參方飽看浙西山

天祥 天祥日本人以下三人見泳景顯滄海遺珠集

남용익(南龍翼) 기아(箕雅) 1688년

해제

　대제학(大提學) 남용익(南龍翼, 1628-1692)이 우리나라의 역대 한시를 선별하여 편찬한 시선집이다. 저자가 1688년에 지은 서문에 『동문선(東文選)』・『청구풍아(靑丘風雅)』・『국조시산(國朝詩刪)』의 한계를 극복하기 위해 최치원 이후 당대에 이르기까지 모든 계층의 한시를 두루 선발하여 이 책을 편찬하였다고 밝혔다. 목록에 이 책에 수록된 작가들의 명단을 밝혔는데, 자호(字號) 및 간략한 이력을 주석으로 부기하였다. 난설헌을 예로 들면 "허씨(許氏) 호는 난설헌(蘭雪軒)이고, 봉(篈)의 누이이다."라는 형식이다.

　신라의 최치원(崔致遠) 외 4인, 고려의 최승로(崔承老) 외 88인, 본조(조선)의 정도전(鄭道傳) 외 359인의 한시를 수록하였다. 『당시품휘(唐詩品彙)』의 체제를 따라 우사(羽士, 도사)에 이두춘(李逗春) 외 3인, 납자(衲子, 승려)에 혜문(惠文) 외 19인, 잡류(雜流, 중인)에 김효일(金孝一) 외 6인, 규수(閨秀)에 허씨(許氏, 난설헌) 외 7인, 불성씨(不姓氏)에 허균(許筠) 외 인을 수록하였으며, 수록된 작가는 총 489인이다.

　각 권은 시체별(詩體別)로 편차하였고, 각 시체 내에서 품을 시대순으로 배열하였다. 난설헌의 시는 권1에 오언 구 2수, 권4에 칠언절구 15수, 권6에 오언율시 3수, 권1 에 칠언율시 4수, 권12에 오언고시 1수, 권14에 칠언고시 2 , 모두 27수가 골고루 실렸다. 난설헌 시의 모든 시체가 좋다고 골고루 선정한 것이다.

　고체시(古體詩)보다 근체시(近體詩)를 중시하는 당대 조선시단의 풍토를 반영하면서, 객관적으로 좋은 시를 많이 선정하였고, 허균이 1608년 공주에서 간행한 목판본 『난설헌시(蘭雪軒詩)』를 대본으로 삼았기에 글자도 별문제가 없다. 자신이 쓴 서문에 '대제학(大提學) 남용익(南龍翼)'이라고 써서 조선 문단을 대표하는 시선집이라는 자부심을 나타낼 정도로 잘 만든 책이다.

번역 및 원문

권1 오언절구(五言絶句)

강남곡(江南曲)1)

人言江南樂。 남들은 강남이 좋다지마는
我見江南愁。 나는야 강남이 서럽기만 해요.
年年沙浦口。 해마다 모래밭 포구2)에 나가
腸斷望歸舟。 돌아오는 배가 있나 애타게 바라만 보니.

빈녀음(貧女吟)3)

手把金剪刀、 손에다 가위 쥐고 옷감을 마르면

---

1) 1608년 목판본 『蘭雪軒詩』에 실린 「강남곡(江南曲)」 5수 가운데 제2수이다.
2) 포구는 배가 닿는 곳인데, 금릉 건너편 지명이기도 하다. 강소성 강포현 동쪽에 있는데, 원래 이름은 포자구(浦子口)이다.
3) 1608년 목판본 『蘭雪軒詩』에 실린 「강남곡」 3수 가운데 제3수이다.

夜寒十指直。 밤이 차가워 열 손가락 곱아오네.
爲人作嫁衣、 남들 위해 시집갈 옷 짓는다지만
年年還獨宿。 해마다 나는 홀로 잠을 잔다오.

권4 칠언절구(七言絶句)

밤에 앉아서[夜坐]

金刀剪出篋中羅。 상자4)에 간직한 비단을 가위로 잘라내어
裁就寒衣手屢呵。 손을 호호 불어가며 겨울옷을 지었지요.
斜拔玉釵燈影畔、 등잔 그림자 가에서 옥비녀 뽑아들고는
剔開紅焰救飛蛾。 불똥을 발라내어 불나비를 구했지요.

규원(閨怨)5)

月樓秋盡玉屛空。 가을 지난 다락에 옥병풍 쓸쓸하고
霜打蘆洲下暮鴻。 갈대밭에 서리 지자 저녁 기러기 내리네.
瑤瑟一彈人不見、 거문고 다 타도록 님은 보이지 않고
藕花零落野塘中。 들판 연못에는 연꽃만 떨어지네.

궁사(宮詞) 2수

1.6)

---

4) 협(篋)은 옷을 넣어두는 네모난 상자이다.
5) 1608년 목판본 『蘭雪軒詩』에 실린 「규원(閨怨)」 2수 가운데 제2수이다.
6) 1608년 목판본 『蘭雪軒詩』에 실린 「궁사(宮詞)」 20수 가운데 제8수이다.

淸齋秋殿夜初長。 청재7)하시는 가을 대궐 초저녁 긴데
不放宮人近御床。 궁인이 다가와 임금님 못 모시게 하네.
時把剪刀裁越錦、 이따금 가위 잡고 월 땅의 비단을 잘라
燭前閑繡紫鴛鴦。 촛불 앞에서 한가롭게 원앙새를 수놓네.

2.8)

新擇宮人直御床。 새로 간택된 궁녀가 임금님을 모시니
錦屛初賜合歡香。 병풍을 둘러치고 합환9)의 은총 내리셨네.
明朝阿監來相問、 날이 밝아 아감님이 어찌 되었냐 물으니
笑指胸前小佩囊。 가슴에 노리개 주머니 웃으며 가리키네.

새하곡(塞下曲) 3수

1.10)

前軍吹角出轅門。 선봉이 나팔 불며 원문11)을 나서는데
雪撲紅旗凍不翻。 눈보라에 얼어붙어 깃발이 펄럭이지 않네.
雲暗磧西看候火、 구름 자욱한 사막 서쪽12)에 봉화 보고는

---

7) 제사를 거행하기에 앞서 몸과 마음을 청결하게 하여 신령께 성실하고 공경하는 마음가짐을 보이는 것을 말한다.
8) 1608년 목판본 『蘭雪軒詩』에 실린 「궁사(宮詞)」 20수 가운데 제17수이다.
9) 신랑과 신부가 함께 즐거움을 누리는 것인데, 혼례 때에 합환주를 마셨다.
10) 1608년 목판본 『蘭雪軒詩』에 실린 「새하곡(塞下曲)」 5수 가운데 제1수이다.
11) 원문(轅門)은 원래 제왕이 지방을 순수할 때에 임시로 설치했던 문인데, 뒤에는 군영이나 감영(監營)의 문을 가리켰다. 원(轅)은 전차(戰車)의 채인데, 예전에 이것을 좌우에 세워서 군영의 문을 만들었기 때문이다.

夜深游騎獵平原。 밤 깊었는데도 기병들이 평원으로 달리네.

2.13)

虜馬千群下磧西。 오랑캐 천여 무리 사막 서쪽으로 내려오니
孤山烽火入銅鍉14)。 고산15)의 봉화가 동저16)로 들어가네.
將軍夜發龍城北、 장군은 밤새 용성으로 떠나고
戰士連營擊鼓鼙。 군사들은 군영에서 북17)을 둥둥 울리네.

3.18)

---

12) 원문의 적(磧)은 사막이니, 적서(磧西)는 고비사막의 서쪽, 즉 청해성 밖의 안서(安西) 일대를 가리킨다.
13) 1608년 목판본 『蘭雪軒詩』에 실린 「새하곡」 5수 가운데 제3수이다.
14) 1608년 목판본 『蘭雪軒詩』에 실린 「새하곡」에는 '鍉'가 '鞮'로 되어 있다.
15) 산서성 만천현(萬泉縣) 서남쪽에 있는 산인데, 다른 산들과 이어져 있지 않고 이 산만 우뚝 서 있어 고산(孤山)이라고 한다. 다른 이름으로는 개산(介山)이라고도 불린다.
16) 역시 산서성에 있는 요새이다. 악부의 하나인 「백동저곡(白銅鍉曲)」을 백동제(白銅蹄) 또는 백동제(白銅鞮)로도 쓰는데, 『고문진보(古文眞寶) 전집(前集)』 권8에 나오는 「양양가(襄陽歌)」의 주에 "악부에 「동저가(銅鍉歌)」가 있는데 해석하기를 '저(鍉)는 오랑캐들이 맹세할 때에 피를 마시는 그릇이다.' 하였다. 『운부(韻府)』에는 제(鞮)로 되어 있는데 주에 '정강이까지 올라오는 가죽 신발이니, 바로 지금의 화(靴)이다.' 하였는데, 이는 잘못인 듯하다."라고 하여 동저(銅鍉)로 쓰는 것이 옳다고 하였다. 그러나 대부분 백동제(白銅蹄) 또는 백동제(白銅鞮)로 표기한다.
17) 원문의 비(鼙)는 말 위에서 치는 작은 북이다. 『예기(禮記)』 「악기(樂記)」에 "군자가 고비 소리를 들으면 장수의 신하를 생각한다.[君子聽鼓鼙之聲, 則思將帥之臣.]"라고 하였다.
18) 1608년 목판본 『蘭雪軒詩』에 실린 「새하곡」 5수 가운데 제4수이다.

寒塞無春不見梅。 추운 변방 봄이 없어 매화도 볼 수 없고
邊人吹入笛聲來。 변방 사람이 부는 피리 소리만 들려오네.
夜深驚起思鄕夢、 깊은 밤 고향 꿈꾸다 놀라서 깨어나보니
月滿陰山百尺臺。 밝은 달빛 혼자 음산[19]의 망대를 비추네.

입새곡(入塞曲)[20]

騂弓白羽黑貂裘。 붉은 활 흰 화살에 검은 갖옷 입었는데
綠眼胡鷹踏錦鞲。 눈 파란 보라매가 비단 토시[21]에 앉았네.
腰下黃金印如斗、 허리에 찬 황금 장군인이 말만큼 크니
將軍初拜北平侯。 장군께서 방금 북평후[22]에 제수되셨네.

유선사(遊仙詞) 6수

1.[23]

烟鎖瑤空鶴未歸。 하늘엔 안개 끼고 학은 돌아오지 않네.
桂花陰裏閉珠扉。 계수나무 꽃그늘 속에 구슬문도 닫혔네.

---

19) 흉노족의 땅에 있던 산으로, 사시사철 눈과 얼음으로 덮여 있다고 한다. 현재 내몽골(內蒙古)의 자치구(自治區) 남쪽으로부터 동북쪽으로 내흥안령(內興安嶺)까지 뻗어 있는 음산산맥(陰山山脈)을 가리키는데, 일반적으로 북쪽 변경의 산을 뜻하는 말로 쓰인다.
20) 1608년 목판본 『蘭雪軒詩』에 실린 「입새곡」 5수 가운데 제4수이다.
21) 금구(錦鞲)는 비단 팔찌인데, 매사냥을 위해서 끼는 토시이다. 장군이 팔뚝에 보라매를 앉히고 사냥에 나선 모습이다.
22) 진나라 어사 장창(張蒼)이 한나라에 투항했다가, 관중(關中)을 평정하여 북평후에 봉작되었다.
23) 1608년 목판본 『蘭雪軒詩』에 실린 「유선사」 87수 가운데 제10수이다.

溪頭盡日神靈雨、 시냇가엔 하루 종일 신령스런 비가 내려
滿地香雲濕不飛。 땅을 덮은 향그런 구름이 날아가질 못하네.
2.24)
雲角靑龍玉絡頭。 옥으로 머리 꾸미고 뿔 달린 청룡을
紫皇騎出向丹丘。 옥황께서 타시고 단구25)로 향하시네.
閑從璧戶窺人世、 한가롭게 문에 기대어 인간 세상을 엿보니
一點秋烟辨九州。 한 점 가을 아지랑이로 천하를 알아보겠네.
3.26)
催呼滕六出天關。 서둘러서 등륙27)을 불러 하늘문 나오는데
脚踏風龍徹骨寒。 풍용을 밟고 가려니 추위가 뼈에 스미네.
袖裏玉塵三百斛、 소매 속에 들었던 옥티끌 삼백 섬이
散爲飛雪落人間。 흩날리는 눈송이 되어 세상에 떨어지네.

---

24) 1608년 목판본 『蘭雪軒詩』에 실린 「유선사」 87수 가운데 제 21수이다.
25) 신선이 사는 곳인데, 밤낮 밝아서 단구(丹丘)라고 한다.
26) 1608년 목판본 『蘭雪軒詩』에 실린 「유선사」 87수 가운데 제 27수이다.
27) 눈의 신이다. 『고금사문유취(古今事文類聚)』 전집(前集) 권4 「등육강설(滕六降雪)」 조에 "진주자사(晉州刺史) 소지충(蕭至忠)이 납일(臘日)에 사냥하려고 하였다. 그 전날 한 나무꾼이 곽산(霍山)에서 보니, 늙은 사슴 한 마리가 황관(黃冠)을 쓴 사람에게 애걸하자 그가 말하기를 '만약 등륙을 시켜 눈을 내리게 하고 손이(巽二)를 시켜 바람을 일으키면, 소군(蕭君)이 다시 사냥하지 않을 것이다.' 하였다. 나뭇꾼은 집으로 돌아왔는데, 다음 날 새벽부터 종일토록 눈보라가 쳤으므로 소자사(蕭刺史)는 사냥하러 가지 못하였다.[晉州蕭刺史至忠, 將以臘日畋遊, 有樵者於霍山, 見一老麋哀請黃冠者, 黃冠曰, 若令滕六降雪, 巽二起風, 即蕭君不復獵矣. 薪者回, 未明風雪竟日, 蕭刺史竟不出.]"라고 하였다.

4.28)

玲瓏花影覆瑤碁。 영롱한 꽃그림자가 바둑판을 덮었는데
日午松陰落子遲。 한낮 솔 그늘에서 천천히 바둑을 두네.29)
溪畔白龍新睹得、 시냇가의 흰 용30)을 내기해서 얻고는
夕陽騎出向天池。 석양에 그를 타고 천지(天池)를 향해 가네.

5.31)

別詔眞人蔡小霞。 진인 채소하에게 특별히 조서를 내려
八花磚上合丹砂。 여덟 꽃벽돌 위에서 단사32)를 만드네.
金爐璧炭成圓汞、 향로에다 구슬 숯으로 수은을 만들어서
白玉盤盛向帝家。 백옥 소반에 담아 궁궐로 향하네.

6.33)

彤軒璧34)瓦飾瑤墀。 붉은 난간 벽옥 기와에 구슬로 섬돌 꾸미고도
不遣靑苔染履綦。 푸른 이끼를 그대로 두어 신35)을 적시네.

---

28) 1608년 목판본 『蘭雪軒詩』에 실린 「유선사」 87수 가운데 제42수이다.
29) 낙자(落子)의 자(子)는 바둑알이니 바둑알을 내려놓는다는 뜻이다.
30) 신룡(神龍)인데, 옥황상제의 사자이다.
31) 1608년 목판본 『蘭雪軒詩』에 실린 「유선사」 87수 가운데 제47수이다.
32) 수은과 유황의 화합물인데, 검붉은 모래이다. 불로장생의 신선이 되는 약이다.
33) 1608년 목판본 『蘭雪軒詩』에 실린 「유선사」 87수 가운데 제54수이다.
34) 1608년 목판본 『蘭雪軒詩』에는 '璧'이 '碧'으로 되어 있다. '彤軒'과 짝을 맞추려면 "碧瓦"가 맞다.
35) 이기(履綦)는 신을 감싸는 끈이다.

朝罷列仙爭拜賀、 조회 끝나 신선들이 다투어 하례하고
內家新領八霞司。 안에서는36) 새로이 팔하사37)를 거느리네.

채련곡(采蓮曲)38)

秋淨長湖碧玉流。 가을 깨끗한 긴 호수에 푸른 옥이 흐르고
荷花深處繫蘭舟。 연꽃 깊은 곳에 난주(蘭舟)를 매어 놓았네.
逢郞隔水投蓮子、 낭군을 만나 물 건너로 연밥을 던져주다가
遙被人知半日羞。 멀리 남의 눈에 띄어 한나절 부끄러웠네.

권6 오언율시(五言律詩)

출새곡(出塞曲)39)

烽火照長河。 변방의 봉홧불이 황하에 비치니
天兵出漢家。 군사들이 서울 집을 떠나가네.
枕戈眠白雪、 창을 베고 흰 눈 위에서 자며
驅馬到黃沙。 말을 몰아서 사막40)에 다다르네.
朔吹傳金柝、 북풍에 딱따기 소리 들려오고
邊聲入塞笳。 오랑캐 소식은 호드기 소리에 들려오네.

---

36) 내가(內家)는 대궐 안이다.
37) 팔방의 선계를 다스리는 관아(官衙)이다.
38) 이 시는 1608년 목판본 『蘭雪軒詩』에 실려 있지 않고, 이수광이 지은 『지봉유설(芝峯類說)』 권14 「문장부(文章部)」 7 방류(旁流)」에서 처음 소개되었다.
39) 1608년 목판본 『蘭雪軒詩』에 실린 「출새곡」 2수 가운데 제1수이다.
40) 원문의 황사(黃沙)는 몽고의 고비사막이다.

年年長結束、해마다 잘 지키건만
辛苦逐輕車。전쟁에 끌려다니기 참으로 괴로워라.

이의산을 본받아[效李義山]41)

鏡暗鸞休舞、거울에 먼지가 끼어 난새42)도 춤추지 않고
樑空燕不歸。빈 집이라서 제비도 돌아오지 않네.
香殘蜀錦被、비단 이불43)엔 아직도 향기가 스며 있건만
淚濕越羅衣。비단 옷자락에는 눈물 자국이 젖어 있네.
楚夢迷蘭渚、님 그리는 초몽(楚夢)44)은 물가45)에 헤매고
荊雲落粉闈。형주의 구름은 궁궐46)에 감도는데,

---

41) 1608년 목판본 『蘭雪軒詩』에는 제목이 「效李義山體」로 되어 있으며, 2수 가운데 제1수이다.
42) 거울에 난새를 새겼는데, 남녀간의 사랑을 뜻한다. 님이 없어서 거울을 볼 필요가 없으므로 오랫동안 거울을 닦지 않았기 때문에, 난새의 모습이 먼지에 덮혀 보이지 않은 것이다.
43) 원문 촉금피(蜀錦被)는 촉(사천성)에서 난 비단으로 만든 이불이다. 촉에서 이름난 비단이 많이 만들어져서 『촉금보(蜀錦譜)』라는 책까지 만들어졌다.
44) 옛날에 초(楚)나라 회왕(懷王)이 고당(高塘)에 놀러 갔다가 피곤해서 낮잠을 잤다. 그러자 꿈속에 한 부인이 나타나 말하였다.
"첩은 무산의 여신인데, 고당에 놀러 왔습니다. 임금께서도 고당에 놀러 오셨다는 소식을 들었기에, 잠자리를 모시고 싶어 왔습니다."
회왕이 그를 사랑하였는데, 선녀가 떠나가면서 말하였다.
"첩은 무산의 남쪽, 고구(高丘)의 험준한 곳에 있습니다. 아침에는 구름이 되었다가, 저녁에는 비가 됩니다." -송옥(宋玉) 「고당부(高塘賦)」
45) 원문 난저(蘭渚)는 난초가 핀 물가이다. 이 시에서는 상강(湘江)에 살다가 선녀가 되어 올라간 두난향(杜蘭香) 이야기인 듯하다.

西江今夜月、 오늘 밤 서강의 저 달빛은
流影照金微。 흘러 흘러서 임 계신 금미산에 비치리.

심하현을 본받아[效沈下賢]47)

春雨梨花白、 봄비에 배꽃은 하얗게 피고
宵殘小燭紅。 새벽 되도록 촛불이 밝구나.
井鴉驚曙色、 우물가 갈까마귀는 날이 밝자 놀라 날아가고
梁燕怯晨風。 대들보 제비도 새벽 바람에 깜짝 놀라네.
錦幕凄涼捲、 비단 휘장 처량해 걷어치웠더니
銀床寂寞空。 침상은 쓸쓸하게 비어 있구나.
雲輧回鶴馭、 구름 수레48)에 학 타고 가는 듯한데
星漢綺樓東。 다락 동쪽에 은하수가 고와라.

권10 칠언율시(七言律詩)

몽작(夢作)

橫海靈峯壓巨鰲。 바다에 뻗은 봉우리가 큰 자라49)를 누르고

---

46) 원문 분위(粉闈)는 상서성(尙書省)의 별칭인데, 벽에 분을 발라서 분성(粉省), 또는 화성(畫省)이라고도 불렸다.
47) 1608년 목판본 『蘭雪軒詩』에는 제목이 「效沈亞之體」로 되어 있으며, 2수 가운데 제2수이다.
48) 원문 운병(雲輧)은 운변(雲軿)이라고도 하는데, 신선이 타는 구름으로 된 수레를 뜻한다. 남조(南朝) 심약(沈約)의 「적송간(赤松澗)」에 "신령한 단약으로 여기에서 신선이 되었고, 구름수레가 여기에서 승천하였네.[神丹在妓化, 雲軿於此陟.]"라고 하였다.
49) 상상 속의 큰 자라인데, 삼신산(三神山)을 지고 있다고 한다.

六龍晨吸九河濤。 여섯 용50)이 새벽에 구강51) 파도 삼켰네.
中天樓閣星辰近、 하늘에 솟은 다락이라 별에 가깝고
上界烟霞日月高。 노을 낀 하늘에는 해와 달이 높았네.
金鼎滿盛丹井水、 금솥에는 불로장생의 단정수52) 가득하고
玉壇晴曬赤霜袍。 옥단에는 날이 개어 붉은 도포53) 말리네.
蓬萊鶴駕歸何晚、 봉래산에 학 타고 가기 어찌 이리 더딘지
一曲吹笙老碧桃。 늙은 벽도54) 아래로 피리를 불며 가네.

중씨의 고원 망고대55) 시에 차운하여 짓다[次仲氏高原望高臺韻]56)

層臺一柱壓嵯峨。 한 층대가 높은 산을 누르고 서니
西北浮雲接塞多。 서북 하늘 뜬구름 변방에 닿아 일어나네.

---

50) 마치는 것과 시작하는 것을 크게 밝히면 6효(爻)가 때때로 이뤄지니, 때때로 여섯 용[六龍]을 타고 하늘에 오른다. -『주역』「중천건(重天乾)」성인이 건도(乾道)의 마침과 시작을 크게 밝히면 괘(卦)의 여섯 자리가 각기 때에 따라 이뤄지고, 이 여섯 양(陽)을 타고 천도가 행해진다는 뜻이다.
51) 하(夏)나라 우(禹)임금이 황하의 홍수를 막기 위하여 하류를 아홉 갈래로 나누었다.
52) 불로장생의 우물물이다. 물이 붉어서 옆을 파 보았더니 단사(丹沙)가 묻혀 있었다고 한다.
53) 신선들이 입는 도포이다.
54) 푸른 복숭아인데, 신선세계에 있다고 한다.
55) 망고대는 서울을 바라볼 수 있는 높은 언덕이다. 강원도 철원에 북관정(北寬亭)이 있는데, 북쪽으로 가는 나그네가 이곳에서 한양을 바라보며 절했다. 『하곡집』에 망고대 시는 보이지 않는다.
56) 1608년 목판본 『蘭雪軒詩』에 같은 제목으로 실려 있으며, 4수 가운데 제1수이다.

鐵峽霸圖龍已遠[57]、 철원에 나라 세운 궁예[58]는 이미 멀고
穆陵秋色鴈初過。 목릉에 가을이 되자 기러기가 날아오네.
山連大陸蟠[59]三郡、 산줄기가 대륙 이어져 세 고을 걸쳤고
水割平原納九河。 강물은 벌판을 가로지르며 아홉 물줄기를 삼켰네.
萬里登臨日將暮、 만리 나그네가 망대에 오르자 날 저무는데
醉憑長劍獨悲歌。 취해 긴 칼에 기대 홀로 슬프게 노래하네.

황제가 천단에 제를 지내다[皇帝有事天壇]

羽盖徘徊駐碧壇。 일산 수레[60] 배회하다 푸른 단에 머무니
璧階淸夜語和鑾。 맑은 밤 계단에 방울 소리 쩔렁거리네.
長生錦誥丁寧說、 불로장생하는 교서를 정중히 내리시고
延壽靈方仔細看。 장수하는 신령한 처방을 자세히 살피시네.
曉露濕花河影轉[61]、 새벽 이슬이 꽃을 적시자 은하수도 돌고
天風吹月鶴聲寒。 하늘 바람이 달에 불자 학 울음소리 차가워
齋香燒罷敲鳴磬、 재 올리는 향이 다 타고 풍경 소리 울리는데

---

57) 1608년 목판본 『蘭雪軒詩』에는 '遠'이 '去'로 되어 있다.
58) 원문 패도룡(霸圖龍)은 패권을 도모하던 용, 즉 나라를 세우려던 임금을 가리키는데, 이 시에서는 나라를 철원에 세운 것을 보아 궁예(弓裔)임을 알 수 있다.
59) 1608년 목판본 『蘭雪軒詩』에는 '連'이 '回'로, '蟠'이 '呑'으로 되어 있다.
60) 원문의 우개(羽蓋)는 수레에 달린 일산인데, 왕이나 제후의 수레는 푸른 깃털로 수레 위를 덮었다.
61) 1608년 목판본 『蘭雪軒詩』에는 '轉'이 '斷'으로 되어 있다.

玉樹千重繞曲欄。 옥수가 천 겹이나 굽은 난간을 둘렀네.

도 닦으러 가는 궁녀를 배웅하다[送宮人入道]

拜辭淸禁出金鑾。 궁궐에 하직하고 금란전62)에서 물러나와
換却鴉鬢着玉冠。 나인의 큰머리를 옥관으로 바꿔 썼네.
滄海有緣應駕鳳、 푸른 바다에 인연이 있어 봉황새를 타고
碧城無夢更驂鸞。 벽성에서 꿈을 못 이루어 난새를 탔네.63)
瑤裾64)振雪春雲暖、 옷자락으로 눈 떨치니 봄구름 따뜻한데
瓊佩鳴空夜月寒。 노리개 소리 하늘에 울려 달빛 싸늘해라.
幾度步虛銀漢上、 몇 번이나 은하수 허공을 거닐었던가
御衣猶似奉宸懽。 옷을 받으니 임금님 모신 것처럼 기뻐라.

권12 오언고시(五言古詩)

견흥(遣興)65)

芳柳66)藹初綠、 꽃다운 버들은 물이 올라 푸르고
蘼蕪葉已齊。 궁궁이 싹도 가지런히 돋아났네.
春物自姸華、 봄날이라 모두들 꽃 피고 아름다운데

---

62) 황궁(皇宮)의 정전(正殿)인데, 당나라 한림원(翰林院)이 그 곁에 있어 한림원의 별칭도 금란(金鑾)이라 하였다.
63) 꿈은 운우(雲雨)의 즐거움을 가리키니, 임금의 사랑을 잃어서 여도사가 되었다는 뜻이다.
64) 1608년 목판본 『蘭雪軒詩』에는 '裾'가 '裙'으로 되어 있다.
65) 1608년 목판본 『蘭雪軒詩』에 실린 「견흥(遣興)」 8수 가운데 제 8수이다.
66) 1608년 목판본 『蘭雪軒詩』에는 '柳'가 '樹'로 되어 있다.

我獨多悲悽。 나만 홀로 자꾸만 서글퍼지네.
壁上五岳圖、 벽에는 「오악도」67)를 걸고
床頭參同契。 책상 머리엔 「참동계」68)를 펼쳐 놓았으니,
煉丹倘有成、 혹시라도 단사를 만들어내면69)
歸謁蒼梧帝。 돌아오는 길에 순임금70)을 뵈오리라.

권14 칠언고시(七言古詩)

망선요(望仙謠)

瓊花風軟飛靑鳥。 구슬꽃 산들바람 속에 파랑새71)가 날더니

---

67) 동의 태산(泰山), 서의 화산(華山), 남의 형산(衡山), 중앙의 숭산(嵩山), 북의 항산(恒山)을 그린 부적인데, 오복을 가져다 준다고 한다. 태산의 부적을 지니면 장수하고, 형산의 부적을 지니면 다치거나 불나지 않으며, 숭산의 부적을 지니면 힘들이지 않고도 큰 부자가 된다고 한다. 화산의 부적을 지니면 창칼의 재앙에서 벗어날 수 있고, 항산의 부적을 지니면 수재로부터 벗어나 복록을 누릴 수 있다고 한다. 「오악진형도(五岳眞形圖)」라고도 하는데, 삼천태상대도군(三天太上大道君)이 그렸다고 한다.
68) 한(漢)나라의 위백양(魏伯陽)이 지은 『주역참동계(周易參同契)』를 가리킨다. 『주역』의 효상(爻象)을 빌어, 정기(精氣)를 길러 불로장생(不老長生)하는 뜻을 논한 것으로, 선가의 공부하는 사람들이 으뜸으로 삼는 책이다.
69) 원문의 연단(鍊丹)은 신선이 먹는다는 단약(丹藥)을 제련하는 기술, 또는 신선이 되기 위하여 심신을 단련하는 신선술을 말한다.
70) 순임금이 창오산에서 죽었으므로, 창오제라고도 한다. 순임금은 아황과 여영 두 왕비 사이에 금실이 좋았다. 그래서 두 왕비가 순임금을 찾으러 갔다가, 끝내 찾지 못하자 상수에 빠져 죽었다고 한다.

王母麟車向蓬島。 서왕모는 기린 수레 타고 봉래섬으로 가네.
蘭旌藥帔白鳳駕、 난초 깃발 꽃배자에다 흰 봉황을 타고
笑倚紅欄拾瑤草。 웃으며 난간에 기대 요초를 뜯네.
天風吹擘翠霓裳。 푸른 무지개 치마가 바람에 날리니
玉環瓊珮聲丁當。 옥고리와 노리개가 소리를 내며 부딪치네.
素娥兩兩鼓瑤瑟、 달나라 선녀72)들은 쌍쌍이 거문고를 뜯고
三花珠樹春雲香。 계수나무73) 위에는 봄구름이 향그러워라.
平明宴罷芙蓉閣。 동틀 무렵에야 부용각 잔치가 끝나
碧海靑童乘白鶴。 청동74)은 흰 학 타고 바다를 건너네.
紫簫吹徹彩霞飛、 붉은 퉁소 소리에 오색 노을이 걷히자
露濕銀河曉星落。 이슬에 젖은 은하수에 새벽별이 지네.

---

71) 청조(靑鳥)는 서왕모의 심부름꾼인데, 사람 머리에 발이 셋 달린 새이다. 한(漢)나라 반고(班固)의 『한무고사(漢武故事)』에 "홀연히 파랑새 한 마리가 서방에서 날아와 전각 앞에 내려앉자, 상이 동방삭에게 물었다. 동방삭이 서왕모가 오려는 모양이라고 대답하였는데, 과연 얼마 뒤에 서왕모가 도착하였다.[忽有一靑鳥從西方來, 集殿前, 上問東方朔, 朔曰, "此西王母欲來也." 有頃, 王母至.]"라는 말이 나온다.
72) 원문의 소아(素娥)는 달나라 선녀인데, 흰 옷을 입고 흰 난새를 탄다고 한다.
73) 삼화주수(三花珠樹)는 선궁에 있는 계수나무인데, 꽃이 일년에 세 번이나 피고, 오색 열매가 열린다고 한다.
74) 『진서(晉書)』에 "선제(宣帝)의 내구마(內廐馬)가 어느 날 바람이 자고 하늘이 쾌청할 때 학이 날아오자 청의동자(靑衣童子)로 변화하여 두 마리 큰 말을 타고 공중으로 날아갔다."라고 하였다.

상현요(湘絃謠)

蕉花泣露湘江曲。 소상강 굽이 파초꽃은 이슬에 젖고
九點秋烟天外綠。 아홉 봉우리[75]에 가을빛 짙어 하늘이 푸르구나.
水府凉波龍夜吟、 수궁 찬 물결에 용은 밤마다 울고
蠻娘輕夏玲瓏玉。 남방 아가씨[76] 구슬 구르듯 노래하네.
離鸞別鳳隔蒼梧、 짝 잃은 난새 봉새는 창오산이 가로막히고
雨氣侵江迷曉珠。 빗기운이 강에 스며 새벽달 희미하네.
閑撥神絃石壁上、 한가롭게 벼랑 위에서 거문고를 뜯으니
花鬟月鬢啼江姝。 꽃같고 달같은 큰머리의 강아가씨가 우네.
瑤宮[77]星漢高超忽。 요궁 은하수는 멀고도 높은데
羽盖金支五雲沒。 일산과 깃대가 오색구름 속에 가물거리네.
門外漁郎唱竹枝、 문밖에서 어부들이 「죽지사」[78] 부르는데
銀潭半掛相思月。 은빛 호수에 조각달이 반쯤 걸려 있구나.

---

75) 순임금 사당을 구의산(九疑山)에 모셨는데, 구점(九點)은 그 아홉 봉우리를 가리킨다.
76) 창오산 남쪽 호남성 일대 지역을 만(蠻)이라 하는데, 순임금의 두 왕비인 아황과 여영이 만(蠻) 땅의 아가씨이다.
77) 1608년 목판본 『蘭雪軒詩』에는 '宮'이 '空'으로 되어 있다.
78) 지방의 풍속이나 남녀의 사랑을 주제로 삼아 지은 악부체(樂府體)의 사곡(詞曲)이다. 당 나라 정원(貞元) 연간에 시인 유우석(劉禹錫)이 완상(浣湘) 지방에 있었는데, 그곳 마을의 노래가 너무 비속해서, 굴원의 구가(九歌)를 모방하여 죽지사(竹枝詞) 19장(章)을 지어 동리 아이들로 하여금 부르게 한 데서 유래했다고 한다. 『악부시집(樂府詩集)』「근대곡사(近代曲辭) 죽지(竹枝)」

虛能 露白谷 以上本朝

雜流六人

金孝一 號菊圃
劉希慶 號村隱 號打禮學
崔奇男 號龜谷

崔大立 號蒼厓 譯官
白大鵬 貝錦衣
鄭愛男

閨秀七人

許氏 號蘭雪軒
李媛 號玉峯 閨之妾 曹氏
黄真 松都人 楊士彥妾
桂生 扶安娥 翠仙

閨秀三人

江南曲　　　　　　　許氏

人言江南樂我見江南愁年年沙浦口腸斷望歸舟

貧女吟

季把金剪刀夜寒十指直爲人作嫁衣年年還獨宿

閨情　　　　　　　　李媛

有約郎何晚庭梅欲謝時忽聞枝上鵲虛畫鏡中眉

贈醉客　　　　　　妓桂生

醉容執羅衫羅衫隨手裂不惜一羅衫但恐恩情絶

無名氏三人

閨秀六人

夜坐　　　　　許氏

金刀剪出篋中羅裁取寒衣手屢呵斜拔玉釵燈影
畔剔開紅焰救飛蛾

閨怨

月樓秋盡玉屏空霜打蘆洲下暮鴻瑤瑟一彈人不
見藕花零落野塘中

宮詞二首　　　　金䥴

清齋秋殿夜初長不放宮人近御床時把剪刀裁越

錦燭前開繡紫鴛鴦
新撐宮人直御床錦屏初賜合歡香明朝阿監來相
問笑指胷前小佩囊

塞下曲三首

前軍吹角出轅門雪撲紅旗凍不翻雲暗磧西看候
火夜深游騎獵平原

虜馬千群下磧西孤山烽火入銅鞮將軍夜發龍城
北戰士連營擊鼓聲

寒塞無春不見梅邊人吹入笛聲來夜深驚起思鄉
夢月滿陰山百尺臺

入塞曲

騂弓白羽黑貂裘綠眼胡鷹踏錦韉腰下黃金印如斗將軍初拜北平俟

遊仙詞六首

烟鎖瑤空鶴未歸桂花陰裏閉珠扉溪頭盡日神靈雨滿地香雲濕不飛

雲角青龍玉絡頭紫皇騎出向丹丘閒從璧戶窺人世一點秋烟辨九州

催呼滕六出天關腳踏風龍徹骨寒袖裏玉塵三百斛散爲飛雪落人間

玲瓏花影覆瑤碁日午松陰落子遲溪畔白龍新賭

得夕陽騎出向天池

別詔真人蔡少霞八花磚上合丹砂金爐壁炭成圓

汞白玉盤盛向帝家

彤軒壁尾飾瑤墀不遣青苔染履綦朝罷列仙爭拜

賀內家新領八霞司

采蓮曲

秋凈長湖碧玉流荷花深處繫蘭舟逢郎隔水投蓮

子忍被人知半日羞

夜行　　　　　　　曹氏

閨秀一人

　　　　　　　　　　許氏
出塞曲
烽火照長河天兵出漢家枕戈眠白雪驅馬到黃沙
朔吹傳金柝邊聲入塞笳年年長結束辛苦逐輕車

效李義山
鏡睛鸞休舞樑空燕不歸香殘蜀錦被淚濕越羅衣
楚夢迷蘭渚荊雲落粉闈西江今夜月流影照金微

效沈下賢
春雨梨花白宵殘小燭紅井鷄驚曙色樑燕怯晨風
錦帕凄凉捲銀床寂寞空雲軿回鶴駅星漢綺樓東

青莎白石濟川湄解纜東風溯上遲孤島落花春去
後二陵芳草日斜時仙槎勝跡經年夢蕭寺香燈此
夜期最是別懷難盡處曉天明月子規枝

閨秀三人

夢作

　　　　許氏

橫海鼈峯壓巨鰲六龍晨吸九河濤中天樓閣星辰
近上界烟霞日月高金鼎瀾盛丹井水玉壇晴曬亦
霓袍蓬萊鶴駕歸何曉一曲吹笙老碧桃

次仲氏高原望高臺韻

層臺一柱壓嵯峩西北浮雲接塞多鐵峽霸圖龍已

遠穆陵秋色鷹初過山連大陸蟠三郡水割平原納

九河萬里登臨日將暮醉憑長劍獨悲歌

、皇帝有事天壇

羽蓋徘徊駐碧壇壁階清夜語和鑾長生錦詰丁寧

說延壽靈方仔細看曉露瀼花河影轉天風吹月鶴

聲寒齋香燒罷敲鳴磬玉樹千重繞曲欄

、送宮人入道

拜辭清禁出金鑾換却鵶鬟着玉冠滄海有緣應駕

鳳碧城無夢更參鸞瑤裙振雪春雲暖瓊佩鳴空夜

月寒幾度步虛銀漢上御衣猶似奉宸懽

一室何寥廓萬緣俱寂寞路穿石鑄通泉透雲根落
皓月掛舊橙涼風動林臺誰從彼上人清坐學真樂

閨秀一人

遣興　　　　　許氏

芳柳舊初綠蘼蕪葉已齊春物自妍華我獨多悲悽
壁上五岳圖床頭總同契煉丹倘有成歸謁蒼梧帝

輪如走馬

閬秀一人

望仙謠　　　　　許氏

瓊花風軟飛青鳥王母麟車向蓬島蘭旌藥帔白鳳
駕笑倚紅欄拾瑤草天風吹擘翠霓裳玉環珮聲
丁當素娥兩兩鼓瑤瑟三花珠樹春雲香平明宴罷
芙蓉閣碧海青童乘白鶴紫簫吹徹彩霞飛露濕銀
河曉星落

湘絃謠

蕉花泣露湘江曲九點秋烟天外綠水府凉波龍夜

吟臺娘輕颺玲瓏玉離鸞別鳳隔蒼梧雨氣侵江迷
曉珠閒撥神絃石壁上花鬟月鬢啼江姝瑤宮星漢
高超忽羽蓋金支五雲沒門外漁郎唱竹枝銀潭半
掛相思月

【 주이준(朱彝尊) 명시종(明詩綜) 1705년 】

해제

 『명시종(明詩綜)』은 청나라 문인 주이준(朱彛尊, 1629-1709)이 명나라 시인 3,306명의 시 10,172수를 선정하여 절강(浙江) 육봉각(六峰閣)에서 100권으로 간행한 시인 선집이다. 『열조시집』이 명나라가 망한 지 8년 만에 급하게 편찬된 것에 비해, 『명시종』은 그 뒤에도 반세기나 지난 뒤에 편찬하면서 체제를 갖추었다. 천하의 명저들을 선발한 『사고전서제요(四庫全書提要)』에서 『열조시집』에 대해서는 '기록이 추악하고 말이 거짓인 재주[記醜言僞之才]'와 '같은 쪽을 편들고 다른 쪽을 배격하는 견해[黨同伐異之見]'라고 비난하고, 주이준의 『명시종』만은 여러 시인들이 외워 전하는 문헌이 되었으니 떳떳한 도를 지녔기에 저절로 이렇게 되었다고 칭찬하였다.

 주이준의 자는 석창(錫鬯), 호는 죽타(竹垞), 금풍정장(金風亭長)으로, 절강성(浙江省) 가흥(嘉興) 사람이다. 청나라가 강남 지역 지식인들에 대해 대대적으로 탄압하자 여러 지역을 떠돌면서 옛 사당이나 무덤, 금석(金石) 파편들을 찾아 고증하는 경험을 쌓았으며, 그 지역에 오래 산 노인들이나 유학자들과 만나 현지의 전승을 듣고 서적을 빌려 읽기도 하면서 고증학자로서의 소양을 쌓았다. 강희제(康熙帝)가 1678년에 강남의 유학자들을 대상으로 베푼 박학홍사과(博學鴻詞科)에 응시하여 급제하고, 한림원검토(翰林院檢討)로 관직을 시작하였다. 청나라가 망한 뒤에 편찬된 『청사고(清史稿)』권 484 「주이준열전」에서 "당시 왕사진(王士禛)은 시에 뛰어났고, 왕완(汪琬)은 문필에 뛰어났고, 모기령(毛奇齡)은 고거(考

據)에 뛰어났는데, 오직 주이준은 이 모든 것에 두루 뛰어났
다[當時王士禎工詩, 汪琬工文, 毛奇齡工考據, 獨彝尊兼有眾長.]"고
그를 높이 평하였다.

『명시종』 권95 속국(屬國) 편에 조선 91명 134수, 일본 6
명 9수, 안남(安南) 7명 7수, 점성(占城 참파) 1명 2수가 실렸
으니, 모두 152수 가운데 88%가 조선의 시이다. 난설헌의
시는 허경번(許景樊)이라는 이름으로 5수가 실렸으니, 오명
제의 『조선시선』이나 남방위의 『조선시선전집』에 과도하게
난설헌의 시를 많이 수록했던 것에 비해서 상당히 줄어든
셈이지만, 여전히 많이 실린 편이다.

번역 및 원문

○ 『명시종(明詩綜)』 100권

국조(國朝)의 주이준(朱彝尊)[1]이 편찬한 책으로, 주이준의
『경의고(經義考)』[2]에 이미 기록되어 있다. 명나라의 시파(詩

---

1) 주이준(朱彝尊)의 '尊'자는 '존'과 '준'이라는 두 가지 발음이 있는
   데, 그의 이름에서는 '尊'을 '樽'과 같은 글자로 사용하였으니
   '준'으로 표기하는 것이 맞다. 주이준의 '彝'자와 그의 자(字)인
   '錫鬯' 모두 제기(祭器)를 뜻하니, 이름과 자의 연관관계를 생각
   한다면 '彝尊' 역시 제기(祭器)로 보는 것이 타당하다. 예전 학자
   들도 '주이준'이라고 발음하였다.
2) 주이준이 지은 책으로 모두 3백 권이다. 처음에는 『경의존망고
   (經義存亡考)』라고 이름하였다가 뒤에 『경의고』로 고쳤다. 역대의
   경의(經義)를 고증하면서 책마다 앞에 찬자(撰者)의 이름과 권수
   (卷數)를 기록하고, 다음에는 존·궐·일·미견(存闕佚未見)으로 열
   기(列記)했으며, 그 다음에는 원서(原書)의 서·발(序跋)과 제유(諸

派)는 시종 3차례 바뀌었다. 홍무(洪武 태조)가 개국한 초기에는 인심이 순박하여 원나라 말기의 부미(浮靡)한 습속을 한껏 씻었으므로, 작자가 저마다 자신의 장점을 서술하되 문호(門戶)에 따라 서로 다른 견해가 없었다. 영락(永樂) 연간부터 홍치(弘治) 연간까지는 삼양(三楊)3) 대각(臺閣)의 체재를 따라 온화하고 화락한 기상에 힘써서 태평 시대를 노래하였다. 하지만 그 폐단이 중첩되고 공허하여 모든 사람들이 똑같은 소리를 내었으므로, 모습만 갖추었을 뿐 의상(意象)은 있지 않았다.

이 때문에 정덕(正德)·가정(嘉靖)·융경(隆慶) 연간에 이몽양(李夢陽)과 하경명(何景明) 등이 앞에서 굴기(崛起)하고 이반룡(李攀龍)과 왕세정(王世貞) 등이 뒤에서 분발하여, 복고설(復古說)4)로 번갈아 서로 창화(唱和)하여 당(唐)나라 이후의 책들을 읽지 못하도록 천하를 인도하니 천하가 메아리처럼 호응하였다. 그러자 문체가 일신하여 전후칠자(前後七子)의 이름이 마침내 장사(長沙)의 문단을 빼앗았다. 하지만 점차 오

儒)들의 논설을 싣고, 자신이 고증한 것은 끝에 붙였다. 경적을 고증한 것으로는 가장 완벽하고 훌륭하다는 평을 들었다.
3) 삼양(三楊)은 명(明)나라 때의 어진 재상들인 양사기(楊士奇, 1365-1444), 양영(楊榮, 1371-1440), 양부(楊溥, 1372-1446)를 말한다. 이들은 명나라 제3대부터 제6대 황제인 성조(成祖)·인종(仁宗)·선종(宣宗)·영종(英宗) 4대에 걸쳐 대각(臺閣)의 중신으로서 내각 대학사를 지낸 현신(賢臣)들이다. 이 시기는 명나라의 태평성대로서 삼양이 황제의 두터운 신임을 받으며 중책을 완수하였으므로 국가 원로로서 대우를 받았다.
4) 복고설(復古說)은 '문필진한(文必秦漢)'을 선언한 명(明)나라 전후칠자(前後七子)의 의고문풍을 말한다.

래되자 모방하고 표절하여 온갖 폐단이 함께 생겨나 옛것을
싫어하고 새것만 추구하여 별도로 길을 개척하였다.

만력(萬曆) 이후로 공안파(公安派)5)가 기궤한 소리를 창도
하고 경릉파(竟陵派)6)가 유랭(幽冷)한 지취를 표방하였다. 그
래서 요현(幺弦)의 측조(側調)7)가 떠들썩하고 시끄러워 경박
한 풍조가 인심을 흔들고 애절한 생각이 국운을 가로막아서
명나라 사직이 또한 무너지게 되었다.

명나라 270년 가운데 문단을 주관하는 자가 번갈아 성하
기도 쇠하기도 하자 편을 드는 자는 서로 도왔다. 그래서
제가(諸家)의 선본(選本)이 또한 마침내 모두 자기만의 영역
을 굳게 지켜 각자 들은 바를 존숭하였다. 그러다 전겸익(錢
謙益)의 『열조시집(列朝詩集)』8)이 나오자, 기이한 말을 기억
하고 거짓을 말하는 재주로 동당벌이(同黨伐異)의 견해를 이

---

5) 공안파(公安派)는 원종도(袁宗道, 1560-1600)·원굉도(袁宏道, 1568-
1610)·원중도(袁中道, 1570-1623)의 삼형제가 중심이 된 문단의
유파로, 복고를 반대하고 개성의 발현을 강조하는 성령설(性靈說)
을 주창하였다.
6) 경릉파(竟陵派)는 종성(鍾惺)과 담원춘(譚元春)이 중심인물인 문단
의 유파로, 모방과 답습에 반대하고 공안파(公安派)의 부박(浮薄)
함도 반대하였다. 그러나 유심주의(唯心主義)로 흐르거나 표현 기
교가 지나쳐 현실성이 떨어진다는 비판을 받기도 하였다.
7) 요현(幺弦)은 비파(琵琶)의 네 번째 현으로 비파를 가리키고, 측
조(側調)는 오음(五音)의 정음(正音)으로 된 곡조가 아닌 것을 말
한다.
8) 명청(明淸) 교체기에 전겸익(錢謙益)이 1652년에 펴낸 명나라의
시인 선집(選集)이다. 총 81권이며 1600여 명에 이르는 작자마
다 소전(小傳)을 붙이고, 그의 문집명을 기록하였다.

루어, 은혜와 원한을 마음껏 베풀고 옳고 그름을 전도하여 흑백이 뒤섞여서 더 이상 공정한 논의가 없게 되었다.

주이준은 사람들의 견해가 합치되지 않은 것으로 인해 마침내 이 책을 편찬하여 그 잘못을 바로잡았다. 사람마다 모두 그에 대한 전말을 대략 서술하였는데, 멋대로 다른 일을 끌어대거나 교묘하게 비난을 퍼붓지 않았다. 관향(貫鄕) 아래에 각각 제가(諸家)의 논평을 자세히 싣고 자신이 지은 『정지거시화(靜志居詩話)』9)를 뒤에 나누어 덧붙였다.

비록 융경(隆慶)과 만력(萬曆) 이후에 수록된 글이 조금 많기는 하지만, 시대가 멀리 떨어진 것은 시편을 잃기 쉽고 시대가 가까운 것은 서책이 많이 남아 있기 때문에 그러한 것이며, 또한 보고 들은 대로 모두 드러내지 않았다. 그 품평한 것이 또한 매우 공정하니, 옛사람이 사사로이 증오하고 사랑하는 이야기에 대해 왕왕 바로잡은 것이 많다. 6-7년이 지난 뒤로 전겸익의 책은 오래되어 남김없이 사라졌지만, 주이준의 이 책은 유독 시인들 사이에서 전송되고 있으니, 또한 사람마다 가지고 있는 떳떳한 본성의 공정함이 그런 줄 모르면서도 그렇게 되는 점이 있는 것이다.

○ 明詩綜 一百卷

國朝朱彝尊編, 彝尊有『經義考』, 已著錄. 明之詩派, 始終三變. 洪武開國之初, 人心渾朴, 一洗元季之綺靡, 作者各抒所長,

---

9) 『정지거시화(靜志居詩話)』는 주이준(朱彝尊)의 『명시종(明詩綜)』에 실린 시화를 모은 책으로, 명나라 시에 대한 작자의 지식과 비평을 담은 시화집이다.

無門戶異同之見. 永樂以迄宏治, 沿三楊臺閣之體, 務以舂容和雅, 歌詠太平. 其弊也冗沓膚廓, 萬喙一音, 形模徒具, 興象不存. 是以正德·嘉靖·隆慶之間, 李夢陽·何景明等崛起於前, 李攀龍·王世貞等奮發於後, 以復古之說遞相唱和, 導天下無讀唐以後書, 天下響應, 文體一新, 七子之名, 遂竟奪長沙之壇坫. 漸久而摹擬剽竊, 百弊俱生, 厭故趨新, 別開蹊徑. 萬曆以後, 公安倡纖詭之音, 竟陵標幽冷之趣, 么弦側調, 嘈囋爭鳴, 佻巧蕩乎人心, 哀思關乎國運, 而明社亦於是屋矣.

大抵二百七十年中, 主盟者遞相盛衰, 偏袒者互相左右. 諸家選本, 亦遂皆堅持畛域, 各尊所聞. 至錢謙益『列朝詩集』出, 以記醜言偽之才, 濟以黨同伐異之見, 逞其恩怨, 顚倒是非, 黑白混淆, 無復公論. 彝尊因衆情之弗協, 乃編纂此書, 以糾其謬. 每人皆略敍始末, 不橫牽他事, 巧肆譏彈. 里貫之下, 各備載諸家評論, 而以所作『靜志居詩話』分附於後. 雖隆·萬以後所收未免稍繁, 然世遠者篇章易佚, 時近者部帙多存, 當亦隨所見聞, 不盡出於標榜. 其所評品, 亦頗持平, 於舊人私憎私愛之談, 往往多所匡正. 六七十年以來, 謙益之書, 久已澌滅無遺, 而彝尊此編, 獨爲詩家所傳誦, 亦人心彝秉之公, 有不知其然而然者矣.

○ 허경번(許景樊) 5수

경번(景樊)의 자는 난설(蘭雪)이니 봉(篈)과 균(筠)의 누이로, 진사(進士) 김성립(金成立)에게 시집갔다. 뒤에 성립(成立)이 국난(國難)에 순절(殉節)하자 곧 여도사(女道士)가 되었으며, 문집이 있다.

경번(景樊)은 8세에 「광한전옥루상량문(廣寒殿玉樓上樑文)」을 지었다. 재주가 봉(篈)·균(筠) 두 형보다 낫다. 금릉(金陵) 장원(壯元) 주지번(朱之蕃)이 동국(東國)에 사신으로 갔다가 그의 문집을 얻어 가지고 돌아와, 드디어 중하(中夏)에 널리 전해졌다.

진와자(陳臥子)10)가 말하였다. "허씨(許氏)는 이씨(李氏)의 시를 배우고서 합작하여 성당(盛唐)의 풍격이 있다. 외번(外藩)의 여자로서도 이와 같았으니, 본조(本朝)의 문교(文敎)가 멀리까지 미친 것을 알 수가 있다."11)

내가 허경번의 시를 보니 편장(篇章)과 구법(句法)이 완연히 가정칠자(嘉靖七子)의 체재(體裁)이다. 응당 풍교(風敎)가 그곳까지 미치지는 않았을 텐데도 이와 같이 부합(符合)되니, 거짓12)이라는 의심이 없을 수가 없다.13)

○ 許景樊

景樊字蘭雪, 篈筠之妹, 適進士金成立. 後成立殉國難, 遂爲女道士14), 有集.

---

10) 와자(臥子)는 명나라 문인 진자룡(陳子龍)의 자이다.
11) 이 다음부터는 난설헌과 전혀 관련이 없는 명나라 여성들의 시에 관한 시화이기에 생략한다.
12) 원문은 '안정(贋鼎)'인데, 춘추 시대에 제나라가 노나라를 정벌하고 노나라의 보배인 참정(讒鼎)을 요구하자 노나라가 가짜 솥을 내놓았다는 고사에서 유래하였다. 『한비자(韓非子) 설림하(說林下)』
13) 진자룡(陳子龍)은 중화(中華)의 풍교(風敎)가 조선까지 미쳐서 뛰어난 시를 짓게 되었다고 칭찬하였는데, 주이준은 풍교가 그렇게 멀리까지 미치지 못했을 테니 잘 지을 수가 없다고 부정적으로 판단하였다.

景樊八歲 作廣寒殿玉樓上樑文, 才出篴筠二兄之右. 金陵朱壯元之蕃使東國, 得其集以歸, 遂盛傳於中夏.

陳臥子云, "許氏學李氏而合作, 有盛唐之風, 外藩女子能爾, 可見本朝文敎之遠."(略) 吾於許景樊之詩, 見其篇章句法, 宛然嘉靖七子之體裁, 未應風敎之訖, 符合如是, 不能無贋鼎之疑也.

망선요(望仙謠)

王喬招我游、 왕교가 나를 불러 놀자고 하여
期我崑崙墟。 곤륜산서 만나기로 약속하였네.
朝登玄圃峰、 아침 나절 현포 봉우리에 올라
遙望紫雲車。 저 멀리 자색 구름 수레를 보네.
紫雲何煌煌、 자색 구름 어찌 그리 빛이 나는가
玄蒲正渺茫。 현포로 가는 길은 아득하기만 하구나.
儵忽凌天漢、 어느 사이 은하수를 날아 넘어서
翻飛向扶桑。 해 뜨는 곳 부상 향해 날아가네.
扶桑幾千里、 부상은 몇천 리나 먼 곳이던가
風波路阻長。 풍파가 길을 막아 멀기만 하네.
我欲舍此去、 이 길 말고 다른 길 가고 싶지만
佳期安可忘。 아름다운 기약을 어찌 잊으랴.
君心知何許、 그대 마음이 어디 있는 줄 알고 있기에
賤妾徒悲傷。 첩의 마음은 슬프기만 할 뿐이라오.

○ 望仙謠15)

---

14) 난설헌의 남편 이름이 '金成立'이라는 것은 단순한 오기(誤記)이지만, 남편보다 먼저 죽은 난설헌이 남편 사후에 여도사가 되었다는 기록은 전혀 근거가 없다.

王喬招我游、期我崑崙墟。朝登玄圃峰、遙望紫雲車。紫雲何煌煌、玄蒲正渺茫。倏忽凌天漢、翻飛向扶桑。扶桑幾千里、風波路阻長。我欲舍此去、佳期安可忘。君心知何許、賤妾徒悲傷。

백형의 고원 망고대 시에 차운하여 짓다

層臺一柱壓嵯峨。 한 층대가 높은 산을 누르고 서니
西北浮雲接塞多。 서북 하늘 뜬구름 변방에 닿아 일어나네.
鐵峽霸圖龍已去、 철원에서 나라 세웠던 궁예16)는 떠나가고
穆陵秋色鴈初過。 목릉에 가을이 되자 기러기가 날아오네.
山廻大陸吞三郡、 산줄기가 대륙을 감돌며 세 고을을 삼키고
水割平原納九河。 강물은 벌판을 가로지르며 아홉 물줄기를 삼켰네.
萬里登臨愁日暮、 만리 나그네가 망대에 오르자 시름겨운 날이 저무니
醉憑靑嶂獨悲歌。 취해 푸른 산 기대 홀로 슬프게 노래하네.

○ **次伯兄高原望高臺韻**17)

層臺一柱壓嵯峨。西北浮雲接塞多。鐵峽霸圖龍已去、穆陵秋色鴈初過。山廻大陸吞三郡、水割平原納九河。萬里登臨愁日暮、醉憑靑嶂獨悲歌。

---

15) 1608년 목판본 『蘭雪軒詩』에는 이 시가 없다.
16) 원문 패도룡(霸圖龍)은 패권을 도모하던 용, 즉 나라를 세우려던 임금을 가리키는데, 이 시에서는 나라를 철원에 세운 것을 보아 궁예(弓裔)임을 알 수 있다.
17) 1608년 목판본 『蘭雪軒詩』에는 「次仲氏高原望高臺韻」 4수 가운데 제1수로 편집되었다. 글자는 일부 다르다.

중형 균의 고원 망고대(望高臺) 시에 차운하다

崔嵬雲棧接靑霄。 사다리길이 아스라하게 푸른 하늘에 닿았고
峰勢侵天作漢標。 하늘에 솟은 봉우리는 국경의 이정표[18]가 되었네.
山脈北臨三水絕、 산맥은 북쪽으로 삼수[19]에서 끊어지고
地形西壓兩河遙。 지형은 서쪽으로 두 강을 눌러 아득하네.
烟塵暮卷孤城出、 짙은 안개 늦게 개어 외로운 성 나타나고
苜蓿秋深萬馬驕。 거여목 가을이라 깊어져 말들은 신났구나.
東望塞垣鼙鼓急、 동쪽으로 국경을 바라보니 북소리 다급해
幾時重起霍嫖姚。 곽장군[20] 같은 장수가 언제 다시 등용되랴.

○ 次仲兄筠高原望高臺韻[21]

崔嵬雲棧接靑霄。峰勢侵天作漢標。山脈北臨三水絕、地形西壓兩河遙。烟塵暮卷孤城出、苜蓿秋深萬馬驕。東望塞垣鼙鼓急、幾時重起霍嫖姚。

---

18) 원문의 한표(漢標)는 한나라 국경을 표시하던 구리기둥인데, 이 시에서는 우리 나라의 경계를 가리킨다.
19) 함경도 삼수군인데, 갑산과 함께 가장 험한 산골이다. 조선시대에 대표적인 유배지이다.
20) 원문의 곽표요(霍嫖姚)는 흉노를 크게 무찔렀던 한나라 무제(武帝) 때의 장수 곽거병(郭去病)을 가리킨다. 표요교위(嫖姚校尉)를 지냈으므로 흔히 곽표요라고도 불렀는데, 표요(嫖姚)는 몸이 날쌘 모습이다. 『한서(漢書)』 권55 「곽거병전(霍去病傳)」
21) 1608년 목판본 『蘭雪軒詩』에 「次仲氏高原望高臺韻」 4수를 편집하였는데, 그 가운데 제2수이다. 여러 글자가 다르고, '중형(仲兄) 균(筠)'은 주이준(朱彛尊)이 혼동하여 제목을 틀리게 붙인 것이다.

최국보(崔國輔)를 본받아 짓다

妾有黃金釵、 제게[22] 금비녀 하나 있어요
嫁時爲首飾。 시집올 때 머리에다 꽂고 온 거죠.
今日贈君行、 오늘 님 가시는 길에 드리니
千里長相憶。 천리길 멀리서도 날 생각하세요.

○ 效崔國輔[23]
妾有黃金釵、嫁時爲首飾。今日贈君行、千里長相憶。

잡시(雜詩)

精金明月珠、 정금과 명월주를
贈君爲雜佩。 서방님 노리개로 정표 삼아 드립니다.
不惜棄道旁、 길가에 버리셔도 아깝지는 않지만
莫結新人帶。 새 여인 허리띠에만은 달아 주지 마셔요.

○ 雜詩[24]
精金明月珠、贈君爲雜佩。不惜棄道旁、莫結新人帶。

---

22) 원문의 첩(妾)은 소실(小室)이라는 뜻이 아니라, 여인이 자신을 낮춰 부르는 말이다. 아내가 남편에게, 또는 딸이 아버지에게도 자신을 첩이라고 말하였다.
23) 1608년 목판본 『蘭雪軒詩』에 「效崔國輔體」라는 제목으로 실렸으며, 3수 가운데 제1수이다.
24) 이 시가 1608년 목판본 『蘭雪軒詩』 오언고시 「遣興」 제4수에 제1구, 제6구, 제7구, 제8구로 몇 글자 다르게 실렸다.

明詩綜

欽定四庫全書提要

明詩綜一百卷

國朝朱彝尊編彝尊有經義考已著錄明之詩派始終三變洪武開國之初人心渾樸一洗元季之綺靡作者各抒所長無門戶異同之見永樂以迄宏治沿三楊臺閣之體務以舂容和雅歌詠太平其弊也究杳膚廓萬喙一音形模徒具興象不存是以正德嘉靖隆慶之間李夢陽何景明等崛起於前李攀龍王世貞等奮發於後以復古之說遞相唱和導天下無讀唐以後書天下響應文體一新七子之名遂竟奪長沙之壇坫漸久而摹擬剽竊百弊俱生厭故趨新

別開蹊徑萬歷以後公安倡纖詭之音竟陵標幽冷之趣么弦側調嘈囋爭鳴佻巧蕩乎人心哀思闖乎國運而明社亦於是屋矣大抵二百七十年中主盟者遞相盛衰偏祖者互相左右諸家選本亦遂皆堅持畛域各尊所聞至錢謙益列朝詩集出以記醜言偽之才濟以黨同伐異之見逞其恩怨顛倒是非黑白混淆無復公論蘷尊因衆情之弗協乃編纂此書以糾其謬每人皆略敘始末不橫牽他事巧肆譏彈里貫之下各備載諸家評論而以所作靜志居詩話分附於後雖隆萬以後所收未免稍繁然世遠者章易佚時近者部帙多存當亦隨所見聞不盡出於

標榜其所評品亦頗持平於舊人私憎私愛之談往往多所匡正六七十年以來謙益之書久已漸滅無遺而奕尊此編獨為詩家所傳誦亦人心秉之公有不知其然而然者矣

明詩綜卷九十五下

小長蘆 朱彝尊

龍眠 方世舉 緝評

朝鮮 下

林悌 一首

靜志居詩話自悌至李仁老詩見朝鮮
采風錄其官爵世次未詳姑系於此

中和塗中

羸驂馱倦客日暮發黃州可惜踏青節未登浮碧樓佳
人金縷曲江水木蘭舟寂寂生陽舘孤燈夜似秋

白光勳 一首

縣津夜泊

呪喃燕子要開簾

許景樊 五首

許景樊

景樊字蘭雪䇉筠之妹適進士金成立後成立
殉國難遂為女道士有集

景樊八歲作廣寒殿玉樓上梁文才出䇉筠二兄之
右陳臥子云許氏學李氏而合作有鹹唐之風外藩女子能爾可見本朝文教之遠
右金陵朱狀元之奉使東國得其集以歸遂盛傳於中夏
詩話明閨秀詩頗多偽作轉相附會久假不歸如今日相逢白司馬之樽
前重與訴琵琶吳中范昌朝題老伎卷也詩戴皇明珠玉而謬云鐵氏
二女寒氣逼人眠不得鍾聲催月下迴廊三泉王佐宮詞也詩載石倉
詩選而假稱宮人媚蘭泉流不歸山羅文毅作而謂致節婦詩誰言妾
有夫高侍郎作他若忽聞天外玉簫聲寧獻王權之詠
權妃即指為權貴妃作風吹金鎖夜聲多羅翰林璟之詠秋怨誣為
王莊妃詞甚至柝情字為小青男青家者過孤山而流連託聯句於薛
濤刻濤集者綴卷尾而剗剛助談小說貽笑通人吾於許景樊之詩見
其篇章句法宛然嘉靖七子之體裁未應
風敎之說符合如是不能無贗鼎之疑也

望仙謠

王喬招我游期我崑崙墟朝登玄圃峰遙望紫雲車雲
車何煌煌玄圃路茫茫倏忽凌天漢翻飛向扶桑扶桑
幾千里風波路阻長吾欲舍此去佳期安可忘君心知
何許賤妾徒悲傷

次伯兄高原望高臺韻

層臺一柱壓嵯峨西北浮雲入塞多鐵峽霸圖龍已去
穆陵秋色鴈初過山迴大陸吞三郡水割平原納九河
萬里登臨愁日暮醉憑青嶂獨悲歌

次仲兄筠高原望高臺韻

崔嵬雲棧接青霄峰勢侵天作漢標山脈北臨三水絕
地形西壓兩河遙煙塵暮卷孤城出首蓿秋深萬馬驕

東望塞垣鼙鼓急幾時重起霍嫖姚

效崔國輔

妾有黃金釵嫁時為首飾今日贈君行千里長相憶

雜詩

精金明月珠贈君為雜佩不惜棄道芻莫結新人帶

〔安南〕

詩話安南曾為郡縣漸文治者深而其國人詩選家多置不錄予從李文鳳越嶠集擇其詞旨馴雅者著於篇

國王黎灝 一首

灝一名思誠天順四年國人所立卒私謚淳皇帝僭號聖宗

送錢學士溥歸朝

난설헌시집(蘭雪軒詩集)
일본판(日本版) ─ 구지현 옮김
上·下 1711년

일본판(日本版)
난설헌시집(蘭雪軒詩集)

卷之上

(1711年)

해제

『난설헌시집(蘭雪軒詩集)』은 1711년(正德 1年)에 일본 분다이야(文臺屋)에서 목판본 상하(上下) 2책으로 간행된 허난설헌(許蘭雪軒)의 시문집이다. 난설헌의 아우 허균이 1608년 공주에서 목판본으로 간행한 『난설헌시』가 1692년 동래부에서 중간되었는데, 분다이야(文臺屋)판 『난설헌시집』은 1692년 중간본을 저본으로 삼았다. 『왜인구청등록(倭人求請謄錄)』에 『난설헌시』가 없는 것을 보면, 동래 왜관에 거주하던 왜인이 동래부 중간본 『난설헌시』를 구입해 일본으로 보낸 듯하다.

도요분코(東洋文庫) 해제에 따르면 책명은 『蘭雪軒詩集』이고, 청구번호는 VII-4-813으로 2권 2책이다. 반엽 11행이고, 1행 20자이다. 권상(卷上) 수제(首題)는 "난설헌시집(蘭雪軒詩集)"이라고 적고, 나머지 권수제와 말제, 제첨과 판심제는 모두 "난설시집(蘭雪詩集)"이라고 축약했다.

목판 간행처 분다이야(文臺屋)는 17-18세기에 활동한 일본 황도(皇都, 京都) 소재의 서사(書肆)이다. 이곳에서 간행된 한학 관련 서책으로는 『노자권재구의(老子鬳齋口義)』(梅室洞雲 諺解, 延寶 9년; 1681), 『역학계몽언해대성(易學啓蒙諺解大成)』(榊原玄輔, 天和 4년; 1684), 『세화천자문(世話千字文)』(空洞齋 墨蹟, 享保 2년; 1717), 『초사변증(楚辭辨證)』(朱熹, 享保 9년; 1724), 『운감고의표주(韻鑑古義標註)』(河野通清, 元文 3년; 1738) 등이 있다.

도요분코 소장본 『난설헌시집』에는 "元/琰"(朱長印), "中山氏/藏書/之記"(朱長印), "東洋文庫"(朱長印) 등이 찍혀 있다. 이 책자는 다키 안타쿠(多紀安琢, 1824-1876), 나카야마 규시

로(中山久四郞, 1874-1961)의 구장본이다. 다키 안타쿠(多紀安琢)는 본명이 겐엔(元琰)이고, 호가 운주(雲從)이며, 안타쿠(安琢)가 그의 통칭이다. 에도막부(江戶幕府) 말기에 의관(醫官)으로 활동했다. 나카야마 규시로는 나가노현(長野縣) 출신으로 도쿄제국대학 사학과를 졸업하고 독일에 유학했다. 귀국 후 히로시마고등사범학교, 도쿄고등사범학교, 도쿄문리과대학 교수를 역임하며 동양사학자로 활동했다.

분다이야(文臺屋)판 『난설헌시집』에 수록된 내용은 다음과 같다.

朱之蕃「蘭雪齋詩集小引」
梁有年「蘭雪軒集題辭」
(원간기) 崇禎後壬申東萊府重刊
【권상】
　五言古詩 :「少年行」이하 15편
　七言古詩 :「洞仙謠」이하 8편(頁6 결락) 공문서관 소장본으로 보완하였음.
　五言律詩 :「出塞曲」이하 8편
　七言律詩 :「春日有懷」이하 13편
　五言絕句 :「築城怨」이하 24편
　七言絕句 :「步虛詞」부터 「夜夜曲」까지 51편
【권하】
　(七言絕句)「遊仙詞」부터 「秋恨」까지 91편(칠언절구 총 142편)
　부록 :「廣寒殿白玉樓上樑文」부터 「夢遊廣桑山詩序」까지 3편
　(간기) 正德元稔辛卯臘月吉旦 文臺屋 治郞兵衛/ 同 儀兵衛 開版
　許筠 발문

이 책은 동래부 중간본과 같은 내용이지만, 몇 가지가 달라졌다. 일본 독자들이 읽기 쉽게 가에리텐[返り点]과 군텐(訓点)을 표기하였다. 2권으로 분리하여 하권에는 「유선사」와 상량문 등을 편집했으며, 동래부 중간본은 1면에 9행 20자인데 11행 20자로 바꾸었다. 일본판 간기를 추가하면서 원 간기의 위치를 조정했으며, 여러 글자가 바뀌고 주지번의 인장 4개 가운데 "元/介"가 빠졌다.

　분다이야(文臺屋)판 『난설헌시집』은 일본에서 간행된 최초의 허난설헌 시집이다. 이미 중국에서는 허난설헌 시선집이 여러 차례 간행되었지만, 일본으로까지 독자의 외연을 넓혔다는 점과 213편 모두 편집하였다는 점이 다르다. 중국에서는 초기에 허균이 적극적으로 원고를 전달하여 출판되기 시작했지만, 일본에서는 당시 출판시장의 수요에 의해 자체적으로 대본을 구해 출판한 것을 보면 허균 출판 이후 백년 사이에 국제적으로 출판할 만한 가치가 있는 시집이라고 인정받았음을 알 수 있다.

훈점(訓點) 및 번역 범례

1. 오쿠리가나[送り仮名]는 본래 해당 한자 오른쪽 하단에 작게 표기되어 있으나 가독성을 위해 본문과 같은 크기로 나란히 표기하였다.
2. 가에리텐[返り点]은 본래 해당 한자 왼쪽 하단에 작게 표기되어 있으므로 해당 한자 오른쪽 옆에 작게 표기하되, 오쿠리가나보다 먼저 표기하였다. 숫자는 가독성을 위해 ㊀, ㊁, ㊂, ㊤, ㊥, ㊦ 등의 원문자로 표기하였다.
3. 다테텐[竪點]은 다음과 같이 표기하였다.
   ① 글자와 글자를 연결하는 가운데 선은 "-"로 표기하였다.
   ② 글자와 글자를 연결하는 왼쪽 선은 "_"로 표기하였다.
   ③ 글자 오른쪽에 있는 선은 편의상 윗줄로 표기하였다.
   ④ 글자 왼쪽에 있는 선은 편의상 밑줄로 표기하였다.
4. 본래 띄어쓰기는 되어있지 않으나 가독성을 위해 의미 단위에 따라 임의로 띄어 썼다.
5. 우리말 표현이 자연스럽지 않더라도 되도록 일본식 훈점의 기능에 충실하게 번역하였으며, 지나치게 어색한 경우에 한하여 우리말로 풀이하였다.

번역 및 원문

○ 난설재 시집의 소인

규방의 수(秀)가 꽃봉오리를 따고 꽃을 토하였어도 역시 천지 산천의 신령함이 모인 바라서 억지로 할 수 없고 막을 수도 없음이라. 한(漢)의 조대가(曹大家)[1])가 돈사(敦史)[2])를 이루어서 가성(家聲)을 잇고 당(唐)의 서현비(徐賢妃)[3])가 정벌을 간하여 이로써 영주(英主)를 움직였으니 모두 장부가 잘 하기 어려운 바이다. 그러나 일여자가 이를 하였으니 진실로 천고에 족하다. 즉 동관(彤管)[4]) 유편(遺編)이 실린 바가 수를 셈할 수 없어 혜성(慧性) 영금(靈襟)이 민멸(泯滅)할 수 없음은 똑같다. 즉 조풍(嘲風) 영월(咏月)을 어찌 모조리 다할 수 있겠는가?

이제 허씨의 『난설재집』을 보매 또 진애의 밖에 표표하여 빼어나면서도 미(靡)하지 않고, 비어있으면서도 뼈가 있다. 유선(遊仙)의 제작은 더욱 당가(當家)에 속한다. 그의 본질을 생각하매 쌍성(雙成)[5]) 비경(飛瓊)[6])의 유아(流亞, 버금감)이니,

---

1) 조대가(曹大家)는 후한(後漢)의 반소(班昭)를 가리킨다. 조수(曹壽)의 아내로, 오빠 반고(班固)의 미완성 『한서(漢書)』를 보충하여 완성하였으므로 존칭 "대가(大家)"를 붙여 "조대가"라 불렸다.
2) 돈사(敦史)는 돈후한 덕을 지닌 사람의 언행을 기록한 역사책을 의미한다.
3) 서현비(徐賢妃)는 당나라 태종(太宗)의 후비인 서혜(徐惠)이다. 요해(遼海)에 주둔하여 곤산(崑山)을 토벌하려는 태종에게 무리함을 간하여 막은 일이 있다.
4) 동관(彤管)은 붉은 붓자락으로, 여인의 글을 뜻한다. 고대 여사(女史)가 붉은 자루의 붓을 쓴 데서 연유한다.

우연히 해방(海邦, 바닷가 고장)에 귀양을 와서 봉호(蓬壺) 요도(瑤島)7)에 거리가 격의대수(隔衣帶水)8)에 지나지 않아, 옥루(玉樓)가 이루어지자 난서(鸞書)로 부름을 받자마자 글을 써서 단행(斷行, 잘라진 글줄) 잔묵(殘墨, 남은 글씨)이 모두 주옥을 이루었고, 인간에 떨어져 길이 현상(玄賞, 훌륭한 구경)에 채웠다. 또 숙진(叔眞)9) 이안(易安)10) 무리의 비음(悲吟, 슬픈 읊조림)과 고사(苦思, 괴로운 생각)가 이로써 그의 불평한 마음을 써서 모두 아녀자의 희소(喜笑, 비웃음), 빈축을 사는 것을 어쩌랴?

허문(許門, 허씨 집안)의 다재한 형제가 모두 문학으로써 동국에 귀중히 여겨졌고 수족(手足, 형제)의 의(誼)로써 그의 원고의 겨우 남은 것을 모아서 이로써 전하였다. 내가 눈을

---

5) 쌍성(雙成)은 전설 속의 선녀 동쌍성(董雙城)으로, 서왕모의 시녀이다. 한무제와 연회를 베풀 때 운화(雲和)에게 피리를 연주하도록 명하는 심부름을 하였다.
6) 비경(飛瓊)은 전설 속의 선녀 허비경(許飛瓊)으로, 서왕모의 시녀이다. 한무제와 연회를 베풀 때 진령(震靈)에게 음악을 연주하도록 명하는 심부름을 하였다.
7) 봉호(蓬壺)와 요도(瑤島)는 둘 다 전설에 나오는 신선 섬의 이름이다.
8) 격의대수(隔衣帶水)는 옷의 띠처럼 건너기 쉬운 작은 강 하나로 막혀 있음을 뜻한다.
9) 숙진(叔眞)은 송나라 여류시인 주숙진(朱淑眞)으로, 유서거사(幽棲居士)라고 일컫기도 하였다. 시정의 민가에 시집을 가서 억울하게 뜻을 얻지 못해 근심하고 원망하는 시가 많다.
10) 이안(易安)은 송나라 여류 시인 이청조(李淸照)로, 이안거사(易安居士)라 호를 하였다. 아름답고 섬세한 작품이 많고, 남편과 떨어져 지내며 그리움과 이별을 노래한 시가 많다.

붙일 수 있어서 문득 수어(數語, 몇 마디)를 써서 그것을 돌려주었다. 그 시집을 봄에 마땅히 내 말의 틀리지 않음을 알 것이다.

만력 병자년11) 맹하[4월] 20일 주지번(朱之蕃)12)이 벽제관 중에서 쓰다.

○ 蘭-雪-齋詩-集ノ小-引

閨-房ノ之秀 撮リ英ヲ吐クモノ華ヲ 亦天-地山-川ノ之所鍾ムル靈ヲ 不容強13)ユ 亦不容遏ドモ也 漢ノ曹-大-家成シテ敦-史ヲ以テ紹キ家-聲ヲ 唐ノ徐-賢-妃諫メテ征-伐ヲ以テ動カス英-主ヲ 皆丈-夫ノ所ニ難キ能シ而一女子辦フ之ヲ 良トニ足レリ千-古ニ矣 即彤-管遺-編ノ所載ル 不可縷ク數フ 乃慧-性靈-襟不可泯-滅則均ン焉 即嘲-風咏-月 何可盡ク庶14) 以今觀ルニ於許-氏ノ蘭-雪-齋-集ヲ 又飄-飄トメ乎塵-埃ノ之外カニ秀テ而不靡ナヲ 沖ツテ而有骨 遊-仙ノ諸-作 更屬ス當-家ニ 想フニ 其ノ本-質ヲ 乃イ雙-成飛-瓊カ之流-亞ニメ 偶く謫ラレ海-邦ニ 去ルフ蓬-壺瑤-島ヲ 不過隔

---

11) 병자년은 오기이고, 본래 병오년이다.
12) 주지번(朱之蕃, 1546-1624)은 명나라 관원으로, 자는 원개(元介), 호는 난우(蘭嵎)이다. 중국 산동 출신. 1605년 사신에 임명되어 1606년 조선에 왔다. 주지번은 진사시 장원으로, 당시까지 조선에 온 사신들과 달리 뇌물 등을 요구하지 않을 정도로 청렴하였다. 조선 사행 후 『봉사조선고(奉使朝鮮稿)』를 저술하였다.
13) 1608년 조선판본 『蘭雪軒詩』에는 "施"로 되어있다.
14) 1608년 조선판본 『蘭雪軒詩』에는 "廢"로 되어있다.

-衣帶-水㋥ニ 玉-樓一ニ_成テ 鸞-書ゝ旋_召ス 斷-行殘-墨
皆成㋥リ珠玉ト 落_在〆人-間㋥ニ 永ク充15)ツ玄賞ニ
又豈㋑叔-眞易-安カ輩ノ悲-吟苦-思〆 以テ寫其ノ不平之衷
㋩ 而總テ爲兒-女-子ノ之嬉-笑顰蹙者㋺哉 許-門多-才ノ
昆-弟 皆以㋥テ文學㋥ヲ 重セラル於東國㋥ニ 以㋥テ手-足ノ
之誼㋥ヲ 輯メテ其ノ稿ノ之僅カニ存セル者ヲ以テ_傳フ 予
得テ√寓ルフヲ√目ヲ 輒く題㋥〆數-語㋥ 而歸ヘス√之ヲ 觀㋥テ
斯ノ集㋩ 當サニ知ル子カ言ノ之匪㋥ルフヲ√謬ラ也
萬曆丙-子16)孟-夏廿-日 朱之蕃書㋺ス於碧蹄-館-中㋥ニ

○ 난설헌집 제사

　내가 조선에 사행을 가니 예빈시 허부정이 그 세고를 꺼내 내 말을 구하였다. 고목(稿目, 시고 목록) 가운데 『난설집』이 있었으니 그의 고자씨(故姊氏, 돌아가신 누님)가 저술했다고 하는 것이다. 마침 여정을 좇느라 기록해 보여주는 데 미치지 못하고 내가 이미 조정에 돌아가자 단보(端甫, 허균의 자)가 나에게 일질을 부쳤다. 전송(展誦, 펼쳐 읊음)이 돌고 도니 그 고선(古先, 옛날)에 범범하고 물외(物外)에 표할하여 진실로 인간세의 항상 있는 것이 아니었다. 내가 이에 더욱 동국 산천의 영(靈)이 잉육(孕毓, 낳고 기름)이 남음이 있음을 신(信, 믿음)하였다. 허씨 가문의 상서로움이 길이 발하여 다하지 않으니, 위장부(偉丈夫, 훌륭한 장부)의 무리만 나와 빛난 것은 아니었다.

---

15) 1608년 조선판본 『蘭雪軒詩』에는 "光"으로 되어있다.
16) 1608년 조선판본 『蘭雪軒詩』에는 "午"로 되어있다.

당의 영휘(永徽, 고종의 연호)의 초 신라왕 진덕이 비단을 짜서 태평의 시를 만들어 이로써 바쳐, 실려서 당음(唐音)에 들어가 지금에 이르기까지 회자(膾炙)하여 서로 전한다. 그의 선왕 진평의 딸이라고 이른다. 그렇다면 여중의 성운이 동방에 있음이 종래(從來)가 이미 오래되었고 『난설집』은 더욱 그 훌륭함을 따름이 홀로 번성한 것이도다. 채집하여 이로써 황명(皇明, 명나라)의 대아(大雅)에 부쳐 만엽(萬葉, 만세)에 전하니 그것은 사씨(史氏, 사관)가 있음이라.

만력 병오 가평(嘉平, 12월) 기망(旣望, 16일) 사진사 출신 문림랑 형과 도급 사중 전 한림원 서길사 흠차 조선 부사 사일품복 남해 양유년(梁有年)17)이 쓰다

○ 蘭-雪-軒-集題-辭

余使㊀ス朝鮮㊀ニ 禮-賓-寺許-副-正 出ㇾ其世-稿㊀ヲ索㊀
余カ言㊀ヲ 而稿-目ノ中有㊀蘭-雪-集 則其ノ故-姊-氏ノ所ㇾ
ト著ス云 會〻趨テ程ニ 未ㇾ及㊀錄シ示㊀スニ 余既ニ歸ルㇾ朝
ニ 端-甫寄㊀ス余ニ一-帙ヲ 展-誦廻シ環セハ 其ノ颯㊀-颯
トシ乎古-先㊀ニ 飄㊀-飄トㇾ乎物-外㊀ニ 誠ニ匪㊀人-間-世
ノ所㊀ノ恒ニ有㊀ル者㊀ニ 余於テㇾ是ニ益信㊀ス東-國山-川ノ
之靈孕-毓有㊀ルㄱヲㇾ餘リ 許-氏家-門之瑞 長ク發シテ不ル
ㄱㇾ匱 弗㊀ルㄱヲ獨リ偉-丈-夫ノ輩ラノ出テㇾ之爲㊀スノミニ

---

17) 양유년(梁有年)은 명나라 관원으로 자는 서지(書之), 호는 성전(惺田)이다. 광동(廣東) 순덕(順德) 출신. 1595년 진사에 급제하여 한림원 서길사로 임명되었다. 1606년 정사 주지번과 함께 부사로서 조선에 사행을 다녀갔다.

✓烈ト者 唐ノ永-徽ノ初 新-羅-王眞18) 織テ✓錦ヲ作㆑テ太-平ノ詩㆓ヲ以テ㆒獻ス 載テ入㆓ル唐-音㆒ニ 至ルニテ✓今ニ膾-炙相_傳ヘテ 謂爲㆓其ノ先-王眞-平ノ之女㆒ト 然ル則ハ女-中ノ聲-韻 在㆓ルコ東-方㆒ニ 從-來旣ニ_遠〆 而蘭-雪-集尤モ其ノ趾_美ニ獨リ_盛ル者哉 采テ以テ附㆓ノ諸レヲ皇-明ノ大-雅㆒ニ 流㆒-傳センコ萬-葉㆒ニ 厥レ有㆒ラシ史氏ノ在㆒ル矣

萬-曆丙-午嘉-平旣-望 賜-進-士出-身文-林-郞刑-科都-給事-中 前ノ翰-林-院庶-吉-士

欽-差朝-鮮ノ副使

　賜-一-品-服南-海ノ梁-有-年書稿

숭정 후 임신(1692)19) 동래부에서 중간하다.
崇禎後壬申　東萊府重刊

---

18) 1608년 조선판본『蘭雪軒詩』에는 "眞德"으로 되어 있다. 여기에서는 누락된 것으로 보인다.
19) 동래부에서 1692년 간행한 본을 저본으로 하여 그대로 새겨 넣은 것이다. 일본판이 이때 간행된 것은 아니다.

난설헌시집(蘭雪軒詩集)

막내 아우 허균이 정수를 모으다
季弟許筠 彙粹

오언고시(五-言古-詩)

소년행
소년은 승낙을 소중히 여겨
사귐을 맺은 유협의 사람
요간의 옥녹로
금포의 쌍기린
아침에 명광궁을 사하고
말을 달리는 장락판
위성의 술을 사고
화간에서 해가 장차 저무네
금편이 창가에 묵으니
행락에 다투어 유련하네
누군가, 가여운 양자운
문을 닫고 태현경을 초하네
○ 少-年-行
少-年重然ノ諾 結フ✓交ヲ遊-俠ノ人 腰-間ノ玉-轆-轤 錦袍ノ雙-麒-麟 朝辭㆓シ明-光-宮㆒ヲ 馳ス✓馬ヲ長-樂-坂 沽㆓

得テ渭城ノ酒㊀ヲ　華-間日將ニ✓晚ト　金-鞭宿㊀ス倡-家㊁ニ
行-樂爭テ留連　誰レカ憐ム揚-子-雲　閉テ✓門ヲ艸㊀ス太-玄㊁
ヲ

감우

1.
가득한 창하의 난초
지엽이 얼마나 분방한가
서풍이 한 번 피불하여
영락하니 가을서리를 슬퍼하네
수색이 비록 조췌하여도
청향이 끝내 죽지 않았네
사물에 느껴서 내 마음을 상하니
체루하여 의몌를 적신다

○ 感-遇

盈-盈タリ窓下ノ蘭　枝-葉何芬-芳タル　西-風一ビ披-拂メ
零-落悲㊀秋-霜㊁ヲ　秀-色縱ヒ凋-悴スルモ　淸-香終ニ不✓死
レ　感タ✓物ヲ傷㊀シム我_心㊁ヲ　涕-淚沾㊀ス衣-袂㊁ヲ

2.
고택 낮에 사람이 없이
상수[뽕나무]에 휴류[수리부엉이]가 우네
한태가 옥체에 감기고
조작이 공루에 깃드네
향래 거마의 땅
지금 호토의 언덕이 되었네

이에 달인의 말 알겠네
부귀는 내가 구하는 것이 아님을
○ 又
古-宅晝ル無シノ人　桑-樹鳴㊀鴣-鵲㊀　寒-苔蔓㊀リ玉-砌㊀ニ
鳥-雀棲㊀空-樓㊀ニ　向-來車-馬ノ地　今成ル狐-兎ノ丘ト
乃知ル達-人ノ言　富-貴ハ非㊀吾カ求㊀スミ

3.
동가 세가 염화이니
고루에 가관이 일어났네
북린은 가난하여 옷이 없고
배를 주린 봉문의 안
일조에 고루가 기울어
도리어 북린자를 부러워하네
성쇠는 각각 체대하니
천리를 도망치기 어렵구나
○ 又
東-家勢イ炎-火　高-樓歌-管起ル　北-隣貧ノ無シ✓衣　枵-腹
蓬-門ノ裏　一-朝高-樓傾テ　反テ羨㊀ム北-隣-子㊀ヲ　盛-衰各
〻　遞-代 難可丨✓逃㊀ル天-理㊀ヲ

4.
밤꿈에 봉래를 올라
발이 갈피의 용[20]을 밟았네

---

20) 후한의 비장방(費長房)이 호공(壺公)에게 신선술을 배우고 그가 준 죽장을 타고 집에 돌아왔는데, 타고온 지팡이를 갈피라는 연못에 던졌더니 용으로 변하였다고 한다.

선인 녹옥의 지팡이가
나를 부용봉에서 맞이했네
아래로 동해의 물을 보니
담연하게 한 잔 같았네
꽃 아래 봉황이 생을 불고
달은 황금의 술독 비추네
○ 又
夜-夢登ㄹル蓬-萊ㄷニ　足躍ㄹム葛陂ノ龍ㄹヲ　仙人綠-玉ノ杖
邀ㄹフ我ヲ芙-蓉-峰ㄷニ　下ㄹ-視スレハ東-海ノ水ㄹヲ　澹-然
トメ若ㄹシ一-杯ㄷノ　華-下鳳吹ㄴクノ笙ヲ月ハ照ス黃-金ノ罍

자식을 곡하다

작년 애녀를 잃고
금년 애자를 잃었네
슬프고 슬픈 광릉의 땅
쌍분이 서로 대해 일어났네
쓸쓸한 백양의 바람
귀화가 송추를 밝히네
지전이 너의 백을 부르고
현주가 너의 무덤에 제사하네
응당 알리, 형제의 혼
밤마다 서로 따라 놀겠구나
비록 복중의 아이 있어도
어찌 장성을 기대할 수 있으랴
함부로 황대의 사[21)를 읊으며

피로 울며 슬프게 소리를 삼키네
○ 哭ス√子ヲ

去-年喪㇐シ愛-女㇐ヲ 今-年喪㇐ス愛-子㇐ヲ 哀-哀タル廣-陵ノ土 雙-墳相對ノ起ル 蕭-蕭タリ白-楊ノ風 鬼-火明㇐ナリ松-楸㇐ニ 紙錢招㇐ク汝カ魄㇐ヲ 玄-酒奠㇐ル汝カ丘㇐ヲ 應√知弟-兄ノ魂 夜-夜相ヒ追-遊 縱ヒ有㇐ルモ腹-中ノ孩 安可シ√冀㇐フ長-成 浪ニ吟㇐メ黃-臺ノ詞㇐ヲ 血ニ泣テ悲テ呑√聲ヲ

흥을 풀다

1.
오동이 역양에서 태어나
몇 해인가 한음에 우쭐하였네
다행히 희대의 장인을 만나
깎여져서 명금이 되었네
금이 이루어져 일곡을 탄하니
온 세상에 지음이 없었네

---

21) 황대의 사는 황대과사(黃臺瓜辭)를 가리킨다. 당나라 측천무후가 네 아들을 낳았는데, 맏아들 효경태자를 독살하고 둘째 아들 현을 태자로 삼자, 현이 자신도 보전하기 어렵다고 생각하여 근심걱정을 하며 지내다가 황대과사(黃臺瓜辭)를 지어 악공에게 부르게 했다고 한다. 가사에 "황대 밑에 오이를 심었더니, 오이가 익어 열매가 축 늘어졌네. 하나만 따낼 땐 오이에게 좋았는데, 두 개를 따내자 오이가 드물어지고, 세 개를 딸 땐 아직 희망이 있었는데, 네 개를 따내니 빈 넝쿨 뿐이로다.[種瓜黃臺下, 瓜熟子離離. 一摘使瓜好, 再摘令瓜稀. 三摘猶尚可, 四摘抱蔓歸.]"라고 하였다.

그래서 광릉산22)이
끝내 옛 소리가 인침(堙沈, 매몰됨)하였네
○ 遣✓興
梧-桐生㊀シ嶧-陽㊀二 幾ク_年カ傲㊀ル寒-陰㊀二 幸二遇テ稀
-代ノ工二 剛-取〆爲ス鳴-琴ト 琴_成テ彈㊀ス一-曲ヲ
擧テ✓世無㊀シ知-音㊀ 所以ヘ二廣-陵-散 終リ✓古ヘ聲ヘ堙-
沈

2.

봉황이 단혈을 나와
구포23)가 문장이 빛나는구나
덕을 보고 천 인에 날아올라
홰홰하고 조양[아침해]에 우는구나
도량은 구하는 바가 아니고
죽실이 그야말로 먹는 것이네
어쩌나 오동의 가지
도리어 올빼미와 솔개가 깃드네
○ 又
鳳-凰出㊀ツ丹-穴㊀ヲ 九-苞燦ナリ文-章㊀ 覽㊀テ德ヲ翔ル㊀
千-仞㊀二 噦-噦トメ鳴㊀ク朝-陽㊀二 稻-梁非✓所二✓求ル 竹-
實乃_其レ飡ス 奈_何セン梧-桐ノ枝 反棲㊀シム鴟ト與ヲ㊀✓鳶

---

22) 광릉산(廣陵散)은 거문고 곡조 이름이다. 혜강(嵇康)이 사형될 때 마지막으로 이 곡조를 타면서, "예전에 원효니(袁孝尼)가 나더러 가르쳐 달라 하던 것에 응하지 않았더니, 이제 이 곡조가 세상에서 아주 끊어지게 되었구나."라고 탄식였다고 한다.
23) 구포(九苞)는 봉황의 아홉 가지 특징이다. 후에 봉황을 가리키는 말로도 쓰였다.

3.
나에게 일단의 비단 있어서
불식하니 빛이 능란하구나
마주해 쌍으로 봉황을 짜니
문장이 어찌나 찬란한지
몇 해인가 협중에 넣어두다가
금조에 가져다 낭에게 주었네
그대의 바지 만들기 아깝지 않으나
다른 사람 치마는 만들지 마오
　〇 又
我レ有ㄹ一-端ノ綺ㄹ　拂-拭光リ凌-亂タリ　對ㄹシ織リ雙ヘル
鳳-凰ㄹヲ　文-章何ソ燦-爛タル　幾_年シカ篋-中ニ藏クス　今
-朝持テ贈ルノ郎ニ　不ノ惜マノ作ㄹスコ君カ袴ㄹト　莫シノ作ㄹスコ
他人ノ裳ㄹノ

4.
정금에 보기를 엉기게 하고
새겨서 반월의 빛을 만들었네
시집올 때 구고[시부모]가 주어
매어서 홍라의 치마에 두었네
금일 그대의 떠남에 주니
그대에게 원컨대 잡패[패물]로 삼으오
길 위에 버리는 것 아깝지 않으나
신인[새 사람]의 띠에 매지는 마오
　〇 又
精-金凝ㄹヲスス寶-氣ㄹヲ　鏤ㄹメ作ス半-月ノ光ㄹヲ　嫁スル_時

舅-姑贈ル 繋テ在㋑紅-羅裳 今-日贈㋑ル君カ行ヲ 願クハ
君爲㋑セ雜-佩ト 不レ惜レ棄ルフヲ道ノ上㋑リニ 莫㋑レレ結
フ新-人ノ帶㋥

5.

옛날 최백[24]의 무리
시를 공부해 성당을 따랐네
요요한 대아의 음
이들을 얻어 다시 쟁쟁하였네
하료[낮은 벼슬아치]는 광록에 고달프고
변군[변방 고을]은 적신[25]을 근심하네
연위[연령과 작위]가 함께 영락하니
비로소 시궁[26]의 사람을 신[믿음]하네

○ 又

追者崔-百カ輩 攻レ詩㋑ル盛-唐㋑ヲ 寥-寥タル大-雅ノ音
得テ㋑此レヲ復鏗-鏘タリ 下-僚困㋑シ光-祿二 邊-郡愁㋑フ

---

24) 최백(崔白)은 조선 중기의 문인 최경창(崔慶昌, 1539-1583)과 백
  광훈(白光勳, 1537-1582)을 가리킨다. 이달(李達, 1539-1612)과 함
  께 당풍을 구현한 삼당시인으로 일컬어진다.
25) 적신(積薪)은 장작을 쌓는 것인데, 오랫동안 낮은 관리에 머무
  른 상태를 비유한 말이다. 한 무제(漢武帝)가 사람을 쓰는데 먼저
  벼슬한 사람보다 뒤에 벼슬한 사람을 높여서 쓰니 급암(汲黯)이
  "폐하의 사람 쓰는 것은 장작을 쌓는 것과 같아서 뒤에 온 자가
  위에 올라갑니다."라고 하였다.
26) 시궁(詩窮)은 시를 잘 짓는 사람은 곤궁함을 뜻한다. 송나라 구
  양수(歐陽脩)가 "시가 사람을 궁하게 만드는 것이 아니라, 사람이
  궁해진 뒤에야 시가 공교해진다.[非詩能窮人, 詩窮者而後工也.]"라
  고 한 데서 유래하였다.

積-薪㋖ヲ 年-位共ニ零-落 始テ信ス詩-窮ノ人

6.
선인이 채봉을 타고
밤에 조원궁에 내려왔네
강번[붉은 깃발]이 해운을 스치고
예의[무지개 옷]가 춘풍을 울리네
나를 요지의 봉우리에 맞이하고
나에게 유하[신선의 술]의 술잔을 마시게 하네
나에게 녹옥의 지팡이 빌려주고
나를 부용봉에 오르게 하네

○ 又

仙-人騎㋖テ綵-鳳㋖ニ 夜ル下ル朝-元-宮㋖ニ 絳-幡拂ヒ海-雲㋖ヲ 霓-衣鳴ラス春-風㋖ 邀㋖ヘテ我レヲ瑤-池ノ岑㋖ニ 飲㋖シム我レニ流-霞ノ鐘ヲ 借㋖シテ我レニ綠-玉ノ杖㋖ヲ 登㋖ラシム我レヲ芙-蓉-峯㋖ニ

7.
손님이 있어 먼 지방에서 와
나에게 쌍잉어를 주었네
그를 갈라 무엇인가 보니
가운데 척소[편지]의 글이 있었네
상언은 오래도록 그리웠다고
하문은 지금 어떠냐고
글을 읽고 그대의 뜻을 알고서
눈물 떨어져 의거[옷자락]을 적셨네

○ 又

有ノ客自ﾖｽ遠方ﾖ　遺ﾖﾙ我レ二雙-鯉-魚ﾖｦ　剖テﾉ之ｦ何ﾉ
所ｿ見ﾙ　中二有ﾖ尺-素ﾉ書ﾖ　上-言長ｸ相_思ﾌ　下-問今何_
如二　讀テﾉ書ｦ知ﾙ君ｶ意ﾖｦ　零ﾙ_涙沾ﾖｽ衣-裾ﾖｦ

8.

방수[아름다운 나무] 애[우거짐]하매 처음으로 푸르고
미무[궁궁이] 잎이 이미 가지런하네
춘물이 저절로 연화[곱고 화려함]하는데
나 홀로 비서[슬픔과 처량함]가 많구나
벽상에 오악의 그림
상두[침상 머리]에 참동계27)
단[단약]을 구워 혹시 이루어짐이 있으면
돌아가 창오의 제[순임금]에 알현하리

〇 又

芳-樹藹ﾒ初テ_綠ﾅﾘ　蘪-蕪葉已二齊　春物自ｦ妍-華　我獨
ﾘ多ﾖ悲-悽ﾖ　壁-上五-岳圖　牀-頭參-同-契　煉テﾉ丹ｦ倘ｼ
有ﾊﾉ成ﾙｺ　歸テ謁ﾖｾﾝ蒼-梧ﾉ帝ﾖ二

하곡28)에게 부치다

암창[어두운 창]에 은촉[은촛대]이 낮고
유형[반딧불이]이 고각을 가로지른다
초초한 심야 춥고
소소한 추엽 떨어지네

---

27) 참동계(參同契)는 한(漢)나라 위백양(魏伯陽)이 지은 책으로, 도
   가(道家)의 연단법(鍊丹法)을 설명한 것이다.
28) 하곡(荷谷)은 난설헌의 오빠 허봉(許篈, 1551-1588)의 호이다.

관하 음신[소식] 드물어
단우[번민] 풀 수가 없구나
멀리 청련궁[절]을 생각하니
산이 비어 나월[덩굴 사이 달]이 희겠네
○ 寄ㅡス ㅡ荷谷ニ
暗-窓銀-燭低ル 流-螢度ㅡル高-閣ㅡヲ 悄-悄トノ深-夜寒ク
蕭-蕭トメ秋-葉落ツ 關-河音-信稀ナリ 端-憂不✓可✓釋ク
遙カニ_想靑蓮宮 山_空メ蘿月白シ

칠언고시(七-言古-詩)

신선의 노래

자색 퉁소 소리 속에 붉은 구름 흩어지고
주렴 밖 서리 차가워 앵무가 울부짖네
밤이 끝나자 외로운 촛불이 비단 장막을 비추고
성긴 별의 은하수를 지남을 때로 보네
똑똑하는 은루가 서풍에 울리고
이슬이 오동 가지에 떨어지고 밤벌레를 이야기하네
교초[29]의 수건 위에 삼경의 눈물
내일은 응당 점점의 붉음으로 남으리
○ 洞-仙ノ謠
紫簫聲ノ裏彤-雲散ス 簾-外霜_寒又鸚-鵡喚フ 夜_闌ニメ孤-

---

[29] 교초(鮫綃)는 교인(鮫人)이 짠 비단으로, 보통 얇고 가벼우며 값비싼 비단을 말한다.

燭照㋥ス羅-帷㋥ヲ　時ニ_見ル疏-星ノ度㋥ルヿヲ河-漢ヲ　丁
東タル銀漏響㋥ク西-風㋥ニ　露滴㋥テ梧-枝ニ語㋥ラスタ-蟲㋥
ヲ　鮫-綃帕-上三-更ノ涙　明-日應シ✓留㋐ム點點ノ紅㋥ヲ

손톱을 봉선화로 물들임의 노래

금 화분의 저녁 이슬이 홍방에 엉기니
가인의 열 손가락 섬섬하게 길구나
대나무 매통에 찧어내어 숭엽을 말아서
등 앞에 쌍명당을 열심히 감쌌네
장루30)에서 새벽에 일어나 주렴 처음 걷고서
기쁘게 화성이 거울에 던져짐을 보았네
풀을 주울 적에 붉은 나비 나는가 의심스럽고
아쟁을 탈 적에 복사꽃 조각이 떨어지나 놀랐네
천천히 분협을 고르고 나환을 정리하니
상죽이 강에 임해 누혈이 얼룩지네
때로 채호를 잡고 달을 그려내니
홍우가 춘산을 지나가나 다만 의심스럽네

○ **染ル✓指ヲ鳳仙華ノ歌**

金-盆ノタ-露凝㋥紅-房㋥ニ　佳-人ノ十指纖-纖トシテ長シ　竹
-碾搗出シテ捲㋥キ菘葉㋥ヲ　燈-前勤メ護㋥ス雙鳴-璫㋥ヲ　粧-
樓曉キ_起テ簾初テ_捲ク　喜ヒ_看ル火-星ノ拋㋥ヿヲ鏡-面ニ
拾テ✓草ヲ疑シクハ飛スカト紅-蛺-蝶㋥ヲ　彈シテ✓箏ヲ驚シ_
落ス桃-華ノ片　徐ニ勻㋥シテ粉-頰㋥整ヲ羅-鬟㋥ヲ　湘　竹臨

---

30) 장루(粧樓)는 곱게 단장한 누각으로, 부인의 거실을 뜻한다.

テノ江ニ涙-血斑ナリ 時ニ把⊖テ彩-毫⊖ヲ描-却スレハ月⊖ヲ
只_疑フ紅-雨ノ過⊖ルカト春山⊖ヲ

망선31)의 노래
구슬꽃이 바람 부드럽게 청조를 날리고
왕모의 기린 수레 봉도를 향하네
난초 깃발 꽃술 배자 흰 봉황의 수레
웃으며 붉은 난간 기대 구슬 화초 줍네
천풍이 불어 푸른 신선 옷 가르고
옥환과 경패가 댕댕 소리를 내네
소아32)가 짝지어 구슬 거문고 연주하고
삼화 주수 춘운이 향기롭네
날 밝아 연회 마친 부용각
벽해의 청동이 백학을 탔네
자줏빛 퉁소 불어 고운 노을 걷어 날리고
이슬이 은하를 적셔 효성이 지네

○ 望-仙ノ謠
瓊-華風_軟ニメ飛⊖青-鳥⊖ 王-母ガ麟-車向⊖フ蓬島⊖ニ 蘭-
旌藥帔白-鳳ノ駕 笑テ倚⊖テ紅-闌⊖ニ拾⊖瑤-草⊖ヲ 天-風吹
キ_擘サク翠-霓-裳 玉-環瓊-佩聲ヘ丁-當 素-娥兩-兩鼓⊖ス
瑤-瑟⊖ヲ 三-華珠-樹春-雲香シ 平明宴_罷芙-蓉-閣 碧-海
ノ青-童乘⊖白鶴⊖ニ 紫-簫吹キ徹テ彩-霞飛 露濕⊖メ銀河⊖ヲ

---

31) 망선(望仙). 신선을 바라보는 것이다.
32) 소아(素娥)는 달 속에 산다는 선녀 항아(姮娥)이다.

曉-星落

상현33)의 노래
파초꽃 이슬에 우는 상강의 구비
아홉 점의 가을 연기 하늘 밖에 푸르네
수부의 서늘한 파도 용은 밤에 울고
만랑이 가볍게 두드리는 영롱한 옥
떠난 난새 이별한 봉황 창오산에 막혔고
우기는 강에 스며들어 새벽 구슬 희미하네
한가하게 신령스러운 현을 뜯는 석벽의 위
화려한 머리 달 같은 살쩍 강 아가씨 울리네
하늘 은하수 높기가 초연하고
구름 덮개 금 깃대가 오운에 잠기네
문밖의 어랑이 죽지가를 노래하니
은빛 호수 반쯤 그리움의 달 걸렸네

○ 湘-絃ノ謠
蕉-華泣ク✓露ニ湘-江ノ曲　九-點ノ秋-烟天-外ニ綠ナリ　水-府ノ涼-波龍夜ル吟ス　蠻-娘輕ク夏ス玲-瓏タル玉　離鸞別鳳隔ツ蒼-梧ヲ　雨-氣侵メ江ヲ迷曉-珠　閑カニ撥フ神-絃ヲ石壁ノ上　華-鬟月-鬢啼シム江-姝ヲ　瑤空星漢高ク

---

33) 상현(湘絃)은 상비(湘妃)가 연주한 거문고이다. 상비(湘妃)는 순 임금의 비(妃)인 아황(娥皇)과 여영(女英)을 가리킨다. 순 임금이 남쪽 지방을 순행하다가 창오산(蒼梧山)에서 별세하자 창오산으로 가다가 상수(湘水)에 막혀 가지 못하고 강가에서 울다가 죽어서 상수의 신이 되었다 한다.

超-忽. 羽-蓋金-支五-雲沒ス 門-外ノ漁-郎唱㊁ヲ竹-枝㊁ヲ
銀-潭半_掛相-思ノ月

사시의 사
봄
정원은 깊이 잠겨 화우 향기롭고
꾀꼬리는 울며 신이34)의 언덕에 있네
술 늘어뜨린 비단 장막에 봄추위가 스며들고
박산35)에 가볍게 향 한 줄기 떠오르네
미인이 잠에서 깨서 새 단장을 꾸미니
향라와 보대에 원앙이 서려있네
비스듬히 겹발을 걷어 비취를 붙이고
나른하게 은 아쟁을 잡고 봉황을 연주하네
금굴레 조각 안장 어디로 가셨나
다정한 앵무 마땅히 창에서 말하리
풀에는 노는 나비 붙어 뜨락에서 헤매고
꽃에는 아지랑이 엉켜 난간 밖에 춤추네
뉘 집 지관36)인가 생황소리 목이 메고
달은 맛좋은 술의 금 술잔에 비추네
근심하는 이 홀로 밤에 잠을 못 이루니
새벽에 일어나면 교초에 붉은 눈물 많으리

---

34) 신이(辛夷). 목련을 가리킨다. 개나리를 가리킨다고도 한다.
35) 이 시에서 박산(博山)은 박산로(博山爐)를 말하는데, 향로의 덮 개 위에 전설상의 산인 박산의 모양을 새긴 것이다.
36) 지관(池館)은 연못가에 있는 집을 가리킨다.

○ 四-時ノ詞
○ 春
院-落深-沈香㋹シ華雨㋹ 流鶯ハ啼テ在㋹リ辛-夷ノ塢㋹ 流蘇羅幕襲㋹春寒ヲ 博-山輕ク_飄ル香一-縷 美-人睡リ罷シテ理㋹ス新粧ヲ 香-羅寶-帶蟠㋹ス鴛鴦㋹ヲ 斜メニ捲㋹重簾ヲ帖㋹翡-翠ヲ 懶ク把㋹テ銀箏ヲ彈㋹ス鳳凰㋹ 金-勒雕-鞍去㋹何レノ處㋹ニカ 多-情ノ鸚-鵡當テ窓ニ語ル 草粘㋹シテ戲蝶㋹ヲ庭畔ニ迷フ 華冐游-絲闌-外ニ舞 誰トカ家ノ池-館カ咽㋹フ笙-歌㋹ 月ハ照㋹ス美-酒ノ金-叵-羅㋹ヲ 愁-人獨-夜不✓成✓寐フヲ 曉キ_起レハ鮫-綃紅-淚多シ

여름

홰나무 그늘 땅에 가득하고 꽃 그늘 옅은데
옥 대자리 은 침상 구슬 누각에 널찍하네
흰 모시의 의상 땀이 구슬로 엉기고
바람을 부르는 비단 부채 비단 장막을 움직이네
구슬 계단 다 피어난 석류화
해가 처마에 움직여 주렴 그림자 비끼네
조각한 대들보 낮 길어 제비가 새끼를 거느렸네
약초 울타리 사람 없이 벌이 공무를 보고하고
자수가 게을러지니 낮잠이 무겁구나
비단 자리 툭 떨어지는 비녀 머리의 봉황
이마의 아황색 잠잔 흔적 기름지네
꾀꼬리가 불러 깨우는 강남의 꿈
남당의 여자 벗 목란의 배

연꽃을 따고 따서 나루로 돌아와
가벼운 노 일제히 부르는 마음을 따는 곡조
물결 사이 쌍백구를 놀라 일으키네
○ 夏
槐-陰滿テ✓地ニ華陰薄シ 玉簟銀床敵⊖珠閣⊖チ 白苧ノ衣裳汗凝ス✓珠ヲ 呼ヲ✓風フ羅扇搖⊖カス羅幕⊖ヲ 瑤階開キ_盡ス石-榴華 日轉⊖ヌ華簷⊖ニ簾影斜ナリ 雕梁畫ル永メ燕引ク✓雛ヲ 藥-欄無メ✓人蜂報✓衙 刺-繡慵シ_來テ午-眠重シ 錦-茵敲キ落ス釵頭ノ鳳 額-上鵝-黃膩⊖睡痕⊖ 流-鶯喚起ス江-南ノ夢 南塘ノ女-伴木-蘭ノ舟 采⊖リ_采テ荷華⊖ヲ歸⊖渡-頭⊖ニ 輕-橈齊ク唱フ采ル✓菱ヲ曲 驚⊖起ス波間ノ雙-白-鷗⊖ヲ

가을

비단 휘장 추위 닥치고 남은 밤 긴데
이슬은 빈 뜰에 내리고 옥 병풍 차갑구나
못 연꽃이 하얗게 바래도 밤에 향기가 있고
우물 오동잎이 지고 가을에 그림자 없네
똑똑거리는 옥 물시계 서풍에 울리고
주렴 밖 서리가 많아 가을 벌레를 울리네
금 가위 베틀 중의 무명을 잘라내고
옥관 꿈이 끊겨 비단 장막 텅비었네
잘라서 의상을 만들어 먼 손께 부치니
근심스러운 난초 등이 어두운 벽에 밝구나
삼킨 채 울며 써내는 한 통의 글월
역사가 내일 아침 남쪽 땅으로 떠나네

옷과 편지 이미 내놓고 중정을 거니니
깜박이는 은하가 새벽별을 밝히네
차가운 이불 전전하며 잠을 못 이루니
지는 달 다정하여 그림 병풍을 엿보네

○ 秋

紗-廚寒_逼テ殘-宵永シ　露下リテ虛庭ニ玉屛冷ナリ　池-荷
ヲ粉褪メ夜ル有ル香　井-梧葉_下テ秋無ン影　丁-東タル玉-漏響
ニ西-風ニ　簾-外霜-多ク啼ニシムタ-蟲ヲ　金-刀翦リ下ス機
-中ノ素　玉-關夢_斷ヘテ羅-帷空シ　裁ヶ作ニシテ衣-裳ニト寄
ニス遠-客ニ　悄悄タル蘭燈明ニリ暗-壁ニ　合セテン啼ラ寫シ
_得タリ一-封ノ書　驛-使明-朝發ニス南-陌ニ　裁-封已ニ_就
ソテ步ニス中-庭ニ　耿-耿タル銀-河明ニリ曉星ニ　寒-衾轉-
輾不ン成ン寐ヶヲ　落-月多-情窺ニ畫-屛ヲ

겨울

구리 병에 물이 떨어지는 추운 밤 길고
달이 명주 휘장 비추고 비단 이불 차갑네
궁 갈가마귀 물레의 소리에 놀라 흩어지고
새벽 빛 누각을 침투해 창에 그림자 생기네
주렴 앞 시비가 금 병을 비우고
옥 대야 손이 깔깔한데 연지가 향기롭네
봄 산을 그려내며 손을 자주 불어대고
앵무는 금롱에서 새벽 서리 싫어하네
남쪽 이웃 여자 동무 웃으며 서로 애기하니
옥 같은 얼굴이 반은 그리움으로 수척하게 되었다고

황금 화로의 수탄37)이 봉황 피리 따뜻하게 하니
휘장 아래 아름다운 아이가 봄 술을 바치네
난간에 기대 홀연 북쪽 변방 사람을 떠올리니
쇠 말 황금 창 푸른 바닷가
놀란 모래 눈을 불러 검은 담비옷 해졌으리니
응당 향기로운 규방 생각하고 수건에 눈물 가득하리

○ 冬

銅-壺滴テ✓漏ヲ寒-宵永シ　月照ニ✓紗幃ニヲ錦-衾冷ナリ　宮-鴉驚散ス轆-轤ノ聲　曉-色侵シテ✓樓ヲ窓ニ有✓影　簾-前侍婢瀉ニ金-瓶ニヲ　玉-盆手_澁テ臙脂香シ　春山描_就シテ手屢✓呵ス　鸚-鵡金-籠ニ嫌ニ曉-霜ヲ　南隣ノ女伴笑テ相-語ル　玉容半爲ニニ相-思ノ瘦　金-爐ノ獸炭暖ニム鳳-笙ニヲ　帳-底美兒薦ニム春-酒ニヲ　憑テ✓闌ニ忽_憶フ塞北ノ人　鐵-馬金-戈靑-海ノ濱　驚沙吹テ✓雪ヲ黑-貂弊ル　應✓念香-閨淚滿ルフヲ✓巾ニ

오언율시(五言律詩)

출새곡

1.
봉화가 긴 강을 비추고
천병이 한가로부터 나오네

---

37) 수탄(獸炭)은 석탄 가루를 짐승 모양으로 뭉쳐놓은 것으로, 이를 피워 술을 데워 마셨다고 한다.

창을 베고 백설에서 잠자고
말을 달려 황사38)에 도착했네
삭풍이 금탁39)을 전하고
변방 소식은 변새 호드기에 들었네
해마다 길이 여장을 꾸려서
괴롭게 가벼운 수레 쫓는구나
○ 出-塞ノ曲
烽火照ㇱ長河ヲ 天-兵出漢-家ヨリ 枕ニㇾ戈ヲ眠リ
白-雪ニ 驅テ馬ヲ到黃沙ニ 朔-吹傳金柝ヲ 邊-聲
入ル塞-笳ニ 年-年長ク結ㇾ束ヲ 辛-苦逐フ輕-車ヲ

2.

어젯밤 우서40)가 날아와
용성이 포위됨을 알렸네.
겨울 호드기 섣달 눈을 불어오고
옥검은 금미41)에 도달했네
오랜 수자리에 사람은 유독 늙었고
긴 정벌에 말은 살지지 않네
남아는 의기를 중시하니
하란을 묶어서 돌아갈 수 있으리
○ 又

---

38) 황사(黃沙)는 용사(龍沙)로, 총령(蔥嶺) 근처에 있는 사막인 백룡퇴(白龍堆)를 가리킨다.
39) 금탁(金柝)은 군대에서 밤에 순찰할 때 쓰는 징과 딱따기이다.
40) 우서(羽書)는 군대의 격문을 가리킨다.
41) 금미(金微)는 금미산이다. 중국 변방의 산으로 진한(秦漢) 때 전쟁이 잦았던 곳이다.

昨夜羽-書飛ブ 龍-城報⊖合-圍⊖ヲ 寒-笳吹⊖朔-雪⊖ニ 玉-劍赴⊖ク金微⊖ニ 久-戍人偏ヘニ_老 長-征馬不√肥 男-兒重⊖ノ義氣⊖ヲ 會ク繋⊖テ賀蘭⊖ヲ歸ル

이의산42) 체를 본뜨다

1.

거울 어두워 난새가 춤을 멈추고
들보 비어 제비가 돌아오지 않네
향은 촉 비단 이불에 남아있고
눈물은 월나라 비단 옷을 적시네
초나라 꿈은 난초 물가에서 헤매고
형땅 구름은 하얀 문에 떨어지네
서강 오늘 밤 달
달빛 흘러 금미산을 비추리

○ 效⊖フ李義山カ體⊖ニ

鏡晴ズ鸞休ヨノ舞フヲ 樑空ズ燕不√歸 香ハ_殘ル蜀-錦ノ被 涙ハ_濕ス越-羅衣 楚夢迷⊖蘭渚⊖ニ 荊-雲落⊖粉闈⊖ニ 西-江今_夜月 流ズ影ヲ照ス金微⊖ヲ

2.

달은 난새를 멘 부채에 숨었고
향기는 나비가 모인 치마에서 생기네
많은 애교 진 땅의 여인

---

42) 이의산은 이상은(李商隱, 812-858)으로 중국 만당(晩唐)을 대표하는 시인이다. 의산(義山)은 그의 호이다. 화려한 서정시를 많이 썼다.

눈물 흘리는 위장군
옥갑에 남은 분을 거두고
금 화로에 저녁 훈기 바꾸네
머리를 돌리는 무협의 밖
지나는 비가 지나는 구름에 섞였네
○ 又
月_隱ル駸スル√鸞ヲ扇　香ハ_生ス簇ラス√蝶ヲ裙　多-嬌秦-
地ノ女　有ルハ√涙衛-將-軍　玉-匣收㊀メ殘粉㊀ヲ　金-爐換㊀
夕-熏㊀ヲ　回ス√頭ヲ巫-峽ノ外　行雨雜㊀ル行-雲㊀ニ

심아지[43] 체를 본뜨다

1.
늦은 해가 붉은 정자를 밝히고
갠 물결이 푸른 못에 들어가네
버들 깊어 꾀꼬리 아름답고
꽃은 져서 제비가 지저귀네
진흙 젖어 금 나막신을 묻고
머리 늘어져 옥비녀 윤이 나네
은병풍 비단 자리 따뜻하니
봄빛은 강남을 꿈꾸는구나
○ 效㊀沈-亞-之力體㊀ニ
遲-日明㊀ニ紅榭　晴-波斂㊀ル碧-潭㊀ニ　柳深✓鸎睍-睆　華_

---

43) 심아지(沈亞之, 781-832)는 한유(韓愈) 문하에 들어가며 이하(李賀), 장호(張祜), 서응(徐凝) 등과 교류한 당나라 시인이다. 시문에 능하였고, 전기 작가로도 알려져 있다.

落テ燕呢-喃　泥_潤メ埋㊀金-屐㊀ヲ　鬢_低レテ膩㊀ツク玉-簪
㊀ニ　銀-屏錦-茵暖ニ　春-色夢㊀ム江南㊀ヲ

2.
봄비에 배꽃이 희고
밤은 스러져 작은 초 붉구나
우물 갈가마귀 새벽빛에 놀라고
대들보 제비가 새벽바람 겁을 내네
비단 장막 처량하게 걷고
은 침상은 적막하게 비었네
구름 수레 모는 학을 돌리니
은하수가 고운 누각 동쪽에 있네
○ 又
春雨梨華白ク　宵_殘テ小-燭紅ナリ　井-鴉驚㊀キ曙-色㊀ニ　梁
-燕怯㊀ル晨-風㊀ヲ　錦-幕凄-涼メ捲　銀床寂寞トメ空シ　雲-
軿回㊀ス鶴-馭㊀ヲ　星-漢-綺樓ノ東

여자 동무에게 부치다

오두막 지어서 옛길에 임하니
날마다 큰 강의 물결을 보네
거울 문갑 난새는 늙으려 하고
화원의 나비는 이미 가을이네
추운 모래에 처음 기러기 내려앉고
저녁 비에 홀로 배가 돌아오네
하룻저녁 비단 창이 닫히니
어찌 감당하랴, 옛 놀이 그리우니

○ 寄㆑ス女-伴㆔ニ
結テ✓廬ヲ臨㆓ム古-道㆔ニ 日_見ル大-江ノ流 鏡-匣鸞將ニ✓
老ント 華園蝶已ニ_秋 寒-沙㆑初下シ✓雁ヲ 暮雨獨歸ス✓舟
ヲ 一-夕紗-窓閉ツ 那ソ_堪ン憶㆑フニ舊遊㆔ヲ

갑산에 유배 가는 하곡을 전송하다

멀리 유배 가는 갑산의 나그네
함원 가는 행색 바쁘구나
신하는 가태부44)와 같으나
주군이 어찌 초회왕45)이랴
강물은 가을 언덕과 평평하고
변방 구름 석양이 되려고 하네
서리 바람 기러기 불어 떠나니
가운데 끊겨 줄을 이루지 못하네

○ 送㆑荷谷謫㆑クヲ甲山㆔ニ
遠-謫甲-山ノ客 咸原行-色忙シ 臣同㆑シ賈太傅㆔ニ 主豈
㆓ニ楚ノ懷王㆔ナラン 河-水平㆑カニ秋-岸㆔ニ 關-雲欲㆑夕
-陽㆓ナラント 霜-風吹キ✓雁ヲ去 中_斷ヘニノ不✓成✓行ヲ

---

44) 가태부는 가의(賈誼)를 가리킨다. 전한의 학자. 20세에 박사가
 될 정도로 능력이 뛰어났으나, 다른 이의 미움을 받아 장사왕(長
 沙王) 태부(太傅)로 좌천당하였다. 가는 길에 상강(湘江)을 지나면
 서 「조굴원부(弔屈原賦)」를 지어, 스스로의 처지를 굴원에 비겼
 다.
45) 초회왕(楚懷王)은 전국시대 초나라 37대 왕이다. 연횡가 장의의 변
 설과 계책에 농락당하여 초나라의 국력을 낭비하였고, 간언하던
 굴원을 귀양보냈다.

칠언율시(七言律詩)

봄날 회포가 있어서

장대46)가 멀고 멀어 애끓는 사람
한 쌍 잉어가 한수 물가에 편지를 전했네
꾀꼬리 저녁에 울고 수심 속에 비오니
푸른 버들 하늘거려 바라는 중 봄이 왔네
구슬 계단 덮여서 푸른 풀이 나오고
보배 거문고 처량하게 흰 먼지에 한가롭네
누가 생각하랴, 목란주 위의 손님
흰마름 꽃 가득한 광릉의 나루

○ 春-日有✓懷

章-臺迢-遞タリ斷腸ノ人 雙-鯉傳フ✓書ヲ漢水ノ濱 黃-鳥晚レニ_啼ク愁-裏ノ雨 綠楊晴テ_裊ム望中ノ春 瑤-階冪-歷生㊀シ青草㊀ヲ 寶瑟凄涼㊀閑㊀素塵㊀ヲ 誰_念木蘭舟上ノ客 白-蘋華滿廣陵ノ津

중씨의 「견성암」 운에 차운하다

1.
구름이 높은 벼랑에 생겨나 부용을 적시고
구슬 나무 깎아지는 절벽 이슬 기운 짙구나
경판각 불경 남아있어 스님이 입정하고
강당에 재가 끝나 학이 소나무에 돌아오네

---

46) 장대(章臺)는 한나라 장안에 있던 거리 이름으로 기루가 많았다.

넌출이 오랜 벽에 걸려 산도깨비 울고
안개가 가을 못을 잠가 촉룡을 뉘었네
지난밤 향등이 석탑을 밝혔는데
동쪽 숲 달 어둡고 성긴 종소리 있어라
○ 次㆑仲-氏見-星庵ノ韻ヲ㆓
雲生㆑シ高嶂㆓ニ濕㆑ス芙-蓉㆒ヲ　琪-樹丹崖露氣濃ナリ　板閣
梵殘テ僧入㆑定ニ講堂齋罷シテ鶴歸ル㆑松ニ　蘿懸㆑テ古-壁㆓ニ
啼㆒シメ山鬼㆒ヲ　霧鎖㆒シ秋潭㆑ヲ臥㆒蜀龍㆒　向メ夜ニ香燈明
㆑ク石-榻㆓ニ　東-林月㆑黑メ有㆑疏-鍾㆒

2.
깨끗하게 구슬 단을 쓸고 상선에게 예를 하니
새벽별 희미하게 은하수가 너머에 있네
향기는 악녀의 봄놀이 버선에서 생기고
물은 상아의 밤비에 연주하는 현에 떨어지네
소나무 운치가 맑게 빈 전각의 꿈에 스며들고
하늘의 꽃 맑게 돌 누각의 연기를 적시네
오묘한 마음은 이미 세 가지 선정을 깨달아
하루 종일 교상에 앉아 입선하리
○ 又
淨ク掃㆑瑤壇㆒ヲ禮㆑上仙㆒ヲ　曉-星微ク㆑隔絳-河ノ邊　香ハ
生ス嶽女春-遊襪　水ハ㆑落ツ湘-娥夜-雨ノ絃　松-韻冷カニ㆑
侵ス虛-殿ノ夢　天-華晴テ㆑濕ス石-樓ノ烟　玄-心已ニ㆑悟三
㆑三ノ境　盡日交-床坐メ入ル㆑禪ニ

자수궁에서 묵으며 여관에게 주다

제비 춤추고 꾀꼬리 노래하니 자는 막수라
열셋에 부평후에게 시집갔네
실컷 구슬 거문고 가지고 구슬 누각에서 연주하고
기쁘게 화관을 쓰고 옥루에서 예를 올렸네
구슬집 달이 밝아 소봉이 내려오고
비단 창 구름 흩어져 경란이 걷혔네
향을 사르는 아침 저녁 빈 단상 위
학 등의 맑은 바람 한 바탕 가을

○ 宿㊀メ慈壽宮㊀ニ贈㊀ル女冠㊀ニ

燕舞鸎歌字㊀ク莫愁㊀卜 十三ニメ嫁メ與㊀富-平侯㊀ニ 厭㊀テ携㊀ヘテ瑤瑟㊀ヲ彈㊀スルフヲ珠閣㊀ニ 喜テ著㊀テ華-冠㊀ヲ禮㊀ス玉-樓㊀ニ 琳-館月_明ニメ簫-鳳下リ 綺-窓雲_散メ鏡鸞收マル 焚✓香ヲ朝-暮空-壇ノ上 鶴背ノ泠-風一-陣ノ秋

꿈에 짓다

바다를 가로지른 신령한 봉우리가 큰 자라를 누르고
여섯 용이 새벽에 구하의 파도를 삼키네
중천의 누각 별들이 가깝고
상계의 연하 해와 달이 높구나
금 솥 가득히 단정의 물을 담고
옥 제단 맑아서 적상의 도포 말리네
봉래의 학 수레 어찌 늦게 돌아오나
한 곡조 피리 풀어 푸른 복숭아 늙게 하네

○ 夢作

横ル╲海ニ靈峯壓⊖巨-鼇⊖ヲ　六-龍晨ニ吸九-河ノ濤　中-天ノ樓-閣星辰近ク　上-界ノ烟霞日_月高シ　金鼎滿テ_盛ル丹-井ノ水　玉-壇晴シテ晒ス赤霜ノ袍　蓬-萊ノ鶴駕歸ルコ何ソ晩ヲ　一-曲吹テ╲笙ヲ老⊖碧桃⊖

중씨의「고원에서 높은 누대를 바라보다」운에 차운하다
1.
층대의 한 기둥이 높은 산을 누르고
서북쪽 뜬 구름이 변새 접해 많구나
철협의 패권을 꾀한 용은 이미 떠나고
목릉의 가을 풍경 기러기 처음 지나네
산은 대륙을 돌려 세 군을 삼켰고
물은 평원을 잘라내 구하에 들였네
만 리 올라가니 해가 장차 저물어
취하여 장검에 기대 홀로 슬피 노래하네
　○　次⑤仲-氏高原ニ望⊖高-臺⊖ヲ韻⑤ヲ
層臺一-柱壓⊖嵯-峨⊖ヲ　西-北ノ浮　雲接テ╲塞ヲ多シ　鐵　峽ノ霸　圖龍已ニ_去リ　穆陵ノ秋-色雁初テ_過ク　山回ツテ大陸⊖ニ呑⊖三-郡ヲ　水割⊖テ平原ヲ納⊖ル九-河ヲ　萬-里登-臨日將ニ╲暮ント　醉憑⊖テ長劍⊖ニ獨リ悲歌ス

2.
가파르게 위태로운 잔도가 구름 하늘 자르고
봉우리 기세 하늘 침범해 한나라 표식이 되었네
산맥은 북쪽에 임해 삼수가 끊어지고

지형은 서쪽에 눌러 두 강이 멀구나
안개 먼지 저녁에 걷혀 외딴 성이 나오고
목숙이 가을에 살져 만 마리 말이 고개 들었네
동쪽으로 변방을 바라보니 북소리 급한데
어느 때야 거듭해서 곽 표요를 일으키랴
○ 其ノ二
籠從ル危-棧切ル雲霄ヲ 峯-勢侵メ天ヲ作ル漢-標ト 山-脈北ニ臨テ三-水絶ヘ 地-形西ニ壓メ兩-河遙ナリ 烟塵晩ニ捲テ孤-城出 苜-蓿秋肥ヘテ萬馬驕ナリ 東ノ方望メハ塞-垣ヲ鼙-鼓急ナリ 幾時カ重テ起シ霍嫖姚

3.
구름을 침범한 돌길 말발굽이 지나고
다 올라간 겹겹 언덕 하늘을 오른 듯하네
가을 깊어 어룡이 큰 골짜기에서 떠들썩하고
비가 개어 무지개가 폭포에 떨어지네
장군 고각 변방에 행함이 급하고
공주 비파 원망을 말함이 치우쳤네
날 저물어 그대 위해 출새곡 노래하니
칼 꽃이 뛰어오르는 칼집 가운데 연꽃
○ 其ノ三
侵ス雲ヲ石-磴馬-蹄穿ツ 陟リ盡メ重-岡ヲ若シ上ルカ天ニ 秋-晚魚-龍陟チ大壑ヲ 雨-晴レテ虹-蜺落ス飛泉ヲ 將-軍ノ鼓-角行テ邊ニ急ニ 公-主ノ琵-琶說ラン怨偏ナク 日-暮爲メ君カ歌出-塞ヲ 劍-花騰-躍ス匣中ノ蓮

4.
만 리 날래게 검 한 자루 꾸리니
하늘 기댄 위태한 누각에 석양이 걸렸네
하류가 서쪽으로 터져 삼군에 이어지고
산세는 남쪽으로 돌아 대황야를 나누었네
다리 아래 조각구름 뭉게뭉게 생겨나고
눈 안에 큰 바다가 아득하게 들어오네
높이 올라 지는 해에 때로 머리를 돌리니
변방 말 바람에 울어 살기가 누렇구나
○ 其ノ四
萬-里翩翩タリ一一劍ノ裝　倚ヽ天ニ危-閣掛ヶ斜-陽ヲ　河-流西ニ坼テ連ネ三-郡ヲ　山-勢南ニ回テ隔ヶ大-荒ヲ　脚-下ノ片雲生メ冉-冉　眼中ノ溟-海入ル茫茫ニ　登テヽ高キニ落-日時ニ回セハヽ首ヲ　塞馬嘶テヽ風ニ殺氣黃ナリ

도관에 들어가는 궁인을 전송하다
절하여 궁전을 하직하고 금란전을 나와서
타래 머리 바꾸고 옥관을 썼네
창해에 인연 있어 응당 봉황을 타고
벽성에 꿈이 없어 다시 난새를 매었네
구슬 치마 눈 떨치니 봄 구름 따뜻하고
구슬 패옥 허공에 울리니 밤 달이 차갑네
몇 번이나 허공 밟아 올랐던 은하수 위
어의는 여전히 임금 뫼신 기쁨 받든 듯 하구나
○ 送ル宮人ノ入ルニヽ道コ

拜ㇾ辭ㇾ清禁ヲ出金鑾ヲ　換ﾆ-却ㇾ鴉-鬢ヲ着ﾆリ玉冠ﾆ
ヲ滄-海有ﾉ縁應シ駕鳳ニ　碧城無ﾉ夢更驂ス鸞ニ　瑤裙
振テ雪ヲ春-雲暖カニ　瓊佩鳴テ空ニ夜-月寒シ　幾_度カ歩-
虛銀-漢ノ上　御-衣猶ヲ似ﾉ奉ﾆスルニ宸幄ﾆ

심맹균의 「중명풍우도」에 쓰다

무지개 하늘을 끌어당겨 하늘 사다리 있으니
선인이 맨발로 쌍무지개 밟는다네
모진 바람이 벽에 불어 바닷물결 일어서고
소나기 허공에 어두워 구름색이 낮구나
용이 화주47)를 안고 수택에 잠기고
붕새는 빠른 깃을 뒤집어 지평선에 숨었네
침침한 깊은 전각 귀신이 우니
채색 붓 흘러넘쳐 원기가 헤맨다네

○ 題ﾆス沈-孟-鈞中溟風-雨ノ圖ﾆニ
虹挈ﾆ中霄ﾆ有ﾉ天-梯ﾆ　仙-人素-足ニㇾ踏ﾉ雙霓ヲ　獰-風吹
テㇾ壁ヲ海濤立　驟-雨暗ㇾ空ニ雲-色低ル龍抱ㇾ火-珠ヲ潜
ﾆリ水宅ﾆ　鵬翻ㇾ逸翮ﾆッ隱坤-倪ﾆ　沈-沈タル深-殿
鬼-神泣ク　彩-筆淋-漓ㇾ元氣迷フ

황제가 천단에서 일이 있다

깃 일산 배회하다 푸른 제단 멈추고

---

47) 화주(火珠)는 고대 태양 광선을 모아 불을 붙일 수 있었던 수정
　구슬이다.

벽옥 계단 맑은 밤 말씀이 수레방울에 섞이네
장생의 명령을 정성스레 말씀하고
장수의 신령한 처방 자세히 보았네
새벽이슬이 꽃을 적셔 강 그림자 끊기고
하늘 바람 달을 불어 학 울음소리 차갑네
재 올리는 향 다 타고 풍경을 두들기고
옥 나무 천 겹으로 굽은 난간을 감도네

○ 皇帝有事㊀天-壇㊀ニ
羽-蓋徘-徊ノ駐㊀碧-壇㊀ニ 璧階ノ清-夜語和ノ鑾ニ 長-生ノ錦-誥丁寧說 延-壽ノ靈方仔-細ニ看ル 曉-露濕ノ華ヲ河影斷ヘ 天-風吹テノ月テ鶴-聲寒シ 齋香燒罷テ敲㊀鳴磬ヲ 玉樹千重遶㊀曲欄㊀ヲ

손 내한48) 「북리」 운에 차운하다

처음 떠오른 해가 난간을 붉게 하고 옥 갈고리에 오르니
정향 천 봉오리 봄근심을 자아내네
새로운 화장 얼굴에 가득해도 여전히 거울을 보고
남은 꿈이 마음에 걸려 나른하게 누각을 내려가네
누가 조각한 새장 잠가 앵무를 보호했나
스스로 비단 장막 드리우고 공후에 기대네
어여쁜 꽃 떨어진 분가루 서글픔 감당하니

---

48) 손 내한의 이름은 손계(孫棨), 자는 문위(文威), 호는 무위(無爲)이다. 당나라 소종 때 인물로, 시어사(侍御史), 중서사인(中書舍人), 한림학사(翰林學士)를 역임했다. 북리의 기루에서 놀기를 좋아하여, 저서에 『북리지(北里志)』가 있다.

은 대야 잡고서 급류에 씻지 마오
○ 次㊂孫-內-翰北-里ノ韻㊂
初-日紅ノ欄ニ上㊂玉-鉤㊂ニ 丁香千結織㊂ル春-愁ヲ新-粧滿
テノ面ニ猶ヲ看ノ鏡ヲ 殘夢關テ心ニ懶シノ下ルニノ樓ヲ 誰鎖
ノ彫-籠㊂ヲ護㊂ス鸚-鵡㊂ヲ 自ラ垂㊂レテ羅幕㊂ヲ倚笙-簧㊂
嫣-紅落-粉堪ノ惆悵ルニ 莫㊂把ノ銀-盆㊂ヲ洗㊂フ急-流㊂ニ

오언절구(五言絶句)

축성원

1.

천 사람 나란히 공이를 드니
흙바닥 쿵쿵 소리 울리네
노력하니 벽 쌓기 좋으나
운중에 위상49)이 없구나
○ 築城怨
千人齊抱クノ杵ヲ 土-底隆隆タル響 努_力メヨヤ好操-築 雲
中無㊂魏尙㊂

2.

성을 쌓고 다시 성을 쌓으니
성이 높아 적을 막을 수 있으리

---

49) 위상(魏尙)은 한 문제 때 운중태수(雲中太守)를 지낸 사람이다.
거두어들인 조세로 군사를 배불리 먹이고 사재를 털어 군사를
키워 흉노가 엿보지 못하였다고 한다.

다만 걱정은 적이 많이 와서
성이 있어도 막을 수 없음이지
○ 又
築キノ城ヲ復築ノ城ヲ＿　城高メ遮リ＿得タリ賊ヲ　但＿恐クハ
賊ノ來ルコ＿多メ　有ルモノ城遮コ未ノ得

막수악

1.
집은 석성 아래에 살고
석성 머리에서 생장하였네
석성 사위 얻어 시집을 가서
내왕하며 석성에서 노닐었네
　○ 莫愁樂
家ハ住ス石-城ノ下　生-長ス石-城頭リ　嫁シ得ラ石-城壻
ニ來　往ス石-城遊

2.
나는 백옥당에서 살고
낭군은 오화마를 타네
아침 해 뜬 석성 머리
춘강에서 쌍돛배에 노네
　○ 又
儂レハ住シ白玉堂ニ　郎ハ騎五華馬ニ　朝-日石-城-頭
春-江戲雙-舸

빈녀의 읊음

1.
어찌 용모가 부족하겠소
바느질 잘하고 다시 베도 잘 짜오
어려서 한미한 가문에서 자라
좋은 중매 서로 알지 못하였다오
○ 貧女ノ吟
豈ニ是レ乏ナラン容-色ニ 工トシ鍼ヲ復工トス織ヲ 少小ヨリ長メ寒-門ニ 良-媒不相_識

2.
밤 오래도록 베짜기 쉬지 못하고
삐걱삐걱 추운 베틀 울리네
베틀 가운데 한 필의 비단
끝내는 누구의 옷이 되려나
○ 又
夜_久シ織テ未休 戛-戛トメ鳴ス寒機ヲ 機-中一匹ノ練 終作ン阿誰レカ衣トカ

3.
손은 금 가위를 잡고
밤 추운데 열 손가락 곱았네
남 위해 시집갈 옷을 만들지만
해마다 도리어 홀로 잔다네
○ 又
手把テ金翦刀ヲ 夜寒メ十指直シ 爲メニ人ノ作嫁-衣

ヲ　年年還テ獨-宿

최국보50) 체를 본뜨다

1.
첩에게 황금의 비녀가 있어
시집올 때 머리 장식으로 삼았죠
오늘 그대의 행차에 드리니
천 리 길이 서로 그리워하겠죠
○ 效ᇰ崔-國-輔カ體ᇰ二
妾二有ᇰ黃金ノ釵ᇰ　嫁ル時爲ᇰ首飾ᇰト　今-日贈ᇰ君カ行ᇰ二
千-里長ク相憶

2.
못 머리 양류가 성기고
우물가 오동이 지네
주렴 밖 벌레의 소리 살피니
하늘 추워 비단 이불 얇구나
○ 又
池-頭楊柳疏ナリ　井-上梧桐落　簾-外候蟲ノ聲　天_寒〆錦
衾薄シ

3.
봄비에 서쪽 못 어둑하고
가벼운 추위 비단장막에 끼치네

---

50) 최국보(崔國甫)는 당나라 때 시인으로, 벼슬이 예부원외랑(禮部員外郎)에 이르렀다. 육유(陸游)와 차로 교유하였으며, 오언절구에 뛰어났다.

근심하여 작은 병풍에 기대니
담장머리 살구꽃 떨어지네
○ 又
春雨暗㐁ク西-池㐁ニ 輕寒襲㐁フ羅幕㐁ヲ 愁テ倚ル小屛風 墻-頭杏華落

장간행

1.
집은 장간리에 있고
장간의 길을 내왕하네
꽃을 꺾어 아랑에게 물으니
어느 것이 예쁜지 첩 용모가 예쁜지
○ 長干行
家ハ居ス長-干里 來往ク長千ノ道 折テ✓華ヲ問㐁阿-郞㐁ニ 何レカ好51)キ妾カ_貌カ好

2.
어젯밤 남풍이 일어나
배 깃발이 파수를 가리켰네
북에서 온 사람을 만나게 되어
그대가 양자강에 있다는 걸 알았네
○ 又
昨夜南風-興ル 船旗指㐁ス巴水㐁ヲ 逢㐁着〆北來ノ人㐁 知ス君カ在㐁ルフヲ楊子㐁ニ

---

51) 1608년 조선판본 『蘭雪軒詩』에는 "如"로 되어있다.

강남곡

1.
강남의 날씨가 좋아
비단 옷 황금 비취 머리장식
서로 장차 마름을 캐러 가서
일제히 목란주 노를 저었네
○ 江南曲
江南風-日好シ　綺羅金翠翹相_將テ採リ✓菱ヲ去　齊ク盪カス木-蘭ノ橈

2.
사람들은 강남이 즐겁다고 말하나
나는 강남의 근심을 보네
해마다 모래 나루의 포구
애가 끊어져 돌아오는 배를 바라보네
○ 又
人ハ_言江南樂シト　我見○ル江南ノ愁○ヲ　年-年沙-浦ノ口リ腸ハ_斷ツ望○レコヲ歸-舟○ヲ

3.
호수 안 달이 처음 밝아
연을 따다 한밤중에 돌아왔네
가벼운 배 언덕에 가까이 마오
걱정은 원앙의 날아오름을 놀라는 것
○ 又
湖裏月初テ明ナリ　采テ✓蓮ヲ中テ✓夜ニ歸ル　輕-橈-莫シ✓近

ク∨岸ニ　恐クハ驚㋩ン鴛-鴦ノ飛㋩ヲ

4.
태어나 강남의 마을에서 자라
젊은 시절 이별이 없었네
어찌 알았으랴 나이 열다섯에
물결을 가지고 노는 사람[뱃사람]에게 시집갈 줄을
　○ 又
生㋩-長〆江南ノ村㋩ニ　　少-年無㋩別-離㋩　　那ソ_知ン年十五
ニ〆　嫁㋩-與セントハ弄ル∨潮ヲ兒㋩ニ

5.
붉은 연을 치마 옷섶 만들고
흰 마름은 노리개 만들었네
배 멈추고 물가에 내려
함께 차가운 물결 물러나길 기다리네
　○ 又
紅-藕ヲ作㋩シ裙-衩㋩ト　白-蘋ヲ爲㋩雜佩㋩ト　停∨舟下渚ノ邊
共ニ待㋩寒潮ノ退㋩クヲ

장사치의 노래

1.
아침에 의도의 물가 출발해
북풍이 맞바람으로 불었네
뱃머리 나그네 술을 마시고
달 아래 일제히 노를 저었네

○ 賈客ノ詞
朝發㆓宜-都渚㆒　北-風吹㆒ク五-兩㆒ヲ　船頭客澆ノ酒ヲ　月-下齊ク盪カスノ漿ヲ

2.
질풍이 불어 물이 급하여
사흘 층층 여울에서 지냈네
젊은 아낙 뱃머리에 앉아
향 사르며 돈 세는 법을 배우네
○ 又
疾-風吹テノ水ヲ急ソ　三-日住㆒ル層灘㆓ニ　少-婦船頭二坐　焚テノ香ヲ學ノ算ルコヲ錢ヲ

3.
돛을 걸고 바람 따라 떠나서
여울 만나 곧바로 체류하였네
서강 파랑이 사나우니
며칠에야 형주에 도착하려나
○ 又
掛テノ席ヲ隨ヒノ風ニ去リ　逢テノ灘ニ卽滯留　西-江波-浪惡ラン　幾ク_日カ到㆒ン荊州㆒ニ

상봉행

1.
서로 만난 장안의 거리
서로 꽃 사이 향해서 말을 하였네

황금의 채찍을 남겨주고서
안장 돌려 말을 달려 떠났네

○ **相逢行**

相ヒ逢フ長-安ノ陌　相ヒ_向フテ華間ニ語ル　遺㊂却ﾉ黃-金ノ鞭㊂ヲ　回レ√鞍ヲ走シﾒ√馬去ル

2.

서로 만난 청루의 아래
말을 맨 드리워진 수양나무
웃으며 비단 담비옷 벗어서
맡기고 신풍의 술로 바꿨네

○ **又**

相逢フ靑樓ノ下　繫ク√馬ヲ垂楊柳　笑脫㊂テ錦貂裘㊂　留㊂ﾒテ當㊂ﾂ新豐ノ酒㊂ニ

대제곡

1.

눈물은 양공의 비석에 떨어지고
풀은 고양의 연못을 덮었네
누군가 취하여 말에 올라서
거꾸로 백접리52)를 썼네

○ **大-堤ノ曲**

淚ハ墮羊公ノ碑　草ハ沒ス高陽池　何_人ｶ醉テ上テ√馬ニ　倒シマニ着ク白接羅

---

52) 백접리(白接䍦)는 백로깃으로 장식한 두건을 가리킨다.

2.
아침에 양양의 술에 취하여
황금 채찍 큰 방죽에 올랐네
아동이 손뼉 치며 웃으며
다투어 「백동제」53)를 부르네

○ 又
朝醉㆗テ襄-陽ノ酒㆗ニ　金鞭上㆗ル大-堤㆗ニ　兒-童拍テ✓手ヲ笑　爭ヒ_唱フ白-銅鞮

칠언절구(七言絶句)

보허사

1.
난새 타고 밤에 봉래도에 내려가
한가하게 기린 수레 굴려서 구슬 풀 밟았네
해풍이 불어와 푸른 도화 꺾고
옥 쟁반에 안기생54)의 대추 가득 땄다네

○ 步-虛詞
乘ノ✓鸞夜ル下蓬-萊島　閑輾㆗麟車㆗ヲ踏㆗瑤草㆗ヲ　海風吹キ折ル碧桃華　玉盤滿テ摘安期カ棗

2.

---

53) 「백동제(白銅鞮)」 중국 남조 양나라의 가요 제목이다.
54) 안기생(安期生)은 진한 시대 전설 속에 나오는 신선의 이름이다. 일찍이 바닷가에서 신선약을 팔았다.

천상의 노을 치마 하늘거리는 저고리
학 등에 맑은 바람 자부55)로부터 돌아가네
구슬 바다 달이 밝아 은하수 지고
옥퉁소 소리 안에 상서로운 구름 나네
○ 九-霞ノ裙幅六-銖ノ衣　鶴背ノ泠-風紫府ヨリ歸　瑤-海
月-明ニメ星漢落ツ　玉簫聲ノ_裏焉雲飛

청루곡

길을 끼고 청루 십만 집
집집마다 문과 거리 화려한 수레
동풍이 불어 상사의 버들 꺾으니
준마가 교만하게 가며 떨어진 꽃을 밟는구나
○ **靑樓ノ曲**
夾√道ヲ靑樓十萬家　家-家門巷七_香-車　東-風吹キ_折ル相
-思柳　細馬驕リ√行テ踏落-華ヲ

새하곡

1.

앞 군대 고각 불며 군문을 나서니
눈이 붉은 기 덮어 얼어서 날리지 않네
구름 어둑한데 사막 서쪽 봉화를 보고
밤 깊어 기병이 평원을 사냥하네
○ **塞下曲**

---

55) 자부(紫府)는 도교에서 말하는 신선의 거처를 가리킨다.

前軍吹テ✓角ヲ出轅-門ヲ 雪撲テ紅旗ヲ凍テ不✓翻ラ 雲暗メ磧西看候火ヲ 夜深遊騎獵平-原ヲ

2.
농서 땅 수자리 구슬픈 갈잎 피리 목메어 통하지 않고
누런 구름이 만 리에 천공을 막았구나
내일 아침 오랑캐 군막에 남은 병졸 수습하리니
정찰 기병 돌아오면 벽궁을 시험하리
○ 隴戍悲笳咽ヲ不✓通 黃-雲萬-里塞-天空シ 明-朝蕃帳收殘卒ヲ 探-馬歸リ來テ試擘-弓ヲ

3.
오랑캐 말 천 무리가 사막 서쪽 내려오니
외딴 산 봉화가 동제에 들어가네
장군은 밤에 용성 북쪽 출발하고
전사는 군영을 이어 북을 울리는구나
○ 虜-馬千群下磧西ヲ 孤山ノ烽-火入ル銅鞮ニ 將-軍夜ル發ス龍-城北 戰士連テ營ヲ擊鼓鼙ヲ

4.
추운 변새 봄이 없어 매화를 보지 못하고
변방 사람 부는 피리 소리에 들었네
밤 깊자 고향 꿈에 놀라 일어나니
달이 음산 백 척 누대에 가득하구나
○ 寒-塞無シテ春不ス✓見✓梅ヲ 邊人吹テ入リ笛-聲ニ來ル 夜深テ驚起ス思-鄕ノ夢 月滿ツ陰山百-尺ノ臺

5.
도호사가 가을 침입 막으려 철옷을 걸치고

성 남쪽 처음으로 열 겹 포위 풀었네
황금 창에 선우의 피 다 씻어내고
백마가 천산에서 눈을 밟고 돌아오네
○ 都護防テ╱秋ヲ掛㋖鐵-衣㋖ヲ　城南初テ_解ク十重ノ圍　金-戈渫盡ス單于ノ血　白-馬天-山ニ踏テ╱雪ヲ歸

입새곡

1.
전쟁 끝나 임조에서 패한 말이 울고
남은 군대 고각 불며 빈 군영에서 묵었네
회중이 근래 변방이 무사하다 보고하니
날이 지자 평안성에 봉화가 들어가네
○ 入-塞曲
戰ニ_罷テ臨洮敗-馬鳴ク　殘軍吹テ╱角ヲ宿㋖ス空-營㋖ニ　回中近コロ報ス邊ニ無ト╱事　日-暮平安火入ル╱城ニ

2.
새로이 산서의 십육주를 회복하고
말안장에 월지의 목 늘여뜨려 취하였네
강가의 백골은 장사지낼 이가 없고
백 리 모래밭 전쟁으로 흘린 피가 흐르네
○ 新ニ復㋖シテ山-西ノ十六-州㋖ヲ　馬鞍懸_取ル月-支ノ頭
河-邊ノ白-骨無㋖人ノ葬㋖ル　百-里沙-場戰-血流ル

3.
해가 지고 낭자한 연기 사막 서쪽 건너와서

변새 문에 고각 불어 정탐군 깃발 펼쳤네
사막 북쪽 선우가 파하였다는 소식 전하더니
백마 장군이 들어와 변새로 돌아왔네
○ 落-日狼-烟度リ磧ヲ來ル　塞門吹テ角ヲ探-旗開ク　傳ヘテト聲ヲ漢-北ニ單于破ル　白-馬將-軍入ル塞ニ回ル

4.
붉은 활 흰 깃 화살 검은 담비옷
푸른 눈 보라매가 비단 깍지에 앉았네
허리 아래 황금 인장 말처럼 크니
장군이 처음 북평후에 제수되었네
○ 駢弓白-羽黑貂裘　綠眼ノ胡鷹踏ム錦鞲ヲ　腰下黃金ノ印_如シ斗ノ　將-軍初テ拜ス北-平侯

5.
한나라 군대 깃발 음산에 가득하니
오랑캐 한 필 말을 남겨두지 않았네
고생한 총융사 원정에 참가하여
일생을 여전히 옥문관을 바라보네
○ 漢-家征-旆滿陰山ニ　不遺テ胡-兒匹-馬ヲ還　辛-苦總-戎班ヘル定-遠ニ　一生猶ヲ望ム玉-門-關

죽지사

1.
공령탄 입구에 비가 처음 개었고
무산 골짜기 창창하게 안개가 평평하네

길이 낭군 마음이 조수 같음을 한하니
이른 때 겨우 물러났다가 저녁 때 생겨나네
　○ 竹枝詞
空-舲灘-口雨_初テ晴ル　巫-峽蒼-蒼烟靄平ナリ　長ク恨ム
郞カ心ノ似㋐ｊヲ潮水㋐ニ　早-時纔カニ_退テ暮時ニ生ス

2.
양동과 양서 봄물이 길건만
낭군 배는 지난 해 구당으로 향했네
파강의 협곡 안에 원숭이 울음 괴로우니
세 번 소리 이르기 전에 이미 애가 끊어지네
　○　瀼-東瀼-西春-水長シ　郞カ_舟去-歲向㋐ｊ瞿塘㋐ニ　巴-
江峽-裏猿-郞啼苦シ　不ルニ√到三-聲㋐ニ已ニ斷腸

3.
집은 강릉 돌쌓인 물가에 살아서
문 앞 흐르는 물에 비단옷을 빨았네
아침에 와서 한가하게 목란 배를 매어두고
탐내어 원앙이 짝지어 나는 것을 보았네
　○　家ハ住㋐ス江-陵積-石ノ磯㋐ニ　門-前ノ流水浣羅-衣㋐ヲ
朝來閑_繫ク木蘭棹　貪㋐リ看鴛鴦ノ相_伴テ飛㋐ヲ

4.
영안궁 밖에 층층 여울이니
여울 위 지나는 배 얼마나 어려운지
조류 소식 기약 있어 응당 절로 이르지만
낭군 배는 한 번 가면 언제나 돌아올지

○ 永-安-宮ノ外是レ層-灘 灘上舟✓行ク多-少ノ難　潮-信有
✓期應㋮シ自ラ至㋹ル　郎カ_舟一ヒ去テ幾ク時カ還ン

서릉행

1.
소소소56) 문앞에 꽃이 바로 피었고
버들 향기 술에 섞여 금 술잔을 덮었네
밤 끝나자 노는 이의 취함을 만류하여
유벽거 가볍게 달 속에 돌아오네
○ **西陵行**
蘇-小門-前華_正開ク　柳-香和メ✓酒ニ撲㋮金杯㋹ヲ　夜蘭ニメ
留メ_得リ遊人ノ醉　油-壁車輕メ月裏ニ回ル

2.
전당 강가가 우리 집이니
오월에 처음 연꽃 봉우리 피었네
반쯤 늘어진 검은 머리 졸다가 새로 깨어서
난간을 기대 한가로이 「낭도사」곡 부르네
○ 錢-塘江-上是儂カ家　五-月初テ開ク菡萏-華　半ハ嚲㋮レ
テ烏雲㋮ヲ睡リ新タニ覺ム　倚テ✓欄閑ニ_唱浪-淘-沙

제상행

긴 방죽 십 리에 버들실이 드리우고

---

56) 소소소(蘇小小)는 중국 남조 때 북제의 이름난 기생이다. 전당
에 살며 노래를 잘 불렀고, 항상 기름칠한 장식을 단 유벽거를
타고 다녔다고 한다.

강 건너 연꽃 향기 나그네 옷에 가득하네
밤이 되자 남쪽 호수 밝은 달 환하고
아가씨 다투어서 죽지사를 부르네
○ 堤上行
長-堤十里柳-絲垂ル 隔テテㇾ水ヲ荷香滿㊂ツ客衣㊂ニ 向トメ
ㇾ夜ニ南湖明-月白シ 女-郎爭ヒ唱フ竹-枝ノ詞

추천사

1.

이웃집 여자 동무 그네뛰기 다투어
띠를 매고 두건 쓰고 반쯤 신선 배웠네
바람이 채색줄 보내 하늘로 올라가니
노리개 소리 때로 푸른 버들의 아지랑이에 떨어지네
○ 鞦韆ノ詞
隣-家ノ女-伴競㊂鞦-韆㊂ 結ㇾ帶ヲ蟠メㇾ巾ヲ學㊂半仙㊂ヲ 風
送㊂テ綵繩㊂ヲ天-上ニ去ル 佩-聲時ニ綠楊ノ烟

2.

그네를 다 뛰고 수놓은 신 정리해서
아래로 내려와 말없이 구슬 계단 서 있네
매미 적삼 가늘게 가벼운 땀에 젖었고
사람더러 떨어진 비녀 주우라 하는 것도 잊었네
○ 蹴㊂罷ンテ鞦-韆㊂ヲ整㊂綉-鞋㊂ヲ 下リ_來テ無メㇾ語立㊂瑤
-階㊂ニ 蟬-衫細ニ濕フ輕-輕タル汗 忘-却ス教ㇾ人ヲ拾㊂ハミ
ムルフヲ墮-釵㊂ヲ

궁사

1.
천우각 아래 아침이 된 처음에
빗자루 든 궁인이 옥 섬돌을 쓰는구나
정오에 전각 머리 조서 내리시니
주렴 너머 재촉해 여상서를 부르네
○ 宮詞
千-牛閣下放ルル٨朝初メ　擁ル٨箒ヲ宮人掃㊀玉除㊀ヲ　日-午
殿頭宣㊀詔語㊀ヲ　隔テ٨簾ヲ催シ喚ス女尙書

2.
임금 수레 처음으로 건장대에 행차하여
육부의 피리 소리 궁원을 나서네
시험삼아 굽은 난간 향해 갈고를 재촉하니
전각 머리의 궁녀가 꽃이 핌을 아뢰네
○ 龍興初テ幸ス建章臺　六部ノ笙歌出テ٨院ヲ來ル　試ニ向㊀
テ曲欄㊀ニ催ス羯鼓㊀ニ　殿頭ノ宮-女奏ス華開㊀ヲ

3.
붉은 비단 포대 안에 건계의 차
시녀가 봉함하여 꽃을 매어 내었네
비스듬히 붉은 인주 찍어 칙 자를 쓰고
내관이 나누어 대신의 집에 보내네
○ 紅-羅袱-裏建溪ノ茶　侍-女ノ封-緘結㊁出ス華㊀ヲ　斜
ニ押㊀紫泥-書ノ勅字㊀ヲ　內-官分チ送ル大-臣ノ家

4.
앵무를 새로 길러 깃이 가지런하지 않아
금롱에 가두어서 옥루 향해 지내네
한가히 푸른 머리 돌려 주렴 의지해 서서
도리어 군왕 대해 농서 말을 하는구나
○ 鸚-鵡新ニ_調テ羽未✓齊カラ 金-籠鎖✗向ㅌテ玉-樓ㅌニ棲
ム 閑ニ回✗翠首ヲ依テ✓簾ニ立 却對ㅌ✗君-王ㅌニ說ㄱ隴
-西ㅌヲ

5.
나례가 파한 궁정 채색 횃불이 밝고
경양루 밖 새벽의 종소리
군왕이 하례를 받는 조원전
해가 붉은 문에 비치니 구경이 절을 하네
○ 儺_罷テ宮-庭彩-炬_明ナリ景-陽-樓外曉-鍾ノ聲。君-王
受ク✓賀ヲ朝-元-殿 日照ㅌテ彤-闈ㅌヲ拜レム九-卿ㅌヲ

6.
황혼의 쇠자물새 천 개의 문 잠그니
온 얼굴 붉은 화장 지존을 뫼시네
아감이 전각 앞에 비밀 조서 가지고
자꾸만 가장 은총 받은 걸 아느냐 묻네
○ 黃-昏金-鎖鎖ㅌス千門ㅌヲ 一-面紅-粧侍至-尊ㅌヲ 阿-
監殿-前持✗密詔ㅌヲ 問フ頻ナリ知_是最モ承✓恩ヲ

7.
금 화로 수탄이 봄을 돌리려 하는데

팔자의 눈썹 산이 거칠어 고르지 않네
몸 가득히 주옥 비춰 따뜻함이 다 괴이하니
육궁에 새로이 추위 물리치는 보배를 내리셨네
○ 金-爐獸-炭欲ノ回√春ヲ 八-字ノ眉-山澁テ未√匀セ　共ニ
怪ム滿身珠-翠暖ナルコヲ六-宮新ニ_賜フ辟-寒ノ珍

8.
맑게 재계한 가을 전각 밤이 처음 길어졌으나
궁인들이 임금 침상 가까이 하게 놓아두지 않네
때로 가위를 잡고 월나라 비단 자르고
촛불 앞에 한가히 자주 원앙 수놓네
○ 淸-齋秋-殿夜初テ√長シ 不√放サ宮人ノ近⊖クヲ御床⊖ニ　時
ニ把⊖テ翦刀⊖ヲ裁メ越⊖錦ヲ　燭前閒ニ繡ス紫鴛鴦

9.
장신궁 문 새벽을 기다려 열리니
내관이 금자물쇠로 문을 잠그고 돌아가네
당시에 타인이 온다고 일찍이 비웃었으나
어찌 오늘 아침 스스로 들어올 줄 알았으랴
○ 長-信ノ宮-門待テ√曉ヲ開ク　內-官ノ金-鎖鎖テ√門ヲ回ル
當_時曾テ_笑他-人ノ到ルコヲ豈_識シヤ今-朝自ラ_入リ來ン
トハ

10.
피향전 안에 궁녀를 만나니
새로이 승은을 입어 자리가 달리 만들어졌네
자리 앉아 수놓은 거문고 한 곡조 연주하니
내궁에서 명하여 채색 비단 치마 하사했네

○　披-香-殿ノ裏會ニ宮-粧ニ新ニ得テ承ルコヲ恩ヲ別作ノ
行ヲ　當テ座ニ綉-琴彈ルコ一曲　內-家令メ賜フ綵-羅裳

11.
서궁으로 더위를 피하여 조회 받기 그만두고
굽은 난간 처음으로 푸른 파초 펴졌네
한가로이 상약 따라 바둑을 두고
내기하여 구슬 새긴 녹옥 머리장식 얻었네
○　避暑ヲ西宮ニ罷受朝ヲ　　曲欄初テ展ブ碧-芭-蕉
閑ニ隨テ尙藥ニ圍ム棋局ヲ　賭得リ珠鈿綠玉ノ翹ヲ

12.
궁중 주방에서 음식 내어 금쟁반을 모으니
향기로운 과실과 생선국에 젓가락 대기 어렵네
천천히 육궁에 나누어 물린 음식 부르니
도리어 당직한 궁녀에게 미루어 먼저 먹는구나
○　天-廚進食ヲ簇金盤ニ　香果魚羹下スコ筯ヲ難シ　徐ニ
喚テ六宮分-退ノ膳ヲ　旋推當直ノ女ヲ先ツ飡セシム

13.
얼음 대자리 추위 많아 꿈을 이루지 못하고
손으로 비단 부채 휘둘러 반딧불이 쫓았네
장문궁 긴 밤에 공연히 밝은 달
바람이 서궁에 웃음소리 말소리 보내오네
○　氷-簟寒多ノ夢不成　手ニ揮テ羅-扇ヲ撲流螢ヲ　長
-門永-夜空ク明月　風ハ送ル西-宮笑-語ノ聲

14.

고운 비단 장막에 자줏빛 비단 자리
사향이 은은하게 몰래 사람에게 끼치네
내일 꽃을 감상하니 임금 수레 머물도록
깔개와 주렴 위를 일시에 새롭게 하네
○ 綵-羅ノ帷-幕紫-羅ノ茵 香麝霏微トメ暗ニ襲フ✓人ヲ 明-日賞メ✓華ヲ留ㅁム玉-輦ㅁ✓ 地-衣簾額一一時ニ新ナラン

15.
살펴서 물가 전각 수리하고 부용꽃 심으니
비단 함을 받들고 구중궁궐 나왔네
시험삼아 비단 적삼 입고서 조서를 맞이하니
눈썹에 여전히 잠잔 흔적 진하게 띠었네
○ 看ル修-水-殿ヲ種芙-蓉ヲ 昇下シテ羅函ヲ出九-重ヨリ 試ニ着テ綵衫ヲ迎フ詔語ヲ 翠眉猶帶フ睡-痕ノ濃ナルフヲ

16.
오리 모양 화로 처음으로 물 적신 재에 맡기니
시녀가 단장 그만두고 경대를 덮는구나
서원에는 근래 순행이 적어져서
옥퉁소 금 거문고 반은 먼지라네
○ 鴨-爐初メテ✓委ス水沈ノ灰 侍女休メテ✓粧ヲ掩フ鏡-臺ヲ 西-苑近來巡-幸少ナリ 玉-簫金瑟半ハ塵-埃

17.
새로이 궁인 택해 임금 침상 숙직하니
비단 병풍 처음으로 합환의 향기 내렸네
내일 아침 아감이 와 서로 물으니

웃으며 가슴 앞 작은 주머니 가리키네
○ 新擇ㆁテ宮人ㆁ키直ㆁセレム御床二 錦屛初テ賜フ合歡
香 明朝阿監來テ相ヒ問へヘ 笑二指ㆁス胸前ノ小佩囊ㆁ키

18.
금 안장 옥 굴레 자줏빛 고삐
타고서 서궁 나와 미앙궁에 들어가네
멀리 남문을 바라보니 꿩깃 부채를 열고
햇빛이 처음 떠서 붉은 도포 빛나네
○ 金鞍玉勒紫遊韁 跨テ出ㆁテテ二西宮ㆁ키入ㆁル未央ㆁ二
遙二望ㆁテ午門ㆁ키開ㆁク雉扇ㆁ키 日華初テ上ル赭袍ノ光

19.
서궁이 근일에 만기가 번잡하여
재촉해 소용을 불러 전각 문을 열었네
알리네, 서탑 앞 촛불 든 궁녀가
물시계 소리 자미원에 세 번 울렸다고
○ 西宮近日萬機煩シ 催シ喚テ昭容ㆁ키啓ㆁシム殿門ㆁ
키 爲二報ス榻前持ル燭키女 漏聲三下ル紫薇垣

20.
밤 되자 중관이 책을 안고서
옥첨을 빼놓고 말았다가 다시 펼치네
은근히 애석한 금련의 촛불
학사가 돌아갈 때 숙직소에 전송하네
○ 當テ夜二中官抱ㆁ御書ㆁ키 玉籤抽付ㇲ卷テ還テ舒 慇懃
護惜ス金蓮ノ燭 學士歸ル時送ㆁ直廬二

양류지사

1.
버들이 아지랑이 머금은 파수 언덕의 봄
해마다 더위잡아 꺾어서 떠나는 사람에게 주네
동풍이 이별에 상처입음을 이해 못하고
낮은 가지에 불어서 길 먼지를 쓰는구나
○ 楊-柳-枝ノ詞
楊-柳含ムッ烟ヲ灞岸ノ春 年-年攀_折テ贈ル行-人ヲ 東-風
ハ不ッ解傷ムコヲ離別ヲ吹-却メ低枝ニ掃シム路-塵ヲ

2.
청루의 서쪽 언덕 버들 솜이 날리니
아지랑이 여린 가지 잠그고 난간 스쳐 길구나
어느 곳의 소년이 백마를 채찍질하여
녹음에 와서 붉은 고삐 묶었나
○ 青-樓西畔絮飛-揚ス 烟鎖メッ柔條ヲ拂テッ檻ヲ長シ何レ
ノ處ノ少年鞭テ白-馬 綠-陰來テ繋ク紫遊韁

3.
파릉교 두둑 위성의 서쪽
비 잠기고 아지랑이 낀 십 리 제방
말 매었던 왕손은 돌아올 뜻 끊어져
꽃다운 풀 푸르게 우거진 것과 같지 않네
○ 灞陵-橋畔渭-城ノ西 雨鎖シ烟リ_籠ム十里堤 繋キ得
テ王孫歸-意ノ切ナルヲ 不ッ同芳-草ノ綠リ萋萋タルニ

4.

가지는 가는 허리 시샘하고 잎은 눈썹 시샘하니
바람 무섭고 비 근심스러워 모두 낮게 드리웠네
황금 가지 짧으니 사람이 다투어 잡아당기고
다시 동풍 맞아 한 가지가 꺾이네
○ 條ハ妬ミ纖-腰ㅁ葉ハ妬ム✓眉ヲ 怕レ✓風ヲ愁テ✓雨ヲ盡ク 低垂 黃-金穗 短ㇱ人 爭ヒ 挽 更ニ被東風ニ折ㅁ一-枝ㅁヲ

5.
고삐를 잡은 영중에 한창 봄을 차지하고
갈가마귀 숨긴 문외에 누룩 실이 새롭구나
미움이 생기는 파수 다리 머리의 나무
사람을 맞이하는 건 이해 못 하고 사람을 전송하는 건 이해하네
○ 按ㇱ轡ㅁヲ營中ニ占ㅁ一春ㅁヲ 藏ス✓鴉ヲ門-外麴-絲新ナリ 生憎ヤ(アヤニク)灞水橋-頭ノ樹 不✓解✓迎フラ✓人ヲ解スルコヲ✓送ルコヲ✓人ヲ

횡당곡

1.
마름 가시 옷에 숨어 마름모가 큰데
해 지고 물가 밭에 조수가 빠지지 않았네
연잎이 머리를 덮어 화관에 해당하고
연꽃이 띠를 맺어 노리개가 되었네
○ 橫塘ノ曲
菱-刺惹✓衣ヲ菱角ハ大ナリ 日 落テ渚-田潮未✓退カ 蓮葉蓋

テ✓頭ヲ當㊀ツ華冠㊀ニ　藕華結テ✓帶ニ爲㊀雜佩㊀ト

2.
붉은 연꽃 향기 남고 비바람 많은데
오땅 아가씨 다투어 죽지가를 부르네
돌아오려면 해가 진 횡당의 입구
아지랑이 안에 난초 배가 삐걱거리는 소리 내리
　○　紅藕香殘テ風雨多シ　吳-姬爭ヒ唱フ竹枝ノ歌　歸來レハ日落橫塘ノ口　烟裏ノ蘭橈響キ軋鴉

야야곡

1.
쓰르라미 절절하고 바람은 쓸쓸하니
부용꽃 향기 옅고 얼음달 높구나
가인의 손이 금 가위를 잡고서
등 돋우는 긴 밤에 군포를 꿰매네
　○　**夜-夜ノ曲**
蟋-蛄切-切風騷-騷　芙-蓉香褪テ氷-輪高シ　佳-人手ニ把㊀テ金-錯刀㊀ヲ　挑テ✓燈ヲ永-夜縫㊀征-袍㊀ヲ

2.
물시계 미미하고 등불은 깜박이니
비단 휘장 추위 닥쳐 가을밤이 길구나
변방 옷 마름질 끝내니 가위날 차갑고
창 가득히 바람이 파초 그림자 움직이네
　○　玉-漏微-微燈耿-耿　羅幃寒_逼ツテ秋-宵永シ　邊-衣裁

シ罷テ翦刀冷ナリ　滿-窓風 動カス芭蕉ノ影

난설시집(蘭雪詩集) 권상(卷上) 종(終)
蘭雪詩集卷上　終

蘭雪齋詩集小引

閨房之秀擷英吐華豈下於山川之
靈鍾靈不實強不不容過也漢曹大
家宋歌史以紹家聲唐徐賢妃諫征
伐以動英主皆丈夫不難就而丁女
子辦之良足千古矣卽彤管遺編郉
載不可僂數乃慧性靈德不平泯滅

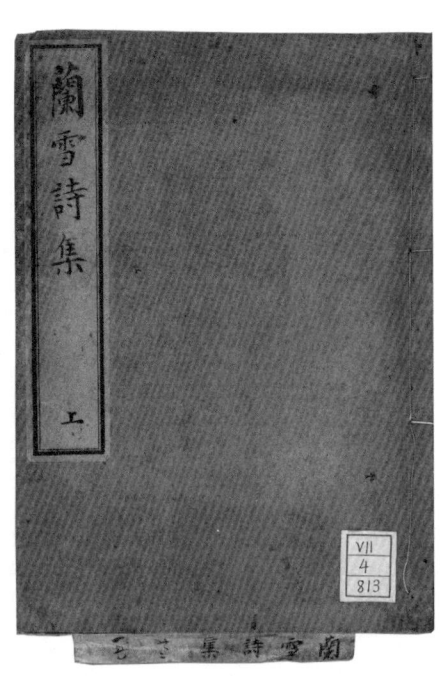

則鈞烏卽嘲風咏月何可奏廢以今
觀於信氏蘭雪齋集文孤之手塵埃
之外秀而不魔沖而多骨遊仙諸作
更屬當家想其本價以漢宋飛瓊之
流亞偶繪海邦去蓬壺瑤島不過隔
衣帶水玉樓一成鸞書旋召斷行殘
墨皆成珠玉庶在人間永充玄賞又

豈叔七易安輩怨吟苦思以寫其不
平之裹而總爲兒女子之嚬笑顰蹙
者哉作間多才昆弟皆以文學重於
東國以手足之誼輯其稿之僅存者
以傳子浮囂目顕題數語而歸之說
斯集當知子云之遠繆也
萬曆丙子孟夏七日朱之蕃書於碧

歸館中

楊柳杳煙嗣斗聖序卷春

蘭雪軒集題辭
余使朝鮮禮賓寺許副正出
其姐稿索余言而稿目申貢
蘭雪集別其故姉氏所著言
書趣程未及錄示余既歸
朝端申寄余一快展誦廻環其

楓之乎古兮飄之兮物外誠
匪之間世所恒有者余於是
證信東國山川必靈孕毓有
餘許氏家門必家門出瑞長
發不匱典獻儔丈夫輩士之
象敭者唐永徽祕新羅王真

織錦伝太平等讖水獻載入唐
音至今膾炙柯傳謂為其夫
王真乎必女從則女中聲韻
批東方從來既遠而蘭雪集
左其趾美歟盛者夷乘水附
諸

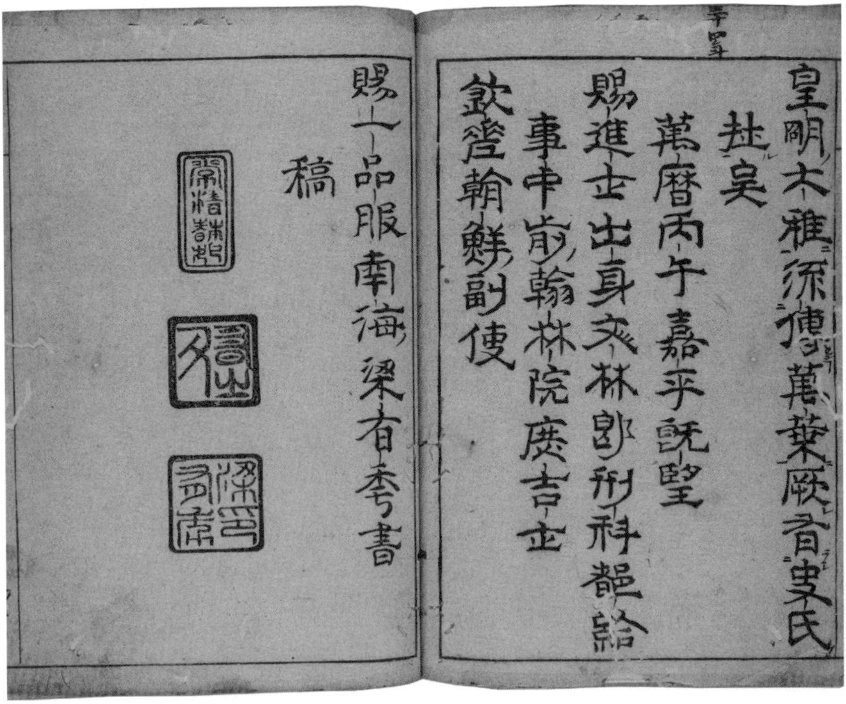

皇明大雅孫德萬葉厥有史氏
赴吳
萬曆丙午嘉平既望
賜進士出身文林郎刑科都給
事中前翰林院庶吉士
欽差朝鮮副使

賜一品服南海梁有年書
稿

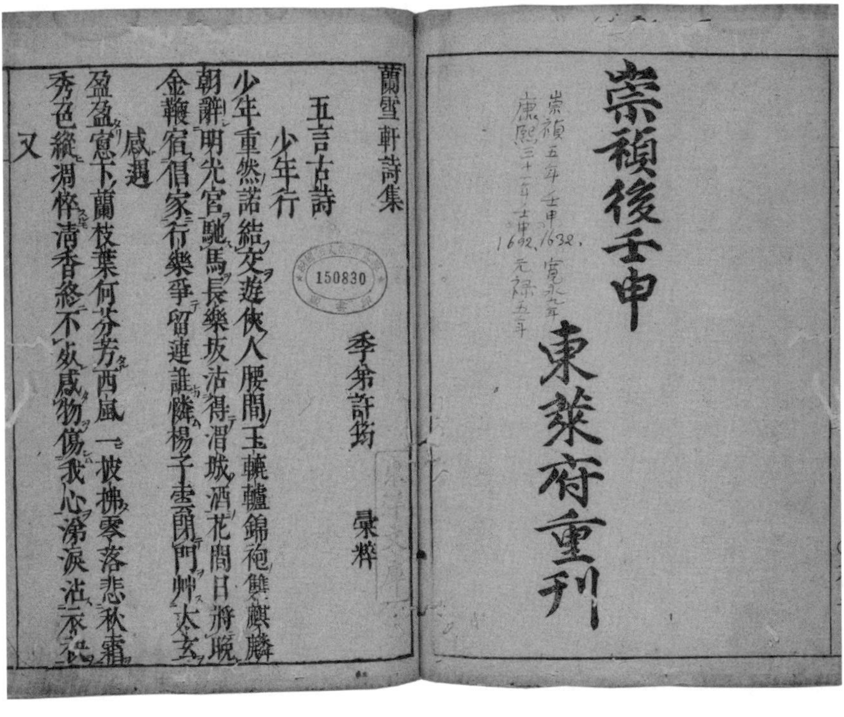

崇禎後壬申
東萊府重刊

崇禎五年壬申1632，寛永九年
康熙三十一年壬申1692，元禄五年

蘭雪軒詩集

季弟許筠　彙粹

五言古詩

少年行

少年重然諾結交遊俠人腰間玉轆轤錦袍雙麒麟
朝辭明光宮馳馬長樂坂沽得渭城酒花間日將晩
金鞭宿倡家行樂爭留連誰憐揚子雲閉門草太玄

感遇

盈盈窓下蘭枝葉何芬芳西風一披拂零落悲秋霜
秀色縱凋悴清香終不死感物傷我心涕淚沾衣袂

又

古宅畫無人來樹鳴鷓鴣鳥莽蔓玉砌鳥雀栖空佪
而來車馬地今成狐兔丘乃知達人言富貴非吾心

又
東家義炎火高樓笙管起北隣貧蓬蓽門裡
一朝高樓頹反羨北隣子盛衰各逓代難可逃天理

又
夜夢登蓬萊足蹋葛陂龍仙人綠玉枝遺我芙蓉峰
下視東海水澄然若一杯花下鳳吹笙月照黃金闕
哭子
去年喪愛女今年喪愛子哀哀廣陵土雙墳相對起
蕭蕭白楊風鬼火明松楸紙錢招汝魂玄酒奠汝觴
應知弟兄魂夜夜相追遊縱有腹中孩安可冀長成
浪吟黃臺詞血泣悲呑聲

遣興
梧桐生嶧陽幾年飮寒陰幸遇稀代工劉取爲鳴琴
琴成彈一曲擧世無知音所以廣陵散終古聲塵沉

又
鳳凰出丹穴九苞燦文章覽德千仭翔嘐嘐鳴朝陽
稻粱非所求竹實乃其食奈何梧桐枝反栖鴟與鳶

又
我有一端綺彿拭凌亂對織雙鳳文章何燦爛
幾年篋中藏今朝持贈即下惜與君幸莫作他人裳

上言長相思下問今何如讀書知君意零涙沾衣裙

又
芳樹萬初綠薩無葉已齋奉物自妍華我獨多悲悽
壁上五岳圖牀頭參同契煉丹徜有成歸謁蒼梧帝
牢荷香
暗窓銀燭低流螢度高閣悄悄深夜寒蕭蕭秋葉落
關河音信稀端憂不可釋起視青蓮宮空蘿月上

七言古詩
洞仙謠
紫簫聲裏形雲散簾外霜寒鵝鳴呃夜闌孤燭照
帷時見踈星度河漢丁東銀漏響西風露滴梧枝語

夕蟲飲納帳上三更淚明月應雷點點紅

金盆夕露燕紅房佳人十指纖纖長竹碾偈出卷松葉燈前勸□護鳴瑠璃樓曉起簾初卷喜看火星地鏡匣拾草疑飛紅蛺蝶彈箏懶落桃花片徐勻粉頭整羅襟湘竹歸江娥時把彩毫描卻月只疑紅雨過春山

聲仙謠
瓊花風動飛青鳥王母麟車向蓬島蘭庭藻陔月鳳駕笑賓紅鬧拎瑞草天風吹鶯翠覺棠玉環瓊佩聲丁當素娥兩兩敧瑤瑟三花珠樹春雲香平明舞龍

芙蓉閣碧海青童乘白鶴紫簫吹徹彩霞飛露濕銀河曉星落
　湘絃謠
蕉翠泣露湘江曲九騍秋煙天外綠水府冢波龍夜吟纖娘輕憂玲瓏玉離鸞別鳳隔蒼梧雨氣侵江迷曉珠閒撥神絃石壁上華襞月寶啼江娥瑤空星漢高起忽羾蓋金支五雲沒門外漁郎唱竹枝銀潭牛斗相思月
　四時詞春
院落深沉杏雨零流藻羅幕襲春寒博山輕飄香一縷美人雙龍理新妝春羅寶帶蟠

鶯梳科倦重簾帖翡翠慵把銀箏彈鳳皇金勒雕鞍去何處多情鴨鵲常銜語細戒華蝶庭院遊絲舞誰家池館西園次月賦美酒金巵羅愁入獨夜不成寐曉起餕納紅淚多
夏
槐陰滿地華陰薄玉簞銀床敞珠閤日斜冠棠汗凝起呼風羅扇搖嘉石榴華開盡珊瑚枕上鴛鴦裙嬌無人驚報衙尉午眠重錦茵敧頭鳳領上鴉黃膩睡痕流腻與影斜雕梁畫永燕引雛藥欄無人蜂報剌叢來珠呼江南夢南塘女伴木蘭舟采采荷華歸渡頭輕橈齊唱采蓮曲鷺起波間雙白鷗

秋
紗幃寒遍殘宵永露下虛庭玉屏冷池荷粉褪夜有香井梧葉下秋無影丁東玉漏響西風簾外霜多蹄夕蟲金刀剪下機中素玉關夢斷羅帷空裁伽衣裳穿送客悄悄蘭燈明馬壁合啼寫得一封書罷眠未成步中庭耿耿銀河明曉星寒冬
銅壺滴漏寒宵永月照紗幃錦衾冷宮鴉驚散轆轤聲曉色侵窗有影簾前伴娉瀉金瓶玉盆手溢盆脂香春山描就手屢呵鵁鵲金籠嫌曉嚼南陲女伴

五言律詩

出塞曲

烽火照長河天兵出漢家枕戈眠白雪驅馬到黃沙
朝吹傳金柝邊聲入塞笳年年長結束辛苦逐輕車

又

昨夜羽書飛龍城報合圍寒弥吹朔雪玉劍赴金微
久戍人偏老長征馬不肥男兒重義氣會擊賀蘭歸

效李義山體

笑相語玉容半爲相思瘦金爐獸炭暖鳳生張底火
兒擁春酒憑闌分心憶塞北人鐵馬金戈青海濱警火◯
吹雪黑貂弊應念香閨淚滿巾

又

鏡匣鸞鵠休舞梁空燕不關香燈獨卹卹夜涙憑誰見
楚夢迷蘭消荊雲落紛閒西江今夜月流影照金徽
月隱驚鴛香生簇蝶裙多嬌養地女有淚偸將軍
玉匣收殘粉金爐換夕熏回頭巫峽外行雨雜行雲

又

是日明紅樹晴波欲碧潭柳渡鴛鴦睍睆葉落啼鵑
泥潤埋金屐蠶低鳳玉簪銀屛錦茵暖春色夢江南

又

春雨梨華白宵殘小燭紅井獨警曉邑梁燕怯晨寒
錦幌凄涼卷銀床寂寞空雲斷回鶴馭星漢綺機寒

寄女伴

結廬臨古道日見大江流鏡匣鸞衿老華圖蝶已疲
寒沙初下鳳暮雨獨鳴舟一夕紗窓開郎堪憶舊遊

送荷谷謫甲山

遠謫甲山客淒原行色忙臣同賈太傅主聖懷楚懷
玉河水平秋岸關雲欲夕陽霜風吹鴈去中藥新不成

行

七言律詩

春日有懷

章臺迢遞斷腸人雙鯉傳書漢水濱黃鳥晚啼愁里
雨緣楊晴烏望中春瑤階幕歷生靑艸寶瑟塵堆

素塵誰念木蘭舟上客白蘋華滿凜陵津

又仲氏見星庵韻

雲生高嶂瀟美蓉楚樹丹崖露氣濃板閣梵殘僧入
定滿堂齋罷鶴歸松蘿懸古壁帝山鬼霧鎖秋潭底
蜀龍同夜香燈明石磴東林月黑有踈鐘

又

淨掃瑤壇禮上仙曉星微隔絳河邊香生嶽女春遊
覆水落湘娥夜雨松韻冷侵虗殿夢天華晴濕石
樓煙玄心已悟三三境盡日交床坐入禪

宿慈壽宮贈女冠

燕舞鶯歌字莫愁十三嫁興富平侯厭聞歌琴瑟軋

送官人入道

拜辭清禁出金鑾　撰挹瑤簪弟玉冠　滄海有緣應慰諭
鳳聳城無夢夏鸞驂珊佩駛　春雲腰珮瓊鳴空夜
月寒幾度步虛銀漢上　御衣猶似奉宸懽
題　沈孟鈞中淇風雨圖
虹輅中齊有天孫仙人素足踏雙鳧　鯨風吹管半譁濤
立驟雨暗空雲旌低龍托火珠　肩水宅鵬翻逸翩鶴
坤倪沉沉淚殿鬼神泣　彩筆淋漓元氣迷
皇帝有事天壇
羽蓋徘徊駐碧壇　坊清夜訴　中鑾長生錦語丁寧
說延壽靈方仔細看曉露　朝元　京斷天風歌
閣喜青牽冠禮王襪琳館尸昉蕭鳳下綺箋雲散驀
鑪收篆香朝其玉壇上鶴骨冷風一陣秋

其二

鬱海霊峰歴巨鰲八龍晨發九河濤中天禮闕呈皇辰
近上界烟霞日月高金鼉瀟盛丹井水玉壇曠臨水
霜祠蓬萊鶴駕歸何曉一曲吹笙老碧桃
次仲氏高原望高樓喜眺嘆
層巒一柱歴嵯峨　西北浮雲按塞多鐵峽霸圖龍已
去穆陵秋色鷹初過山回大陸吞三郡水割平原納
九河萬里登臨日游其醉憑欄獨悲歌

龍後危棧切雲横霜峰勢侵天作漢嶺山脈北臨三水
絶地形西歴雨河迢烟塵晚卷孤城出百宿秋肥萬
馬驕東望塞垣鼓角寒

其三

侵雲布礫馬嘶穿咋畫重鳳若上天秋晚魚龍壑大
壑雨晴虹蜺落飛泉將軍鼓角行邊急公主和親謹
愁偏日莫名歌出塞

其四

萬里蹒跚一鐵裘倚天危闌掛科陽河流西坼運三
郡山勢南回屑大荒腳下片雲生再眼中滇海入
茫茫登高落日時回首寒馬斷風殺氣黃

五言絕句

築城怨

夫孫丹翰北里韻
初日紅欄上玉釣丁香千結織春愁新粧滿面猶看
鏡橫夢闘心　懶下樓誰倩彤管護鴛鴦貝葉羅襪倚
築城怨
千人齊担杵土戻隆隆響努力好操築雲中無親屯
又
築城貨築城高應得賊但恐來多有城遮未祖
莫愁緣

家住石城下生長石城頭採來往石城華
　又
儂住白玉堂郎騎五花馬朝日石城頭春江歲雙厠
貧女吟
登徒之容色工鐵復工織少小長寒門良媒不祛謀
　又
夜久織未休言言鳴其礟機中一四練終作阿誰衣
　又
手把金朝刀夜寒十指直為人作嫁衣年年邊鸞行
幸有黄金釵嫁時為首飾介日聘去行千里長相憶
勸雞國輔體
　又
池頭楊柳陳井上梧桐落兼人候蛩聲天寒錦衾薄
　又
春南晴西池輕寒蕉羅幔愁倚小屛風牆頭禾古葉落
長干行
家居長干里求往往長干道不折華阿郎何好把貌好
江南曲
昨夜南風與鮎鴈指巴水逢著北來人知君在楊子
　又
江南風日好綺羅金翠題相將採菱去齊盪木蘭

人言江南樂我見江南愁年年沙浦口陽氣至鳯凰
　又
湖重月初朔采蓮申夜歸輕燒莫近鴛鴦簪雙飛
生長江南村少年無別離那知年十五嫁與弄潮兒
　又
紅藕作君衣白蘋為雜佩停舟下潴邊共待寒潮退
賈客詞
朝發宜都渚北風吹五兩舟頭客遠酒月下鑑盤
　又
疾風吹水急二百住晉灘少婦沙頭坐焚香學弄錢
　又
樹蕭陵風怒逢灘即滯雷酉汪改浪艠幾日到荊州
相逢行
相逢長安斷相阿華間譁遺卻黄金鞭回輕走馬公
　又
相逢青機下繫鵠垂楊柳笑脫錦貂裘背骨換豐酒
大堤曲
淚墮羊公禪岬没商陽池何人醉上為劉著白楊羅
　又
朝醉襄陽酒金鞭上大堤見童拍手笑爭唱白銅鞮
七言絕句

步虛詞
乘鸞昨夜下蓬萊求鳥關轆轤車路琲州海風吹折碧桃枝玉盤蒲幅六銖衣鶴背冷風紫府歸琅琊海月明星漢落玉簪聲裏霧雲飛

青樓曲
青樓十萬家家門卷七香車東風吹折相思柳細馬驕行踏落華

塞下曲
前軍吹角出戰門雲撲紅旗水不翻雲駝碛西看儂火夜殘遊騎獵平原

隴戍悲笳明月不通黄雲萬里塞入空閨朝春帳收哉卒採馬歸灰試擊馬虜騎千群下磧西孤山烽火入御輦夜襲龍城北戰士連營擊破聲寒塞無春不見梅遠人吹入笛聲來夜殘驚起思鄉夢月滿陰山百尺臺都護防秋掛鐵衣城南初解十重圍金戈濺盡單于血目見天山齧雪歸

入塞曲
戰罷歸洗敗馬鳴殘軍吹角宿空營回中遽報邊無事日暮平安火入城

新復山西十六州馬鞍懸取月支頭河邊白骨無人獅百里沙場戰血流
落月狼烟度磧水塞門吹角探旗開傳擊漢北單于
破白馬將軍入塞回
韀弓目羽黒貂裘繚眼胡鷹踏下黄金印
一牛將軍初拜北平候
漢家征旆滿陰山不遣胡兒匹馬還辛苦鄉戎琲來
裏三生犹在玉門關

竹枝詞
空嶺灘口雨初墻巫峽蒼茫雨氣生
水旱時繞退暮時生

西陵行
濱東溪西春水長亂舟去歲同軍擊巴江峽裏猿聲苦不到三聲已斷腸
家住江陵積石磯門前流水浣羅衣朝來開繁木蘭棹貪看鴛鴦相伴飛
永安官外是層灘灘上舟行多少難潮信有時應可至前舟一去幾時還

蘇小門前葦正開柳香和酒撲金杯夜闌西得遊人醉油壁車輕月重回

錢塘江上是儂家五月初開菡萏花擊牛彈鳥雲鬟新覺帘捲開唱浪淘沙

堤上行

長堤十里柳絲垂扁舟荷香滿客衣同夜南湖明月自女郎爭唱竹枝詞

鞦韆詞

鄰家女伴競鞦韆結帶蟠心學半仙風送綵繩天上去佩聲時落綠楊烟蹴罷鞦韆整繡鞋下來無語立瑤階蟬衫細濕輕輕汗忩却教人拾墜釵

宮詞

千牛閣下放朝初催䍐宮人掃玉除日午殿頭宣詔語扇廂簾捲喚女尚書

暖六宮新賜辟寒珍清齋秋殿夜初長不放宮人近御床時把剪刀裁越錦燭前開鸚繡紫鴛鴦

長信宮門待曉開內官金鑰鎖門回當聽會笑他人到豈試今朝目入來
豈殿重會官社新特承恩別住行堂綉輦彈
被香殿裏浸朝曲欄初展君芭舊開覽尚藥闈碁
曲內家令賜綠羅裳
避暑西宮能浸朝曲欄初展君芭舊開覽尚藥闈
分賜得珠釦綠玉題
天廚進豢簇金盤香果魚薑下筯難侍與小宮分退
膳旋推當直女先食

龍興初幸建章臺六部笙歌出院來試同曲欄催趨鼓殿頭宣女奏筆開
紅羅衫裏建溪茶侍女封緘結出筆斜押紫泥書勑
字府宮分送太臣家
鵷鴻新調羽未齊金籠鎖同玉樓栖開翠有簾
立却對君王試龍西
儀罷宮庭彩炬明景陽樓外曉鍾聲君王受賀朝天
殿日照彤闈隼允卿
黃香金鎖鎖千門一回紅粧侍至尊阿監殿前持密
詔問類知足最承恩
金爐獸炭欲回春八字眉山澁未勻共怪滿身珠翠

水籤寒多夢不成手揮羅扇撲流螢長門永夜空明
月風送西宮笑語聲
綠羅帷幙紫羅裀香霧霏霏暗龔人明日賞華留玉
笙地永簾須一時新
看修水殿新帷帳笑蓉罕下羅因出九重試著綠衫匆
話翠眉箭悔睡痕深
鴨爐夜冷水沈灰侍女休粧鏡臺西苑近來巡幸
少玉簫宮人宜御床錦屏初賜合歡香明朝阿監來相
問笑指胸前小佩囊
新澤宮人宜御床錦屏初賜合歡香明朝阿監來相
金鞍玉勒紫遊韁跨出西宮入未央遲堂午門開

翁日華初上綃袍炎
西宮近日萬機煩催促昭容落硯門鴉已
女淚聲三下紫殿垣
當夜中官宣御書玉籤相付春宴侍臣感激護情金蓮
燭學士歸時送盲廬

楊柳枝詞

楊柳含煙灞岸春年年攀折贈行人東風不解傷離
別吹却低枝掃路塵
青樓西畔絮飛揚饒有柔條拂檻長何處少年鞭白
馬綠陰來繫紫遊韁
灞陵橋畔渭城西兩鎖煙籠十里堤蘩得王孫歸意
切不同芳草綠萋萋

挽要被東風折一枝
按箏管中占一春藏鴉門外麴絲新生憐灞水橋頭
樹不解迎人解送人

橫塘曲

菱刺惹衣菱角大日落渚田潮未退蓮葉蘋頭當羃
冠纏華紒帶為雜佩
紅藕香殘風雨多共娘爭唱竹枝歌歸來日落橫塘
口烟裏蘭橈奉軋鴉
夜夜曲

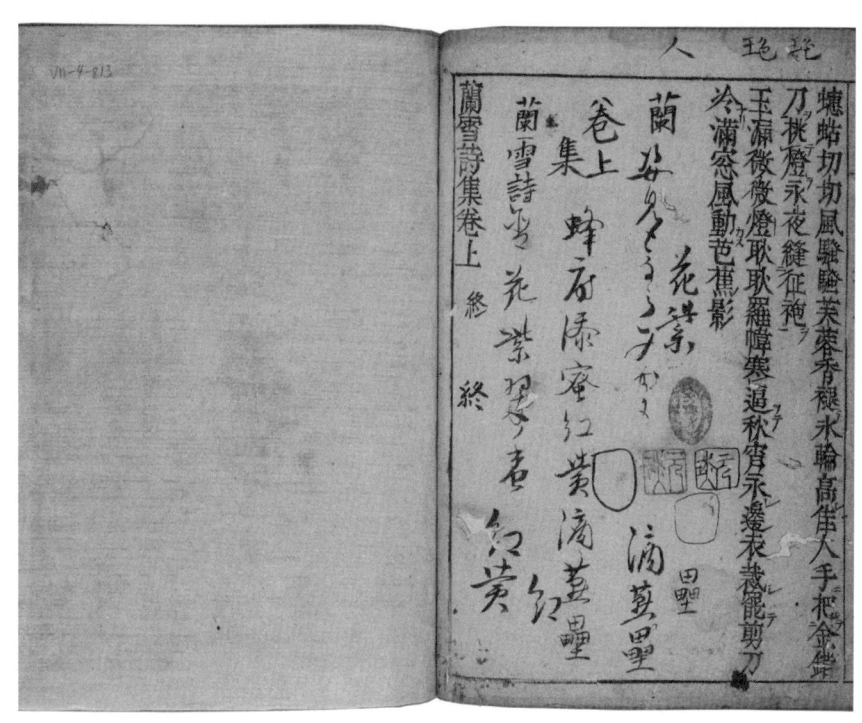

蘭雪軒詩集卷上 終

일본판(日本版)
난설헌시집(蘭雪軒詩集)

卷之下

(1711年)

유선사

1.
천 년 요지 목왕[1]과 이별하고
잠시 파랑새에게 유랑[2]을 찾게 했네
새벽 상계에 피리 소리 돌아오고
시녀가 모두 흰 봉황을 탔다네

○ 遊-仙ノ詞

千載瑤-池別㋑ル穆-王㋳ニ　暫敎㋰√靑-鳥ヲ訪㋩フハ劉-郞㋻ヲ
平明上界笙簫返ル　侍-女皆ナ_騎ル白-鳳-凰

2.
구슬 골짜기 구슬 못에 아홉 용을 갈무리하고
고운 구름 차가워 푸른 부용 적시네
난새 탄 사자가 서쪽으로 돌아가는 길
꽃 앞에 서서 적송[3]에게 예를 하네

○ 瓊-洞珠-潭貯㋳フ九-龍㋳ヲ　彩-雲寒シテ濕ス碧-芙-蓉　乘
ル√鸞ニ使-者西-歸ノ路　立テ在テ㋳華前㋳ニ禮㋜ス赤松㋳ヲ

---

1) 주목왕(周穆王)으로 목천자(穆天子)라고도 한다. 『목천자전(穆天子傳)』에 따르면 서역을 주유하였고, 서왕모(西王母)가 곤륜산 요지(瑤池)에서 그를 위해 성대한 연회를 베풀었다고 한다.
2) 유신(劉晨)을 가리킨다. 한명제(漢明帝) 때 인물로, 완조(阮肇)와 함께 약을 캐러 천태산(天台山)에 갔다가 신선 세계로 들어가 여인들과 반년을 지내다 돌아오니 세월이 수백 년 흘러 자신의 7대손이 살고 있었으므로, 다시 천태산으로 돌아갔다고 한다.
3) 적송자(赤松子)를 가리킨다. 유향(劉向)의 『열선전(列仙傳)』에 따르면 적송자는 신농(神農) 때 우사(雨師)로, 수옥(水玉)을 복용해 불 속에서도 타지 않는 능력을 지녔다. 항상 서왕모의 곤륜산 석실에서 쉬며 비바람을 따라 자유롭게 오르내린다고 한다.

3.
이슬이 구슬 허공 적시고 계수나무 달 밝은데
구천에 꽃이 지니 자줏빛 퉁소의 소리
조원4)의 사자가 금 호랑이 타고서
붉은 깃의 대장기가 옥청5)에 오르네
○ 露濕ㅎ〆瑤-空ㅎヲ桂-月明リ 九-天華_落紫簫ノ聲 朝-元
ノ使-者騎ㅎル金虎ㅎ二 赤-羽ノ麾-憧上ㅎル玉淸ㅎ二
4.
상서로운 바람이 불어 푸른 노을 치마 펄럭이니
손으로 난새 피리 잡고 오색구름에 기대네
꽃 밖에 옥동자가 백호를 채찍질하여
벽성에서 맞이하여 소모군6)을 취하네
○ 瑞-風吹_破ル翠霞-裙 手ニ把ㅎテ鸞-簫ㅎヲ倚ル五-雲ㅎ二
華外ノ玉-童鞭ㅎツ白-虎ㅎ二 碧城邀へ_取ル小茅君
5.
향을 사르는 아득한 밤 천단에 예를 하고

---

4) 조원(朝元)은 새해 첫날 제후와 신하가 천자에게 하례를 올리는 것을 뜻한다. 특히 태상현원황제(太上玄元皇帝)를 조회하는 것을 가리키기도 한다.
5) 천보군(天寶君)이 관할하는 곳으로, 최고의 이상향인 삼청(三清) 가운데 하나이다. 삼청은 도교에서 삼원(三元)의 화생(化生)인 삼보군(三寶君)이 관할하는 옥청(玉清)·상청(上清)·태청(太清)을 가리킨다.
6) 도교의 삼모진군(三茅眞君) 가운데 막내인 모충(茅衷)을 가리킨다. 한나라 때 모영(茅盈), 모고(茅固), 모충 삼형제가 도를 터득하여 모산(茅山)에 은거하여, 각각 대모군, 중모군, 소모군이라 불렸다.

깃 수레 바람에 펄럭이고 학창의가 차갑네
맑은 풍경 메아리 잠기고 별과 달은 서늘하니
계수나무 꽃 아지랑이가 붉은 난새 적시네
○ 焚テ╱香ヲ遙-夜禮㆑ス天-壇㆑ヲ　羽-駕翻テ╱風ニ鶴-氅寒シ　清-磬響キ_沈テ星-月冷リ　桂-華烟-露濕㆑ス紅鸞㆑ヲ

6.
잔치 끝난 서쪽 단상 북두칠성 드물어지고
적룡은 남쪽으로 떠나고 학은 동쪽으로 나네
단약 굽는 방에 옥 같은 여인 봄 잠이 무거워
비스듬히 붉은 난간에 기대 새벽까지 돌아가지 않네
○ 宴罷ンテ西-壇星斗稀ナリ　赤-龍南ニ_去リ鶴東シニ_飛　丹-房ノ玉-女春-眠重シ　斜メニ倚㆑テ紅-闌㆑ニ曉マテ未╱歸ラ

7.
얼음 지붕 구슬 사립 온 봄내 잠겨있고
떨어진 꽃 아지랑이 비단 수건 적시네
동성[7]이 근래 순행이 없어서
구슬 못 오색 기린 한가하여 죽겠네
○ 氷-屋珠-扉鎖㆑スー-春㆑ヲ　落-華烟-露濕㆑ス綸巾㆑ヲ　東星近-日無㆑巡幸㆑　閑殺ス瑤-池五-色ノ麟

8.
한가히 푸른 주머니 풀어 비단 경서 읽으니
이슬 바람 안개 낀 달 계수나무 꽃 성기네
서왕모 시녀가 봄에 일이 없어서

---

7) 동군(東君)을 가리키는 것으로 보인다. 봄을 주관하는 신이다.

웃으며 비경[8]에게 「보허사」[9] 부르길 청하네

○ 閑ニ解テ青-囊ヲ讀ム素書ヲ 露-風烟-月桂-華疏ナク 西-妃小-女春無事 笑請テ飛瓊ニ唱シム步-虛ヲ

9.

구슬나무 영롱하여 상서로운 연기 누르고
옥 채찍 용 수레 떠나서 하늘에 조회하네
붉은 구름 막힌 길에 오는 사람 없으니
짧은 꼬리의 신령한 삽살개가 풀을 베고 잠드네

○ 瓊-樹玲-瓏トヽ壓瑞烟ヲ 玉鞭龍駕去テ朝ス天ニ 紅-雲塞ツテ路ニ無人ノ到ル 短-尾ノ靈厖藉ツテ草ニ眠ル

10.

안개가 구슬 하늘 잠그고 학은 돌아오지 않으니
계수나무 꽃 그늘 속에 구슬 사립을 닫았네
시내 머리 온종일 신령의 비
땅 가득한 향기로운 구름 젖어서 날아가지 않네

○ 烟鎖瑤-空ヲ鶴未歸ラ 桂-華陰ノ裏閉珠-扉ヲ 溪-頭盡日神-靈ノ雨 滿地ノ香-雲濕ヲ不飛

11.

푸른 동산 붉은 집이 맑은 하늘을 잠갔고
학은 단약 굽는 부엌에 잠들어 밤은 아득하네
선옹이 새벽에 일어나 밝은 달을 부르니
희미하게 바다 노을 너머에 퉁소 소리 들리네

---

8) 선녀의 이름으로, 서왕모의 시녀이다.
9) 악부 잡곡의 이름 가운데 하나로, 신선을 예찬하는 내용이다.

○ 青-苑紅-堂鎖㋑沈-廖㋪ヲ 鶴眠㋱テ丹-竈㋥夜迢-迢 仙-翁曉キ_起テ喚㋫明-月㋪ 微ク隔㋱テテ海-霞㋪ヲ聞洞簫㋪ヲ

12.

향기 서늘하고 달 차갑고 밤은 침침한데
웃으면서 아리따운 왕비와 헤어지며 옥비녀 뽑아주네
다시 금 채찍 들고서 돌아갈 길 향하니
벽성 서쪽 두둑 오색구름 깊구나
○ 香_寒ク月_冷ニメ夜沈-沈 笑テ別㋱ルレハ嬌-妃㋥脫㋜玉-簪㋪ヲ 更ニ把㋱テ金-鞭㋪ヲ指㋜歸路㋪ヲ 碧-城西-畔五-雲深シ

13.

새로이 동비에게 조서가 내려 술랑에게 시집가니
자주빛 난새 안개 일산 부상을 향하네
꽃 앞에서 한 번 이별 삼 천년이니
그저 선가의 일월이 긴 것이 한스럽네
○ 新詔㋱メ東-妃㋥嫁㋜述郎㋥ 紫-鸞烟-蓋向㋱扶-桑㋥ 華-前一_別ル三-千歳却テ_恨ム仙-家日-月ノ長キㄱヲ

14.

한가히 자매 데리고 현도10)에 예를 하니
삼신산의 진인이 각기 불러 만나네
적룡을 타게 하여 꽃 아래 세우고
자황11) 궁 안에서 투호를 보네
○ 閑カニ携㋱テ姉-妹㋪ヲ禮㋱玄-都㋪ヲ 三-洞ノ眞-人各見╱呼

---

10) 전설상에 나오는 신선의 거처이다.
11) 자황(紫皇)은 도교 전설에서 가장 높은 지위의 신선이다.

ハ敎ヘテ著ﾆｼﾒ赤-龍華下ﾆ立ツテ紫皇宮-裏看ﾆｼﾑ投壺ﾆ
ヲ

15.
별 그림자 시내에 잠기고 달 이슬 젖으니
손으로 치마끈 누르고 구슬 처마에 섰네
단릉의 신선이 하직하고 돌아가니
산호 한 꾸러미 주렴을 내려주었네
  ○　星-影沈ﾚ溪ﾆ月-露沾ｽ　手ﾆ按ﾆﾝﾃ裙-帶ﾆヲ立ﾆ瓊-簷ﾆ
ﾆ丹-陵ﾉ羽-客辭歸リ去　自下ﾆｽ珊瑚一-桁ﾉ簾ﾆヲ

16.
상서로운 이슬 미미하게 옥 허공을 적시고
푸른 종이에 몰래 자황의 글 베끼네
청동12)이 잠에서 깨서 주렴을 걷자
별과 달이 단상에 가득하고 꽃 그림자 성기네
  ○　瑞-露微-微トﾒ濕ﾆｽ玉-虛ﾆヲ　碧-牋偸ﾚｶﾆ寫ｽ紫-皇
ﾉ書　靑-童睡ヨリ起捲ﾆ珠-箔ﾆヲ　星-月滿ﾚﾃ壇ﾆ華影疏ﾅ
リ

17.
서한의 부인이 홀로 지냄 한스러워
옥황상제가 허상서에게 시집가게 하였네
구름 적삼 옥띠 아침에 돌아오기 늦더니
웃으며 청룡 타고 푸른 허공 올라가네
  ○　西-漢ﾉ夫-人恨ﾆ獨-居ﾆヲ　紫-皇令ﾚ嫁ﾆｾ許-尙-書ﾆ

---

12) 푸른 옷을 입은 동자로, 신선을 모시는 시동이다.

雲-衫玉-帶歸√朝ニ晩ニ 笑テ駕㋴メ青-龍㋲ニ上㋮ル碧-虛㋲ニ
18.
한가롭게 구슬 연못에 살며 고운 노을 마시니
상서로운 바람 불어 벽도화를 꺾었네
동황의 장녀가 때로 서로 방문하여
하루종일 주렴 앞에 봉황 수레 둔다네
○ 閑カニ住㋴メ瑤-池㋲ニ吸㋮彩-霞㋲ヲ 瑞-風吹キ√折ル碧-桃
-華 東-皇ノ長-女時ニ相ヒ訪 盡-日簾-前卓㋲鳳車㋲ヲ
19.
잔 가득 구슬 술을 녹옥의 잔에 따라서
달 밝은 꽃 아래 동비에게 권하네
단릉 공주13) 서로 질투하지 마오
일만 년만이라 얼굴 보기 드물다오.
○ 滿ル㋴酌ニ瓊-醪緑-玉ノ㡀 月-明カニメ華-下勸㋲東-妃㋲ニ
丹-陵公-主休㋲メヨ相ヒ妒㋮ムコヲ 一-萬-年來會-面稀ナリ
20.
근심스레 스스로 푸른 무지개 치마 입고서
걸어서 천단에 올라 백운을 쓰네
구슬 나무 이슬 꽃 옷이 반쯤 젖어서
달 가운데 한가하게 옥진군14)에게 절하네

---

13) 단릉(丹陵)은 요임금의 출생지로, 단릉공주는 요임금의 두 딸인 아황(娥皇)과 여영(女英)을 가리킨다. 둘 다 순임금에게 시집을 갔는데, 순이 순행하던 중 죽었다는 소식을 듣고 소상강에 몸을 던졌다고 한다.
14) 옥진(玉眞)은 선계의 사람, 특히 선녀를 가리킨다.

○ 愁_來テ自ラ著ク翠-霓ノ裙 步メ上ⓔテ天-壇ⓔ二拂ⓔ白-雲
ⓔヲ 琪-樹露-華衣半_濕フ 月-中閑二_拜ス玉-眞-君

21.
구름 뿔 청룡에 옥 장식 굴레 씌어
자황이 타고 나와 단구를 향하네
한가로이 구슬 문 통해 인간 세상 엿보니
한 점 가을 연기 구주를 분변하네
○ 雲-角靑-龍玉-絡-頭 紫皇騎テ_出テテ向ⓔ丹-丘二 閑カ
二從ⓔ壁-戶ⓔ窺ⓔ人-世ⓔヲ 一-點ノ秋-烟辨ⓔ九-州ⓔヲ

22.
꽃 관 꽃술 배자 하늘 노을 치마
한 곡조의 피리 노래 푸른 구름에 울리네
용 그림자 말이 우는 창해의 달
열 못에 한가로이 상양군을 방문하네
○ 華-冠蘂-帔九-霞ノ裙 一-曲ノ笙-歌響ⓔ碧-雲ⓔ二 龍-影
馬_嘶フ滄-海ノ月十-淵閑二_訪フ上-陽-君

23.
누각은 붉은 노을에 잠기고 땅은 먼지를 끊으니
옥비 봄 눈물이 비단 수건 적시네
구슬 허공은 달이 은하의 그림자에 스며들고
앵무는 추위에 놀라 밤에 사람을 부르네
○ 樓鎖ⓔシ彤-霞ⓔヲ地絶ス√塵ヲ 玉-妃春-淚濕ⓔス羅巾ⓔヲ
瑤-空月浸ス星-河ノ影 鸚-鵡驚テ√寒二夜ル喚√人ヲ

24.
새로 진관에 배수되어 옥황궁에 오르니

자황이 손수 구령부를 주시네

돌아와 계수궁 안에 묵으니

백학이 한가로이 태을15)의 화로에서 조네

○ 新ニ拜ヲラレテ眞-官ニ上ル玉-都ニ 紫-皇親ク授九-靈ノ符歸リ來テ桂-樹宮-中宿ス　白-鶴閑ニ眠ル大-乙ノ爐

25.

안개 일산 표표하게 푸른 허공 향했다가

푸른 깃발 전각에 돌아와 옥단이 비었구나

푸른 난새 한 마리 서쪽으로 날아가 버리고

이슬이 도화를 누르고 달은 허공에 가득하네

○ 烟-蓋飄-飄トメ向フ碧-空ニ 翠幢歸テ殿ニ玉-壇空シ青-鸞一-隻西ニ飛ヒ去リ 露壓テ桃-華ヲ月滿ツ空ニ

26.

광한 궁전 옥을 대들보 삼고

은촛불 금병풍 옷이 정말 길구나

난간 밖의 계수나무 꽃 서늘한 이슬이 적시고

자줏빛 퉁소 소리의 안 오색 구름 향기롭네

○ 廣-寒宮-殿玉ヲ爲ス梁ト 銀-燭金-屛衣16) 正ニ長シ 欄-外ノ桂-華涼-露濕フ 紫-簫聲ノ裏五-雲香シ

27.

등륙17)을 재촉해 불러 천관을 나서서

---

15) 태을원군(太乙元君)을 가리킨다. 태일원군(太一元君)이라고 하며, 여자 신선으로 여러 신선들의 우두머리이자 황제의 스승으로도 알려져 있다.

16) 1608년 조선판본 『蘭雪軒詩』에는 "夜"로 되어있다.

다리가 풍룡을 밟으니 뼈를 뚫고 춥구나
소매 안의 옥 먼지 삼백 되
흩어져 날리는 눈이 되어 인간 세상에 떨어지네
○ 催ㅅ呼テ滕-六ヲ出ㅊ天-關ㅊヲ 脚踏ㅅテ風-龍ㅊヲ徹-骨
寒シ 袖裏ノ玉-塵三-百-斛 散テ爲ㅅテ飛-雪ㅊト落ㅊ人間ㅊニ

28.

구슬 바다 아득하게 푸른 허공 스며들고
옥비는 말없이 동풍에 기대네
봉래에서 꿈을 깨니 삼천 리
소매 가득 운 흔적 일말의 붉은 연지
○ 瓊-海漫-漫トノ浸ㅊス碧-空ㅊヲ 玉-妃無ノ語倚ㅊ東-風ㅊ
蓬-萊夢_覺ム三-千-里 滿-袖ノ啼痕一-抹紅

29.

복비18) 한가로이 붉은 서리 도포 만들어
흰 손으로 자주 옥 가위를 돌리네
눈썹은 잠 흔적에 잠겨있고 꽃 그림자 정오인데
자황이 명령하여 푸른 포도 내렸네
○ 宓-妃閑ㅊニ製ㅅス赤-霜-袍 素手頻ㅊニ_回ㅅス玉-翦-刀 眉鎖ㅊ
ノ睡-痕ㅊ華-影午ナリ 紫皇令ノ_賜フ碧-葡-萄

---

17) 눈의 신이다. 등나라의 등문공이 죽은 후 생겨나서 등성이 되었고 눈을 결정체가 육각형이라 여기에서 이름이 연유하였다는 설이 있다.
18) 복비(宓妃)는 본래 복희씨의 딸로, 낙수에 빠져죽은 후 낙수의 신이 되었다.

30.

화표의 진인[19])이 어젯밤 돌아오니
계수나무 향기 나부껴 가벼운 옷에 가득하네
한가하게 학 수레 돌린 구슬 단상 위
해가 구슬 숲에서 나오니 이슬 미처 마르지 않았네
○　華表ノ眞-人昨夜歸ル　桂-香吹キ_滿ツ六-銖ノ衣　閑カニ回₌鶴-駅₌ヲ瑤-壇ノ上　日出₌瓊-林₌露未タ✓晞カ

31.

석실 관장한 금화산 사십 년
노형이 울람천을 방문했네[20])
안개 도롱이 달 피리 인간 세상 일
웃으며 계남 백옥의 밭을 가리키네
○　管₌ス石ヲ金-華₌ヲ四-十-年　老-兄相ヒ_訪フ蔚-藍-天　烟-蓑月-篆人-間ノ事　笑テ指₌溪-南白-玉ノ田₌ヲ

32.

구령[21])의 선인 벽옥의 아쟁

---

19) 정령위(丁令威)를 가리킨다. 요동(遼東) 사람으로 신선이 된 뒤 천 년 만에 학으로 변해서 고향을 찾아와 성문의 화표주에 앉았는데, 소년이 활로 쏘려 하자 탄식하며 날아갔다고 한다.
20) 진나라 때 황초평(黃初平)이라는 소년이 금화산에서 양을 치다가 15세 때 도사를 만나 석실에서 수련하여 신선이 되었다. 형 황초기(黃初起)가 40여년 후 동생을 간신히 찾아내어 양의 행방을 물어 알려준 대로 가보았으나 찾을 수 없었다. 황초평이 하얀 돌을 꾸짖자 양으로 변하였다고 한다. 울람천은 푸른 하늘로 금화선 위의 하늘을 가리킨다.
21) 구씨산(緱氏山)을 가리킨다. 주(周)나라 영왕(靈王)의 태자 왕자 교(王子喬)가 생황을 불어 봉황의 울음소리를 잘 냈다. 신선 부구

꽃을 꺾어 한가하게 동쌍성22)에게 기대네
구슬 줄 잘못하여 황금 기러기발 스치니
멀리 붉은 노을 너머 웃음소리 들리네
○ 緱嶺ノ仙-人碧-玉ノ箏 折ヶテ華ヲ閑ノ二倚ル董-雙-成 瑤-絃誤テ_拂ノ黃-金ノ柱ヲ 遙隔ㅇテ彤-霞ㅇヲ聽ㅇク笑-聲ㅇ

33.

난새 타고 내려오는 구중의 성
붉은 부절 무지개 깃발 태청궁을 이별했네
주의 영왕 태자 만나게 되어
벽도화의 안 밤에 생황 불었네
○ 乘ノ鸞二來ノ_下ル九-重ノ城 絳-節霓_旌テ別ㅇ太-淸ㅇ二 逢ㅇ著ゞ周ノ靈-王太子ㅇ二 碧-桃-華ノ裏夜吹ノ笙ヲ

34.

바다 언덕의 붉은 뽕나무 몇 번이나 열렸나
깃옷이 영락하여 잠시 돌아 왔네
동창의 옥 나무 세 가지 기니
진황의 이별 후 심은 것을 알겠네
○ 海-畔ノ紅-桑幾-度ヒカ_開 羽-衣零-落暫ク歸リ_來ル 東窓ノ玉-樹三-枝長ス 知ヌ是レ_眞-皇ノ別-後二栽ルフヲ

공(浮丘公)을 만나 숭산(嵩山)으로 들어가 도술을 배운 지 30여 년 후 백학을 타고 구씨산 마루에 올라가 며칠간 있다가 떠나 버렸다고 한다.
22) 선녀의 이름이다. 집에서 단약을 구워 완성되자 신선이 되어 피리를 불며 떠났다고 한다. 서왕모의 시녀로, 생황을 잘 연주하였다.

35.
용을 재촉하고 봉황을 재촉해 조원에 올라가니
길이 구슬 허공으로 들어가 여덟 문이 탁 트였네
신선 사관 전각 머리에서 조어를 선포하니
구화 왕자23)가 곤륜산을 맡게 됐네
○ 催シ✓龍ヲ促✓鳳ヲ上ㅡ朝ㅡ元㊀ㄷ 路入㊀テ瑤ㅡ空ㅡㄷ敞㊀ク八
門㊀ヲ 仙ㅡ史殿ㅡ頭ㄷ宣㊀詔語㊀ヲ 九ㅡ華王ㅡ子主㊀ル崑ㅡ崙㊀ヲ

36.
화장 거울의 외로운 난새 상원 부인을 원망하고
구름 수레 봄 저무는데 천문에서 내려가네
봉해진 낭군은 무정한 사람이라
푸른 소매 돌아갈 때 눈물 자국 쌓였네
○ 粧ㅡ鏡ノ孤ㅡ鸞怨㊀上ㅡ元㊀ヲ 雲ㅡ車春_暮レテ下㊀天ㅡ門㊀ヨ
リ 封ㅡ郎太夕是レ無ㅡ情ノ者 翠ㅡ袖歸リ_來テ積㊀淚ㅡ痕㊀ヲ

37.
청동 과부 된 지 일 천 년
천수의 선랑이 좋은 인연 맺었네
하늘의 음악 옷이 우는 추녀 밖의 달
북궁의 신녀가 주렴 앞에 내려왔네
○ 青ㅡ童孀ㅡ宿スㅡㅡ千ㅡ年 天ㅡ水ノ仙ㅡ郎結㊀好ㅡ緣㊀ 空ㅡ樂
衣24)鳴ル簷ㅡ外ノ月 北ㅡ宮ノ神ㅡ女降㊀ル簾ㅡ前㊀ㄷ

---

23) 신라 왕자 출신으로 당나라 구화산에서 수도한 승려 김교각(金喬覺)을 가리키는 것으로 보인다. 구화산 화성사에 등신불이 모셔져 있으며 지장보살로 추앙받았다.
24) 1608년 조선판본 『蘭雪軒詩』에는 "夜"로 되어 있다.

38.
하늘 꽃 한 송이 금병의 서쪽
길이 남교로 들어가니 필마가 우네
진중한 옥장이가 옥 절구 남겨두어
계수나무 향기 안개 낀 달 약숟가락 합하네
○ 天-華一-朶錦-屛ノ西 路入㋹ヲ藍橋㋹匹-馬嘶フ 珍-重ス玉-工ノ留㋹ラ玉-杵ヲ 桂-香烟-月合㋹刀-圭ニ

39.
동궁의 여자 동무 조회를 끝내고 돌아오니
꽃 아래 서로 만나 골짜기로 들어오네
한가히 옥봉에 기대 쇠피리를 부니
푸른 구름 날아서 망천대를 감싸네
○ 東宮ノ女-伴罷メテ✓朝ヲ回ル華-下相_邀ヘテ入リ✓洞ニ來ル 閑カニ倚㋹テ玉-峯ニ吹㋹鐵-笛ヲ 碧-雲飛遶ル望-天-臺

40.
안개 일산 돌아오는 소유동천
붉은 지초 처음으로 물가의 밭에 자랐네
구슬 광주리 영롱한 열매를 따느라
붉은 실 잊었네, 학 채찍을 만들 것을
○ 烟-蓋歸リ_來ル小-有ノ天 紫-芝初_長ス水邊ノ田 瓊筐採㋹リ得テ英-英タル實ヲ 遺㋹却メ紅-綃㋹ヲ制㋹鶴鞭㋹ヲ

41.
신선들 서로 끌고 지초 밭을 올라가

잠시 구슬못 향해서 연 캐는 것 배웠네
비낀 해가 꽃을 비추고 구슬 문 닫히니
푸른 안개 깊이 대라천을 잠갔네
○ 群-仙相_引テ陟⊖芝-田⊖ヲ 暫向⊖テ珠-潭⊖ニ學⊖採蓮ヲ
斜-日照メ╱華ヲ瓊-戸閉 碧-烟深ク_鎖ス大-羅-天

42.
영롱한 꽃 그림자가 구슬 바둑판을 덮고
정오의 솔 그늘 바둑알 놓는 것이 더디네
시내 두둑의 백룡 새로 내기해 얻고
석양에 말을 타고 나와 천지를 향하네
○ 玲-瓏タハ華-影覆⊖瑤-碁⊖ヲ 日午松陰落スフ╱子ヲ遲シ
溪-畔ノ白-龍新ニ賭シ得テ 夕-陽騎テ出テ向⊖天池⊖ニ

43.
구슬 골짜기 은 시내가 상서로운 안개에 잠기고
신선은 많은 병에 하늘 조회 그만두었네
「백운요」25) 다 읽고서 푸른 난새 떠나니
한낮 붉은 용이 문 밖에서 존다네
○ 珠-洞銀-溪鎖⊖ス瑞烟⊖ヲ 大-郎多病ニメ罷⊖ム朝-天⊖ヲ
雲謠讀ミ盡メ青鸞去 日-午紅-龍戸-外眠ル

44.
고래를 탄 학사가 옥황께 예를 하니
서왕모가 만류하여 벽성에서 잔치하네

---

25) 서왕모가 요지에서 잔치를 베풀 때 목천자에게 지어주었던 이
  별 노래이다.

손으로 오색 붓을 펼쳐 옥 글자를 쓰니
취한 얼굴 오히려 「청평조」 바칠 때26)와 같네
○ 騎ル鯨ニ學士禮瑤京ヲ 王母相留ニ宴碧城ニ 手
展テ彩毫ヲ書ス玉字 醉顔猶ヲ似リ進ルニ清平ヲ

45.
황제가 처음에 백옥루를 닦으니
구슬 계단 구슬 기둥 오색 구름 떠돌았네
한가히 장길[이하]을 불러 천 자를 전서로 쓰게 하고
구슬 상인방의 제일 높은 머리에 걸어 두었네
○ 皇帝初テ修ス白玉樓 璧階璇柱五雲浮フ 閑呼テ長
吉ヲ書シメテ天篆ヲ 掛テ在リ瓊楣ノ最上頭ニ

46.
부용의 성궐은 비단 구름 향기롭고
따로 만경[석연년]에게 조서 내려 그림 집을 주관했네
아침 해에 용을 탄 천 기의 여인
흰 난초 떨기 안에 생황을 합하네
○ 芙蓉ノ城闕錦雲香シ 別ニ詔メ曼卿ニ主シム畫堂
ヲ 朝日駕ス龍ニ千騎ノ女 白蘭叢裏合笙簧ヲ

47.
별도로 진인인 채소하27)에 조서 내려

---

26) 당현종이 양귀비와 모란이 핀 침향정에서 즐길 때 즉석에서 이백을 불러 노래 가사를 짓게 하였는데, 술에 취한 채로 끌려 와서 「청평조」를 지었다고 한다.
27) 채소하(蔡少霞)를 가리키는 것으로 보인다. 당나라 때 학자이자 도인이다. 일찍 과거에 급제하였으나 기주 참군에서 물러난 후

여덟 꽃 벽돌 위에 단사를 합하네
금 화로 벽탄이 둥근 수은을 이루니
백옥반에 담아서 황제 집을 향하네
○ 別ニ詔㊀メ眞-人ノ蔡小霞㊀ニ 八-華磚上合㊀丹-砂ヲ 金-
爐壁-炭成㊀テ圓汞卜 白-玉-盤ニ_盛テ向㊀帝家㊀ニ

48.

선녀 무리 가운데 값이 가장 높으니
선도를 먹으며 서왕모를 모신 것이 열 번이네
한가히 옥피리 지니니 손보다 희어
말하기를 월궁의 하얀 토끼털이라고
○ 玉-女群-中價最セ_高シ 十㊀-陪ス王母カ喫㊀スルニ仙-桃
㊀ヲ 閑持㊀メ玉管㊀ヲ白シ✓於✓手ヨリ 道_是月-宮ノ霜兔毫

49.

서쪽으로 돌아가는 공자 어느 때 돌아오나
남악의 부인[28]이 조만간 오네
십주를 돌아다녀도 여전히 다 못하고
밤 끝나 생황 학이 봉래에 내려오네
○ 西ニ歸ル公-子幾時カ_廻 南-岳ノ夫-人早_晩カ來ン 巡-㊀
歷メ十洲㊀ヲ猶未✓遍 夜_闌ニメ笙-鶴降㊀蓬-萊㊀ニ

50.

　　명산 대천을 다니며 명류와 교류하며 도를 논하였다. 만년에 실
　　산에 집을 짓고 토고납신(吐故納新)을 수련하였다.
28) 남악부인(南岳夫人)은 도교의 여신으로, 위부인(魏夫人) 또는 위
　　화존(魏華存)으로 알려져 있다. 남악 형산(衡山)을 관장하는 신이
　　다.

금고[29]가 어제 편지를 부쳐 와서
알려서 말하기를 구슬못에 옥 꽃이 피었다고
몰래 편지에 써서 붉은 잉어에게 맡기니
촉 땅 내일 밤 대에 오르자 약속하네
○ 琴高昨-日寄セ✓書ヲ來ル 報ノ‿道瓊-潭玉蘂開クト 偸カニ
寫◦テ尺-牋ヲ◦憑ノ赤鯉◦ヲ 蜀-中明-夜約ス✓登フヲ✓臺二

51.
붉은 궐 부인이 옥황을 이별하고
통천 깊이 자줏빛 노을 방을 닫았네
복사꽃 떨어지기 다한 시내 머리의 나무
흐르는 물은 완랑을 속일 마음 없다네
○ 絳-闕夫-人別◦玉皇◦二 洞-天深ク閉紫霞-房 桃-華落‿盡
ク溪-頭ノ樹 流-水無✓情賺◦阮-郎◦ ヲ

52.
용을 타고 길이 구진의 놀이 짝하니
팔도 아침에 떠나 저녁에 이미 돌았네
깊은 밤 강단에 풍우가 멈추고
소선이 돌아가려 푸른 규룡 채찍질하네
○ 乘ノ✓龍二長ク伴◦九眞ノ遊◦二 八-島朝二‿行テ夕二已二‿
周シ 深夜講壇風-雨定ル 小-仙歸‿去テ策◦靑虯◦二

---

29) 금고(琴高)는 전국시대 조나라의 사람으로, 거문고를 잘 연주하였다. 장생술을 익힌 후 용을 잡으로 탁수로 들어갔다. 제자들과 만나기로 한 날 붉은 잉어를 타고 나타나 한 달 남짓 머문 후 다시 잉어를 타고 물속으로 사라졌다고 한다.

53.
오리 하얗고 한가롭게 흰 사슴 타고 노니
꽃을 꺾어 와서 올라가는 오운루
단경이 서안에 가득하고 약이 솥에 쌓였는데
무슨 일로 옥랑은 서리가 머리에 가득한가
○ 鳧白〆閑ニ乘㊀テ白-鹿㊀ニ遊フ 折√華ヲ來テ_上ル五-雲-樓 丹-經滿チ√案ニ藥リ堆シ√鼎ニ 何_事ソ玉-郎霜滿√頭ニ

54.
붉은 난간 푸른 기와 구슬 섬돌 장식하고
신을 물들이는 푸른 이끼를 남겨놓지 않았네
조회가 끝나고 열선이 다투어 절하고 축하하니
대궐에서 새로이 여덟 관아를 거느렸네
○ 彤-軒碧-瓦飾㊀瑤墀ヲ 不㊀遣√靑-苔ヲ染㊀〆履綦ヲ 朝シ_罷テ列-仙爭テ拜-賀 內家新ニ_領ス八-霞-司

55.
바다 위의 찬 바람이 옥 가지를 불고
해가 비끼자 신선 밭에 꽃을 보는 때이네
붉은 용의 비단 휘장 황금의 굴레
원군이 아니라면 탈 수가 없다네
○ 海上ノ寒-風吹㊀玉-枝ヲ 日_斜〆玄-圃看√華ヲ時 紅-龍ノ錦襜黃金ノ勒 不㊀ンハ是レ元君㊀ニ不√得√騎フヲ

56.
반도가 열매를 맺자 곤륜산에서 잔치 열려
가득하게 구슬 술을 따라서 상원30)께 권하네

오색 난새를 불러 재촉해 동쪽으로 가기를 빨리하니
옥봉에서 맞이하는 늙은 헌원씨

○ 蟠-桃結ンテ子ヲ宴㋱崑崙㋱二 滿ル✓酌二瓊-醪勸㋱上-元㋱
二 催㋱シ喚テ彩鸞㋱東二_去ル丁疾シ 玉-峯邀ヘ_取ル老-軒-
轅

57.
발아래의 별빛이 반짝반짝하며 높고
달이 시내 그림자를 비쳐 용의 털을 적시네
노을에 임하여 웃으며 동방삭을 불러서
옥 복숭아를 따러 얼음 동산 향하지 말라 하네

○ 足-下ノ星-光閃-閃トメ高 月篩㋱メ溪-影㋱ヲ濕龍-毛㋱
ヲ 臨テ霞ヲ笑テ喚ブ東方朔 休㋱メヨ向✓氷-園二摘㋱丁ヲ玉-
桃㋱ヲ

58.
얼음집에 봄이 오자 계수나무꽃이 있어
스스로 한 마리 봉황 타고서 붉은 노을을 나섰네
산 앞에 안기생을 만났는데
소매 안에 가지고 있는 대추가 참외와 비슷하네

○ 氷-屋春_回テ桂二有✓華 自ラ驂㋱メ孤-鳳㋱二出㋱彤霞ヲ
山-前逢㋱著安-期子㋱二 袖裏携ヘ持テ棗似リ✓瓜二

59.
구슬 바다 아득하고 달 이슬 내리니

---

30) 상원부인(上元夫人)을 가리킨다. 서왕모 다음으로 지위가 높은
선녀로, 선녀의 명부를 관리한다고 하며, 이름은 아환(阿環)이다.

십 천 궁녀 푸른 난새에 탔네
새벽에 떠나 요지의 잔치에 다다라
한 곡조 생황 노래 푸른 하늘이 시리네
○ 瓊-海茫-茫トメ月-露溥タリ 十-千宮-女駕◦靑-鸞◦二 平明去テ赴◦ク瑤-池ノ宴◦二 一-曲笙-歌碧-落寒シ

60.

구슬 나무 무성하고 이슬 기운 짙으니
달이 주렴 방에 스며들어 그림자 영롱하네
한가하게 흰 토끼 재촉해 영약을 찧게 하니
가득한 절구의 천향 옥가루가 붉구나
○ 瓊-樹扶-踈メ露-氣濃ク 月侵◦メ簾室◦ヲ影玲-瓏 閑二催◦白-兔◦ヲ敲◦シヘ靈藥◦ヲ滿-臼ノ天-香玉-屑紅リ

61.

푸른 문장 조회에서 아뢰는 열 겹 성
숭산 시내에서 사슴을 물 먹이고 숙경[31]을 방문하네
잔치 끝나고 자미인이 학에 오르니
구천의 둥근 노리개 달 속의 소리
○ 綠-章朝二_奏ス十_重城 飮◦フテ鹿ヲ嵩溪◦二訪◦叔-卿ヲ 宴_罷テ紫微人上ルノ鶴 九-天ノ環佩月-中ノ聲

62.

이슬 쟁반의 꽃 물이 삼성을 스며들고
기운 은하수가 처음으로 백옥의 병풍 아래로 내려갔네

---

31) 위숙경(衛叔卿)을 가리킨다. 신선으로 구름을 타고 한(漢)나라 궁궐에 내려와 무제(武帝)를 만났으며, 신선인 홍애자(洪厓子)와 더불어 바둑을 두면서 놀았다고 한다.

외로운 학이 돌아오지 않고 사람은 잠을 못드는데
한 가닥의 은물결이 구슬 정원에 떨어지네
○ 露盤ノ華水浸㋙三-星ヲ 斜-漢初テ_低ル白-玉ノ屛 孤-鶴未ノ✓廻ヲ人不✓寐 一-條ノ銀浪落㋙珠-庭㋙ニ

63.

봉래섬의 귀로는 바다가 천 겹인데
오백년 가운데 한 번 건너 만나네
꽃 아래 경액의 술 사기 위해서
푸른 대나무를 창룡으로 변하게 하지 마오
○ 蓬-萊ノ歸-路海千重 五-百年-中一-度逢フ 華下爲ニ沽㋙テ瓊-液ノ酒㋙ 莫✓教㋓ル フ✓靑-竹ヲ化㊉蒼龍㊉ト

64.

몸은 푸른 사슴을 타고 봉래산으로 들어가니
꽃 아래의 선인이 각기 얼굴을 펴네
손으로 대중 가운데 보고 쉽게 가려낸다고 말하니
칠성의 부적이 정수리 털 사이에 있다네
○ 身騎㋙テ靑-鹿㋙ユ入㋙蓬山㋙ニ 華下ノ仙人各破✓顔ヲ 手說㋙テ衆中看-易ノ辨㋙ヲ 七星ノ符在㋙頂-毛ノ間㋙ニ

65.

추녀 방울 말이 없이 구슬 궁전 닫혀있고
붉은 누각 구슬 연못의 바람이 서늘하게 일어나네
외로운 학 밤에 창해의 달에 놀라고
퉁소의 소리는 푸른 구름 사이에 있네
○ 簷-鈴無✓語閉㋙珠-宮㋙ 紫閣涼_生ス玉-簟ノ風 孤鶴夜ル_驚ク滄-海ノ月 洞-簫ノ聲ハ㋙在㋙綠雲ノ中㋙ニ

66.

후토부인32) 백옥경에 살면서

한낮에 생황 피리 불고 마고33)에게 잔치 베푸네

위랑은 연소하고 마음이 게으르기 심해서

얇은 비단 오악의 그림을 그려내지 않는다네

○ 后-土夫-人住ㅡㅅ玉-都ㅡ二 日-中笙-笛宴ㅡㅅ麻-姑ㅡㅋ 韋-郎年-少心_慵キㄱ甚シ 不✓寫ㅡ輕-綃五-岳ノ圖ㅡㅋ

67.

한가하게 농옥34)을 따라 하늘 거리 걸으니

다리 아래 향기로운 먼지가 신에 묻지 않는구나

전도하는 흰 기린 서른 여덟

뿔 끝 모두 작은 금패를 걸었네

○ 閑二隨ㅡテ弄-玉ㅡㅋ步ㅡㅅ天-街ㅡ二 脚-下香-塵不✓染✓鞋ㅋ 前-導ノ白-麟三-十八 角-端都テ_挂ㄱ小-金-牌

68.

자양궁 궁녀가 단사를 받들고

---

32) 도교에서 천계를 주관하는 옥황상제와 대조적으로 음양을 관장하고 만물을 생육하는 대지의 여신이다.
33) 장수를 상징하는 선녀이다. 서왕모의 생일에 영지로 빚은 술을 선물하며 축하하였고, 동해가 세 번이나 뽕나무 밭으로 변하는 것을 보았다고 하여 창해상전(滄海桑田)의 고사성어의 유래가 되었다.
34) 진나라 목공의 딸로, 퉁소에 능한 소사를 사랑하여 목공이 그에게 시집을 보냈다. 소사가 매일 농옥에게 퉁소를 가르쳐 봉황의 울음소리를 낼 수 있게 되었고 봉황이 이들이 머문 집에 내려왔는데 나중에 봉황을 타고 날아가버렸다고 한다.

서왕모가 명하여 한나라 황제궁을 찾았네
창 아래 우연히 동방삭의 웃음에 마주치니
헤어지고 구슬 나무 여섯이 꽃을 피웠네
○ 紫-陽宮-女捧㋑丹-砂ヲ 王-母令✓過㋺ラ漢ノ帝家㋑ヲ 窓下偶ヽ逢㋑方-朔笑ニ 別-來琪-樹六ビ開✓華ヲ

69.

외로운 밤 요지에서 상선을 그리워하니
달은 밝은 서른여섯 봉우리 앞
난새 봉황 소리 끊기고 푸른 허공 고요하니
사람은 옥청궁에 있어 잠들었는지 잠 못 들었는지
○ 獨-夜瑤-池憶㋑上-仙ヲ 月ハ_明ナリ三-十六-峯ノ前 鸞-笙響_絶テ碧-空靜ナリ 人ハ在㋑テ玉-淸ニ眠ルカ不✓眠ル

70.

동황이 살구를 심은 지 일천 년
가지 위에 세 꽃봉오리 푸른 안개에 가렸네
때로 오색 난새를 잡고서 옛 동산을 찾으니
꽃을 따서 들고서 옥황의 앞에 바치네
○ 東-皇種✓杏ヲ一-千-年 枝-上三ビ_英テ蔽㋑碧-烟㋑ヲ 時ニ控ㇺ彩-鸞ヲ過㋑ク舊苑㋑ヲ 摘テ✓華ヲ持ㇺ_獻ス玉-皇ノ前

71.

당창관의 안에 구슬 꽃이 모여있어
신선이 와서 보고 봉황 수레 멈추었네
먼지가 푸른 옷을 물들이고 봉래섬이 머니
옥 채찍이 바다 구름의 가장자리 멀리 가리키네

○ 唐-昌-館ノ裏簇㆑ス瓊-華㆑ヲ 仙-子來リ_看テ駐㆑鳳車㆑ヲ
塵染㆑葱-衣㆑ヲ蓬-島遠シ 玉-鞭遙ニ_指海-雲ノ涯リ

72.
신선이 아침에 벽옥의 사다리를 올라가니
계수나무 바위의 개인 날 흰 닭이 우네
순양의 도사 돌아오는 것이 어찌 늦는가
바로 섬궁을 향하여 후예의 처를 만나네
○ 羽-客朝クニ_升ル碧-玉ノ梯 桂-巖ノ晴-日白-鷄啼ク 純
-陽ノ道-士歸ルコ_何_晚キ 定向㆑テ蟾-宮㆑ニ訪㆑羿妻㆑ヲ

73.
구슬 숲의 바람 이슬 허공은 쓸쓸하니
달이 선녀를 이끌고 석교에 오르네
비스듬히 자줏빛 안에 기대 머리를 들지 않으니
적성 남쪽 언덕 문소를 그리워하네
○ 玉-林ノ風-露沵寥-寥 月引㆑テ仙-妃㆑ヲ上㆑石-橋㆑ニ 斜
倚㆑テ紫-烟㆑頭ヘ不ノ擧ヲ 赤-城南-畔憶㆑文簫㆑ヲ

74.
묘야 선생이 적성에서 문을 닫으니
봉황루 푸름이 엉기고 근심스레 소리가 없네
향기가 사라진 신선의 골짜기 허공을 걷는 밤
이슬은 계수나무 꽃을 적시고 서늘한 달이 밝구나
○ 渺野先-生閉㆑赤-城㆑ヲ 鳳-樓凝ンノ碧ヲ悄トシ無ノ聲ヘ
香ハ_消ス玉洞步-虛ノ夜 露濕㆑シ桂-華㆑ヲ涼-月明ナリ

75.
붉은 깃발 붉은 부절 새벽 노을 가운데

별전에서 맑게 재계하고 다섯 옹을 기다리네
가을물 한 가닥 가볍게 옥구슬 소리내고
벽도화가 자양궁에 가득하네
　○ 朱-幡絳-節曉-霞ノ中 別-殿淸-齋待ㅇ五-翁ヲ 秋-水一
-絃輕ㇰ戞ᑉ玉ヲ 碧-桃華_滿紫陽宮

76.
온 봄 한가하게 옥진낭자의 놀이에 짝했더니
훌쩍 성상이 이미 가을을 알리네
한무제 오지 않고 꽃은 다 졌으니
하늘 가득 안개 이슬 달은 누각에 있네
　○ 一-春閑二伴ㅇ玉-眞ノ遊ㅇ二 倏-忽タル星-霜已二報スᑉ秋
ヲ 武-帝不スᑉ來華落盡 滿-天烟-露月當フᑉ樓二

77.
붉은 누각 은빛 다리 태허에 타니
검 빛 한가하게 구진산의 허공을 쏘네
금패 걸고서 한 쌍 기린 뿔을 향하니
푸른 달 차가워 옥찰의 편지에 스미네
　○ 彤-閣銀-橋駕ㅇス太-虛ㅇ二 劍-光閑二射ル九-眞ノ墟 金-
牌掛テ向ㅇ雙-麟角ㅇ 碧-月寒ㇰ_侵ス玉-札ノ書

78.
붉은 촛불 밝게 타오르며 구천에서 내려가니
해가 궁전의 섬돌에서 오르는 옥 화로의 연기
무앙궁의 난새 봉새 서왕모를 따라
와서 동황의 일만년을 축하하네
　○ 絳-燭熒煌トㇰ下ㅇ九-天ㅇヨリ 日升ルㅇ螭-陛ㅇ二玉-爐ノ

烟 無-央ノ鸞-鳳隨⊖金母⊖ニ 來テ賀ス東皇ノ一-萬-年

79.
자라섬 굴 구름이 낮고 해가 기울려 하는데
수궁의 주렴 가을 물결을 말아 올리고
단풍은 향기롭고 달 학이 일년을 지내는 꿈을 꾸니
창자가 끊어지는 대궐문 악록의 꽃
○ 鼇-岫雲 低テ日欲✓斜シト 水-宮ノ簾箔捲⊖秋-波⊖ヲ 楓ハ香レ月-鶴經✓年ヲ夢 膓ハ斷閶-門蕚-綠ノ華

80.
문창 공자35)가 하늘에 조회하고자
웃으며 서왕모 만류해 옥 채찍을 찾았네
뜰 아래의 오색 난새 서른여섯
푸른 옷이 푸른 못의 연꽃을 마주하였네
○ 文-昌公-子欲✓朝✓天ニ 笑ニ_泥ム嬌-妃索⊖玉-鞭⊖ヲ 庭-下ノ彩-鸞三-十六 翠-衣相-對ス碧-池ノ蓮

81.
별 관 노을 노리개 훌륭한 위의
삼도의 선관이 들어와 아뢰는 때
자주 금 채찍을 잡고 용의 뿔을 치니
서쪽으로 떠나서 하늘에 오르는 것이 더디다고 꾸짖기 때문이네
○ 星-冠霞-佩好-威-儀 三島ノ仙官入-奏ノ時 頻リニ把⊖テ金鞭⊖ヲ打⊖ス龍角⊖ヲ爲ニ嗔ル西-去上ラ✓天ニ遲シト

---

35) 문운을 주관하는 별을 의인화한 것이다.

82.

여덟 말이 바람을 타고 떠나 돌아오지 않으니
계수나무 가지 누런 대나무 요지를 원망하네
곤륜산 뜰의 옥 비파 구름 속에 울리고
능화에 말 전하기를 눈썹 그리는 것을 그만두었다고
○ 八-馬乘ノ✓風ニ去テ不歸　桂-枝黃-竹怨㋹瑤-池㋹ヲ　昆-庭ノ玉-瑟雲-中ニ響　傳㋹-語ノ凌-華㋹ニ罷ム✓畫ㄱヲ✓眉ヲ

83.

느릅나무 잎 떨어지는 푸른 은하수의 물결
옥 두꺼비 구슬 이슬 가을을 이기지 못하네
신령한 다리 까치가 흩어지고 소식이 없이
물에 막혀서 공연히 물 마시는 소를 보네
○ 榆-葉飄-零ス碧-漢ノ流　玉-蟾珠-露不✓勝✓秋ニ　靈-橋鵲散ス無㋹消-息㋹　隔テテ✓水ヲ空看ル飮✓フ渚ニ牛

84.

구슬 이슬 금 회오리 하늘 세상의 가을
옥황상제 높이 오운루에서 연회를 여네
「예상우의곡」한 곡조 하늘 바람 일어나
신선 향기 불어서 흩어지니 십주에 가득하네
○ 珠-露金-飆上-界ノ秋　紫皇高ク宴ス五-雲-樓　霓-裳一-曲天-風起ル　吹㋹キ散ヌ仙-香㋹ヲ滿㋹十-洲ニ

85.

난새 타고 밤에 자미성에 들어가니
계수나무 달빛이 백옥경을 흔드네
성두가 허공에 가득하고 바람 이슬 젖으니

푸른 구름 때때로 선경을 읽는 소리 내려오네
○ 乘テ鸞ニ夜ル入ㇽ紫薇城ㇾニ　桂－月光リ搖ク白－玉－京
星－斗滿テ空ニ風－露薄シ　綠－雲時ニ下ル步－虛ノ聲

86.
황금 가지 풀어서 비단 치마를 묶고
열 폭의 화전에 푸른 구름 물들였네
천 년 옥청궁 단 위 약속
웃으며 세 마리 새에 기대 수양공에게 부치네
○ 黃－金條脫テ繫ㇽ羅－裙ㇾヲ　十－幅ノ華－牋染ㇺ碧－雲ㇾヲ
千－載玉－淸壇－上約　笑憑ㇾテ三鳥ㇾニ寄ㇽ羊－君ㇾニ

87.
여섯 잎의 비단 치마 색은 안개를 끌고
완랑이 서로 불러 난초 밭으로 올라가네
생황 노래 잠시 꽃 사이 향하여 다하니
문득 인간 세상의 일만 년이었네
○ 六－葉ノ羅－裙色曳ク烟ㇾヲ　阮－郎相喚テ上ㇽ芝－田ㇾニ　笙
－歌暫ク向テ華間ㇾ盡ルヲ　便_是人－寰ノ一－萬－年

밤에 앉아
금 가위 상자 안의 비단을 잘라내어
재단해서 겨울옷을 만드는데 손을 자주 불었네
비스듬히 옥비녀 뽑아든 등 그림자 가에
붉은 불꽃 열어서 나는 나방 구했네
○ 夜－坐

金-刀翦リ出ス篋-中ノ羅　　裁㊀シ就ﾞ寒-衣㊀ニ手_屢_呵ス
斜ニ拔㊀ヲ玉釵㊀ヲ燈-影ノ畔　剔㊀開ﾞ紅-焰㊀救㊀飛-蛾㊀ヲ

규원

1.
비단 띠 비단 치마 눈물 흔적을 쌓였으니
일 년 고운 풀 왕손을 한스러워 하네
구슬 아쟁 연주를 다한 강남의 곡조
비가 배꽃을 때려 낮에 문을 닫았네
○ 閨怨
錦帶羅-裙積㊀淚-痕㊀ヲ　一年芳草恨㊀王-孫㊀ヲ　瑤箏彈シ_盡
ス江-南ノ曲　雨打㊀梨-華㊀ヲ畫掩ﾞ門ヲ
2.
월루에 가을 다하고 옥 병풍 비었는데
서리가 갈대섬을 때리고 저녁 기러기 내려오네
구슬 비파 한 번 연주하자 사람이 보이지 않고
연꽃이 영락한 들 연못 가운데
○ 月-樓秋_盡テ玉-屛空シ　霜打㊀ﾞ蘆洲㊀ヲ下㊀暮-鴻㊀ヲ　瑤
-瑟一ニ_彈ﾞ人不ﾞ見　藕-華零落ス野-塘ノ中

가을 한

붉은 비단 멀리 너머 야등의 붉음
꿈 깨니 비단 이불 절반이 비었구나
서리 차갑고 옥 새장에 앵무가 말을 하고

계단 가득한 오동 잎이 서풍에 지네
○ 秋恨
絳-紗遙ニ隔夜-燈ノ紅　夢_覺テ羅-衾一-半空シ　霜_冷ニノ玉
-籠鸚-鵡語　滿-階ノ梧-葉落⊖西-風⊖ニ

부록(附錄)

광한전 백옥루 상량문

서술하노라. 보배 일산이 하늘에 걸리고 구름 수레 색상의 경계를 넘었으며, 은 누각 해에 빛나고 노을 기둥 미진의 호리병에서 나왔다. 비록 다시 신선 나팔이 틀을 움직여 구슬 기와의 전각을 만드는 것을 환상으로 만들고 푸른 이무기가 안개를 불어 옥 나무의 궁궐을 빚어내기를 거짓으로 하더라도, 청성장인 옥 휘장의 도술을 이에 다하고 푸른 바다의 왕자는 금궤의 방술을 다 베풀었으니, 하늘로부터 만든 것이지 인력이 아니다. 주인의 이름이 신선의 명부에 엮이고 직함이 신선의 반열에 묶여, 태청궁에 용을 타고 가니 아침에 봉래를 출발하여 저녁에 방장에서 묵었고, 삼도에 학을 타고 가니 왼쪽으로 부구를 잡고 오른쪽으로 홍애를 어루만졌다. 천 년 신선 밭에 살다가 한 번 꿈꾼 인간의 먼지 세상, 황정경을 잘못 읽어 무앙궁에 귀양을 내려와서, 붉은 줄 인연을 맺고 유궁한 집에 들어온 것을 후회하였다.

병 속의 영약 겨우 현사에 손가락을 대니 발 아래의 은 두 꺼비 갑자기 계수나무 집에 형체를 감추었다. 웃으며 붉은 먼지 붉은 해를 벗어나 거듭 자미궁 붉은 노을을 헤치니, 난새 생황 봉새 피리의 신령스러운 놀이 기쁘게 옛 모임이 이었다. 비단 장막 은 병풍의 과부가 오늘밤이 지나는 것을 뉘우치니, 어찌 하면 일궁에 은륜이 부족함을 월전의 종이로 아룀을 관장할 수 있으려나. 청절한 관리 무리가 여덟 노을의 관사를 발로 밟으며, 높고 높은 지위와 명망은 이름이 오운의 전각을 압도하였다. 차가움이 옥 도끼에서 생겨나니 나무 아래의 오질36)이 잠을 자지 못하고 음악이 예상곡을 연주하고 난간 주변의 항아가 춤을 바친다. 영롱한 노을 노리개가 선녀의 옷에 노을 비단을 떨치고 빛나는 별의 관이 인승(人勝)에 별구슬을 붙였다. 이어서 신선들이 와서 모일 것을 생각하니 오히려 상계의 누각 거처가 부족하구나. 푸른 난새가 옥비의 수레를 끌고 깃장식 일산이 길을 앞서며 백호가 조원궁의 사자를 태우고 황금 실이 먼지를 뒤따르며 유안37)이 경전을 옮겨 서안 위에 쌍룡을 끌어오고 희만38)이 태양을 쫓아가 여덟 바람이 산 언덕에 머물렀다. 밤에 상원부인을 맞이하니 푸른 머리는 세 갈래로 흩어

---

36) 오질은 달 속에 있다는 선인(仙人)인 오강(吳剛)으로, 자가 질(質)이다. 일찍이 신선술을 배우다가 죄를 지어 달 속으로 귀양가서 계수나무를 계속해서 아무는 계수나무를 도끼질하게 되었다는 전설이 있다.
37) 유안(劉安)은 중국 전한의 학자로, 황족으로서 회남왕(淮南王)에 봉해졌다. 『회남자(淮南子)』를 저술하였다.
38) 희만(姬滿)은 주나라 목왕의 이름이다. 목천자라고도 한다.

졌고, 낮에 상제의 딸을 접하니 금 북이 아홉 무늬의 비단을 짜고 있었다. 요지의 신선들은 남쪽 봉우리에서 만나고, 백옥경의 제왕들은 북두에서 모였다. 당종이 나공원의 지팡이를 밟아39) 우의를 삼장에서 얻었고 수제(水帝)는 화선(火仙)의 바둑을 대하여 한 대국에서 세상을 따냈다. 없는 것은 홍루의 높은 건설이니 어찌 붉은 부절이 내조함을 편안케 하랴. 이에 십주에 문장을 곱게 써서 아홉 바다에 격문으로 달려가게 하고, 지붕 아래 장인의 별을 가두어두어 목성이 숲을 가리고 철산을 기둥 사이에 눌러놓아 황금 정기가 빛이 생동한다. 땅의 신령이 끌을 휘둘러 반수(般倕)40)에게서 교묘한 생각을 끌어내고 큰 대장장이가 용광로를 풀무질하여 도가니와 틀에서 기이한 지혜를 운용하였다. 푸른 노을이 꼬리를 드리우니 쌍무지개가 별과 별자리의 강을 마시고 붉은 무지개 머리를 드니 여섯 자라가 봉래의 섬을 이고 있다. 구슬이 비추는 해를 써서 붉은 누각을 안개 가운데 나오게 하고 비단이 유성을 엮어서 푸른 행랑을 구름 밖으로 세웠다. 물고기가 구슬 기와에 비늘을 모았고 기러기가 구슬 섬돌에 이를 줄지어 세웠다. 미련(微連)이 깃발을 받들자 겹겹 안개에서 달 부절이 내려오고 부백(鳧伯)이 둑기를 세우자 삼진(三辰)에 난초 장막을 설치하였다. 황금 줄이 비단

---

39) 당종은 당나라 현종(玄宗)이다. 나공원(羅公遠)이 공중을 향하여 지팡이를 던지자, 그 지팡이가 은빛이 나는 큰 다리로 변하여 현종이 공원과 함께 다리를 건너 월궁에 이르렀다. 이곳의 음악을 듣고 「예상우의곡」을 만들었다.
40) 중국 춘추전국시대 노(魯) 나라의 명장(名匠)인 공수반(公輸班)과 고대 당요(唐堯)시대의 명장인 공수(工倕)를 가리킨다.

집의 수술을 묶고 구슬 그물이 조각한 난간의 누각을 보호한다. 선인(仙人)이 마룻대에 있어 기운이 오색 봉황의 향기로운 대를 불고 옥녀가 창에 임하여 물이 한 쌍 난새의 거울갑에 넘친다. 비취의 주렴, 운모의 병풍, 청옥의 서안에 서기 어린 아지랑이가 밤에 엉기고 부용의 휘장, 공작의 부채, 백은의 침상에 상서로운 무지개가 낮에 잠겨있다. 이에 봉황 위의의 잔치를 베풀고 제비가 축하하는 정성을 펴게 하였다. 옆으로 온갖 신령을 초대하고 널리 수천 성인들을 초청하였다. 서왕모를 북해에서 맞이하니 반반한 기린이 꽃을 밟고 노자를 서쪽 관문에서 접대하니 푸른 소가 풀에 누웠다. 구슬 난간에 비단 무늬의 장막을 펼치고 보배 처마에 노을 색의 휘장을 늘어뜨렸다. 꿀을 바치는 벌의 왕은 구슬밥을 짓는 방에 날아 주방에 어지럽게 날아들고 열매를 문 기러기 황제는 구슬 반찬하는 부엌에 들고 난다. 쌍으로 된 세공한 피리 편안한 향기의 은 아쟁이 균천(鈞天)의 바른 곡조41)에 합하고, 어여쁜 꽃 맑은 노래 비경의 훌륭한 춤이 허공을 놀라게 하는 신령스러운 소리에 섞였다. 용 머리가 봉황 골수의 술을 쏟아내고 학의 등은 기린 고기포의 음식을 받들었다. 구슬 자리와 옥 방석 빛이 아홉 가지의 등을 흔들고 푸른 연 얼음 복숭아 쟁반에 여덟 바다의 그림자를 담았다. 유독 구슬 문미에 글이 빠진 것이 한스러워 다만 상선에게 탄식을 일으키는 데 이르렀다. 청평조 사를 바쳤

---

41) 균천광악(鈞天廣樂) 즉 천상의 음악을 가리킨다. 춘추 시대에 조간자(趙簡子)가 5일 동안 혼수상태에 빠져 있을 때 천제의 거소에 올라가서 광악을 듣고 왔다고 한다.

던 태백이 고래 등에 이미 오래 전에 취하였고, 옥대에서 글을 지었던 이장길42)은 사신(蛇神)이 너무 많음을 비웃었다. 새 궁궐에 명을 새김은 산현경43)의 조탁이요, 상계에서 벽에 새김은 채진인의 적요함이라. 스스로 삼생의 속세에 떨어진 것이 부끄러워 잘못하여 구황의 추천장에 올랐다. 강랑44)의 재주가 다하니 꿈에 오색의 재화를 물리게 되었고, 양객45) 시를 재촉하니 바리가 삼성의 소리가 다 지났다. 천천히 붉은 붓을 잡고 웃으며 붉은 종이를 펼치니 강물이 걸려서 샘물이 용솟음쳐서 자안의 이불을 덮을 필요도 없고 구절이 곱고 문장이 굳세니 적선의 얼굴에 손색이 없다. 즉시 비단 주머니의 신령한 말을 드리고 남아서 구슬 궁궐의 성대한 광경을 만들어서, 한 쌍 대들보에 두어 육위46)의 자료로 삼는다.

---

42) 이하(李賀)를 가리킨다. 장길은 그의 자이다. 당나라 시인으로, 귀신의 재주가 있다고 평가될 정도로 시재가 뛰어났다. 두목(杜牧)이 독특한 그의 시를 평가하면서 "소머리를 하거나 뱀 몸을 한 귀신[牛鬼蛇神]"이라는 표현을 사용하였다.
43) 당나라 때 도인 채소하(蔡少霞)가 꿈에 비문을 보고 깨어나 기록하였는데, 이것이 자양진인(紫陽眞人) 산현경(山玄卿)이 찬한 「창룡계신궁명(蒼龍溪新宮銘)」이었다고 한다.
44) 강랑(江郞)은 양나라 강엄(江淹)이다. 젊었을 적에는 문재(文才)가 매우 뛰어나서 좋은 시문을 지었는데, 오색(五色) 붓을 곽박(郭璞)에게 돌려준 꿈을 꾸고부터는 문재를 잃었다고 한다.
45) 양객(梁客)은 양(梁)나라의 소문염(蕭文琰). 남조의 제(齊)나라 때 경릉왕(竟陵王)이 학사들을 불러놓고 촛불이 한 마디 탈 동안 시를 짓도록 하였는데, 소문염이 시간이 너무 길다고 바리때를 쳐서 울리는 사이에 시를 짓는 것으로 바꾸어 그 사이 즉석에서 시를 지었다고 한다.

廣寒殿白玉樓上樑ノ文

述ルニ夫　寶蓋懸テ✓空ニ雲軿超㆘へ色相ノ之界㆑ヲ銀樓耀テ✓日ニ霞楹出㆓迷塵ノ之壺㆒ヲ雖㆘トモ復タ仙螺運メ✓機ヲ幻㆖作壁瓦ノ之殿㆑ヲ翠蜃吹テ✓霧ヲ噓㊉成スト玉樹ノ之宮㆖青城丈人玉帳ノ之術斯ニ彈シ碧海ノ王子金樻之方畢ク施ス自✓天作✓之非人力㆓ニ也　主人名編㆓瑤籍ニ職綴㆒ル瓊班㆓ニ乘メ✓龍ニ太淸㆓朝ニ發㆓ニ蓬萊㆓ニ暮ニ宿㆒ス方丈㆓ニ駕メ✓鶴ニ三島㆓ニ左挹㆑浮丘ヲ右ニ拍㆑洪厓㆑ヲ千年玄圃ノ之棲遲　一─夢人間ノ之塵土　黃庭誤テ讀テ謫㆓下シ無央之宮㆒ニ　赤繩結テ✓緣悔✓入ヲ有窮ノ之室㆒ニ　壺中ノ靈藥纔ニ下シ指ヲ於玄砂㆓ニ　脚底ノ銀蟾遽ニ逃形ヲ於桂宇㆑　咲テ脫㆑紅埃赤日ヲ重披㆓紫府丹霞ヲ㆒　鸞笙鳳管ノ之神遊喜ヒ✓續ト舊會㆑ヲ　錦幕銀屛ノ之嬬宿悔✓過ルコヲ今宵ヲ　胡爲レソ日宮乏恩綸俾✓掌㆓月殿ノ之牋奏㆒ヲ　官曹ル淸切ヲ足踐㆓八霞ノ之司㆒ヲ　地望㆐ム崇高ヲ名壓㆓五雲ノ之閣㆒ヲ　寒生メ玉斧㆓ニ樹下ノ之吳質無✓眠ルコ　樂奏ス霓裳ヲ　欄邊ノ之素娥呈ス✓舞ヲ　玲瓏タル霞佩振㆒イ霞錦ヲ於仙衣㆒ニ　熠燿タル星冠點ス星珠ヲ於人勝㆒ニ　仍思㆓列仙ノ之來會㆒ヲ　尙乏㆓上界ノ之樓居㆒ニ　靑鸞引㆓玉妃之車㆒ヲ羽葆前ム✓路ニ　白虎駕㆐ス朝元ノ之使㆒ニ　金綬後ル✓塵ト二　劉安轉メ✓經ヲ援㆓雙龍ヲ於案上㆒ニ　姬滿逐テ✓日ヲ駐㆑

---

46) 육위(六偉)는 상량문을 가리킨다. "어영차"라는 의성어에 해당하는 아랑위(兒郞偉)를 대들보 올릴 때마다 힘을 합쳐 외치는데, 여섯 방향으로 들보를 들기 때문에 부르는 말이다.

八-風ヲ於山-阿ニ　宵迎上-元ヲ　綠髮散三-角之髻フ
晝ル接帝女ヲ　金-梭織九-紋ノ之絹ヲ　瑤-池ノ衆眞會
南-峯ニ　玉京ノ群-帝集ル北-斗ニ　唐-宗踏ンテ公遠カ
之杖ヲ　得タリ羽-衣ヲ於三-章ニ　水-帝對ス火-仙之碁
ユ　賭ニス寶-宇ヲ於一-局ニ　不ンハ有紅-樓ノ之高-構
何ソ安セン絳-節ノ之來-朝ヲ　於是彩リ章ヲ十洲馳
ス檄ヲ九-海　囚匠-星ヲ於屋底　木宿掄林ヲ壓スハ鐵
-山ヲ於楹-間ニ　金-精動色　坤-靈揮テ鑿ヲ　騁巧-思ヲ
於般-倕ニ　大冶鎔鑪ヲ　運奇-智ヲ於錘-範ニ　靑-楸垂
尾ヲ　雙虹飲星宿ノ之河ニ　赤-霓昂テ頭ヲ　六-鼈戴ク蓬
-萊ノ之島　璇題燭日　出シ彤-閣ヲ於烟中ニ　綺綴流
星ヲ　架翠廊ヲ於雲表ニ　魚緝鱗ヲ於玉-瓦　雁列ス齒
ヲ於瑤階　微連捧テ旂ヲ下月-節ヲ於重-霧ニ　鳧伯樹テ
纛ラヲ　設蘭幄ク於三-辰ニ　金-繩結綺-戸ノ之流蘇ヲ
珠-網護フ雕欄ノ之阿閣ヲ　仙-人在棟ニ　氣吹彩鳳ノ之
香臺ヲ　玉-女臨テ窓ニ　水溢雙鸞ノ之鏡匣ヲ　翡-翠簾
雲-母ノ屏靑-玉ノ案　瑞-靄宵ル凝リ　芙-蓉ノ帳孔-雀ノ扇白
-銀ノ床　祥-蜺晝ル鎖ス　爰設鳳-儀ノ之宴ヲ　俾厶展ス
燕-賀ノ之誠ヲ　旁ク招百-靈　廣ク延ク千-聖ヲ　邀王
-母ヲ於北-海ニ　斑-麟踏華ヲ　接ス老-子ヲ於西-關ニ
靑牛臥ス草ニ　瑤-軒張錦-紋ノ之幕ヲ　寶簷低霞色ノ之
帷ヲ　獻ル蜜ヲ蜂-王　紛飛シ炊ノ玉ヲ之室　含果ヲ雁
帝　出-入ス薦ノ瓊ヲ之廚ヤニ　雙-成カ鈿-管　晏香カ銀箏
合ヒ鈞-天ノ之雅曲ニ　婉-華淸-歌　飛-瓊カ巧-舞　雜ユ
駭空之靈音ヲ　龍頭瀉鳳髓ノ之醪シ　鶴-背捧麟脯ノ之饌

ヲ 琳-筵玉席 光リ搖㋒シ九-枝ノ之燈ヲ 碧藕氷桃 盤ニ盛㋒ル八-海之影ヲ 獨リ恨㋒瓊-楣ノ之乏シ句ニ 繁ニ致上-仙ノ之興㋒フヲ 嗟テ 淸-平進メテ√詞ヲ 大-白醉㋒鯨背之已ニ久㋒キニ 玉臺摘√藻ヲ 長-吉哎㋒蛇-神ノ之太_多コヲ 新-宮勒シ√銘ヲ 山-玄-卿カ之雕-琢セリ 上-界鐫√ル壁ニ 蔡眞人之寂寥タリ 自ラ慙㋒チ三生ノ之墮㋒ル了ヲ√塵ニ 誤テ登九-皇ノ之辟㋒刻 江-郎才_盡テ 夢退㋒五-色ノ之華㋒ヲ 梁客詩催テ 鉢徹㋒ス三-聲ノ之響ヲ 徐ニ援㋒テ彤-管ヲ 哎テ展㋒フ紅ノ牋ヲ 河懸リ泉_湧ラ 不㋒必シモ覆㋒子安カ之会ヲ 句麗シク文_遒ニメ 未√タ應√頰フ謫仙カ之面 立口ニ進㋒メ 錦囊之神-語㋒ヲ 留テ作瑤宮ノ之盛-觀㋒ヲ 置㋒諸レコノ雙-櫟ニ 資㋒於六-偉㋒ヲ

들보 동쪽으로 던지네
새벽에 선학을 타고 구슬 궁궐에 들어가니
날 밝아 해가 부상의 밑에서 나와
수만 가닥의 붉은 노을이 바다에 비쳐 붉구나
拋㋒梁-東㋒ニ。曉騎㋒テ仙-鳳㋒ニ入㋒テ珠-宮㋒ニ 平-明日_出扶-桑ノ底 萬-縷ノ丹-霞射テ√海ヲ紅ナリ。

들보 남쪽에 던지네
옥룡이 무사히 구슬 못에서 물을 마시고
은 침상에 자고 일어나니 꽃그늘 정오가 되어
웃으며 구슬 아가씨를 불러 푸른 적삼을 벗기네
拋㋒梁南㋒。玉龍無事ニメ飲㋒珠-潭㋒ニ 銀-床睡_ヨリ起テ_華

-陰午ナリ 咲テ喚㋥瑤姫㋐ヲ脱㋥ス碧-衫㋐ヲ。

들보 서쪽에 던지네
푸른 꽃 이슬이 떨어지고 오색 난새 울고
봄 비단의 옥 자 글씨 서왕모를 맞이하여
학 수레 돌아가기를 재촉하는데 해가 이미 낮아졌네
拋㋥梁西㋐ニ。碧華零チ✓露ヲ彩鸞啼ク 春羅ノ玉字邀㋐ フ王-母㋐ヲ 鶴馭催✓歸ヲ日_已低。

들보 북쪽에 던지네
북극 바다 망망하여 북두 끝에 잠기고
붕새 날개 쳐서 하늘에 바람의 힘이 솟으니
높은 하늘 구름이 드리우고 비 기운이 어둑하네
拋㋥梁北㋐ニ。溟-海茫洋トメ浸㋥ス斗-極㋐ヲ 鵬-翼撃✓ツテ天ニ風-力掀ス 九-霄雲_垂レテ雨氣黑シ。

들보 위에 던지네
새벽빛이 희미하게 밝은 구름 비단의 휘장
신선 꿈 처음으로 백옥의 침상에 돌아와
누워서 듣는 북두의 돌아가는 자루의 소리
拋㋥樑-上㋐ニ。 曙色微ク_明ナリ雲-錦ノ帳 仙-夢初テ回白-玉ノ床 臥テハ聞ク北-斗廻-杓ノ響。

들보 아래에 던지네
팔방 구름이 검고 어두운 밤을 아니

시녀가 알리기를 수정궁이 춥다고
새벽 서리 이미 맺힌 원앙의 기와
抛㆑樑下㆑。八-垓雲_黑〆知ル昏-夜㆑ヲ　侍兒報〆_道水-晶
寒シト　曉霜已ニ_結鴛鴦ノ瓦。

엎드려 원컨대 상량 후 구슬 꽃 늙지 않고 구슬 풀 길이 봄
이기를. 해가 퍼져 빛이 시들어도 난새 가마를 타고 여전히
즐기고, 뭍과 바다가 색이 변하여도 회오리 수레를 타고 여
전히 계시기를. 은 창이 노을을 눌러 아래로 구만리 희미한
세계를 보기를 아래로 하고 구슬 문이 바다에 임해 웃으며
삼천 년 맑고 얕은 뽕나무밭을 보시기를. 손에 세 하늘 해
와 달을 돌리고 몸은 구천의 바람과 이슬에 노니시기를.
伏_ス願クハ上-樑ニ之後　琪-華不✓老　瑤-草長ニ_春ニ〆　曦-
舒凋〆_光　御〆鸞輿㆑ニ而猶_戱　陸-海變〆色ヲ　駕㆑〆
飆輪㆑ヲ而尙存ス　銀窓壓〆✓霞ヲ　下㆑視シ九-萬-里 依微タル
世界㆑ヲ　璧-戸臨〆海ニ　咲テ看㆑三-千-年淸淺ノ桑田㆑ヲ　手
ニ回㆑シ三-霄日-星㆑ヲ　身遊㆑ン｢ヲ九-天ノ風露㆑ニ

한정 일첩

춘풍이 부드러워 백화가 피고
계절 사물 변화하여 만감이 느껴지네
깊은 규방에 처하여 그리움 끊고자 해도
그 사람을 생각하여 심장이 찢어지네
밤에 깜박깜박 잠을 못자고
새벽닭 꼬기오 소리를 듣네

비단 휘장 당에 늘어지고
옥 계단 이끼가 생기네
남은 등불 덮고서 벽에 등을 기대니
비단 이불 근심스럽고 한기가 스며 내려오네
베틀 울리며 회문금을 짜니
무늬가 이루어지지 않고 근심스러운 마음 어지럽네
인생 타고난 운명 후박이 있으나
마음대로 즐겨도 몸은 적막한 것을

○ 恨-情一一疊

春-風和シ兮百-華開ク 節物繁シ兮萬-感來ル 處深-閨ニ
兮思欲絶ント 懷テ伊-人ヲ兮心腸裂ク 夜ル耿-耿トメ而
不寐兮 聽晨-鷄之喈喈タルヲ 羅-帷兮垂レ堂ニ 玉階兮
生ス苔ヲ 殘-燈翳メ而背キ壁ニ兮 錦-衾悄トメ而寒侵ス
下メ 鳴機ヲ兮織回文ヲ 文不成ラ兮亂愁-心 人-
生賦-命兮有厚薄 任他アル歡テ兮身ノ寂寞ナルコヲ

꿈에 광상산에 노닌 시의 서문

을유년의 봄 나는 상을 당하여 외삼촌 집에 거처를 부쳤다. 밤 꿈에 바다 위의 산에 오르니, 산이 모두 구슬과 옥석이었다. 많은 봉우리가 다 흰 옥을 쌓았고 푸른 광채가 명멸하여 똑바로 볼 수가 없었다. 상서로운 구름이 그 위를 감싸고 있고 오색이 어여쁘고 고왔다. 구슬 샘 여러 물결이 벼랑 돌의 사이에 쏟아지고 콸콸 옥의 소리를 만들었다. 나이가 다 스물 쯤 되었을 두 여인이 있었는데, 얼굴이 모두 매우 뛰어났다. 한 사람은 붉은 노을 저고리를 입고 하나는 푸른 무지개의 옷을 입었으며, 손에 모두 금색의 호로병을 지니고 나막신을 신고 가볍게 올라와 나에게 읍을 하였다. 시내 굽이를 따라 올라가니 기이한 풀과 꽃이 펼쳐져 나는데 이름을 지을 수 없었다. 난새와 학, 공작과 물총새가 날아서 좌우로 춤을 추고 많은 향기가 숲 끝에 풍겼다. 드디어 꼭대기에 올라가니 동남쪽은 큰 바다로 하늘에 하나의 푸름으로 닿아있고 붉은 해가 처음으로 떠올라 파도가 빛을 목욕시켰다. 봉우리 끝에 큰 못의 맑고 깊음이 있었고 연꽃 색이 푸르고 잎이 크고 서리를 맞아서 반은 시들었다. 두 여인이 말하기를, "여기는 광상산입니다. 십주 가운데 제일에 있습니다. 그대에게 신선 인연이 있습니다. 그러므로 감히 이 경지에 이르렀으니 어찌 시를 지어 그것을 기록하지 않겠습니까?"라고 하였다. 내가 사양하였으나 얻지 못하고 곧 한 절구를 읊었다. 두 여인은 손뼉을 치고 웃음을 터뜨리며 말하기를, "하나하나가 신선의 말입니다."라고 하였다. 갑자기 한 송이 붉은 구름이 하늘 가운데로부터 내려와 떨어져 봉우리 정상에 걸렸다. 북을 두드려 한 번 울리자 깨어나 잠자리임을 알았으나 여전히 연하의 기운이 있으니, 이태백이 천모산의 놀이라고 하는 것도 여기에 이를 수 있을지 아닐지 모르겠다. 애오라지 이를 기록한다.
시에 말한다.

푸른 바다가 구슬 바다를 침범하고
푸른 난새 오색 난새를 의지하네
부용꽃 스물일곱 송이

붉게 떨어지고 달빛 서리 차갑네
【누나가 기축년 봄에 세상을 버렸으니 그때 나이가 스물일곱이었다. 그 스물일곱 송이 붉게 떨어진다는 시어가 바로 징험함이 있다.】

○ 夢ニ遊㆑廣桑山㆑詩ノ序
乙-酉ノ春余丁テ✓憂ニ 寓㆑ス居ヲ于外舅家㆑ニ 夜ル夢ニ登㆑海-上ノ山㆑ニ 山_皆瑤琳珉-玉ナリ 衆-峯俱ニ疊㆑シヲ白-璧㆑ニ 靑-熒明-滅眩トメ不✓可㆑定視㆑ル 霱雲籠㆑其ノ上㆑ヲ 五-彩姸-鮮ナリ 瓊泉數-派瀉㆑キ於崖-石ノ間㆑ニ 激-激作㆑環玦ノ聲ヲ 有リ二-女ノ年俱ニ可㆑二-十許㆑ナル 顔セ皆絶-代 一披㆑紫霞襦ヲ 一ハ服㆑シ翠霓ノ衣ヲ 手ニ_俱ニ持㆑シ金色ノ葫-蘆㆑ヲ 步-屣輕ク_躡ンテ 揖メ✓余ヲ 從㆑澗-曲㆑而_上ル 奇-卉異-華 羅リ_生テ不✓可㆑名ヲ 鸞-鶴孔-翠 翺リ舞㆑フ左右㆑ニ 衆-香馪㆑-馥ス於林-端㆑ニ 遂ニ躋㆑ル絶頂㆑ニ 東南ハ大-海ニメ 接✓天ニ一-碧 紅-日初テ昇テ 波-濤浴ス✓暈ヲ 峯-頭ニ有㆑大ナル池ノ湛-泓㆑ナル 蓮華色_碧ニ 葉ノ大ニ二-辟メ 被テ✓霜ヲ半ハ_褪ナリ 二-女ノ曰 此レ廣-桑山ナリ也 在㆑十洲ノ中ノ第-一㆑ニ 君有㆑仙-緣㆑ 故ニ敢テ到㆑ル此ノ境㆑ニ 盍ソ爲✓詩紀㆑セ✓之ヲ 余辭メ不✓獲已ㄱヲ 即吟㆑ス一-絶ヲ 二-女拍メ✓掌ヲ軒-渠メ曰星-星仙-語ナリ也 俄ニメ有リ一-朶紅-雲從リ✓天-中下リ墜テ罩㆑ムル於峯-頂㆑ヲ 擂鼓一-響メ 醒-然ノ而悟ス枕-席 猶有㆑烟-霞ノ氣㆑ 未✓知太-白天-姥ノ之遊トㅌ云トモ 能ク逮ニ✓此レニ否ト云ㄱヲ 聊カ記✓之ヲ云

詩ニ曰

碧-海侵㊀シ瑤-海㊀ヲ　青-鸞倚㊀ル彩-鸞㊀ニ　芙-蓉三-九-朶
紅_墮テ月-霜寒シ

【姉氏於㊀己-丑春㊀ニ捐√世ヲ　時キニ_年二-十七　其レ三-九
紅_墮ノ之語乃イ驗アリ】

난설시집 권지하 대미
蘭雪詩集 卷之下 大尾

쇼토쿠 원년 신묘(1711) 섣달 초하루
正德元稔 辛卯 臘月 吉旦

분다이야 지로베에, 동 기베에 개판
文臺屋 治郎兵衛 同 儀兵衛 開版

○ 부인의 성은 허씨이다. 스스로 호를 난설헌이라 하였다. 균에게 있어서 셋째 누님이 된다. 저작랑 김 성립에게 시집을 갔고 일찍 죽었고 후사가 없다. 평생 저술이 매우 풍부하나 명을 남겨 이를 다비에 붙이도록 하여 전하는 바가 지극히 적으니 다 균의 기억으로부터 나왔다. 그 오래 되어 더욱 잃고 잊어버릴 것을 걱정하여 이에 나무에 새겨서 이로써 그 전함을 넓힌다.
때는 만력 기원 36년(1608) 맹하(4월) 상순
아우 허균 단보가 피향당에서 쓰다.

○ 夫-人姓ハ許-氏　自ニ號ス蘭-雪-軒㊀ト　於テ√筠ニ爲㊀リ

第三ノ姉嫁シテ著-作-郎金-誠立早ニ卒ニ無シ嗣 平-生著-述甚タ富メリ 遺-命メ茶-毗セシム之ヲ 所ロ傳ル至テ尠シ 俱ニ出ヅ於筠ガ臆-記ヨリ 恐レテ其ノ久メ而愈く忘ンコヲ失 爰ニ災メ於木ニ 以テ廣其ノ傳ヲ云 旹キニ 萬-曆紀-元之ノ三-十-六-載孟-夏上-浣 弟許-筠端-甫書ス于披-香-堂

蘭雪詩集卷之下

季弟許筠彙粹

遊仙詞

千載瑤池別穆王 暫敎靑鳥訪劉郎 平明上界笙簫
迓 侍女皆騎白鳳凰
瓊洞珠潭貯九龍 彩雲葱濕碧芙蓉 乘鸞使者西歸
路 立在莘前禮赤松
露濕瑤空桂月明 九天笙落紫簫聲 朝元使者騎金
虎 赤羽麾幢上玉淸
瑤風吹彼翠霞裙 手把鸞簫倚五雲 華外玉童鞭白
虎 碧城邀訪小茅君

焚香遊夜禮天壇 羽駕翩風鶴發淸磬響沉星月
冷 桂華煙露濕紅鸞
宴罷西壇星斗稀 赤龍南谷鶴東飛 丹房玉女春眠
重 斜倚紅闌一朵歸
水屋珠屛鎖 一春落華煙露濕 綸巾東妃小女春眠
事 閑殺瑤池壞黑虛
開解靑囊賣素書 露風煙月桂華疎 西妃路無人
到 短尾靈龜藉帥眠
烟鎖瑤空鶴未歸 桂華陰裏閉珠屛 溪頭盡月神靈

雨滿地香雲濕不飛
靑苑紅堂鎖浚 鶴眠丹竈衣迤迤仙翁曉起喚明
月 微隔海霞聞洞簫
香寒月冷夜沉沉 笑別嬌妃脫玉簪 更把金鞭指歸
路 碧城西畔五雲深
新賜東家謫姓名 前霄鸞駕向扶桑 華前一別三千
歲 却恨仙家日月長
閑勢姊妹禮玄都 三洞眞人各見呼 敎者赤龍華下
立 紫皇宮裏看投壺
星影沉溪月露沽 手挽檐帶立瓊瀛 丹陵羽客醉歸
去 自下珊瑚一桁簾

瑞露微微濕玉虛碧殿倫傳紫皇書青童聽起捲珠
箔星月滿壇華影跡
西漢夫人恨獨苦紫皇令嫁詩尚書雲衫玉帶歸朝
晩笑鴛鴦青龍上碧虛
訪盡日簾前阜鳳車
滿酌璚醪綵玉卮月明華下勸東妃丹陵公主休相
妬一萬年來會向稀
愁來自苦翠覺衽步上天壇拂白雲葉樹露華衣牛
濕月中閒拜玉真君
雲角青龍玉路頭紫皇騎出向丹丘閒從壁戶觀入

此一聯秋烟辨九州
華冠鬢岐九霞裙一曲笙歌聲碧雲龍影馬斷滄海
月十淵閒訪上陽君
樓鎖形霞地絕塵玉妃春淚濕羅巾瑤空月浸星河
影響鷄寒犬乙爐
新拜眞官上玉都紫皇親授九靈符歸來桂樹宮中
宿白鶴閒眠犬乙爐
烟蓋飄飄同碧空翠幢歸殿玉壇空青鸞一隻西飛
去霞帔桃花落暮空
廣寒宮殿寒粱銀燭金屏衣正長欄外桂華京露
濕紫簫聲裏五雲香

催呼縢六出天蘭脚踏鳳龍欽骨寒袖裏玉塵三百
斛散為飛雪落人間
瑤海漫漫浸碧空玉妃無語倚東風蓬萊夢覺三千
里滿神啼痕一抹紅
宓妃開製赤霜袍素手頻回玉剪刀鎖壁浪翻金
午紫皇令賜碧葡萄
萼表眞人昨夜歸桂香吹滿六銖衣閒回鶴馭瑤壇
上日出殘林露未晞
管有金華四十年老兄相訪蔚藍天烟簑成瑞慈誤
事笑指溪南白玉田
綵嶺仙人碧玉箏折華閒簸童聾戍瑤壇

柱迤扁形霞薰笑聲
乘鸞來下九重城絳節霓旋別太清蓬著局靈輩太
子碧桃華裏夜吹笙
海畔紅桑幾度開羽零落帿歸來東窓玉樹三枝
長別是眞皇別後栽
催促眞龍上朝元路入瑤空敞入門仙吏殿頭宣詔
語九峯玉子玉峽輪
粧鏡狐鸞怨上元寶車春暮下天門封卽太史無情
者翠袖歸來積淚痕
青童爛熳待一千年天水仙卽結好緣空樂衣鳴筦外
月北宵神仙降鸞卿

天葩一朶錦屏西路入藍橋匹馬嘶珍重玉工舂杵桂香烟月合刀圭

東宮女伴罷朝回葬下相逢入洞來開倚玉峰吹鐵笛碧雲飛送夢夫臺

烟盖歸來小有天紫芝初長水邊田頃筐採得英實遠紅綃製鶴氅

群仙相引步芝田暫向珠潭學採蓮斜月照拏瓊戶閉碧烟深鎖大羅天

玲瓏華影覆瑤臺日午松陰落了遲溪畔白龍新脂得夕陽騎出同天池

珠洞銀溪鎖烟罷朝天雲滿讀黃庭

太一日午紅龍戶外眠
騎鯨學士禮瑤臺王母相留宴碧城手展彩毫書玉字醉顏猶似進清平
皇帝初修白玉樓璧階琁柱五雲浮開呼長吉書天篆住在瓊稻最上頭
芙蓉城闕錦雲香別詔夢卿主畫堂朝日駕龍千騎女白蘭叢雲合笙簧
別詔眞人蔡小霞八拳磚上合丹砂金爐璧炭成圓玉盃中價最高十臨王母喫仙桃開待玉簪白於手道是月宮霜兔毫

賀家新添八霞司
海上寒風吹玉枝日斜玄圃看華時紅龍錦襪黃金勒不是元君不得騎
蟠桃綻子宴瓊筵瀲灩瑤醴勸上元催頃彩鸞東玉疾足下星炎閃閃高月篩溪影濕龍毛臨霞笑喚東方朔休問水圓摘玉桃
永相東苑泛月露滿千行官女駕青鸞平明合赴瑤池
袖裏擎持有華目駸孤鳳出形霞山前逢著安期子一曲笙歌鬥落寒

瓊洞扶疎露氣濃月侵簾室影玲瓏開催白兔搗靈
藥滴曰天香一玉房紅
綠章朝奏十重城飲鹿嵩溪訪郑卿字麗紫薇人上
鶴九天環珮月中聲
露盤擎出三更紅漢分低日玉屏孤鶴未回人不
麻一條銀浪落珠庭
蓬萊島路海千重五百年中一度逢萃下為古瓊液
酒莫教靑鹿入蓬山萃下仙人各彼顔手說眾中看易
身號靑龐在頂毛間
唐鈴無語閉珠官紫蘭京生玉簟風入鶴夜露冷
辨七星狩在頂毛間

月洞簫聲在綠雲中
后土夫人住玉都月中笙苗宴麻姑韋即年少心慵
甚不寫輕綃五岳圖
開隨弄玉決上天街脚下香塵不染鞋前導百麟三十
八角端都駐小金牌
紫陽宫女捧冊砂王母今過漢帝家慾下偶逢方朔
笑別來瑶池憶六開華
獨夜瑶池憶上仙月明三十六峰前鸞笙鶴駕絕碧空
靜人在玉清眠不眠
東皇種杏二十年枝上三花蔽碧烟將搖彩鸞過舊
苑摘花持獻玉皇前

唐昌館裏叢玉瓊葉仙子來看驻鳳車塵染惹衣蓬島
遠玉鞭遙指海雲涯
羽客朝升碧榜掛巖霄曰自雞帝純陽道士歸何
晚定同蟠官酒引妻
玉林風露沉寥寥月引仙妃上石橋斜倚紫烟頭不
與赤城南畔憶文簫
玅卿先生開赤城鳳傳鼕君情無聲琴消玉局枰
夜露濃蒲萼涼月明
朱關絳節曉霞中別殿清齋待五翁秋水一絃輕
一春閒伴玉眞遊條悠星霜已報秋武不來萼夔

盡滿天地露月當懷
彤開銀橋駕太虛叙叙開射九眞壚金牌掛向雙麟
角碧月茲侵上玉札書
絡駡萊煙下九天升蟠臺玉爐煙無央鸞鳳饒金
母來賀東皇一萬年
鵉笙出雲低日繇秋水官簾卷秋波楓庭下彩鸞三
夢闕雲低日繇秋水官簾卷秋波楓庭下彩鸞三
交員公子佐彫好威儀泥燭妃索玉鞭庭下彩蓮
六翠衣相對碧池蓮
星冠霞珮徐彫天笑泥燭妃索玉鞭打龍
角為眞西公上天遲

八馬乘風去不歸桂枝黃竹怨瑤池晁庭玉蘂雲中
響傳語嬌葉落聲相
榆葉飄寒碧漢流玉嶠珠露不勝秋靈槎鵲散無消
息隔水空看飲渚牛
珠露散上界秋高飲十洲
起吹仙香滿十洲
乘鸞夜入紫薇城桂月冷搖白玉京星斗瀟疏風露
薄絃雲曙下失虛籟
畫省㑹脫紫羅襦十幅芙蓉雲子載玉清壇上
約笑憑三島旬羊君
六葉羅裙色曳颻阮郎相喚上芝田落花秋唱向雲間

附錄

話蒲階楷葉落西風
廣寒殿白玉樓上案文
述夫寶蓋懸空雲辨超名相之界銀樓逈日霞盈出
迷塵之壺離復仙娥蟾蜍竚佇搴玉霞吹霧
嘘成玉樹之宮青城丈八玉帳之衛斯輝碧海玉子
金償之方畢施自天倫之非人力也主人名揚瑤籍
職綴瓊班乘龍汲黯蓬萊暮宿方丈駕鶴三島
方飛浮缸右拍漢崖千年玄圃之樓達一夢人間之
塵土黄庭誤讀無央之宮赤縆結絲綺入有無
之室壺中靈藥纔下著於玉砂脚底銀霜遠逃形

盡優是人蒙一萬年
夜坐
今り朝出筐中羅裁就寒衣手履何斜拔玉釵燈影
畔別開紅燭救飛蛾
閨怨
錦帶羅裙積涙痕一年芳卅恨玉孫瑤箏彈盡江南
曲雨打梨華晝掩門
月樓秋盡玉屏空霜打蘆洲下幕鴉瑶瑟一彈人不
見蘋花零落鴂聲中
秋恨
絡紗通隔夜燈紅夢覺羅衾一半空霜冷玉籠鸚鵡

椎子吹脫紅埃赤月重複紫府丹霞鸞翥鳳管之神
遊喜繞舊會錦模銀屏之嬋宥悔過今宥胡爲日宮
之忌綸俚掌月殿之驚奏官曹淸功足踐入霞之司
地壁崇局名歷玉壺受閥寒生玉斧樹下之具質無
眼樂奏霓裳欄邊之素娥星舞玲瓏霞佩振霞錦於
仙衣爛燭後星珠點列仙之來會昌
朝元之樓戶靑鸞仍思掣驒霞前路白虎驚
逐日駐八風於山阿宵迎上元蟾髪會南峰玉京羣
接帝女金梭織九紋之綃瑶池象眞會崑峯玉京羣
帝集北斗唐宗踆公遠之杖爲羽衣於三章水帝對

火仙之棋賭豪宇於一局不有紅樓之高構何安絳
節之來朝於是彩章十洲豔緻九海四匝星於屋底
木宿倫林曆鐵山於楹間金精動色坤靈揮鑒鵬所
思於般倕大冶鎔鑪運奇智於錘範青鷇垂尾鬟鶯虹
飲星宿之河赤霓昴頭六鼇戴蓬萊之島旋颺日
出形閣於烟中綺綴流星架翠蔭蔽雲表於重發鳬佰
玉友鳥列齒於瑤階微連拳所下月節於雲霞瑞霞凝榮
相仁阿閣仙人在棟氣吹彩風之香臺玉女臨窓水
溢襲設蘭陲翡翠簾雲母屏青玉棨瑞霧凝芙
蓉帳孔雀扇白銀床祥蜺雕矣設鳳儀之宴理展

燕賀之誠旁招百靈延千聖邀玉母於北海班麟
踏華榱老子之駕西關青牛馭珊軒張綿絞之慕
蹇氏霞飱色帷獻翠蜂玉之室舍巢鵬帝
出人萬觀之廚饌成御管擘香饌奉介酌鴪雅曲
啼鶴背體麟之饌秋霆玉席炎玉之燈勇鷓
釀醒清歌淺手舞雅駿空之靈有龍頭瀉鳳觴
水桃盤盈八海之巴久大白醉鯨背之勺縈致上仙之
與嘹清半進訥大白醉鯨背之勺縈致上仙之
莖真人之寂寥太多新宮勤鐫山兮郎雕琢上泉鵞璧
咳虺神之太多新宮勤鐫山兮郎雕琢上泉鵞璧
江郎才盡夢退五色之華梁父詩催缽徹三聲之響

徐援彤管咳展紅牋河澡泉湯不必覆子安之余句
魔文適來應類謫仙之前立進錦囊之神語留作瑤
宮之笈諦觀置諸雙樑頁於六偉地梁東曉嘶仙鳳入
珠宮下明月出扶桑底萬幾丹襲射海紅地迸梁南玉
無事飲珠潭銀床睡起午龍催蛻寤客脫紅衫
龍梁西碧華零露實睛脊陰午瑤地玉宇遊王母䲭雲
拋梁日午白玉牀咽啮霞聲披曉霜已結鷲鳥伏鷹上
拋梁北斗㢷杓聲拋梁下矅膩翠帳天威力
撾九霄雲氣雨氣黑拋梁上睛色紫雲鴻帳仙夢
初吟侍兒報道水自裹晻膩翠帳天威力
之後騏驊大老瑤帥長春饗訖湯炎御鷟興而猶藏

恨情一闋

陸海濛色鶯歊騙而伺存銀燭麗霞下視九萬里依
微世界䵟戶睇海睨看二千年清淺荣風手回三霄
日星身遊九天風露

春風和兮百華開節物繁兮萬感來處深閨兮思欲
絕懷人兮心肠裂夜耿耿而不眠兮聽長雞之啼
暗殘帷兮垂堂王階幾燈欹而背壁兮薏心錦衾
賦命兮有厚薄任他歡兮身寂寞
夢遊廬山詩序

乙酉春余于憂寓居京外貧家夜夢登海上山山省

瑤琳琅玕主衆峰俱聳日登青冥明滅眩不可定視窅
雲籠其上五彩妍鮮瓊泉欻泉漰灡於崖石間激激企
環抉聲有一女年俱可二十顏肯絕代一披紫霞
襦一服翠霓衣手俱持金邑葫蘆芽展鞬躡余從
湘曲而上奇卉異葉羅生不可名鸞鵠孔翠朝舞左
右衆香紛馥於林端後跨絕頂東南大海挟天一君
大陂霜平起一女曰此廣桑山也在十洲中第一君
紅日初昇波濤汹蓮峯邑弟葉
一絕二女拊掌軒渠曰星星仙語也俄有一朵紅雲
從天中下墜翼於峰頂播鼓薩然而悟枕席翰
有仙綠故歌到此境盡爲詩記之余醒不覺巳卽吟
詩曰
有烟霞氣未知太白天姥之遊能逮此否聊記之云
雲昌海侵瑤海青鸞怨荷彩鸞芙蓉三九朶紅童月籠裳
婦氏於巳五春宿世眸年二十七其三九紅童之弟乃驗

蘭雪詩集卷之下大尾

正德元癸辛卯臈月吉且
文臺屋治郎兵衛
同儀兵衛開版

序文經許氏旋編蘭雪麻於蜻
蜡第三嫡嫁潛作韻金誠會彙
灸蘇嗣乎生著述甚富鋟會彙
畊出所傳至諛俔於轄臆記
觖其父亦憂爲者灾於木巳
廣其樓古者

萬曆紀元迄三十九載書成上梓

弟許茲端甫書于捐書堂

신찬 동문선(東文選) 1713년

송상기(宋相琦)

해제

　왕명으로 우리나라의 대표적인 시문을 뽑아 편찬한 책이 『동문선(東文選)』인데, 세 차례 간행되었다. 성종(成宗) 때인 1478년에 대제학 서거정(徐居正)을 중심으로 노사신(盧思愼)·강희맹(姜希孟)·양성지(梁誠之) 등이 편찬한 1차 『동문선』, 중종(中宗) 때인 1518년에 대제학 겸 좌의정인 신용개(申用漑)와 남곤(南袞) 등이 편찬한 2차 『동문선』, 1713년에 대제학 송상기(宋相琦) 등이 편찬한 3차 『동문선』이 있다. 2차본을 『속동문선』, 3차본을 신찬 『동문선』이라고도 한다.

　청나라에 갔던 사은사(謝恩使)가 1713년에 돌아올 때에 강희제(康熙帝)가 『고문연감(古文淵鑑)』·『패문운부(佩文韻府)』 등 300여 권의 책을 보내주면서 우리 나라의 시부(詩賦)를 보내 달라고 청하자, 조정에서 이 책을 새로 편찬하여 보냈다. 본문 33권, 목록 2권 등 합 35권 15책으로 구성되어 있으며 현종실록자본(顯宗實錄字本)이다.

　1차와 2차 『동문선』이 오랫동안 준비하여 간행한 것과는 달리, 3차본은 청나라의 요청에 의해 급하게 편찬한 것이어서 조선 문단에서는 크게 관심을 가지지 않았지만, 임진왜란 직후에 중국에서 여러 종류의 조선시선들이 상업출판된 것과는 달리 우리 정부에서 공식적으로 편찬한 책이라는 점과 여성의 시문이 실리게 되었다는 점이 이 책의 장점이다.

　난설헌의 시는 권4 칠언절구에 5수, 권5 오언율시에 2수, 권7 칠언율시에 3수, 권10 칠언고시에 2수, 모두 12수가 실려 있다 허균이 1608년 공주에서 간행한 목판본 『난설헌시(蘭雪軒詩)』를 대본으로 하여 편찬하였기에 달라진 글자가 많지 않아, 원문을 따로 입력하지 않고 번역문의 각주에서 설명하였다.

번역 및 원문

권4 칠언절구(七言絶句)

규원(閨怨)

月樓秋盡玉屛空。 가을 지난 다락에 옥병풍 쓸쓸하고
霜打蘆洲下暮鴻。 갈대밭에 서리 지자 저녁 기러기 내리네.
瑤瑟一彈人不見、 거문고 다 타도록 님은 보이지 않고
藕花零落野塘中。 들판 연못에는 연꽃만 떨어지네.[1]

궁사(宮詞)

淸齋秋殿夜初長。 청재[2]하시는 가을의 대궐 초저녁 길어
不放宮人近御床。 궁인이 다가와서 임금님을 못 모시게 하네.
時把剪刀裁越錦、 이따금 가위 잡고 월 땅의 비단을 잘라
燭前閑繡紫鴛鴦。 촛불 앞에서 한가롭게 원앙새를 수놓네.[3]

---

1) 1608년 목판본 『蘭雪軒詩』에 실린 「閨怨」 2수 가운데 제2수이다.
2) 제사를 거행하기에 앞서 몸과 마음을 청결하게 하여 신령께 성경(誠敬)을 보이는 것을 말한다.
3) 1608년 목판본 『蘭雪軒詩』에 실린 「宮詞」 20수 가운데 제8수이다.

새하곡(塞下曲)

寒塞無春不見梅。 추운 변방 봄이 없어 매화도 볼 수 없는데
邊人吹入笛聲來。 변인이 부는 피리 소리에 들려오네.
夜深驚起思鄕夢、 깊은 밤 고향 꿈꾸다 놀라서 깨어나보니
月滿陰山百尺臺。 밝은 달빛 혼자 음산4)의 망대를 비추네.5)

유선사(遊仙詞)

1.

催呼滕六出天關。 서둘러서 등륙6)을 불러 하늘문 나오는데
脚踏風龍徹骨寒。 바람과 용을 밟고 가려니 추위가 뼈에 스미네.
袖裏玉塵三百斛、 소매 속에 들었던 옥티끌 삼백 섬이
散爲飛雪落人間。 흩날리는 눈송이 되어 세상에 떨어지네.7)

2.

玲瓏花影覆瑤碁。 영롱한 꽃 그림자가 바둑판을 덮었는데
日午松陰落子遲。 한낮 솔 그늘에서 천천히 바둑을 두네.8)

---

4) 흉노족의 땅에 있던 산으로, 사시사철 눈과 얼음으로 덮여 있다고 한다. 현재 내몽골(內蒙古)의 자치구(自治區) 남쪽으로부터 동북쪽으로 내흥안령(內興安嶺)까지 뻗어 있는 음산산맥(陰山山脈)을 가리키는데, 일반적으로 북쪽 변경의 산을 뜻하는 말로 쓰인다.
5) 1608년 목판본 『蘭雪軒詩』에 실린 「塞下曲」 5수 가운데 제4수이다.
6) 『기아』 각주 27번 참고.
7) 1608년 목판본 『蘭雪軒詩』에 실린 「遊仙詞」 87수 가운데 제27수이다.
8) 낙자(落子)의 자(子)는 바둑알이니 바둑알을 내려 놓는다는 뜻이다.

溪畔白龍新睹得、 시냇가의 흰 용9)을 내기해서 얻고는
夕陽騎出向天池。 석양에 타고 나가 천지를 향하네.10)

권5 오언율시(五言律詩)

출새곡(出塞曲)

烽火照長河。 변방의 봉홧불이 황하에 비치니
天兵出漢家。 군사들이 서울 집을 떠나가네.
枕戈眠白雪、 창을 베고 흰 눈 위에서 자며
驅馬到黃沙。 말을 몰아서 사막11)에 다다르네.
朔吹傳金柝、 북풍에 딱따기 소리 들려오고
邊聲入塞笳。 오랑캐 소식은 호드기 소리에 들려오네.
年年長結束、 해마다 잘 지키건만
辛苦逐輕車。 전쟁에 끌려다니기 참으로 괴로워라.12)

이의산을 본받아[效李義山]

鏡暗鸞休舞、 거울에 먼지가 끼어 난새13)도 춤추지 않고

---

9) 신룡(神龍)인데, 옥황상제의 사자이다.
10) 1608년 목판본 『蘭雪軒詩』에 실린 「遊仙詞」 87수 가운데 제42수이다.
11) 원문의 황사(黃沙)는 몽고의 고비사막이다.
12) 1608년 목판본 『蘭雪軒詩』에 실린 「出塞曲」 2수 가운데 제1수이다.
13) 거울에 난새를 새겼는데, 남녀간의 사랑을 뜻한다. 님이 없어서 거울을 볼 필요가 없으므로 오랫동안 거울을 닦지 않았기 때문에, 난새의 모습이 먼지에 덮혀 보이지 않은 것이다.

樑空燕不歸。 빈 집이라서 제비도 돌아오지 않네.
香殘蜀錦被、 비단 이불14)엔 아직도 향기가 스며 있건만
淚濕越羅衣。 비단15) 옷자락에는 눈물 자국이 젖어 있네.
楚夢迷蘭渚、 님 그리는 단꿈16)은 물가17)에 헤매고
荊雲落粉闈。 형주18)의 구름은 궁궐19)에 감도는데,
西江今夜月、 오늘 밤 서강의 저 달빛은
流影照金微。 흘러 흘러서 임 계신 금미산에 비치네.20)

권7 칠언율시(七言律詩)

몽작(夢作)

橫海靈峯壓巨鰲。 바다에 뻗은 봉우리가 큰 자라21)를 누르고
六龍晨吸九河濤。 여섯 용이 새벽 구강22)의 파도 삼켰네.

---

14) 원문 촉금피(蜀錦被)는 촉(사천성)에서 난 비단으로 만든 이불이다. 촉에서 이름난 비단이 많이 만들어져서 『촉금보(蜀錦譜)』라는 책까지 만들어졌다.
15) 『명원시귀(名媛詩歸)』 각주 37번 참고.
16) 『기아』 각주 44번 참고.
17) 원문 난저(蘭渚)는 난초가 핀 물가이다. 이 시에서는 상강(湘江)에 살다가 선녀가 되어 올라간 두난향(杜蘭香) 이야기인 듯하다.
18) 호남·호북성 일대인데, 옛날 초나라 땅으로 행락지이다. 형주는 『삼국지』에서 세 나라가 가장 오래 싸웠던 곳으로, 강릉(江陵)이라고도 한다.
19) 원문 분위(粉闈)는 상서성(尙書省)의 별칭인데, 벽에 분을 발라서 분성(粉省), 또는 화성(畵省)이라고도 불렸다.
20) 1608년 목판본 『蘭雪軒詩』에 실린 「效李義山體」 2수 가운데 제1수이다.
21) 상상 속의 큰 자라인데, 삼신산(三神山)을 지고 있다고 한다.

中天樓閣星辰近、 하늘에 솟은 다락이라 별에 가깝고
上界煙霞日月高。 노을 낀 하늘에는 해와 달이 높았네.
金鼎滿盛丹井水、 금솥에는 불로장생의 단정수23)가 가득하고
玉壇晴曬赤霜袍。 옥단에 날이 개어 붉은 도포 말리네.
蓬萊鶴駕歸何晚、 봉래산에 학 타고 가기가 어찌 이리 더딘지
一曲吹笙老碧桃。 늙은 벽도 아래로 피리를 불며 가네.

황제가 천단에 제를 지내다[皇帝有事天壇]

羽蓋徘徊駐碧壇。 일산 수레24)가 배회하다 푸른 단에 머무니
璧階淸夜語和鑾。 맑은 밤 계단에 방울 소리 쩔렁거리네.
長生錦誥丁寧說、 불로장생하는 교서를 정중히 내리시고
延壽靈方仔細看。 장수하는 신령한 처방을 자세히 살피시네.
曉露濕花河影轉25)、 새벽이슬이 꽃 적시자 은하수 끊어지고
天風吹月鶴聲寒。 하늘 바람 달에 불자 학 울음소리 차가워
齋香燒罷敲鳴磬、 재 올리는 향 다 타고 풍경소리 울리는데
玉樹千重繞26)曲欄。 계수나무가 천겹 만겹 난간을 둘렀네.

---

22) 하(夏)나라 우(禹)임금이 황하의 홍수를 막기 위하여 하류를 아홉 갈래로 나누었다.
23) 불로장생의 우물물이다. 물이 붉어서 옆을 파 보았더니 단사(丹沙)가 묻혀 있었다고 한다.
24) 원문의 우개(羽蓋)는 수레에 달린 일산인데, 왕이나 제후의 수레는 푸른 깃털로 수레 위를 덮었다.
25) 1608년 목판본 『蘭雪軒詩』에 실린 「皇帝有事天壇」에는 '轉'이 '斷'으로 되어 있다.
26) 1608년 목판본 『蘭雪軒詩』에 실린 「皇帝有事天壇」에는 '繞'가 '遶'로 되어 있는데, 같은 뜻이다.

도 닦으러 가는 궁녀를 보내며[送宮人入道]

拜辭淸禁出金鑾。 궁궐에 하직하고 금란전27)에서 물러나와
換却鴉鬟着玉冠。 나인의 큰머리28)를 옥관으로 바꿔 썼네.
滄海有緣應駕鳳、 푸른 바다에 인연이 있어 봉황새를 타고
碧城無夢更驂鸞。 벽성에서 꿈을 못 이루어 난새를 탔네.29)
瑤裾30)振雪春雲暖、 옷자락으로 눈 떨치니 봄구름 따뜻한데
瓊佩鳴空夜月寒。 노리개 소리 하늘에 울려 달빛이 싸늘해라.
幾度步虛銀漢上、 몇 번이나 은하수 허공을 거닐었던가
御衣猶似奉宸懽。 옷을 주시니 임금님 모시던 것처럼 기뻐라.

권10 칠언고시(七言古詩)

망선요(望仙謠)

瓊花風軟飛靑鳥。 구슬꽃 산들바람 속에 파랑새31)가 날더니
王母麟車向蓬島。 서왕모는 기린 수레 타고 봉래섬으로 가네.
蘭旌蘂帔白鳳駕、 난초 깃발 꽃배자에다 흰 봉황을 타고
笑倚紅闌拾瑤草。 웃으며 난간에 기대 요초를 뜯네.
天風吹擘翠霓裳。 푸른 무지개 치마가 바람에 날리니

---

27) 황궁(皇宮)의 정전(正殿)인데, 당나라 한림원(翰林院)이 그 곁에 있어 한림원의 별칭도 금란(金鑾)이라 하였다.
28) 원문의 아환(鴉鬟)은 다리꼭지를 넣어 튼 검은 타래머리이다.
29) 꿈은 운우(雲雨)의 즐거움을 가리키니, 임금의 사랑을 잃어서 여도사가 되었다는 뜻이다.
30) 1608년 목판본 『蘭雪軒詩』에 실린 「送宮人入道」에는 '裾'가 '裙'으로 되어 있다.
31) 『기아』 각주 71번 참고.

玉環瓊珮聲丁當。 옥고리와 노리개가 소리를 내며 부딪치네.
素娥兩兩鼓瑤瑟、 달나라 선녀32)들은 쌍쌍이 거문고를 뜯고
三花珠樹春雲香。 계수나무33) 위에는 봄구름이 향그러워라.
平明宴罷芙蓉閣、 동틀 무렵에야 부용각 잔치가 끝나
碧海靑童乘白鶴。 청동34)은 흰 학 타고 바다를 건너네.
紫簫吹徹彩霞飛、 붉은 퉁소 소리에 오색 노을이 걷히자
露濕銀河曉星落。 이슬에 젖은 은하수에 새벽별이 지네.

상현요(湘絃謠)

蕉花泣露湘江曲。 소상강 굽이 파초꽃은 이슬에 젖고
九點秋烟天外綠。 아홉 봉우리35) 가을 짙어 하늘이 푸르네.
水府凉波龍夜吟、 수궁 찬 물결에 용은 밤마다 울고
蠻娘輕夏玲瓏玉。 남방 아가씨36) 구슬 구르듯 노래하네.
離鸞別鳳隔蒼梧。 짝 잃은 난새 봉새는 창오산이 가로막히고
雨氣侵江迷曉珠。 빗기운이 강에 스며 새벽달 희미하네.
閑撥神絃石壁上、 한가롭게 벼랑 위에서 거문고를 뜯으니

---

32) 원문의 소아(素娥)는 달나라 선녀인데, 흰 옷을 입고 흰 난새를 탄다고 한다.
33) 삼화주수(三花珠樹)는 선궁에 있는 계수나무인데, 꽃이 일년에 세 번이나 피고, 오색 열매가 열린다고 한다.
34) 『진서(晉書)』에 "선제(宣帝)의 내구마(內廐馬)가 어느 날 바람이 자고 하늘이 쾌청할 때 학이 날아오자 청의동자(靑衣童子)로 변화하여 두 마리 큰 말을 타고 공중으로 날아갔다."라고 하였다.
35) 순임금 사당을 구의산(九疑山)에 모셨는데, 구점(九點)은 그 아홉 봉우리를 가리킨다.
36) 창오산 남쪽 호남성 일대 지역을 만(蠻)이라 하는데, 순임금의 두 왕비인 아황과 여영이 만(蠻) 땅의 아가씨이다.

花鬟月鬢啼江姝。 꽃같고 달같은 큰머리의 강아가씨가 우네.
瑤宮37)星漢高超忽。 요궁38) 은하수는 멀고도 높은데
羽盖金支五雲沒。 일산과 깃대가 오색구름 속에 가물거리네.
門外漁郞唱竹枝、 문밖에서 어부들이 「죽지사」를 부르는데
銀潭半掛相思月。 은빛 호수에 조각달이 반쯤 걸려 있구나.

---

37) 1608년 목판본 『蘭雪軒詩』에 실린 「湘絃謠」에는 '宮'이 '空'으로 되어 있다.
38) 전설 속에 나오는 신선들이 사는 궁전으로, 옥을 다듬어서 만들었다고 한다.

贈僧

竊食東華老學官 盆山雖小可盤桓 十年夢繞
毗盧頂一枕松風夜夜寒

雨中睡起

禪房閒寂似無僧 雨浥低簷薜荔層 千睡驚來
日已夕 山童吹火上龕燈

僧圓鑑

登香爐峰

萬國都城如垤蟻 千家豪傑若醢鷄 一窓明月
清虛枕無限松風韻不齊

僧休靜

閨怨

許氏

月樓秋盡玉屏空霜打蘆洲下暮鴻瑤瑟一彈
入不見藕花零落野塘中

宮詞
清齋秋殿夜初長不放宮人近御床時把剪刀
裁越錦燭前閒繡紫鴛鴦

塞下曲
寒塞無春不見梅邊人吹入笛聲來夜深驚起
思鄉夢月滿陰山百尺臺

遊仙詞二首
催呼滕六出天關腳踏風龍徹骨寒袖裏玉塵

三百斛散為飛雪落入間

玲瓏花影覆瑤碁暮日午松陰落子遲溪畔白龍
新賭得夕陽騎出向天池

、夜行　　　　　　　　　　曹氏
山回處淡霧踈星一杵鳴
幽澗泠泠月未生暗藤垂地少人行村家知在

寧越道中　　　　　　　　李媛
千里長關三日越哀詞唱斷魯陵雲妾身自是

閨怨　　　　　　　　　　楊士彥妾
王孫女此地鵑聲不忍聞

子讀中庸

、青鶴洞　　　　　　　僧冲徽

翠岳懸精舍山河一望通捲簾秋色裏歌拽夕
陽中露竹生閒地風泉吼遠空尋真誰海即
此是仙宮

、出塞曲　　　　　　　許氏

烽火照長河天兵出漢家枕戈眠白雪驅馬到
黃沙朔吹傳金柝邊聲入塞笳年年長結束辛
苦逐輕車

、效李義山

鏡暗鸞休舞樑空燕不歸香殘蜀錦被淚濕越
羅衣楚夢迷蘭渚荊雲落粉闈西江今夜月流
影照金微

洲邊草雲卷芙蓉海上城沙岸漁燈烟外遠月
樓人語夜深清若爲長伴江鷗去飽聽滄波落
枕聲

次張真人韻　　僧守初

白鶴樓邊已掛笻樹雲深處久藏蹤觀桃舊約
飛青鳥碑穀新方問赤松嘆水登壇朝斗慣寅
心鍊骨着碁幪玄關一閉無人扣不是真流不
得逢

、夢作　　許氏

橫海靈峰壓巨鰲六龍晨吸九河濤中天樓閣

星辰近上界烟霞日月高金鼇潚盛丹井水玉壇晴曬赤霜袍蓬柔鶴駕歸何晚一曲吹笙老碧桃

、皇帝有事天壇

羽蓋徘徊駐碧壇壁階清夜語和鑾長生錦譜丁寧說延壽靈方仔細看曉露瀼花河影轉天風吹月鶴聲寒齋香燒罷敲鳴磬玉樹千重繞曲欄

、送宮入入道

拜辭清禁出金鑾換却鴉鬟着玉冠滄海有緣

應駕鳳碧城無夢更驂鸞瑤裾振雪春雲暖瓊
佩鳴空夜月寒幾度步虛銀漢上御衣猶似奉
宸懽

春日有懷　　　　　　李　媛

章臺迢遰斷腸人雙鯉傳書漢水濱黃鳥曉啼
愁裏雨綠楊晴裊望中春瑤階寂歷生青草寶
瑟淒涼閉素塵誰念木蘭舟上客白蘋花滿廣
陵津

東文選卷之七

田光先生刎頸死扵期將軍扼腕起倚柱而罵
豈亡秦嘆咨曹沫真欺人變徵歌空白虹銷寒
水至今風蕭蕭

望仙謠　　　　　許氏

瓊花風軟飛青鳥王母麟車向蓬島蘭旌藥帔
白鳳駕笑倚紅欄拾瑤草天風吹摩翠霓裳玉
環瓊珮聲丁當素娥兩兩皷瑤瑟三花珠樹春
雲香平明宴罷芙蓉閣碧海青童乘白鶴紫簫
吹徹彩霞飛露濕銀河曉星落

湘絃謠

蕉花泣露湘江曲九點秋烟天外綠水府涼波
龍夜吟蠶娘輕戛玲瓏玉離鸞別鳳隔蒼梧雨
氣侵江迷曉珠閒撥神絃石壁上花鬟月鬢啼
江妹瑤宮星漢高超忽羽蓋金支五雲沒門外
漁郎唱竹枝銀潭半掛相思月

민백순(閔百順)

대동시선(大東詩選) 1770년

해제

　규장각에 소장되어 있는 『대동시선(大東詩選)』은 민백순(閔百順, 1711-1774)이 담헌(湛軒) 홍대용(洪大容)의 요청으로 우리나라 역대의 한시를 선발하여 편차한 『해동시선(海東詩選)』에 일부 작품을 증보하여 1770년 전후에 12권 6책으로 편찬한 시선집이다. 민백순은 인현왕후의 아버지인 병조판서 민유중(閔維重)의 증손자이자 좌의정 민진원(閔鎭遠)의 손자이고, 영의정 김창집(金昌集)의 외손자로 노론 정권의 핵심 집안에서 태어났다. 진사시에 합격하고 양주목사(楊州牧使)·승지(承旨)·성천부사(成川府使)를 역임하였다.

　민백순의 딸이 홍대용의 재종(再從) 홍대수(洪大守)에게 시집가면서 두 사람이 가까워져, 민백순은 친구의 아들이기도 한 홍대용의 학문을 인정하여 벗으로 허여하였으며, 말년에 홍대용의 청을 받아들여 『해동시선』과 『대동시선』을 편집하였다. 그가 노론인사(老論人士), 특히 안동김씨(安東金氏)와 그 문인들의 시를 비중 있게 선발한 이유는 그들 시가 성취한 문학적 성과 못지않게 이러한 배경이 크게 작용한 것이다.

　홍대용이 1765년 동지사(冬至使) 서장관(書狀官)인 숙부 홍억(洪檍)의 자제군관으로 북경(北京)에 가서 청나라 항주(杭州)의 문사인 엄성(嚴誠)·육비(陸飛)·반정균(潘庭筠) 등과 교유하는 과정에 조선의 시를 청나라에 제대로 소개할 필요를 느꼈다. 귀국한 뒤 역대의 시선집을 참조하여 새롭게 시선집을 편차하려고 하였으나 겨를이 없었는데, 마침 아버지의 친구인 민백순이 찾아오자 홍대용이 저간의 사정을 자세히 이야기하게 되었고, 민백순의 주도하에 시선집 편차가 빠르게 진행되었다. 홍대용이 쓴 「해동시선발(海東詩選跋)」에는 이러한 편찬 과정이 상세하게 적혀 있다.

　임진왜란 이후에 명나라에서 급하게 간행된 『조선시선』, 『조선시선전집』, 『취사원창(聚沙元倡)』 등이 대부분 정밀하지 못한 점을 민백순도 안타깝게 생각하고, 우리나라 시작(詩作)의 장단(長短)과 정변(正變)을 아우를 수 있는 시선집 편찬을 목적으로 하여 작업을 진행하였다. 그러나 『해동시선(海東詩選)』 편찬이 완료된 뒤 사행편(使行便)에 보낼 기일이 촉박하여 이를 정사(淨寫)할 사람을 구하지 못한 채 집안의 연소한 친족들을 불러 급히 필사하였으므로, 잘못을 제대로 바로잡지 못하고 자획도 엉망인 채로 보내었다. 실제로 북경대학에 소장되어 있는 『해동시선』 2권 3책은 자획이 일정치 않고, 틀린 글자가 있는 부분을 오려서 붙인 곳이 많다.

　민백순이 곧이어 『대동시선』을 편차한 이유는 틀린 부분을 수정하기 위한 것일 뿐만 아니라, '당풍(唐風)에 치우쳐 선정된 느낌이 있으니 선배들이 숭상한 송풍(宋風)도 보완하라'는 안석경(安錫儆)의 권고를 받아들인 결과이기도 하다. 『대동시선(大東詩選)』에는 기자(箕子)부터 18세기 전반까지의 작자 267명이 지은 1,892수가 실려 있다.

　허난설헌의 시는 오언고시 1수, 칠언고시 2수, 오언절구 3수, 칠언절구 10수, 오언율시 2수, 칠언율시 2수, 모두 20수가 실려 있다. 적은 숫자는 아니지만, 명나라 종군문인들이 편차한 『조선시선』이나 『조선시선전집』에서 허난설헌의 시를 압도적으로 많이 선정했던 것에 비하면 현저하게 줄어들었으니, 비로소 평형을 유지하게 되었다고도 볼 수 있다. 그러나 노론과 안동김씨 문중 시인들의 시를 지나치게 많이 선정한 것은 이 시선집의 평가가 낮아진 이유가 되기도 하였다.

허난설헌의 시만 놓고 본다면 명나라에서 간행된 시선집에 실린 시들이 작자 문제에 오류가 많고 틀린 글자도 많으며 난설헌의 생애도 부정확하게 소개된 것에 비해, 모두 1608년 목판집 『난설헌시(蘭雪軒詩)』에서만 선정하였으므로 비교적 정확하게 중국에 소개하였다는 장점을 지니고 있다.

번역 및 원문

권2 오언고시(五言古詩)

견흥(遣興)

　호(號)는 난설헌(蘭雪軒)으로 봉(篈)·균(筠)의 누이이고, 김성립(金誠立)의 아내이다.

芳柳藹初綠、 꽃다운 버들은 물이 올라 푸르고
蘼蕪葉已齊。 궁궁이 싹도 가지런히 돋아났네.
春物自姸華、 봄날이라 모두들 꽃 피고 아름다운데
我獨多悲悽。 나만 홀로 자꾸만 서글퍼지네.
壁上五嶽圖、 벽에는 「오악도」[1]를 걸고

---

1) 동의 태산(泰山), 서의 화산(華山), 남의 형산(衡山), 중앙의 숭산

床頭參同契。 책상 머리엔「참동계」2)를 펼쳐 놓았으니,
煉丹儻有成、 혹시라도 단사를 만들어내면3)
歸謁蒼梧帝。 돌아오는 길에 순임금4)을 뵈오리라.

○ **遣興**5)

　號蘭雪軒 筠之妹 金誠立之妻
芳柳藹初綠、 蘼蕪葉已齊。 春物自妍華、 我獨多悲悽。 壁上五嶽圖、 床頭參同契。 煉丹儻有成、 歸謁蒼梧帝。

권3 칠언고시(七言古詩)

망선요(望仙謠)

瓊花風軟飛靑鳥。 구슬꽃 산들바람 속에 파랑새6)가 날더니

　(嵩山), 북의 항산(恒山)을 그린 부적인데, 오복을 가져다 준다고 한다. 태산의 부적을 지니면 장수하고, 형산의 부적을 지니면 다치거나 불나지 않으며, 숭산의 부적을 지니면 힘들이지 않고도 큰 부자가 된다고 한다. 화산의 부적을 지니면 창칼의 재앙에서 벗어날 수 있고, 항산의 부적을 지니면 수재로부터 벗어나 복록을 누릴 수 있다고 한다.「오악진형도(五岳眞形圖)」라고도 하는데, 삼천태상대도군(三天太上大道君)이 그렸다고 한다.
2) 『기아』 각주 68번 참고.
3) 원문의 연단(鍊丹)은 신선이 먹는다는 단약(丹藥)을 제련하는 기술, 또는 신선이 되기 위하여 심신을 단련하는 신선술을 말한다.
4) 순임금이 창오산에서 죽었으므로, 창오제라고도 한다. 순임금은 아황과 여영 두 왕비 사이에 금실이 좋았다. 그래서 두 왕비가 순임금을 찾으러 갔다가, 끝내 찾지 못하자 상수에 빠져 죽었다고 한다.
5) 1608년 목판본 『蘭雪軒詩』에 「遣興」 제8수로 실려 있다.
6) 청조(靑鳥)는 서왕모의 심부름꾼인데, 사람 머리에 발이 셋 달린

王母麟車向蓬島。 서왕모는 기린 수레 타고 봉래섬으로 가네.
蘭旌蘂帔白鳳駕、 난초 깃발 꽃배자에다 흰 봉황을 타고
笑倚紅欄拾瑤草。 웃으며 난간에 기대 요초를 뜯네.
天風吹擘翠霓裳。 푸른 무지개 치마가 바람에 날리니
玉環瓊珮聲丁當。 옥고리와 노리개가 소리를 내며 부딪치네.
素娥兩兩鼓瑤瑟、 달나라 선녀7)들은 쌍쌍이 거문고를 뜯고
三花珠樹春雲香。 계수나무8) 위에는 봄구름이 향기로워라.
平明宴罷芙蓉閣 동틀 무렵에야 부용각 잔치가 끝나
碧海靑童乘白鶴。 푸른 옷 입은 동자9)는 흰 학을 타고 바다를 건너네.
紫簫吹徹彩雲飛、 붉은 퉁소 소리에 오색 구름이 걷히자
露濕銀河曉星落。 이슬에 젖은 은하수에 새벽별이 지네.

○ 望仙謠

瓊花風軟飛靑鳥。王母麟車向蓬島。蘭旌蘂帔白鳳駕、笑倚紅

새이다. 한(漢)나라 반고(班固)의 『한무고사(漢武故事)』에 "홀연히 파랑새 한 마리가 서방에서 날아와 전각 앞에 내려앉자, 상이 동방삭에게 물었다. 동방삭이 서왕모가 오려는 모양이라고 대답하였는데, 과연 얼마 뒤에 서왕모가 도착하였다.[忽有一靑鳥從西方來, 集殿前, 上問東方朔, 朔曰, "此西王母欲來也." 有頃, 王母至.]"라는 말이 나온다.
7) 원문의 소아(素娥)는 달나라 선녀인데, 흰 옷을 입고 흰 난새를 탄다고 한다.
8) 삼화주수(三花珠樹)는 선궁에 있는 계수나무인데, 꽃이 일년에 세 번이나 피고, 오색 열매가 열린다고 한다.
9) 『진서(晉書)』에 "선제(宣帝)의 내구마(內廐馬)가 어느 날 바람이 자고 하늘이 쾌청할 때 학이 날아오자 청의동자(靑衣童子)로 변화하여 두 마리 큰 말을 타고 공중으로 날아갔다."라고 하였다.

欄拾瑤草。天風吹擘翠霓裳。玉環瓊珮聲丁當。素娥兩兩鼓瑤瑟、三花珠樹春雲香。平明宴罷芙蓉閣。碧海靑童乘白鶴。紫簫吹徹彩雲飛、露濕銀河曉星落。

상현요(湘絃謠)

蕉花泣露湘江曲。 소상강 굽이 파초꽃은 이슬에 젖고
九點秋烟天外綠、 아홉 봉우리10) 가을빛 짙어 하늘 푸르네.
水府涼波龍夜吟、 수궁 찬 물결에 용은 밤마다 울고
蠻娘輕戞玲瓏玉。 남방 아가씨11) 구슬 구르듯 노래하네.
離鸞別鳳隔蒼梧。 짝 잃은 난새 봉새는 창오산이 가로막히고
雨氣侵江迷曉珠。 빗기운이 강에 스며 새벽달 희미하네.
閒撥神絃石壁上、 한가롭게 벼랑 위에서 거문고를 뜯으니
花鬟月鬢啼江姝。 꽃같고 달같은 큰머리의 강아가씨가 우네.
瑤空星漢高超忽。 하늘 은하수는 멀고도 높은데
羽盖金支五雲沒。 일산과 깃대가 오색구름 속에 가물거리네.
門外漁郎唱竹枝、 문밖에서 어부들이 「죽지사」12) 부르는데

---

10) 순임금 사당을 구의산(九疑山)에 모셨는데, 구점(九點)은 그 아홉 봉우리를 가리킨다.
11) 창오산 남쪽 호남성 일대 지역을 만(蠻)이라 하는데, 순임금의 두 왕비인 아황과 여영이 만(蠻) 땅의 아가씨이다.
12) 지방의 풍속이나 남녀의 사랑을 주제로 삼아 지은 악부체(樂府體)의 사곡(詞曲)이다. 당 나라 정원(貞元) 연간에 시인 유우석(劉禹錫)이 완상(浣湘) 지방에 있었는데, 그곳 마을의 노래가 너무 비속해서, 굴원의 구가(九歌)를 모방하여 죽지사(竹枝詞) 19장(章)을 지어 동리 아이들로 하여금 부르게 한 데서 유래했다고 한다. 『악부시집(樂府詩集)』「근대곡사(近代曲辭) 죽지(竹枝)」

銀潭半掛相思月。 은빛 호수에 조각달이 반쯤 걸려 있구나.
○ 湘絃謠
蕉花泣露湘江曲。九點秋烟天外綠。水府涼波龍夜吟、蠻娘輕
裛玲瓏玉。離鸞別鳳隔蒼梧。雨氣侵江迷曉珠。閒撥神絃石壁
上、花鬟月鬢啼江姝。瑤空星漢高超忽。羽盖金支五雲沒。門
外漁郎唱竹枝、銀潭半掛相思月。

권4 오언절구(五言絶句)

빈녀음(貧女吟)

1.
豈是乏容色、 얼굴 맵시야 어찌 남에게 떨어지랴
工針復工織。 바느질에 길쌈 솜씨도 모두 좋건만,
少小長寒門、 가난한 집안에서 자라난 탓에
良媒不相識。 중매할미 모두 나를 몰라준다오.
○ 貧女吟
豈是乏容色、工針復工織。少小長寒門、良媒不相識。
2.
夜久織未休、 밤늦도록 쉬지 않고 명주를 짜노라니
軋軋鳴寒機。 베틀 소리만 삐걱삐걱 처량하게 울리네.
機中一疋練、 베틀에는 명주가 한 필 짜여 있지만
終作阿誰衣。 결국 누구의 옷감 되려나.
○ 其二
夜久織未休、軋軋鳴寒機。機中一疋練、終作阿誰衣。

3.
手把金剪刀、 손에다 가위 쥐고 옷감을 마르면
夜寒十指直。 밤이 차가워 열 손가락 곱아오네.
爲人作嫁衣、 남들 위해 시집갈 옷 짓는다지만
年年還獨宿。 해마다 나는 홀로 잠을 잔다오.

○ 其三
手把金剪刀、夜寒十指直。爲人作嫁衣、年年還獨宿。

권6 칠언절구(七言絶句)

궁사(宮詞)13)

1.
淸齋秋殿夜初長。 청재하시는 가을 대궐 초저녁 길어
不放宮人近御床。 궁인이 다가와 임금님을 못 모시게 하네.
時把剪刀裁越錦、 이따금 가위 잡고 월 땅의 비단을 잘라
燭前閒綉紫鴛鴦。 촛불 앞에서 한가롭게 원앙새를 수놓네.
○ 宮詞14)

---

13) 궁사(宮詞)는 황제의 궁중 생활을 소재로 다양한 일들에 대해 읊었는데, 후궁(後宮)과 비빈(妃嬪)들의 근심스런 자태나 적막한 심경을 보여준다. 칠언절구의 시가 많으며 당나라 때 크게 유행하였는데, 왕건(王建)과 장호(張祜)의 궁사가 특히 유명하다. 이상은(李商隱)의 「한궁사(漢宮詞)」는 옛 일을 빌어 현재를 풍자한 작품인데, 첫머리부터 곧바로 군왕을 지적하였다. 그러나 상당수의 궁사는 제왕의 화려하고 사치스런 생활을 과장되게 묘사하여, 훌륭한 작품이 양에 비해 적은 편이다.

14) 1608년 목판본 『蘭雪軒詩』에 20수 가운데 제8수로 실려 있다.

淸齋秋殿夜初長。不放宮人近御床。時把剪刀裁越錦、燭前開綉紫鴛鴦。

2.
新擇宮人直御床。 새로 간택된 궁녀가 임금님을 모시니
錦屛初賜合歡香。 병풍을 둘러치고 합환15)의 은총 내리셨네.
明朝阿監來相問、 날이 밝아 아감님이 어찌 되었냐 물으니
笑指胸前小佩囊。 가슴에 찬 노리개 주머니 웃으며 가리키네.
○ 其二16)
新擇宮人直御床。錦屛初賜合歡香。明朝阿監來相問、笑指胸前小佩囊。

유선사(遊仙詞)

1.
閒携姉妹禮玄都。 한가롭게 자매를 데리고 현도관17)에 예를 올리니
三洞眞人各見招。 삼신산 신선18)들이 저마다 보자고 부르네.
敎着赤龍花下立、 붉은 용을 타고 벽도화 밑에 세운 뒤
紫皇宮裏看投壺。 자황궁 안에서 투호19) 놀이를 구경하였네.
○ 遊仙詞20)

---

15) 신랑과 신부가 함께 즐거움을 누리는 것인데, 혼례 때에 합환주를 마셨다.
16) 1608년 목판본 『蘭雪軒詩』에 20수 가운데 제17수로 실려 있다.
17) 신선들의 거처인데, 백옥경 칠보산(七寶山)에 있다고 한다.
18) 삼동진인(三洞眞人)은 삼신산에 사는 신선들이다.
19) 화살을 던져서 병에다 넣는 내기인데, 지는 사람이 벌주를 마신다. 우리나라에서도 여자들이 많이 하였다.

閒携姉妹禮玄都。三洞眞人各見招。敎着赤龍花下立、紫皇宮
裏看投壺。

2.

雲角靑龍玉絡頭。　옥으로 머리 꾸미고 뿔 달린 청룡을
紫皇騎出向丹丘。　옥황께서 타시고 단구21)로 향하시네.
閒從壁戶窺人世、　한가롭게 문에 기대어 인간 세상을 엿보니
一點秋烟辨九州。　한 점 가을 아지랑이로 천하22) 알아보네.

○ 其二23)

雲角靑龍玉絡頭。紫皇騎出向丹丘。閒從壁戶窺人世、一點秋
烟辨九州。

3.

催呼滕六出天關。　서둘러서 등륙24)을 불러 하늘문 나오는데
脚踏風龍徹骨寒。　풍룡을 밟고 가려니 추위가 뼈에 스미네.
袖裏玉塵三百斛、　소매 속에 들었던 옥티끌 삼백 섬이
散爲飛雪落人間。　흩날리는 눈송이 되어 세상에 떨어지네.

○ 其三25)

---

20) 1608년 목판본 『蘭雪軒詩』에 87수 가운데 제14수로 실려 있다.
21) 신선이 사는 곳인데, 밤낮 밝아서 단구(丹丘)라고 한다.
22) 원문은 구주(九州)인데, 『서경』 서(序)에 "우 임금이 구주를 구별
    해서 산을 따라 내를 준설하고 토양에 맡게 공물을 만들게 했다.
    [禹別九州, 隨山濬川, 任土作貢.]"라고 하였다. 『서경』 「우공(禹貢)」에
    서는 기주(冀州)·연주(兗州)·청주(靑州)·서주(徐州)·양주(揚州)·형
    주(荊州)·예주(豫州)·양주(梁州)·옹주(雍州)를 구주(九州)라 하였고,
    『주례(周禮)』 「하관(夏官) 직방(職方)」에서는 이 가운데 서주(徐州)와
    양주(梁州)를 빼고 유주(幽州)와 병주(幷州)를 더하였다.
23) 1608년 목판본 『蘭雪軒詩』에 87수 가운데 제21수로 실려 있다.
24) 『기아』 각주 27번 참고.

催呼滕六出天關。脚踏風龍徹骨寒。袖裏玉塵三百斛、散爲飛雪落人間。

4.

玲瓏花影覆瑤棋。 영롱한 꽃그림자가 바둑판을 덮었는데
日午松陰落子遲。 한낮 소나무 그늘에서 천천히 바둑 두네.26)
溪畔白龍新賭得、 시냇가의 흰 용27)을 내기해서 얻고는
夕陽騎出向天池。 석양에 타고 나가 천지를 향하네.

○ 其四28)

玲瓏花影覆瑤棋。日午松陰落子遲。溪畔白龍新賭得、夕陽騎出向天池。

5.

騎鯨學士禮瑤京。 고래 탄 학사29)가 백옥경에 예를 올리니
王母相留宴碧城。 서왕모 반겨하며 벽성에서 잔치 벌렸네.
手展彩毫書玉字、 무지개붓을 손에 쥐고 옥(玉)자를 쓰니
醉眼猶似進淸平。 취한 얼굴이 「청평조」30) 바칠 때 같네.

---

25) 1608년 목판본 『蘭雪軒詩』에 87수 가운데 제27수로 실려 있다.
26) 낙자(落子)의 자(子)는 바둑알이니 바둑알을 내려놓는다는 뜻이다.
27) 신룡(神龍)인데, 옥황상제의 사자이다.
28) 1608년 목판본 『蘭雪軒詩』에 87수 가운데 제42수로 실려 있다.
29) 한림학사는 이백(李白)을 가리킨다. 이태백이 채석강에서 뱃놀이를 하다가 술에 취해, 강에 비친 달을 잡으려다가 빠졌다는 전설이 있다. 그래서 고래를 타고 하늘에 올라가 신선이 되었다고 한다. 그러나 실제로는 61세 되던 해에 안휘성(安徽省) 당도(當塗)의 현령(縣令)이었던 종숙 이양빙(李陽冰)의 집에서 죽었으며, 일설에는 이양빙이 보내준 고기를 먹고 식중독으로 죽었다고 한다.
30) 당나라 현종이 침향정에서 양귀비와 함께 모란을 구경하며 즐

○ 其五[31]
騎鯨學士禮瑤京。王母相留宴碧城。手展彩毫書玉字、醉眼猶似進淸平。

6.
彤軒璧瓦餙瑤墀。붉은 난간 구슬 기와에 구슬로 섬돌 꾸미고도
不遣靑苔染履綦。푸른 이끼를 그대로 두어 신[32]을 적시네.
朝罷列仙爭拜賀、조회 끝나자 신선들이 다투어 하례하고
內家新領八霞司。안에서는[33] 새로이 팔하사[34]를 거느리네.

○ 其六[35]
彤軒璧瓦餙瑤墀。不遣靑苔染履綦。朝罷列仙爭拜賀、內家新領八霞司。

7.
簷鈴無語閉珠宮。추녀 끝 풍경은 고요하고 대궐문 닫혔는데
紫閣凉生玉簟風。돗자리에 바람 이니 다락이 서늘하네.
孤鶴夜驚滄海月、한밤중 외로운 학은 바다에 뜬 달 보고 놀라는데
洞簫聲在綠雲中。퉁소 소리가 푸른 구름 속에 울려 퍼지네.

○ 其七[36]

기다가 이태백에게 명령하여 시를 짓게 하였는데, 그가 악부체 「청평조」 3수를 지어 올렸다.
31) 1608년 목판본 『蘭雪軒詩』에 87수 가운데 제44수로 실려 있다.
32) 이기(履綦)는 신을 감싸는 끈이다.
33) 내가(內家)는 대궐 안이다.
34) 팔방의 선계를 다스리는 관아(官衙)이다.
35) 1608년 목판본 『蘭雪軒詩』에 87수 가운데 제54수로 실려 있다.

簷鈴無語閉珠宮。紫閣凉生玉簞風。孤鶴夜驚滄海月、洞簫聲在綠雲中。

8.
烟淨瑤空鶴未歸。 하늘엔 안개 맑고 학은 돌아오지 않네.
白楡陰裏閉珠扉。 흰 느릅나무 꽃그늘 속에 구슬문 닫혔네.
溪頭盡日神靈雨、 시냇가엔 하루 종일 신령스런 비가 내려
滿地香雲濕不飛。 땅을 뒤덮은 향그런 구름이 날지 못하네.

○ 其八[37]
烟淨瑤空鶴未歸。白楡陰裏閉珠扉。溪頭盡日神靈雨、滿地香雲濕不飛。

권8 오언율시(五言律詩)

이의산을 본받아[效李義山][38]

---

[36] 1608년 목판본 『蘭雪軒詩』에 87수 가운데 제65수로 실려 있다.
[37] 1608년 목판본 『蘭雪軒詩』에 87수 가운데 제10수로 실려 있다.
[38] 의산(義山)은 만당(晩唐) 시인 이상은(李商隱, 813-858)의 자인데, 호는 옥계생(玉溪生)이다. 그의 시는 한(漢)·위(魏)·육조시(六朝詩)의 정수를 계승하였고, 두보(杜甫)를 배웠으며, 이하(李賀)의 상징적 기법을 즐겨 사용하였다. 전고(典故)를 자주 인용하고 풍려(豊麗)한 자구를 구사하여 수사문학(修辭文學)의 극치를 보여준 것으로 평가받고 있다.
송나라 때에 양억(楊億) 유균(劉筠) 등이 그의 시를 본받아 지으면서 『서곤창수집(西崑唱酬集)』을 간행했으므로, 이러한 시를 서곤체(西崑體)라고 했다. 『이의산시집』이 남아 전하며, 『당서(唐書)』 권190에 그의 전기가 실려 있다. 서곤체를 이상은체, 또는 이의산체라고 하는데, 난설헌의 이 시도 이의산체이다.

鏡暗鸞休舞、 거울 어두워 난새39)도 춤추지 않고
樑空鷰不歸。 빈 집이라서 제비도 돌아오지 않네.
香殘蜀錦被、 비단 이불40)엔 아직도 향기가 스며 있건만
淚濕越羅衣。 비단 옷자락에는 눈물 자국이 젖어 있네.
楚夢迷蘭渚、 님 그리는 단꿈41)은 물가42)에 헤매고
荊雲落粉闈。 형주43)의 구름은 궁궐44)에 감도는데,
西江今夜月、 오늘 밤 서강의 저 달빛은
流影照金微。 흘러 흘러서 임 계신 금미산에 비치네.
○ 效李義山45)
鏡暗鸞休舞、樑空鷰不歸。香殘蜀錦被、淚濕越羅衣。楚夢迷蘭渚、荊雲落粉闈。西江今夜月、流影照金微。

심하현을 본받아[效沈下賢]46)

---

39) 거울에 난새를 새겼는데, 남녀 간의 사랑을 뜻한다. 님이 없어서 거울을 볼 필요가 없으므로 오랫동안 거울을 닦지 않았기 때문에, 난새의 모습이 먼지에 덮여 보이지 않은 것이다.
40) 『명원시귀』 각주 37번 참고.
41) 『기아』 각주 44번 참고.
42) 원문 난저(蘭渚)는 난초가 핀 물가이다. 이 시에서는 상강(湘江)에 살다가 선녀가 되어 올라간 두난향(杜蘭香) 이야기인 듯하다.
43) 호남·호북성 일대인데, 옛날 초나라 땅으로 행락지이다. 형주는 『삼국지』에서 세 나라가 가장 오래 싸웠던 곳으로, 강릉(江陵)이라고도 한다.
44) 원문 분위(粉闈)는 상서성(尙書省)의 별칭인데, 벽에 분을 발라서 분성(粉省), 또는 화성(畫省)이라고도 불렸다.
45) 1608년 목판본 『蘭雪軒詩』에 「效李義山體」 2수 가운데 제1수로 실려 있다.
46) 하현(下賢)은 당나라 시인 심아지(沈亞之)의 자이다. 한유(韓愈)에

春雨梨花白、 봄비에 배꽃은 하얗게 피고
宵殘小燭紅。 새벽 되도록 촛불이 밝구나.
井鴉驚曙色、 우물가 갈까마귀는 날이 밝자 놀라 날아가고
樑鷰怯晨風。 대들보 제비도 새벽 바람에 깜짝 놀라네.
錦帕凄涼捲、 비단 휘장 처량해 걷어치웠더니
銀床寂寞空。 침상은 쓸쓸하게 비어 있구나.
雲軿回鶴馭、 구름 수레47)에 학 타고 가는 듯한데
星漢綺樓東。 다락 동쪽에 은하수가 고와라.

○ **效沈下賢**48)
春雨梨花白、宵殘小燭紅。井鴉驚曙色、樑鷰怯晨風。錦帕凄涼捲、銀床寂寞空。雲軿回鶴馭、星漢綺樓東。

권11 칠언율시(七言律詩)

몽작(夢作)

橫海靈峯壓巨鰲。 바다에 뻗은 봉우리가 큰 자라49)를 누르고
六龍晨吸九河濤。 여섯 용이 새벽에 구강50) 파도를 삼켰네.

　게서 시를 배워 잘 지었으며, 『심하현문집』 12권이 남아 있다.
47) 원문 운병(雲軿)은 운변(雲軿)이라고도 하는데, 신선이 타는 구름으로 된 수레를 뜻한다. 남조(南朝) 심약(沈約)의 「적송간(赤松澗)」에 "신령한 단약으로 여기에서 신선이 되었고, 구름수레가 여기에서 승천하였네.[神丹在玆化, 雲軿於此陟.]"라고 하였다.
48) 1608년 목판본 『蘭雪軒詩』에 「效沈亞之體」 2수 가운데 제1수로 실려 있다.
49) 상상 속의 큰 자라인데, 삼신산(三神山)을 지고 있다고 한다.
50) 하(夏)나라 우(禹)임금이 황하의 홍수를 막기 위하여 하류를 아

中天樓閣星辰近、 하늘에 솟은 다락이라 별에 가깝고
上界煙霞日月高。 노을 낀 하늘에는 해와 달이 높았네.
金鼎滿盛丹井水、 금솥에는 불로장생의 단정수51)가 가득하고
玉壇晴曬赤霜袍。 옥단에 날이 개어 붉은 도포52)를 말리네.
蓬萊鶴駕歸何晚、 봉래산에 학 타고 가기 어찌 이리 더딘지
一曲吹笙老碧桃。 늙은 벽도53) 아래로 피리를 불며 가네.

○ 夢作
橫海靈峯壓巨鰲。六龍晨吸九河濤。中天樓閣星辰近、上界煙霞日月高。金鼎滿盛丹井水、玉壇晴曬赤霜袍。蓬萊鶴駕歸何晚、一曲吹笙老碧桃。

봄날에 느낌이 있어

章臺迢遞斷腸人。 한양54)이 까마득해 애타는 나에게
雙鯉傳書漢水濱。 쌍잉어에 편지 넣어 한강 가에 전해왔네.
黃鳥曉啼愁裏雨、 꾀꼬리 새벽에 울고 시름 속에 비 오는데
綠楊晴裊望中春。 푸른 버들은 봄볕 속에 맑게 한들거리네.
瑤階冪歷生靑草、 층계에는 푸른 풀이 얽히고 설켜55) 자라고

홉 갈래로 나누었다.
51) 불로장생의 우물물이다. 물이 붉어서 옆을 파 보았더니 단사(丹沙)가 묻혀 있었다고 한다.
52) 신선들이 입는 도포이다.
53) 푸른 복숭아인데, 신선세계에 있다고 한다.
54) 원문의 장대(章臺)는 전국시대 진왕(秦王)이 함양에 세운 궁전인데, 그 뒤부터 훌륭한 궁전이나 번화한 거리를 뜻하는 말로 쓰였다. 이 시에서는 남편이 공부하러 가 있는 한양을 뜻한다.
55) 원문의 막력(冪歷)은 멱력(羃歷)으로 써야 뜻이 잘 통한다.

寶瑟凄涼閉素塵。 거문고 처량하게 뽀얀 먼지에 한가롭구나.
誰念木蘭舟上客、 그 누가 목란배 위의 나그네를 생각하랴
白蘋花滿廣陵津。 광나루56)에는 마름꽃만 가득 피어 있구나.

○ **春日有懷**
章臺迢遞斷腸人。雙鯉傳書漢水濱。黃鳥曉啼愁裏雨、綠楊晴裊望中春。瑤階冪歷生靑草、寶瑟凄涼閉素塵。誰念木蘭舟上客、白蘋花滿廣陵津。

---

56) 난설헌이 광주(廣州) 경수마을에 살았으므로 광나루라고 했다

迎人巖邑來雲表森戈戟楓栝百谷明繡綵紛相射
一樽屬同儔斯遊亦云適悠悠雲返壑杳杳鴻過澤
簪組豈我物林泉且放跡浩歌入煙蘿山禽啼磔磔

閨秀一人

　許氏 號蘭雪軒筠之妹金誠立之妻

　遣興

芳柳藹初綠蘼蕪葉已齊春物自妍華我獨多悲悽
壁上五嶽圖床頭絲同契煉丹儻有成歸謁蒼梧帝

嶺上雲子房碩棄人間事信宿還歸精舍卧千峯瞑色孤烟起

短歌行

短歌一曲其誰知不管人間歡與悲皷盆送死莊子休擊甕忩生高漸離縛束形骸天地中終須凛凛生長風由來哀樂竟非真大抵浮雲流水同短歌之興何無窮

閩秀一人

許氏

堃仙謠

瓊花風軟飛青鳥王母麟車向蓬島蘭旌藥帔白鳳駕笑倚紅欄拾搖草天風吹摩翠霓裳玉環瓊珮聲丁當素娥兩兩鼓瑤瑟三花珠樹春雲香平明宴罷芙蓉閣碧海青童乘白鶴紫簫吹徹彩雲飛露濕銀河曉星落

湘絃謠

蕉花泣露湘江曲九點秋烟天外綠水府涼波龍夜吟臺娘輕戞玲瓏玉離鸞別鳳隔蒼梧雨氣侵江迷曉珠間撥神絃石壁上花鬟月髩啼紅珠瑤空星漢高超忽羽蓋金支五雲沒門外漁卽唱竹枝銀潭半

掛相思月

大東詩選卷三

閨秀四人

許氏

貧女吟

豈是乏容色工針復工織火小長寒門良媒不相識

其二

夜久織未休軋軋鳴寒機機中一疋練終作阿誰衣

其三

手把金剪刀夜寒十指直為人作嫁衣年年還獨宿

李淑媛 號玉峯承旨趙瑗之妾

閨情 倭亂被擄罵賊死之

紅欄六曲壓銀河瑞霧霏微濕翠羅明月不知滄海暮九疑山下白雲多

宮詞　許氏

清齋秋殿夜初長不放宮人近御床時把剪刀裁越錦燭前閒繡紫鴛鴦

其二

新擇宮人直御床錦屛初賜合歡香明朝阿監來相問笑指曾前小佩囊

遊仙詞

間攜姊妹禮玄都三洞真人各見招教着赤龍花下立紫皇宮裏着投壺

其二

雲角青龍玉絡頭紫皇騎出向丹丘間從壁戶窺人世一點秋烟辨九州

其三

催呼滕六出天關腳踏風龍徹骨寒袖裏玉塵三百斛散爲飛雪落人間

其四

玲瓏花影覆瑤棋日午松陰落子遲溪畔白龍新賭

得夕陽騎出向天池

其五

騎鯨學士禮瑤京王母相留宴碧城手展彩毫書玉字醉眼猶似進清平

其六

彤軒璧尾歸瑤墀不遣青苔染碁朝罷列仙爭拜賀內家新領八霞司

其七

簷鈴無語閉珠宮紫閣涼生玉簟風孤鶴夜驚滄海月洞簫聲在繹雲中

其八
炮爭遙空鶴未歸白楡陰裏閉朱扉溪頭盡日神靈
雨滿地香雲濕不飛

翠仙 娼女號

春粧
春粧催罷倚焦桐珠箔輕盈日上紅香霧夜多朝露
重海棠花泣小墻東

李氏 妾 金盛達

江村卽事
山影倒江掩夕扉漁人欸乃帶潮歸知爾來時逢海

碧樹聞蟬靜青蘿繫馬渡行歌不能去山逕生微陰

溪樓小飲

山靜夕陰集庭幽啼鳥繁林雲澹石逕花氣暗溪源
小立多窺沼新酤不出村年華見堤柳日日覆柴門

趙綸 字聖言

鳳翔浦俟潮放船

天海空而宵雲山縱復橫潮鳴風欲起帆掛月初生
蟹椒寒燈落蟬枝暗露縈寥寥野扃遂遊子自宵征

閨秀一人

許氏

效李義山

鏡暗鸞休舞槃空鷲不歸香殘蜀錦被淚濕越羅衣
楚夢迷蘭渚荆雲落粉闈西江今夜月流影照金微

效沈下賢

春雨梨花白宵殘小燭紅井鴉驚曙色槃鷲怯晨風
錦帕淒涼捲銀床寂寞空雲軿回鶴馭星漢綺樓東

許氏

夢作

橫海靈峯壓巨鰲六龍晨吸九河濤中天樓閣星辰近上界煙霞日月高金晶盪盛丹井水玉壇晴曬赤霜袍蓬萊鶴駕歸何晚一曲吹笙老碧桃

春日有懷

章臺迢遞斷腸人雙鯉傳書漢水濱黃鳥曉啼愁裏雨綠楊晴裊望中春瑤階暮歷生青草寶瑟淒涼閉素塵誰念木蘭舟上客白蘋花滿廣陵津

無名氏

최성환(崔瑆煥)

성령집(性靈集) 1858년

해제

『성령집(性靈集)』은 최성환(崔瑆煥, 1813-1891)이 1858년에 중국과 한국의 역대 한시를 성령(性靈)이라는 기준에 따라 선정한 본집 27권, 속집 6권, 속집보유 2권, 보유 4권, 모두 20책으로 간행한 목활자판(木活字版) 시선집이다. 39권 20책 1,216장 분량이다.

청나라 강희(康熙) 건륭(乾隆) 연간에 걸쳐 사상계와 문화계에 광범위하게 형성된 반이학(反理學) 반복고(反復古)의 경향과 맞물려 시가 방면에서 자연진정(自然眞情)을 중시하고 개성해방(個性解放)을 추구하며 주체의식을 고양하는 성령론(性靈論)이 유행하였다.

조선에서도 18세기 후반에 '시필성당(詩必盛唐)'과 '문필진한(文必秦漢)'을 내세운 복고주의에 대한 비판적 흐름이 형성되었으며, 신분 문제로 과거시험이나 관직에 제한을 받았던 위항시인(委巷詩人)들이 적극적으로 성령론을 전개하였다.

최성환의 본관은 충주(忠州), 자는 성옥(星玉), 호는 어시재(於是齋)이다. 중인(中人) 집안이어서 그의 형과 동생을 비롯하여 가까운 친척 가운데 잡과(雜科) 급제자가 많다. 이 가운데 2명은 역과(譯科)에, 4명은 율과(律科)에, 9명은 운과(雲科)에 급제하였지만, 최성환은 무과(武科)에 급제하여 무인으로 활동하였다. 『성령집』의 교정을 맡았던 아들 최규집(崔圭輯)은 1859년 생원시(生員試)에 합격하였는데, 그 방목(榜目)에 부친 최성환의 관직이 '전(前) 선략장군(宣略將軍) 행(行) 중추부도사(中樞府都事)'로 적혀 있다. 「성령집 서(性靈集序)」에서

"(벼슬을 버리고) 동쪽으로 돌아온 갑인년(1854)에 『성령집』 편찬을 시작하여, 무오년(1858)에 완성하였다."고 하였으니, 1854년에 관직을 떠나 첫 번째 사업으로 『성령집』을 편찬하였음을 알 수 있다. 생업을 위한 출판이기도 하지만, 중인으로서의 사명감을 완수하기 위한 사업이기도 하였다.

그는 "근체시가 성령을 얻기에 가장 가깝다[今體詩得性靈之爲最近.]", "성령을 오로지 하고, 격조를 뒤로 미루며 기백을 버리기로 했다[專主性靈, 而後格調捨氣魄.]"는 기준에 따라 방대한 분량의 『성령집』을 편찬하였으며, 진실하고 자연스러운 감정인 심령(心靈)을 시 평가의 가장 중요한 척도로 삼았다. 그랬기에 과거에 급제한 관원들의 시에 비해서 벼슬할 기회가 없던 중인이나 여성들의 시가 다른 시선집에 비해 많이 수록된 편이다.

한·위(漢魏) 이후 청(淸)나라에 이르기까지의 1,200여년에 걸친 시를 시대 순으로, 시의 형식에 따라 분류 편집하였는데, 1집(集) 권1-6 한·위·육조시(漢魏六朝詩), 2집 권1-6 삼당(三唐)·오대시(五代詩), 3집 권1-6 송·금·원시(宋金元詩), 4집 권1-6 명시(明詩), 5집 권1-6 청시(淸詩), 속집(續集) 권1-6 명원시(名媛詩), 보유(補遺) 권1-4 역대적구(歷代摘句). 속집보유(續集補遺) 권1-2 명원적구(名媛摘句)로 구성하였다.

난설헌의 시는 속집 권1에 2수, 권3에 1수, 권4에 1수, 권5에 3수, 권6에 6수, 모두 13수가 실려 있다. 디지털장서각에서 공개하는 목판본을 입력하고 번역하였다. 『기아(箕雅)』나 『대동시선(大東詩選)』이 허균이 편집하여 1608년 공주에서 목판본으로 간행한 『난설헌시(蘭雪軒詩)』를 대본으로 하여 편집한 것과 달리, 최성환은 명·청(明淸) 시대 중국에서 간행된 시선집들을 대본으로 삼았기에 1608년 목판본 『蘭雪軒詩』에 없는 작품도 실렸고, 이름도 허경번(許景樊)으로 소개하였으며, 글자도 많이 다르다.

번역 및 원문

속집(續集) 권1 오언고시

유소사(有所思)

朝亦有所思。 아침에도 임 생각
暮亦有所思。 저녁에도 임 생각.
所思在何處、 그리운 임은 어디에 계신지
萬里路無涯。 만리 길이라 끝이 없구나.
風波苦難越、 풍파에 건너기 어렵고
雲雁杳何期。 구름길 아득하니 어찌 기약하랴.
素書不可托、 편지1)도 부칠 수 없으니
中情亂若絲。 속마음 헝클어진 실과 같구나.
○ 有所思2)

---

1) 원문의 '소서(素書)'는 흰 명주에 쓴 편지이다. 진(晉)나라 육기(陸機)의 「음마장성굴행(飮馬長城窟行)」에, "나그네가 먼 곳에서 와서, 내게 한 쌍의 잉어를 주었지. 아이 불러 잉어를 삶게 했더니, 뱃속에 편지가 들어 있었네.[客從遠方來, 遺我雙鯉魚. 呼童烹鯉魚. 中有尺素書.]" 하였다. 『고문진보(古文眞寶) 전집(前集)』
2) 1608년 목판본 『蘭雪軒詩』에는 이 시가 없다. 1727년에 간행된 이정(李婷, 1454-1488)의 『풍월정집(風月亭集)』에 같은 제목으로

朝亦有所思。暮亦有所思。所思在何處、萬里路無涯。風波苦
難越、雲鴈杳何期。素書不可托3)、中情亂若絲。

고별리(古別離)

轔轔雙車輪、 삐걱삐걱 두 개의 수레바퀴
一日千萬轉。 하루에도 천만번 돌아가누나.
同心不同車、 마음은 같건만 수레 같이 타지 못해
別離時屢變。 헤어지고 여러 세월 변하였네.
車輪尙有迹、 수레바퀴 자국이 아직 남아 있건만
相思獨不見。 그리운 님은 홀로 보이지 않네.

○ **古別離**4)

轔轔雙車輪、一日千萬轉。同心不同車、別離時屢變。車輪尙
有迹、相思獨不見。

속집(續集) 권3 오언율시

이의산체를 본받아

鏡暗鸞休舞、 거울이 어두워 난새도 춤추지 않고

비슷한 시가 실려 있는데, 제4구의 '萬'이 '千'으로 되어 있고, 제5구부터는 글자가 많이 다르다. "風潮望難越, 雲鴈託無期. 欲寄音情久, 中心亂如絲."
3) 청나라 시기에 간행된 『고금여사(古今女史)』나 『명원시귀(名媛詩歸)』에는 모두 '託'으로 되어 있는데, '托'으로 고쳤다.
4) 1608년 목판본 『蘭雪軒詩』에는 이 시가 없다. 최경창(崔慶昌)의 『고죽유고(孤竹遺稿)』에 실린 「고의(古意)」 제1수와 같은데, 제6구의 '獨'이 '人'으로 되어 있다.

梁空燕不歸。 빈 집이라서 제비도 돌아오지 않네.
香殘蜀錦被、 비단 이불엔 아직도 향기가 스며 있건만
淚濕越羅衣。 비단5) 옷자락에는 눈물 자국이 젖어 있네.
驚夢迷蘭渚、 물가6)에서 헤매다 꿈을 깨니
輕雲落粉闈。 가벼운 구름이 분위7)에 스러지는데,
西江今夜月、 오늘 밤 서강의 저 달빛은
流影照金微。 그림자 흘러서 임 계신 금미산에 비치리.

○ 效李義山體8)
鏡暗鸞休舞、梁空燕不歸。香殘蜀錦被、淚濕越羅衣。驚夢迷蘭渚、輕雲落粉闈。西江今夜月、流影照金微。

속집(續集) 권4 칠언율시

백씨(伯氏)의 망고대 시에 차운하여 짓다

層臺一柱壓嵯峨。 한 층대가 높은 산을 누르고 서니
西北浮雲接塞多。 서북의 뜬구름이 변방에 닿아 일어나네.
鐵峽霸圖龍已去、 철원에서 나라 세웠던 궁예9)는 떠나가고

---

5) 『명원시귀(名媛詩歸)』 각주 37번 참고.
6) 원문 난저(蘭渚)는 난초가 핀 물가이다. 이 시에서는 상강(湘江)에 살다가 선녀가 되어 올라간 두난향(杜蘭香) 이야기인 듯하다.
7) 분위(粉闈)는 분칠한 집으로 상서성(尚書省)의 별칭이지만, 시에서는 흔히 대궐이라는 뜻으로도 쓴다.
8) 1608년 목판본 『蘭雪軒詩』에는 2수가 실렸는데, 그 가운데 제1수이다.
9) 원문 패도룡(霸圖龍)은 패권을 도모하던 용, 즉 나라를 세우려던 임금을 가리키는데, 이 시에서는 나라를 철원에 세운 것을 보아 궁예(弓裔)임을 알 수 있다.

穆陵秋色鴈初過。 목릉에 가을이 되자 기러기가 날아오네.
山廻大陸呑三郡、 산줄기 대륙으로 돌아와 세 고을을 감싸고
水割平原納九河。 강물은 벌판을 질러 아홉 물줄기 삼켰네.
萬里登臨日將暮、 만리 나그네 망대에 오르자 날 저무는데
醉憑靑嶂獨悲歌。 취해 긴 칼에 기대 홀로 슬프게 노래하네.

○ 次伯氏望高臺10)

層臺一柱壓嵯峨。西北浮雲接塞多。鐵峽霸圖龍已去、穆陵秋色鴈初過。山廻大陸呑三郡、水割平原納九河。萬里登臨日將暮、醉憑靑嶂獨悲歌。

속집(續集) 권5 오언절구

잡시(雜詩) 2수

1.

梧桐生嶧陽、 오동나무 한 그루가 역산 남쪽에서 자랐기에
斲取爲鳴琴。 베어다가 거문고를 만들었네.
一彈再三嘆、 한 번 타고 두세 번 감탄했건만
擧世無知音。 온 세상에 알아들을 사람이 없네.

○ 雜詩

梧桐生嶧陽、斲取爲鳴琴。一彈再三嘆、擧世無知音。11)

---

10) 1608년 목판본 『蘭雪軒詩』에는 「次仲氏高原望高臺韻」 4수 가운데 제1수로 실려 있다.

11) 이 시의 제1수 가운데 제1구, 제2구, 제4구가 1608년 목판본 『蘭雪軒詩』 오언고시 「遣興」 제1수에 제1구, 제4구, 제6구로 실렸다.

2.
我有一端綺、 내게 아름다운 비단 한 필이 있어
今日持贈郎。 오늘 님에게 정표로 드립니다.
不惜作君袴、 님의 바지 짓는거야 아깝지 않지만
莫作他人裳。 다른 여인 치맛감으론 주지 마세요.
○ 我有一端綺、今日持贈郎。不惜作君袴、莫作他人裳。12)

최국보(崔國輔)를 본받아 짓다
妾有黃金釵、 제게 금비녀 하나 있어요
嫁時爲首飾。 시집올 때 머리에다 꽂고 온 거죠.
今日贈君行、 오늘 님 가시는 길에 드리니
千里長相憶。 천리길 멀리서도 날 생각하세요.
○ 效崔國輔13)
妾有黃金釵、嫁時爲首飾。今日贈君行、千里長相憶。

속집(續集) 권6 칠언절구

새상곡(塞上曲)
前軍吹角出轅門。 선봉이 나팔 불며 원문을 나서는데
雪撲紅旗凍不翻。 눈보라에 얼어붙어 깃발이 펄럭이지 않네.
雲暗磧西看候火、 구름 자욱한 사막 서쪽14) 봉화 보고는

---

12) 이 시의 제2수가 1608년 목판본 『蘭雪軒詩』 오언고시 「遣興」 제3수에 제1구, 제6구, 제7구, 제8구로 실렸다.
13) 1608년 목판본 『蘭雪軒詩』에 「效崔國輔體」라는 제목으로 3수가 실렸는데, 그 가운데 제1수이다.

夜深遊騎獵平原。 밤 깊었는데도 기병들이 평원으로 달리네.
○ 塞上曲15)
前軍吹角出轅門。雪撲紅旗凍不翻。雲暗磧西看候火、夜深遊騎獵平原。

궁사(宮詞) 5수

1.

千牛閣下放朝初。 천우각 아래 아침해가 비치면
擁篲宮人掃玉除。 궁녀들이 비를 들고 층계를 쓰네.
日午殿頭宣詔語、 한낮에 대전에서 조서를 내리신다고
隔簾催喚女尙書。 발 너머로 글 쓰는 여상서16)를 부르시네.
○ 宮詞 五首
千牛閣下放朝初。擁篲宮人掃玉除。日午殿頭宣詔語、隔簾催喚女尙書。17)

2.

龍輿初幸建章臺。 임금의 행차가 건장대18)로 납시자

---

14) 원문의 적(磧)은 사막이니, 적서(磧西)는 고비사막의 서쪽, 즉 청해성 밖의 안서(安西) 일대를 가리킨다.
15) 1608년 목판본 『蘭雪軒詩』에는 「塞下曲」 5수 가운데 제1수로 실려 있다.
16) 후한(後漢), 삼국시대 위(魏), 후조(後趙) 등에서 문자를 잘 아는 여인을 선발하여 장주(章奏) 등을 검열하게 했던 궁내관(宮內官)이다.
17) 1608년 목판본 『蘭雪軒詩』에도 「宮詞」 20수 가운데 제1수로 실려 있다. 그러나 제2수부터는 실리지 않은 시도 있고, 순서도 바뀌었다.
18) (한나라 무제 때에 백량대가 불타자) 건장궁을 지었다. 그 규모가

六部笙歌出院來。 육부 풍악소리 장악원19)에서 흘러나오네.
試向曲闌催羯鼓、 굽은 난간 향해서 북20)을 치게 하자
殿頭宮女奏花開。 궁녀들이 대궐에 꽃 피었다고 아뢰네.
○ 龍輿初下建章臺。六部笙歌出院來。試向曲闌催羯鼓、殿頭宮女奏花開。21)

3.
紅羅袱裏建溪茶。 다홍 보자기에다 건계산 차를 싸서
侍女封緘結出花。 시녀가 봉함하여 꽃으로 맺음하네.
斜押紫泥書勅字、 비스듬히 인주를 찍어 칙(勅)자를 누르고는
內官分送大臣家。 내관들이 대신 댁으로 나누어 보내네.
○ 紅羅袱裏建溪茶。侍女封緘結出花。斜押紫泥書勅字、內官分送大臣家。22)

4.
避暑西宮罷受朝。 더위 피해 서궁에서 조회도 그만 두고
曲欄初展碧芭蕉。 난간에는 파초 새싹이 새파랗게 퍼졌네.
閒隨尙藥圍棋局、 한가롭게 상약23)을 따라 바둑을 두고는

천문만호(千門萬戶)였고, 전전(前殿)이 미앙궁보다도 높았다. -『사기』 권12 「효무본기(孝武本紀)」
건장궁은 장안현 서쪽 20여 리에 있었다.
19) 원(院)은 춤과 노래를 맡은 관서이다.
20) 갈고(羯鼓)는 장고처럼 생긴 작은 북이다.
21) 1608년 목판본 『蘭雪軒詩』에는 「宮詞」 20수 가운데 제2수로 실려 있다.
22) 1608년 목판본 『蘭雪軒詩』에는 「宮詞」 20수 가운데 제3수로 실려 있다.
23) 송나라 때에 황제가 쓰는 일체의 일용품을 제공하는 여섯 가지 부서로 상식(尙食), 상약(尙藥), 상의(尙衣), 상사(尙舍), 상온(尙

賭得珠鈿綠玉翹。 구슬 새긴 옥비녀를 내기해서 얻었네.
○ 避暑西宮罷受朝。曲欄初展碧芭蕉。閒隨尙藥圍棋局、賭得珠鈿綠玉翹。24)

5.
長信宮門待曉開。 새벽부터 장신궁 문 열리길 기다렸건만
內宮金鎖鎖門回。 내궁 자물쇠로 궁궐 문 잠그고 돌아가네.
當時曾笑他人到、 예전엔 남들이 입궁한다 비웃었건만
豈識今朝自入來。 오늘 아침 내가 들 줄이야 어찌 알았으랴.
○ 長信宮門待曉開。內宮金鎖鎖門回。當時曾笑他人到、豈識今朝自入來。25)

醃), 상연(尙輦)을 두었다. 이 시에서 상약은 임금이나 왕자의 치료를 맡은 의원이다.
24) 1608년 목판본 『蘭雪軒詩』에 「宮詞」 제11수로 실려 있다.
25) 1608년 목판본 『蘭雪軒詩』에 「宮詞」 제9수로 실려 있다.

莫辭手中觴為君整行裝陽關歌欲斷柳條絲更長

秋日懷姊二首　　　　　　　　　　徐淑英妹

日夕登郡樓望遠意悠悠四顧何蕭蕭淒涼景物秋
雖雖雲中鳥關關呼其儔鬱鬱堂前樹蒼蒼枝上穋
因之懷同氣撫景雙涕流臨風無限恨憑軒獨夷猶
夷猶將何見惻惻使心傷歷歷衆星光杳杳夜何長
感時起百慮悄懷悔故鄉況復高秋夕雨地遙相望
有所患　　　　　　　　　　　　　　許景樊
朝亦有所患慕亦有所患所患在何處萬里路無涯
風波苦艱越雲鴻杳何期素書不可托中情亂若絲

古別離

轆轆雙車輪一日千萬轉同心本同車別離時屢變車輪尚有迹相思獨不見

採蓮曲　　　　　　　　　李淑媛

南湖採蓮女日日南湖歸淺渚蓮子滿溪潭荷葉稀盪槳嬌無力水濺越羅衣無心却回棹貪看鴛鴦飛

擬陶詩　　　　　　　　　陸卿子

閑居寡世用性本忘華簪綠水盈芳塘清風來茂林弱魵戲漣漪野鳥鳴好音日夕時雨來白雲瀰高岑庭草滌餘滋原野靄飛霖開顏散遙念濁酒聊自斟

新柳

素蘭

草閣疎林洞簷前遶亂楊章臺鄰御苑灞岸惜他鄉
繫馬新絲弱藏鶯舊線黃玉關頻折去離思逐條長

悼亡

商景蘭

公自垂千古吾猶戀一生君臣原大節兒女亦人情
新檻生前事遺碑死後名存亡雖異路貞白本相成

小春十七夜送張幼子

馬守眞

故人一別久千里隔山川乍見渾疑夢相看各問年
挑燈腸欲斷祖酒思還牽此際堪愁恨浮生愧薄緣

效李義山體

許景樊

鏡暗鸞休舞梁空燕不歸香燼蜀錦被淚濕越羅衣

驚夢迷蘭渚輕雲落粉闈西江今夜月流影照金微

隋柳

煬帝堤邊柳凋零幾度秋蟬聲悲故國鶯語怨墟丘

端叔卿

行殿基何在空江水自流行人休折盡更生愁

雛城間鵾

明月照莒苔橫空一鵾來影亂飛葉墮聲帶晚風迴

項蘭貞

塞北征人患聞中少婦哀江南別業在叢桂幾枝開

山居卽事

陸卿子

有地皆理王無山不種松雨淺朝拾菌日暖畫分蜂

送弟溥試春官　　沈瓊蓮

少小離家侍禁闈人間天上兩依稀朝迎鳳輦趨青
瑣夕捧鸞書入紫微銀燭燒殘空有夢玉釵敲斷未
成歸年年里汝登金籍同補山龍上袞衣

次伯氏望高臺　　許景樊

層臺一柱壓嵯峨西北浮雲接寨多鐵峽霸圖龍已
去穆陵秋色鴈初過山廻大陸吞三郡水割平原納
九河萬里登臨日將暮醉憑青嶂獨悲歌

詠燕　　李淑媛

畫棟溪溪翠幕低雙雙飛去復栖綠楊門巷東風

月下思

孤舟橫野渚明月照當空十季江海意疑在小亭東

蓮塘二首

月向東山上風從渡口生孤舟蕩烟水滿袖藕花香

溪水瀲東去垂楊對我門淒涼斷橋路殘月照黃昏

情人許贈著腰問長短小詩答之 陸氏

既詩紅羅着何須問短長纖腰曾抱過尺寸自思量

詠骰子 金陵女

一片寒微骨翻成面面心自從遭點染拋擲到于今

雜詩二首 許景樊

梧桐生嶧陽斲取爲鳴琴一彈再三歎擧世無知音
我有一端綺今日持贈郞幸惜作君袴莫作他人裳

效崔國輔

妾有黃金釵嫁時爲首飾今日贈君行千里長相憶

貧女吟　　　　　　　　　　　俞汝舟妻

夜久織未休戛戛鳴寒機機中一匹練終作阿誰衣

送姪女之陽和　　　　　　　　端淑卿

溪水綠於苔風帆輕一葉相看只片時且罷陽關曲

採蓮

風日正晴明荷花蔽州渚不見採蓮人只聞花下語

上莫敬容易打鴛鴦

和荷生
馬守眞

長虹帶映竹邊樓樓外煙光望裏收一水盈盈人不見數聲腸斷鴈橫秋

題新嘉驛壁
會稽女子

銀紅衫子半蒙塵一盞孤燈伴此身卻似梨花經雨後可憐零落舊時春

塞上曲
許景樊

前軍吹角出轅門雪撲紅旗凍不翻雲暗磧西看候火夜溪邊騎獵平原

宮詞五首

千牛閤下故朝初擁帚宮人掃玉除日午殿頭宣詔
語隔簾催喚女尚書

龍輿初幸建章臺六部笙歌出院來試向曲闌催鸚
鵡殿頭宮女奏花開

紅羅襨裏建溪茶待女封緘結出花斜押紫泥書勑
字內官分送大臣家

避暑西宮罷受朝曲欄初展碧芭蕉閒隨尚藥圍棋
局賭得珠鈿綠玉翹

長信宮門待曉開內宮金鎖鎖門回當時曾笑他人

到豈識今朝自入來

寶泉灘即事　　　　李淑媛

桃花高浪幾尺許銀石沒頭不知處兩兩鸂鶒失舊
磯銜魚飛入菰蒲去

七夕

無窮會合豈愁思不比浮生有別離天上却成朝暮
會人間謾作一年期

竹枝詞二首　　　成氏

空舲灘口雨初晴巫峽蒼蒼烟靄平長恨郎心似潮
水早時纔退暮時生

【 부록 】

1. 남편과 시댁

2. 난설헌 시에 차운하여 지은 시

〈부록 1〉
남편과 시댁

5대를 잇달아 문과에 급제하고
같은 당파에 속한 안동김씨 시댁

　안동김씨(安東金氏) 집안인 시댁은 5대나 계속 문과에 급제한 문벌이었다. 서당(西堂) 김성립(金誠立, 1562-1592)의 고조부부터 문과에 급제하였고, 조부 김홍도(金弘度)는 진사와 문과에 장원하였다. 문신의 최대 영예였던 호당(湖堂)의 사가독서(賜暇讀書)도 4대가 잇달아 선발되었다. 숫자로만 비교할 수는 없지만, 난설헌 집안에서는 초당(草堂)과 악록(岳麓), 하곡(荷谷), 교산(蛟山) 4부자가 문과에 급제하고 초당과 하곡 두 사람이 사가독서에 선발되었으니 모두들 적당한 혼처라고 인정할 만하였다.
　문과에 급제한 인재 가운데 장래가 촉망되는 몇 명을 선발하여 왕이 휴가를 주고 용산 독서당에서 글만 읽게 하는 사가독서(賜暇讀書)는 문신의 최고 영예였는데, 대제학(大提學)이 임기 중에 보통 한 차례 젊은 문신들을 선발하였다.
　사가독서자(賜暇讀書者) 명단을 기록한 『독서당선생안(讀書堂先生案)』을 보면 대제학 신광한(申光漢)이 계축년(1553)에 선발한 허엽의 동기 앞에는 대제학 성세창(成世昌)이 갑진년(1544)에 선발한 노수신(영의정), 윤춘년(이조판서) 등 6명, 신축년

(1541)에 선발한 이황(李滉), 유희춘(柳希春), 김인후(金麟厚) 등 10명의 이름이 적혀 있어, 당대 최고의 학자, 문인, 관원들이 이곳에서 학문을 닦으며 미래를 설계하였음을 알 수 있다.

김성립의 조부 김홍도는 허엽과 호당의 사가독서를 함께 했던 동기이다. 『독서당선생안(讀書堂先生案)』을 보면 허엽 앞에는 우의정을 역임한 심수경(沈守慶), 허엽 뒤에는 강원감사를 역임한 유순선(柳順善), 우의정을 지낸 김귀영(金貴榮), 김홍도의 이름이 나란히 실려 있어서, 당대 최고의 수재들이 함께 공부하며 친하게 지냈음이 확인된다. 허엽과 김홍도, 허봉과 김첨의 대를 잇는 친분 속에서 김성립과 난설헌의 혼사는 순조롭게 이뤄졌다.

임진왜란에 순국한 남편 김성립의 묘갈명을 삼백년 가까이 지난 뒤에 허엽의 후손인 허전(許傳)이 짓게 된 것만 보더라도, 두 집안의 우의가 오래 지속되었음을 알 수 있다.

1. 시부(媤父) 하당(荷塘) 김첨(金瞻)

○ 홍문관(弘文館) 교리(校理) 하당(荷塘) 김공(金公) 묘지명(墓誌銘)

넉넉한 재주를 지니고도 크게 쓰이지 못했던 사람들이 옛부터 어찌 한이 있겠는가마는, 근세에 의논하는 자들이 모두 하당공(荷塘公)을 애석하게 여긴다. 공은 목릉(穆陵)[1] 때

---

1) 선조(宣祖)와 비(妃)인 의인 왕후(懿仁王后) 및 계비(繼妃) 인목 왕후(仁穆王后)의 능. 경기도 구리시(九里市) 인창동(仁倉洞)에 있는

의 사람이었으니 이제 그가 죽은 지 거의 백년이 되었는데, 해가 더욱 멀어질수록 유적(遺迹)도 더욱 없어져 돌아볼수록 더욱 아득하기만 하니, 후생들이 어찌 공의 행적을 영원히 전하지 않을 수 있겠는가? 그의 유풍(遺風)과 다하지 못한 아름다운 향기를 고가(故家)2)에서 얻은 것이 오래 되었으므로 전기(傳紀)3)의 대강을 참조하여 서술한다.

안동김씨(安東金氏)의 선계(先系)는 신라(新羅)의 종성(宗姓)에서 나왔다. 고려말(高麗末)에 사헌부 장령(司憲府掌令) 장(萇), 서운관 정(書雲觀正)을 역임한 수(綏), 사헌부 집의(司憲府執義) 질(晊), 경상도관찰사(慶尙道觀察使) 자행(自行), 양주목사(楊州牧使)를 지내고 이조참판(吏曹參判)에 추증된 숙연(叔演), 대사헌(大司憲)을 지내고 호(號)가 유연재(悠然齋)이며 휘가 희수(希壽)인 분에 이르렀는데, 이 분이 공의 증조이다. 조부의 휘는 노(魯)이고, 홍문관 직제학(弘文館直提學)을 역임하였으며, 첨지중추부사(僉知中樞府事)에 올랐으니, 호(號)는 동고(東皐)이다. 부자가 문학(文學)과 초서(草書)와 예서(隸書)를 잘하여 연이어 세상에 명성이 알려졌다.

동구릉(東九陵) 가운데 하나인데, 이 글에서는 선조(宣祖)의 재위(在位) 기간(1567-1608)을 가리킨다.
2) 여러 대에 걸쳐 중요한 지위에 있으면서 나라를 다스려온 집안을 말한다. 『맹자』 「양혜왕 하(梁惠王下)」의 "이른바 고국(故國)이란 대대로 커서 높이 치솟은 나무가 있다는 말이 아니요, 대대로 신하를 배출한 오래된 집안이 있다는 것을 의미한다.[所謂故國者, 非謂有喬木之謂也, 有世臣之謂也.]"라는 말에서 전용된 것이다.
3) 김첨(金瞻)의 후손들이 이원정(李元禎)에게 묘지명을 지어달라고 부탁하기 위해서 미리 지어 온 가장(家狀)을 가리킨다.

부친은 휘가 홍도(弘度)이고, 문장(文章)과 풍절(風節)이 있었다. 사마시(司馬試)와 문과(文科)에서 모두 장원(壯元)에 발탁되었고, 문신들의 정시(廷試)와 동호대책(東湖對策)4)에서 모

---

4) 동호(東湖)는 관원들이 사가독서(賜暇讀書)하던 곳으로, 명종(明宗)이 책문(策問)을 시험하여 김홍도의 대책(對策)이 수석을 차지하였는데, 비판적인 내용이 들어 있어서 명종이 불편하게 여겼던 기록이 실록(實錄)에 실려 있다.
"사예(司藝) 김홍도(金弘度)가 지어 올린 대책(對策)을 가지고 【선시 선종(善始善終)을 제목으로 삼아 독서당(讀書堂) 관원에게 책문(策問)을 시험하였다.】 정원에 전교(傳敎)하였다.
'홍도의 대책을 보니, 비록 그 뜻은 나라를 걱정하고 임금을 사랑하는 정성에서 나왔다고 할 수 있으나 말이 대체로 오활하여 번잡하고 절실하지 못하다. 전일의 대책 【전일에도 독서당 관원에게 책문을 시험했다.】 역시 이와 같더니 이번의 대책 또한 이와 같다. 승정원에서는 이런 점을 알아야 할 것이다.'
승정원이 아뢰었다.
'김홍도의 대책으로 인하여 전교가 계시니, 신들은 몹시 의혹스럽습니다. 예로부터 인군이 책문을 내는 것은 반드시 방정(方正)하고 극간하는 사람을 취하고자 함이요, 신하가 대책하는 데는 반드시 시대의 잘못을 구제하고 인군의 그른 마음을 바르게 할 수 있는 말을 진언하는 것입니다. 그러므로 진언한 말이 임금의 마음에 거슬려도 반드시 도(道)에서 구하는 것입니다. 신들이 지금 김홍도의 대책을 보니, 옛사람들이 진언하던 뜻을 깊이 얻었는데도 상께서 그의 말이 대체로 번잡하다고 여기시니, 신들은 언로(言路)에 방해될까 두렵습니다.'
(명종이) 전교하였다.
'승정원에서 나의 생각을 자세히 알지 못하고서 아뢰었다. 그의 견해가 절실하지 못하기 때문에 우연히 내 의사를 말하였을 뿐이지, 간하는 말을 듣기 싫어하는 것은 아니다.'"-『명종실록』 11년(1556) 5월 5일 기사.

두 으뜸을 차지하였다. 홍문관 전한(弘文館典翰)으로 관직을 마쳤는데, 바른 도로써 간(諫)하다가 유배되어 북쪽의 변방에서 생을 마쳤다. 사림(司林)을 평론하는 자들이 '김일손(金馹孫)·박은(朴誾)과 더불어 자웅을 겨루는데, 주밀하고 해박하기는 그들보다 낫다'고 하였다. 부인은 평창이씨(平昌李氏) 충의위(忠義衛) 희철(希哲)의 딸로, 홍문관 정자(弘文館正字) 광(光)의 후손이다. 아들 둘을 두었는데 공이 그 맏아들이다.

공은 가정(嘉靖) 임인년(1542)에 태어났다. 문학과 품행으로써 집안 대대로 벼슬을 하였기에, 만력(萬曆) 병자년(1576) 별시(別試)에 급제하여 예원(藝院)에 선발되어 들어갔으며, 유연재(悠然齋)로부터 공에게 이르기까지 4대가 모두 호당(湖堂)에서 사가독서(賜暇讀書) 하였다. 옥당(玉堂) 양사(兩司)[5] 천관랑(天官郎)[6]을 역임하고, 접반사(接伴使)를 따라서 명나라 사신과 시문을 지어 서로 주고받을 적에[7] 하곡(荷谷) 허봉

---

[5] 사헌부(司憲府)와 사간원(司諫院)을 합한 명칭이다. 사헌부는 관료의 기강을 감찰하고, 사간원은 국왕의 과실과 정령(政令)의 득실을 간언(諫言)하였기 때문에 모두 언관(言官)의 기능을 가졌고, 관리의 임명[告身]을 마지막 심사하는 서경(署經)의 기능을 함께 가졌다. 국가의 중대사에 대해 임금의 뜻을 움직이려 하는 경우 양사(兩司)에서 합의한 의견을 가지고 합계(合啓)하였다.
[6] 이조(吏曹)의 좌랑(佐郎)이나 정랑(正郎)을 가리킨다. 주나라 관서를 천관(天官)·지관(地官)·춘관(春官)·하관(夏官)·추관(秋官)·동관(冬官)의 6관으로 나누었는데, 천관(天官)은 국정을 총괄하고 궁중 사무를 맡아보던 관아이다. 조선시대에 이조(吏曹)의 별칭으로 쓰였다.
[7] 명나라에서 1582년 가을에 황태자의 탄생을 알리는 조서(詔書)를 반포하기 위해 한림원 편수(翰林院編修) 황홍헌(黃洪憲)이 정사

(許篈), 하의(荷衣) 홍적(洪迪)과 함께 번갈아 가면서 앞서거니 뒤서거니8) 하며 화답하였으므로 세상 사람들이 삼하(三荷)라고 일컬었다. 율곡(栗谷) 이이(李珥)가 국사(國事)를 제멋대로 한다고 상소하여 논하다가 왕의 뜻을 거슬러 지례현감(知禮縣監)으로 좌천되었다가 1년 만에 작고하였다. 이 해가 갑신년(1584) 9월 4일이었으니, 춘추(春秋) 43세였다.

공은 용모와 자태가 빼어나고 아름다웠으며, 천성이 몹시 고매하고 담담하여 물욕(物慾)에 매이는 적이 없었다. 효성과 공경심을 다하여 계비(繼妣)를 섬겼고, 의로운 방법으로 아우들을 가르쳤다. 아우 판부사(判府事) 수(晬)가 선묘조(宣廟朝)에 명신(名臣)이 되자 사람들이 "그 형에 그 아우가 있는 것이 당연하다[是兄宜有是弟]."고 하였다.

공은 은진송씨(恩津宋氏) 판서(判書) 기수(麒壽)9)의 따님에게 장가들어 두 아들을 낳았는데, 성립(誠立)은 승문원 정자(承文正字)이고, 정립(正立)은 군수(郡守)이다. 두 딸은 판서(判書) 이경전(李慶全)과 사인(士人) 박돈(朴燉)에게 시집갔다.

(正使), 공과 우급사중(工科右給事中) 왕경민(王敬民)이 부사(副使)로 파견되었다. 조정에서는 좌찬성 이이(李珥)가 원접사(遠接使)가 되고, 정유길(鄭惟吉)이 관반(館伴)이 되었으며, 허봉(許篈)·고경명(高敬命)·김첨(金瞻)이 종사관(從事官)이 되어 이들을 맞이하였다.
8) 원문은 훈지(塤篪)인데, 훈(塤)은 질로 만든 나팔이고, 지(篪)는 대로 만든 저이다. 이 두 악기는 소리가 서로 잘 어울린다. 『시경(詩經)』「소아(小雅) 하인사(何人斯)」에, "형이 훈을 불면 아우가 저를 분다.[伯氏吹壎, 仲氏吹篪.]"라고 하였는데, 주로 형제간에 화목하고 우애가 돈독함의 비유로 쓰이는 표현이다.
9) 송인수가 아니라, 추파(秋坡) 송기수(宋麒壽, 1507-1581)의 셋째 딸에게 장가들었다.

군수(郡守 정립)는 세 아들을 두었는데, 진(振)은 관찰사(觀察使)로 정자(正字 김성립)의 후사(後嗣)가 되었고, 식(拭)은 생원(生員), 위(撝)는 감찰(監察)이다. 세 딸은 교관(敎官) 이제항(李齊沆), 군수(郡守) 나반(羅襻), 관찰사(觀察使) 조성(趙䃏)에게 시집갔다.

판서(判書 이경전)는 아들이 다섯인데, 후(厚)는 이조좌랑(吏曹佐郎), 구(久)는 한림(翰林), 부(皁)는 진사(進士), 유(卣)는 일찍 죽었고, 무(袤)는 참판(參判)이다. 딸 하나는 대사헌(大司憲) 조수익(趙壽益)에게 시집갔다.

진(振)은 아들 셋에 딸 셋인데, (아들은) 대성(大成)·대헌(大獻)·대지(大智)이고, (딸은) 유명천(柳命千)·김수번(金壽蕃)·채기수(蔡時龜)에게 시집갔다.

식(拭)은 아들이 하나이니 대경(大鏡)이고, 위(撝)는 2남 3녀이니 (아들은) 대뢰(大賚)·대석(大錫)이고, 딸은 홍경하(洪景河)·박현규(朴玄圭)·정태악(鄭泰岳)에게 시집갔다.

공의 휘(諱)는 첨(瞻)이요, 자(字)는 자첨(自瞻)이며, 하당(荷塘)은 바로 그의 자호이다. 광주(廣州) 초월(草月) 경수(鏡水)의 신좌(申坐) 언덕이 실로 의관(衣冠)이 묻힌 곳이다. 부인을 부장(附葬)하였다. 손자 때문에 추은(推恩)되어 승정원 도승지(承政院都承旨)에 추증(追贈)되었다.

명(銘)은 이러하다.

顯允惟金。 밝게 드러난 안동김씨
肇自雞林。 계림(鷄林)에서 시작되어
昌于永嘉。 영가(永嘉)10)에서 창성하니

聞人碩士。 문인(聞人)¹¹⁾과 석사(碩士)들이
接武靑史。 청사(靑史)에 이어져¹²⁾
寔惟大家。 참으로 큰 집안이로다.
悠然中奮。 유연재(悠然齋)가 중간에 분발하고
東皐垂訓。 동고(東皐)가 가르침을 남겨,
先公脩姱。 선공들의 아름다움이
聯延代序。 대대로 이어졌네.
公述厥緖。 공께서 그 실마리를 펼쳐
直聲詞華。 바른 말과 훌륭한 문장으로
道蘊才奇。 도를 온축하고 재주가 기이했건만
而闕大施。 크게 쓰지 못하셨네.
天耶人耶。 하늘의 뜻이런가 사람 때문이었나
不祿以壽。 장수 못하고 돌아가셨으니,¹³⁾

---

10) 안동(安東)의 고려(高麗) 때 이름이다. "안동(安東)은 본래 신라의 고타야군(古陁耶郡)으로 경덕왕(景德王)이 고창군(古昌郡)으로 고쳤다. 고려 태조(太祖)가 후백제의 임금 견훤(甄萱)과 이 고을의 땅에서 싸워서 견훤을 패배시켰다. 그때 이 고을 사람 김선평(金宣平)·김행(金幸)·장길(張吉)이 태조를 도와서 전공(戰功)이 있었으므로, 김선평은 대광(大匡)으로 임명하고, 김행과 장길은 각각 대상(大相)을 삼고 이 까닭으로 인하여, 군(郡)을 승격시켜 부(府)로 삼아 지금의 이름으로 고쳤다가, 뒤에 영가군(永嘉郡)으로 고쳤다."-『신증동국여지승람(新增東國輿地勝覽)』 권24 「경상도(慶尙道) 안동대도호부(安東大都護府) 건치연혁(建置沿革)」
11) 이름이 널리 알려진 사람.
12) 원문의 '접무(接武)'는 바짝 붙여 걷는 것이다. 『예기(禮記)』 「곡례(曲禮)」에 "당 위에서는 두 발 사이를 가까이 붙여 살살 걷고, 당 아래에서는 발을 멀리 띄어 걷는다.[堂上接武, 堂下布武.]"라고 하였다.

歸餘於後。 남은 경사가 후손에게 돌아가
世德愈遐。 선세의 공덕이 더욱 멀리 이어지네. -이원정
(李元禎), 『귀암선생문집(歸巖先生文集)』 권8
금상(今上) 3년 9월 일에
가선대부 예조참판 광릉(廣陵) 이원정(李元禎)이 짓다14)

○ 弘文館校理荷塘金公墓誌銘

豐才嗇施, 自古何限, 而近世論者, 咸爲荷塘公惜之. 公蓋穆陵時人, 今其歿將百年, 年愈遠則迹愈泯, 顧藐然後生, 安能不朽公乎. 惟其遺風餘馥, 得之故家者稔矣, 參以紀傳之槩而敍之. 安東之金, 系出新羅宗姓, 麗季有司憲掌令萇, 歷書雲觀正綏, 司憲執義旺, 慶尙道觀察使自行, 楊州牧使贈吏曹參判叔演, 至大司憲希壽號悠然齋, 是公之曾祖. 祖諱魯歷弘文館直提學陞僉知中樞府事號東皋, 連父子以文行善草隷聞於世. 考諱弘度有文章風節, 司馬試及文科, 俱擢壯元, 文臣庭試東湖對策幷居魁, 卒官弘文館典翰, 以直道見擯, 竄北塞以卒. 評詞林者與金馹孫·朴誾相甲乙, 周博過之云. 聘平昌李氏, 忠義衛希哲之女, 弘文正字光之孫, 有二子, 公其長也. 嘉靖壬寅生, 以文學行義世其家, 擢萬曆丙子別試, 選入藝苑, 自悠然齋逮公四世, 幷賜湖堂暇, 歷玉堂·兩司·天官郞, 從儐使唱酬皇華, 與許荷谷篈·

---

13) 오래 살다가 죽은 것을 '졸(卒)'이라 하고, 젊어서 단명하여 죽은 것을 '불록(不祿)'이라 한다.[壽考曰卒, 短折曰不祿.] -「곡례(曲禮)」하」
14) 이원정(李元禎)의 『귀암선생문집(歸巖先生文集)』 권8에는 위의 명(銘)까지만 실려 있지만, 광주 선영의 묘지명에는 아래 두 줄이 더 새겨져 있다.

洪荷衣迪, 迭爲塤篪, 世稱三荷. 箚論李珥專擅, 忤上意貶守知禮縣, 一年而卒, 是甲申九月之四日也, 春秋四十三. 公容姿秀美, 天分甚高, 澹然無物累, 事繼妣盡孝敬, 以義方教弟, 弟判府事晬, 爲宣廟朝名臣, 人謂'是兄宜有是弟.' 娶恩津宋氏判書麟壽之女, 生二男, 曰誠立承文正字, 正立郡守, 二女適判書李慶全, 士人朴燉. 郡守三男, 曰振觀察使, 繼正字後, 拭生員, 撝監察, 三女適敎官李齊沆·郡守羅欂·觀察使趙碇. 判書五男, 曰厚吏曹佐郎, 久翰林, 皐進士, 㐬早夭, 袤參判, 一女適大司憲趙壽益. 振三男三女, 大成·大獻·大智, 柳命千·金壽蕃·蔡時龜. 拭一男大鏡, 撝二男三女, 大賚·大錫, 洪景河·朴玄圭·鄭泰岳. 公諱瞻字子瞻, 荷塘卽其自號也. 廣州草月鏡水負申之原, 實藏衣冠, 夫人祔焉. 以孫推恩贈承政院都承旨. 銘曰, 顯允惟金. 肇自雞林. 昌于永嘉. 聞人碩士. 接武靑史. 寔惟大家. 悠然中奮. 東皐垂訓. 先公脩姱. 聯延代序. 公述厥緖. 直聲詞華. 道蘊才奇. 而閼大施. 天耶人耶. 不祿以壽. 歸餘於後. 世德愈遐. -『歸巖先生文集』 卷8

○ 오호라! 공은 위대한 도량과 큰 학문으로 젊은 나이에 과거에 급제하여 청환(淸宦)과 현직(顯職)을 거치셨다. 공께서 정사를 하면서 남기신 훌륭한 공적과 집안에 전해오는 아름다운 모범은 마땅히 서술할 것이 있었으나, 아들 손자 증손자 3세가 두 차례나 병화(兵火)를 겪고 거듭 집안의 화를 당하여 약간의 문헌이 탕일(蕩逸)되어 증거할 수가 없었다. 그러기에 귀암(歸巖) 이공(李公)이 겨우 기전(紀傳)의 개략을 가지고 묘도(墓道)의 명(銘)을 서술하였으니, 바로 금상(今上) 3

년이란 숙묘(肅廟) 정사년(1677)이다.

 그 뒤에 햇수가 오래 되었어도 아직까지 현각(顯刻)이 없는 것은 집안 형편 때문이었으나, 지금 세도(世道)가 한 번 변하였으므로 만약에 곧바로 도모하지 않으면 훗날을 기다리기 어려울까 두려웠다. 그러므로 10세손 회익(會翊)과 11세손 귀선(龜善)이 뜻을 정하고 선창(先倡)하자 중의(衆議)가 하나로 모아져 여러 대 동안 이루지 못했던 거사를 하루 아침에 이루었으니, 이 어찌 우리 종중(宗中)의 다행이 아니겠는가.

 지금으로부터 공의 세대와의 거리가 삼백여 년인데 자손이 비록 미약하나 문인과 명사들이 앞뒤로 서로 바라보고 있으며, 대소 과거에 장원하여 높은 벼슬15)이 끊이지 않고 조정에 통하여 세상에 이름이 알려지게 된 것은 공이 남겨주신 가르침16) 때문일 것이다. 그러니 무릇 우리 후손들이 유래한 것을 알아서 보호하고 지킬 것을 생각하지 않을 수 있겠는가.

 경진년(1916) 4월 일에

---

15) 원문의 선련(蟬聯)은 화려한 의관을 갖춘 왕후장상이나 고관대작이 즐비한 모양이다.

16) 원문은 '이모(貽謨)'인데 이모(貽謀)와 같은 말로, 조상이 자손을 위하여 좋은 계책을 남겨 주는 것을 뜻한다. 『시경』「문왕유성(文王有聲)」의 "풍수 옆에도 기(芑) 곡식이 자라는데, 무왕이 어찌 이곳에 천도(遷都)하는 것과 같은 큰일을 하지 않으리오. 그의 자손들에게 좋은 계책을 물려주고, 그의 아들에게 편안함과 도움을 주려 함이니, 무왕은 참으로 임금답도다.[豊水有芑, 武王豈不仕? 詒厥孫謀, 以燕翼子, 武王烝哉!]"라는 말에서 유래하였다.

13세손 진영(晉永)이 추가로 기록하다.17)

○ 嗚呼! 公以偉大之器, 宏碩之學, 蚤年登第, 歷敭淸顯, 其爲政嘉績, 傳家懿範, 宜有所述, 而子孫曾三世, 再經兵燹, 荐遭家禍, 若干文獻, 蕩逸無徵, 故歸巖李公僅將紀傳之槩略, 叙隧道之銘, 而上之三年, 卽肅廟丁巳也. 厥後多年, 尙闕顯刻者, 蓋緣勢使, 而今則世道一變, 若不卽圖, 恐難待後, 故十世孫會翊, 十一世孫龜善決意先倡, 衆意歸一, 累世未遑之擧, 一朝而成之. 茲豈非吾宗之幸歟. 自今距公之世, 三百有餘, 祀子姓雖微, 文人名士, 前後相望, 大小科甲, 蟬聯不絶, 通于朝, 知名於世者, 皆公之貽謨也. 凡我後孫, 可不知所自, 而思所以保守也哉.
歲庚辰四月 日
十三世孫, 晉永追識.

2. 시숙부(媤叔父) 김수(金睟)

같은 당색이어서 난설헌이 시댁 식구와 일체감을 느낀 경우는 작은오라버니가 1583년에 귀양 갔을 때에도 체험하였다. 난설헌은 이때 21세였는데, 갑산으로 유배되는 오라버니에게 시를 지어 전송했다.

멀리 갑산으로 귀양 가는 나그네여

---
17) 이 기록은 문집에 실린 것이 아니라, 후손이 뒷날 비석을 세우면서 경과를 설명하기 위해 옆에 새긴 것이다.

함경도 가느라고 마음 더욱 바쁘시네.
쫓겨나는 신하야 가태부시지만
임금이야 어찌 초나라 회왕이시랴.
가을 비낀 언덕엔 강물이 찰랑이고
변방의 구름은 저녁노을 물드는데,
서릿바람 받으며 기러기 울어 예니
걸음이 멎어진 채 차마 길을 못가시네.
遠謫甲山客、咸原行色忙。
臣同賈太傅、主豈楚懷王。
河水平秋岸、關雲欲夕陽。
霜風吹雁去、中斷不成行。 -「送荷谷謫甲山」

이때 시어머니의 오라버니이자 허봉의 친구인 송응개도 함께 유배가게 되어 동병상련(同病相憐)을 느끼게 되자 시숙(媤叔) 김수(金睟 1547-1615)가 조카며느리 난설헌의 이 시에 차운하여 친구인 허봉에게 보냈다. 1557년 할아버지 김홍도가 윤원형이 정난정을 정실로 삼았을 때 비난한 것을 빌미로 갑산으로 유배당하던 때를 비유하여 친구이며 허난설헌의 오라버니인 허봉에게 보낸 것이다.

조정의 시론(時論)이 변해서
철령 밖으로 쫓겨나는 신하 바쁘시네.
쓰고 버리는 거야 운수에 달렸으니
사랑하고 미워하는 마음이 어찌 우리 임금께 있으랴.
슬피 시 읊는 것은 굴원이 못가에 거닐 때와 같지만

누워 다스리는 것은 회양태수와 다르네.
갑산에 오래 있게 되리라 듣고보니
마음이 놀라 만 줄기 눈물 흐르네.
朝端時論變、嶺外逐臣忙。
用舍關天數、愛憎豈我王。
悲吟同澤畔、治臥異淮陽。
聞說甲山久、心驚淚萬行。 -「次姪婦韻送許美叔謫甲山」

각 구절의 마지막 글자인 망(忙), 왕(王), 양(陽), 행(行)자를 난설헌의 시와 같은 글자로 썼는데, 모두 상성(上聲) 양운(陽韻)에 속하는 운자(韻字)들이다.

「조카며느리의 시에 차운(次韻)하여 갑산으로 유배되는 허미숙(許美叔)을 전송하다[次姪婦韻送許美叔謫甲山]」라는 제목에서도 난설헌의 시에 차운했음을 밝혔으니, 난설헌이 먼저 지어 오라버니에게 보낸 시를 김수가 읽어보고 차운하여 지었을 가능성이 있다.

김수는 1573년 문과에 허봉과 함께 급제하고, 호조판서를 거쳐 영중추부사(정1품)까지 오른 재상이다. 허봉은 1574년 명나라에 서장관으로 다녀오면서 『조천록(朝天錄)』을 기록했는데, 명나라로 떠나는 날 아침에 건천동 본가에 들려 아버지 초당에게 인사드리고, 왕에게 하직하기 위해 경복궁으로 왔다. 허봉이 『조천록』 5월 11일 기사에서 마지막으로 송별해준 친구들을 이렇게 기록하였다.

　　보루문(報漏門) 오른편에서 쉬고 있었는데… 검열(檢閱) 김수(金

睟)가 잇따라 찾아와서 소작(小酌)을 베풀었다… 마지막으로는 여성군(礪城君)과 정랑(正郞) 김효원(金孝元)이 같이 와서 작별 인사를 하였다.

조촐한 술자리를 마련해준 친구가 난설헌의 시숙부 김수이고, 마지막으로 찾아와준 친구가 사돈이기도 한 김효원이었다. 허봉의 딸과 김효원의 아들인 김극건이 혼인하여 사돈이 되었는데, 뒷날 상처한 허균이 김효원의 딸과 재혼하여 겹사돈이 되기도 하였다. 계주(薊州) 어양역(漁陽驛)에서 자던 7월 28일 일기에 보면 "새벽에 김자앙(金子昂)을 꿈꾸었다"는 구절이 실려 있고, 사령역(沙嶺驛) 우경순(于景順)의 집에서 자던 9월 28일 밤에도 "김자앙(金子昂)과 시사(時事)를 논하는 꿈을 꾸었다."고 기록하였다. 자앙(子昂)은 김수의 자(字)이니, 외국에 나가서도 꿈꿀 정도로 두 사람이 친했음을 알 수 있다.

김수의 시에 나오는 치와(治臥)는 어진 태수로 이름난 급암(汲黯)의 고사이다. 한나라 무제 때에 초나라 땅에서 오수전(五銖錢)을 많이 위조하자, 무제가 급암을 불러 초나라의 중심지인 회양에 태수로 임명하였다. 급암이 엎드려 사퇴하며 태수의 인(印)을 받지 않으려 하자, 무제가 달랬다. "내가 그대의 위엄을 빌려, 편히 누워서 그곳을 다스리려 하는 것이다." 충신 굴원같이 바르게 간하다가 귀양간 친구 허봉을 김수가 동정하는 시인데, 난설헌의 시를 차운(次韻)했을 뿐만 아니라 난설헌의 시에서 굴원의 이야기까지 그대로 빌려왔다. 회양의 경우와 다르다는 이야기는 허봉이 창원부사로 좌천되었다가 갑자기 갑산으로 유배되었기 때문에 나온 듯하다.

  김수는 1591년에 정철(鄭澈)의 건저문제(建儲問題)로 남인과 북인이 갈릴 때에 난설헌의 형부 우성전을 따라 남인에 들며 허균과는 당파를 달리 하였지만, 그것은 허봉과 난설헌이 모두 세상을 떠난 뒤의 일이다. 시숙 김수의 차운시가 난설헌 살아 생전에는 난설헌과 시댁 안동 김씨가 당색을 같이 했다는 좋은 증거이다. 아울러 시숙이 자기보다 16세나 어린 조카며느리의 시를 읽어보고 그 시에 차운할 정도로, 아직 어리고 앳된 조카며느리의 시를 인정했다고 볼 수도 있다.

3. 남편 서당(西堂) 김성립(金誠立)

 허균이 매부 김성립에 대하여 이렇게 평하였다.

> 세상에 문리(文理)는 부족하면서도 글은 잘 짓는 이가 있다. 나의 매부 김성립(金誠立)은 경·사(經史)를 읽으라면 입도 떼지 못하지만 과문(科文)은 요점(要點)을 정확히 맞추어서, 논·책(論策)이 여러 번 높은 등수에 들었다.
>   그가 책문을 지을 때에는 편 끝부터 거꾸로 지어 올라가되 맨 처음 끝 부분을 짓고 그 다음에 구폐(救弊)를 말하고 다음 축조(逐條), 다음 중두(中頭)를 짓고, 시지(試紙)에 옮겨 쓸 무렵에 모두(冒頭)를 짓는데 모두 질서 정연하니 이것은 또 이야기하지 않을 수 없다. -『성옹지소록 하(惺翁識小錄下)』

 이 글은 매부를 칭찬한 글인데, 아주 대단한 칭찬은 아니다. 문리가 부족하면 글을 잘 지을 수 없는데, 여기서 말한 '글'은 과문(科文), 즉 과거시험 답안지이다. 나의 매부는 내용보다도 답안지 형식을 그럴 듯하게 채워넣는다고 칭찬한 것이다. 어쨌든 질서 정연하여 여러 번 높은 등수에 들었기 때문이다.

○ 서당(西堂) 김공(金公) 묘갈명(墓碣銘)

성재(性齋) 허전(許傳)

　서당(西堂) 김공(金公)이 몸 바쳐 순국(殉國)하였으니 그의 정충(貞忠) 대절(大節)이 죽백(竹帛)에 드러나 해와 별같이 밝으니 천추(千秋)에 빛을 발하였다. 비록 수도(隧道)에 명(銘)이 없었지만 명을 짓지 않아도 명이 있는 것과 같아서 짓지 않은 것인가. 아니면 세상의 변고에 어려움이 많으므로 그렇게 된 것인가.
　공의 7세손 수돈(秀敦)이 나에게 말하기를, "선조의 묘에 아직도 비문이 없어 자손에게 한(恨)이 되었소. 나의 조비(祖妣)는 그대의 선조 초당선생(草堂先生)의 막내 따님 난설재(蘭雪齋)이시니, 우리 선조의 사적과 행실에 대하여 그대의 문장이 아니면 누구의 문장을 쓰겠소?"하였다.
　내가 그 말에 공감하여 그가 지어온 가장(家狀)을 삼가 살펴보니, 공의 휘(諱)는 성립(誠立)이고 자(字)는 여현(汝賢)으로, 신라(新羅) 경순왕(敬順王)의 후손이다. 병부상서(兵部尚書) 휘(諱) 이청(利請)이 안동(安東)에 거주하였기에 그곳이 관향

(貫籍)이 되고, 안동에 세계(世系)를 이루었다. 그 후손으로 휘(諱) 방경(方慶)이 있으니, 상주국(上柱國)18) 상락부원군(上洛府院君)으로 시호(諡號)는 충렬(忠烈)이다.

본조(本朝)에 들어와서는 휘(諱) 희수(希壽), 호(號) 유연재(悠然齋)가 문과에 급제하고 독서당에서 사가독서(賜暇讀書)를 하였으며, 벼슬이 대사헌에 이르러 점필재(佔畢齋) 김선생(金先生)을 신원(伸冤)하는 상소를 하였으니, 이분이 공의 고조(高祖)이다.

증조(曾祖)의 휘(諱)는 노(魯), 호(號)는 동고(東皐)이니 또한 독서당(讀書堂) 직제학(直提學)으로 소세양(蘇世讓) 공과 연명(聯名) 상소하여 조정암(趙靜菴)의 신원(伸冤)을 청하였다.

조부(祖父)의 휘(諱)는 홍도(弘度), 호(號)는 남봉(南峯)이니 문과에 장원급제하고 홍문관(弘文館) 전한(典翰)으로 역시 독서당(讀書堂)에서 사가독서(賜暇讀書)하였다. 그가 전랑(銓郞)19)으로 있을 때에 김계휘(金繼輝), 김규(金虯)와 서로 친하게 지내며 탁류(濁流)를 밀어 내보내고 청류(淸流)를 끌어올렸는데 [激濁揚淸]20), 을사년(1545)21) 섬인(憸人)22)들에게 크게 미움

---

18) 고려시대의 정2품 훈직(勳職)으로,『고려사(高麗史)』에 몇 사람 보이지 않는다.
19) 인물을 전형(銓衡)하여 벼슬에 추천하는 이조(吏曹)와 병조(兵曹)의 좌랑(佐郞)과 정랑(正郞)을 전랑(銓郞), 또는 양전(兩銓)이라 하였다. 김홍도가 1553년 윤3월 8일에 이조좌랑이 되었고, 1555년 5월 26일에 이조정랑이 되었다.
20) 『자치통감(資治通鑑)』의 "천하가 혼란스러워지자 구설(口舌)로 바로잡아 인물을 포폄하고, 악을 제거하고 선을 장려하려 하였다.[四海橫流, 而欲以口舌救之, 臧否人物, 激濁揚淸.]"라고 한 말에서 가져왔다.『자치통감(資治通鑑)』권56「한기(漢紀) 48」

을 받아 갑산(甲山)으로 유배되었다가 세상을 떠났다.23)

아버지의 휘(諱)는 첨이고 호는 하당(荷塘)이니, 아우 수(睟)와 함께 퇴계(退溪)의 문하에 수학하였으며, 역시 교리(校理)를 거쳐 독서당(讀書堂)에서 사가독서(賜暇讀書)하였다. 어머니는 은진송씨(恩津宋氏)로 판서(判書) 규암(圭菴) 송인수(宋麟壽)24)의 따님이다.

가정(嘉靖)25) 임술년(1562)에 공이 태어났는데, 성품이 강

---

21) 여기에서는 을사사화(乙巳士禍)를 가리킨다.
22) 간사하여 아첨을 잘하는 사람을 가리킨다. 『서경(書經)』 「입정(立政)」에 "나라에서 정사를 펼칠 적에 간사하고 약삭빠른 사람을 쓰지 말아야 하니, 이들은 덕에 순하지 못하므로 광현(光顯)하여 세상에 있지 못할 것입니다.[國則罔有, 立政用憸人, 不訓于德, 是罔顯在厥世.]"라고 하였다. 이 글에서는 구체적으로 을사사화의 주역인 윤원형(尹元衡)을 가리킨다.
23) 사인(舍人) 김홍도(金弘度)와 응교(應校) 김계휘(金繼輝)는 재주와 의기(意氣)로써 젊었을 때부터 서로 좋아하였다. 김홍도는 소탈하여 구애됨이 없고, 남의 과실을 말하기를 좋아하였으나, 서로 사귄 사람은 다 당시의 명류(名流)들이었다. 사간 김여부(金汝孚)와 사이가 좋지 않았는데, 집의(執義) 김규(金戣)가 일찍이 여부의 숨은 과실을 홍도에게 말하니, 여부가 이를 듣고 또 홍도가 거상 중에 창기의 집에 가서 술에 취한 일을 말하여, 서로 남의 비밀을 고자질하였다. 여부가 마침내 그의 무리 대사간 김백균(金百鈞)·사간 조덕원(趙德源)과 함께 홍도를 탄핵하여, 홍도는 갑산으로 귀양 가고 계휘는 벼슬이 삭탈되었으며, 김규는 하옥하여 매질한 뒤 귀양 보냈는데, 파직되거나 외임으로 나간 자들도 많았다. 『기재잡기』, 『연려실기술』 권11 「명종조 고사본말(明宗朝故事本末)」
24) 문집이나 비석에 잘못 기록되어 있는데 김성립의 어머니는 이조판서 추파(秋坡) 송기수(宋麒壽)의 셋째 딸이다.
25) 명나라 세종(世宗)의 연호로, 1522년부터 1566년까지 45년쯤

정(剛正)하여 외물(外物)이 분화(芬華)해도 마음에 두지 않았다. 항상 한강(漢江) 서재에서 독서하였으며, 문을 닫아걸고 정양(靜養)하였다. 28세에 별시(別試) 문과(文科) 병과(丙科)에 급제하여 남상(南床)에 오르고, 정자(正字)와 저작(著作)을 거쳤다. 일찍이 휴암(休庵) 백인걸(白仁傑), 파강(巴江) 김두남(金斗南), 석루(石樓) 이경전(李慶全)과 친구가 되어 「등등곡(登登曲)」26)을 지어서 서로 웃다가 통곡하곤 하였다. 국가가 장차 망하려는데 조정에서 통곡하는 사람이 없는 것을 비웃었다고 한다.

얼마 지나지 않아서 용사지란(龍蛇之亂)27)이 일어나자 공이 왕명을 받고 선릉(宣陵)과 정릉(靖陵)28) 두 능을 봉심(奉

사용하였다.
26) 이때 도성 안 선비들이 천·백(千百)으로 떼를 지어, 미치광이나 괴물처럼 노래하고 춤추며 웃다가 울고 하여 부끄러움을 모르고 도깨비나 무당의 흉내를 내며 다니니 흉하고 놀랍기 말할 수 없었는데, (그 노래를) 「등등곡(登登曲)」이라 하였다. 명가(名家)의 자제인 정효성(鄭孝誠)·백진민(白震民)·유극신(柳克新)·김두남(金斗南)·이경전(李慶全)·정협(鄭協)·김성립(金誠立) 등 30여 명이 그 노래를 불렀는데, 사람들이 이것을 난리가 나고 나라가 망할 징조라고 하였다.『일월록』,『연려실기술』권15 「선조조 고사본말(宣祖朝故事本末)」
27) 임진왜란이 용띠 해에 일어나고 이듬해가 계사년(뱀띠)이므로 용사지란(龍蛇之亂)이라고도 한다.
28) 선릉(宣陵)은 성종(成宗)과 제2계비인 정현왕후(貞顯王后) 윤씨를 안장한 능이고, 정릉(靖陵)은 중종과 제1계비 장경왕후(章敬王后) 윤씨를 안장한 능이다. 임진왜란 때에 왜군들이 선정릉을 파헤치고 불 지르는 만행을 저질렀다. 현재 서울특별시 강남구 선릉로100길 1(삼성동)에 있으며, 사적으로 지정되었다. 흔히 선정릉

審)하러29) 갔다. 적세(賊勢)가 몹시 혼란하고 수선스러워서 공이 능군(陵軍)을 소집하여 능침(陵寢)을 보호하려고 하였지만, 저들은 많고 우리 군사는 적어서 대적할 수가 없었다. 결국 통곡하면서 적을 꾸짖다가 창끝과 살촉에 목숨을 잃었으니, 임진년(1592) 5월 20일이고 나이 31세였다. 의관(衣冠)으로 광주(廣州) 경수산(鏡水山) 하당공(荷塘公)의 묘(墓) 앞에 장사지냈다. 뒤에 아들이 귀해져서 이조참판(吏曹參判)에 추작(追爵)되었다.

아내 증정부인(贈貞夫人) 양천허씨(陽川許氏)는 난설재(蘭雪齋)이니, 시문(詩文)이 천하에 유명하였지만 나이 27세 되던 기축년(1589)에 세상을 떠났다. 유집(遺集)이 있으며, 낳은 아들 희윤(喜胤)은 일찍 죽었다.30)

계배(繼配) 남양홍씨(南陽洪氏)는 군자감 정(軍資監正) 세찬(世贊)의 따님이다. 자녀가 없어 조카 진(振)을 후사(後嗣)로 삼았는데, 문과에 급제하고 부제학(副提學)을 지냈다.

오호라! 공의 세덕(世德)과 전렬(前烈)이 이같이 혁혁하였건만 운잉(雲仍)31)이 미약하다가, 정묘조(正廟朝)에 정언(正言)

(宣靖陵)으로 합하여 부르며, 서울 9호선 지하철 선정릉역이 설치되어 있다.
29) 왕명을 받들어 선왕(先王)의 능소(陵所)나 묘우(廟宇)를 보살피는 일이다.
30) 원문은 상사(殤死)인데, 성인이 되기 전에 죽은 경우를 말한다. 『의례』 「상복」에 "나이가 16~19세에 죽은 것을 장상(長殤)이라 하고, 12~15세에 죽은 것을 중상(中殤)이라 하며, 8~11세에 죽은 것을 하상(下殤)이라고 한다. 8세가 되기 전에 죽은 경우는 모두 복이 없는 상이 된다.[年十九至十六爲長殤, 十五至十二爲中殤, 十一至八歲爲下殤, 不滿八歲以下, 皆爲無服之殤.]"라고 하였다.

경(憬)과 정언 수신(秀臣)이 모두 문사(文詞)로써 이름이 알려졌다. 그러나 장수하지 못하고, 지위도 그들의 덕에 합당하지 못하였다. 그 뒤에 경(憬)의 아들 시한(始漢)과 손자 수학(秀學)이 모두 진사(進士)에 올랐으며, 수곤(秀崑)과 수형(秀衡) 형제가 모두 사마(司馬)에 올랐다. 수신의 아들 유헌(裕憲)의 호는 추산(秋山)인데, 역시 문학으로 저명하였으나 일찍 죽어 벼슬은 승지(承旨)에 그쳤다. 그의 아들인 승지 회명(會明)과 회명의 아들 진사 우선(宇善)이 대대로 선대의 가업32)을 지키고 있다.

이에 명(銘)을 짓는다.

蚤登淸顯兮。 일찍이 청현직33)에 오르고
文學之彬彬。 문학이 조화를 이루었으며,34)

---

31) 원문의 '운잉(雲仍)'은 먼 후손이라는 뜻으로, 증손의 다음이 현손(玄孫)이고 그 이하 차례로 내손(來孫), 곤손(昆孫), 잉손(仍孫), 운손(雲孫)이다. 『이아(爾雅)』「석친(釋親)」에 "5세손의 아들이 잉손이 되고, 잉손의 아들이 운손이 된다.[晜孫之子爲仍孫, 仍孫之子爲雲孫.]"라고 하였는데, 진(晉)나라 곽박(郭璞)의 주에 "가볍고 먼 것이 뜬 구름과 같음을 말한 것이다.[言輕遠如浮雲.]"라고 하였다.
32) 원문은 '기구지업(箕裘之業)'이다. 『예기』「학기(學記)」에 "훌륭한 야공(冶工)의 아들은 그 아버지가 하는 일을 보고 배워 반드시 갖옷[裘]을 만들 줄 알고, 활을 만드는 궁인(弓人)의 아들은 그 아버지가 하는 일을 보고 배워 반드시 키[箕]를 만들 줄 안다." 하였는데, 선대의 가업을 계승한다는 말로 쓰인다.
33) 원문의 청현(淸顯)은 청환(淸宦)과 현직(顯職)을 말한다. 학식과 문벌이 높은 사람에게 주는 벼슬로, 규장각·홍문관 등의 중요한 벼슬을 말한다.
34) 원문의 빈빈(彬彬)은 바탕과 문채, 즉 내용과 형식이 어느 한 곳으로 치우치지 않고 잘 조화되었다는 표현이다. 『논어』「옹야

臨難立慬兮。 난을 당하여 목숨을 버렸으니35)
節義之赫赫。 절의가 혁혁하도다
石有時而泐兮。 비석은 시한이 있어 문들어지지만
名不可極。　그대 이름은 영원하리라.

○ 西堂金公墓碣銘

　西堂金公以身殉國, 其貞忠大節, 著於竹帛, 炳如日星, 可以輝映千秋. 雖靡隧道之銘, 不銘猶銘而不之銘歟. 抑世故多難而然歟. 公之七世孫秀敦謂不佞曰, "祖墓之尙闕顯刻, 子孫之恨也. 吾之祖妣, 是子之先祖草堂先生之季女蘭雪齋也. 吾祖之事行, 非子文之, 而誰文之." 不佞有感焉, 謹按其家狀, 公諱誠立字汝賢, 新羅敬順王之後, 兵部尙書諱利請居安東, 因貫籍焉, 遂爲安東之世. 其後有諱方慶, 上柱國上洛府院君諡忠烈. 入本朝有諱希壽號悠然齋, 文科賜暇讀書堂, 官至大司憲, 上疏伸佔畢齋金先生之冤, 是爲公高祖也. 曾祖諱魯號東皐, 亦讀書堂直提學, 與蘇公世讓聯疏, 請伸趙靜菴之冤. 祖諱弘度號南峯, 文科壯元, 弘文館典翰, 亦讀書堂. 其爲銓郞, 與金公繼輝, 金公虯

(雍也)"에 "바탕이 문채보다 지나치면 촌스럽게 되고, 문채가 바탕보다 지나치면 겉치레에 흐르게 되나니, 문채와 바탕이 조화를 이룬 뒤에야 군자라고 할 수 있다.[質勝文則野, 文勝質則史, 文質彬彬, 然後君子.]"라고 하였다.

35) 원문의 '입근(立慬)'은 절개를 위해 목숨을 버릴 줄 아는 용기를 뜻한다. 『열자(列子)』 「설부(說符)」에, "나는 그를 침범하지 않았는데, 그는 우리를 썩은 쥐로 모욕하니, 이러한데도 보복하지 않으면 천하에 용기를 내세울 수 없다.[吾不侵犯之, 而乃辱我以腐鼠, 此而不報, 無以立慬於天下.]"라고 한 데서 유래하였다.

相善, 激濁揚淸, 大爲乙巳憸人所忤, 竄卒甲山. 考諱瞻號荷塘, 與弟睟遊退溪之門, 亦校理讀書堂. 妣恩津宋氏, 判書圭菴麟壽之女也, 嘉靖壬戌公生. 性剛正, 外物芬華, 無所經心, 常讀書江舍, 閉戶養靜. 二十八登別試文丙科, 升南床, 歷正字著作. 嘗與白休庵仁傑, 金巴江斗南, 李石樓慶全爲友, 作登登曲, 互相笑哭, 謂其笑朝廷之無人哭國家之將亡. 未幾有龍蛇之亂, 公承命奉審宣靖二陵, 賊勢搶攘, 公召集陵軍, 期欲保護陵寢, 而彼衆我寡, 莫能抵敵, 遂痛哭罵賊, 隕首於鋒鏑之下, 壬辰五月二十日也. 得年三十一, 以衣冠葬于廣州之鏡水山荷塘公墓前, 後因子貴追爵吏曹參判. 配贈貞夫人陽川許氏, 卽蘭雪齋, 詩文有名天下, 年二十七己丑歿, 有遺集, 生子喜胤殤死. 繼配南陽洪氏, 軍資監正世贊女無育, 以從子振爲嗣, 文科副提學. 嗚呼! 公之世德前烈, 若是赫赫, 而雲仍微弱, 正廟朝正言憬, 正言秀臣俱以文詞顯, 而不克壽, 位不稱德. 其後憬子始漢, 孫秀學俱進士, 秀崑·秀衡兄弟皆陞司馬, 秀臣子裕憲號秋山, 亦以文學著, 早卒官止承旨. 其子承旨會明, 會明子進士宇善, 世守箕裘之業. 銘曰,

蚤登淸顯兮. 文學之彬彬. 臨難立慬兮. 節義之赫赫. 石有時而泐兮. 名不可極. -『性齋集』卷23

○ 정자(正字)36) 김성립(金誠立) 천장(遷葬)에 대한 만사 250언37)

---

36) 홍문관 승문원 교서관의 정9품 벼슬이다. 죽은 뒤에 아들 진(振)이 부제학(副提學)에 오르면서 이조참판(吏曹參判)에 추작(追爵)되었다.

지봉(芝峯) 이수광(李睟光)

金君我良執、 김군은 나의 좋은 친구38)로
氣高才絕倫。 기개가 높고 재주가 절륜하였네.
少小卽同袍、 어릴 때부터 솜옷을 함께 입었으니39)
情如兄弟親。 정이 마치 형제처럼 친하였지.
文藝妙一世、 문예가 일세에 매우 절묘하여
發軔靑雲春。 젊은 시절 청운의 길에 올랐는데40)

---

37) 이수광이 병조참의에 임용된 기유년(1609) 12월부터 경술년(1610) 5월까지 지은 시를 편집한 「금중록(禁中錄)」에 실려 있어, 이 시기에 천장(遷葬)했음을 알 수 있다.
38) 원문의 '양집(良執)'은 '좋은 집우(執友)'인데 뜻이 같고 도가 합치하는 벗을 가리킨다. 『예기(禮記)』 「곡례 상(曲禮上)」에 "요우(僚友)는 그 공경을 칭찬하고, 집우(執友)는 그 어짊을 칭찬하고, 교유하는 사람들은 그 신의를 칭찬한다.[僚友, 稱其弟也; 執友, 稱其仁也; 交遊, 稱其信也.]"라고 하였는데, 이에 대한 정현(鄭玄)의 주에 "집우는 뜻이 같은 자이다.[執友, 志同者.]"라고 하였다.
39) 어릴 때부터 형제처럼 다정하게 지냈다는 말이다. 원문의 '동포(同袍)'는 형제처럼 지내는 매우 절친한 벗을 가리킨다. 『시경』 「진풍(秦風) 무의(無衣)」에 "어찌 옷이 없어서, 그대와 솜옷을 함께 입으리오. 왕명으로 군대를 일으키거든, 우리 창과 방패를 수선하여, 그대와 같은 짝이 되리라.[豈曰無衣, 與子同袍? 王于興師, 修我戈矛, 與子同仇.]"라고 한 데서 온 말이다
40) 원문의 '발인(發軔)'은 쐐기를 빼어 수레가 나가도록 한다는 말로, 전하여 처음 벼슬길에 나아가는 것을 가리킨다. 『초사(楚辭)』 권1 「이소(離騷)」의 "아침에 창오에서 수레를 출발시켜, 저녁에 내가 현포에 이르렀네.[朝發軔於蒼梧兮, 夕余至乎縣圃.]"에서 온 말이다. '청운(靑雲)'은 벼슬길을 뜻하는데, 양웅(揚雄)의 「해조(解嘲)」에 "벼슬길에 오른 자는 청운에 들어가지만 벼슬길이 떨어진

奈何造物猜、 어이하여 조물주가 이를 시기하여
長途淹驥足。 먼 길 달리려던 준마의 발41) 멈추게 하였나.
壬辰海寇至、 임진년에 왜구가 침략하였을 때
我赴嶺南幕。 나는 영남의 막하로 달려갔는데42)
君時假記注、 그대는 그때 승정원의 가기주43)로
立語銀臺門。 은대44)의 문에 서서 이야기를 나누었지.
安知此一別、 어찌 알았으랴 이때의 한 이별이
永作生死分。 영원히 생과 사로 나뉘게 될 줄이야.
我還聞君訃、 내 돌아와 그대의 부음을 듣고는
痛哭龍津夕。 용진45)의 석양 속에 통곡하였다오.

자는 구렁에 빠진다.[當塗者入靑雲, 失路者委溝渠.]"에서 나온 말이다. 『한서(漢書)』 권87 「양웅전(揚雄傳)」
41) 뛰어난 재능을 비유한다. 촉한(蜀漢)의 유비(劉備)가 처음에 방통(龐統)을 뇌양(耒陽)의 현령으로 발령하였는데, 오(吳)나라 장수 노숙(魯肅)이 이 소문을 듣고 편지를 보내기를 "방사원은 백 리 고을이나 다스릴 재능이 아니니, 치중(治中)이나 별가(別駕) 등의 직임을 수행하게 해야만 비로소 준마의 발[驥足]을 펼쳐볼 수가 있게 될 것이다.[龐士元非百里才也, 使處治中、別駕之任, 始當展其驥足耳.]"라고 하였다. 사원(士元)은 방통의 자이다. 『삼국지(三國志)』 권37 「방통전(龐統傳)」
42) 1592년 4월 임진왜란이 일어났을 때, 이수광이 경상방어사(慶尙防禦使) 조경(趙儆)의 종사관이 되어 달려갔다.
43) 조선시대 승정원의 정7품 벼슬로, 주서(注書)가 사고를 당했을 때 임시로 그 일을 대신 맡아 하는 직책으로 정원 이외로 두었다.
44) 조선시대 왕명의 출납에 관한 일을 맡아보던 승정원(承政院)의 별칭이다. 중국 송나라 때 궁궐인 은대문(銀臺門) 안에 은대사(銀臺司)를 두어 천자에게 올리는 문서와 관아 문서를 주관하도록 하였기에 승정원의 별칭을 '은대(銀臺)'라고 하였는데, 정원(政院)이라고도 하였다.

天乎何不仁、 하늘이여 어쩌면 이리도 어질지 않아
使君至此酷。 그대를 이렇듯 참혹하게 만들었나.
無兒亦無壽、 자식 하나 없고 장수하지도 못하였으니
斯理諒難詰。 이 이치를 참으로 따지기 어렵구나.
扣心問天公、 가슴을 두드리며 천공에게 묻나니
好惡一何謬。 "호오(好惡)가 어이 그리 어긋난단 말이오.
老洫彼何修、 노혁46)은 저 무엇을 닦았기에
終身能守牖。 종신토록 창문을 지킬 수 있으며,
凶短此何辜、 흉단47)은 이 무슨 죄가 있기에
才豐而命嗇。 재주는 많고 명은 박하단 말이오."
天公爲嚘噓、 천공이 탄식하며 나에게 이르기를
謂我何迷惑。 "어쩌면 그리도 미혹하단 말인가
人生各有數、 인생은 저마다 명수가 있거니와
脩短非一道。 길고 짧은 것도 같은 게 아니라오

---

45) 북한강과 남한강이 합류하는 지점인 양수리(兩水里)를 옛날에 용진(龍津)이라고 하였다.
46) 늙어서 욕심이 넘치는 것으로, 쓸모없이 오래 사는 늙은이를 가리킨다. 『장자(莊子)』「제물론(齊物論)」에 "그 마음을 닫아버리기를 봉함하듯이 하는 것은 늙어서 욕심이 넘치는 것[老洫]을 말함이니, 죽음에 가까이 간 마음이라 다시 살아나게 할 수 없다. [其厭也如緘, 以言其老洫也, 近死之心, 莫使復陽也.]"라고 하였는데, 여기에서 온 말이다.
47) 횡사(橫死)와 요절(夭折)로, 명이 짧은 것을 가리킨다. 『서경』「홍범(洪範)」에 "여섯 가지 크게 나쁜 일은 첫째는 횡사와 요절[凶短折]이요, 둘째는 질병(疾病)이요, 셋째는 우환이요, 넷째는 가난이요, 다섯째는 악함이요, 여섯째는 나약함이다.[六極, 一曰凶短折, 二曰疾, 三曰憂, 四曰貧, 五曰惡, 六曰弱.]"라고 하였다.

曹蜍生固死、 조여⁴⁸⁾는 살아있어도 죽은 것이니
百歲未爲老。 백세도 장수라 말할 수 없고,
顔回死猶生、 안회⁴⁹⁾는 죽었어도 살아있는 것이니
三十還非夭。 서른도 도리어 요절이 아니라오.
壽亦何足喜、 장수한들 어찌 기뻐할 일이며
夭亦何足悼。 요절한들 어찌 슬퍼할 일이겠나.
達人貴信命、 달인은 무엇보다 천명을 믿으니⁵⁰⁾
所以不怨天。 이 때문에 하늘을 원망치 않는다오.⁵¹⁾

---

48) 진(晉)나라 사람으로 왕희지(王羲之)와 필적할 만큼 글씨를 잘 썼으나 인품이 워낙 용렬하여 당시 사람들이 그를 하찮게 여겼다. 후에 이지(李志)와 함께 보잘것없는 소인배의 대명사로 쓰인다. 『세설신어(世說新語)』「품조(品藻)」에 "염파와 인상여는 천 년 전에 죽은 사람인데도 늠름히 늘 살아있는 듯하고, 조여와 이지는 지금 사람인데도 가물가물 지하에 있는 사람과 같다.[廉頗、藺相如, 雖千載上死人, 懍懍恒如有生氣; 曹蜍、李志, 雖見在, 厭厭如九泉下人.]"라고 하였다.
49) 춘추시대 노(魯)나라 사람으로 자는 자연(子淵)이다. 공자(孔子)의 수제자였으나 서른두 살의 젊은 나이로 요절하였다. 공자가 일찍이 "안회라는 자가 학문을 좋아하여 노여움을 남에게 옮기지 않으며 잘못을 두 번 다시 저지르지 않았는데, 불행하게도 명이 짧아 죽었다. 지금은 없으니 학문을 좋아하는 이가 있다는 말을 듣지 못했다.[有顔回者好學, 不遷怒, 不貳過, 不幸短命死矣. 今也則亡, 未聞好學者也.]"라고 하여, 안연(顔淵)의 덕을 칭찬하고 그의 요절을 매우 애통해하였다. 『논어(論語)』「옹야(雍也)」
50) 사리에 통달한 사람은 천명을 믿고 받아들이는 것을 귀하게 여긴다는 말이다. 『열자(列子)』「역명(力命)」에 "천명을 믿는 자는 장수와 요절이 없고, 이치를 믿는 자는 시비가 없다.[信命者, 亡壽夭, 信理者, 亡是非.]"라고 하였다.
51) 공자가 "나는 하늘을 원망하지 않으며 사람을 탓하지 않고, 아

天亦何爲哉、 하늘이 또한 그 무엇을 하겠나
但各任其然。 제각기 가는대로 맡겨둘 뿐이라오."
我聞天之言、 나는 천공의 이 말을 듣고서야
心腸頗開豁。 마음이 몹시 시원하게 풀렸다오.
死生本回環、 사생은 본래 돌고 도는 법이요
禍福相倚伏。 화복은 서로 기인하는 법이니,52)
君子盍勉旃、 군자가 어찌 힘쓰지 않겠는가
令名爲不朽。 아름다운 이름이 썩지 않는다오.53)
持此欲慰君、 이것으로 그대를 위로하려는데
君其知也否。 그대는 이를 아는지 모르는지
浩浩天壤間、 아득히 광대한 천지 사이에
萬事竟何有。 만사가 끝내 무슨 소용 있겠나.
-『芝峯集』 권15 「金正字誠立遷葬挽二百五十言」

래로 인사(人事)를 배우면서 위로 천리(天理)를 통달하니, 나를 알아주는 것은 하늘일 것이다.[不怨天, 不尤人, 下學而上達, 知我者, 其天乎!]"라고 하였다. 『논어(論語)』「헌문(憲問)」

52) 원문의 '의복(倚伏)'은 화와 복이 서로 기인하여 이르는 것을 의미한다. 『노자(老子)』 제 58장에 "화는 복이 의탁하는 바이고, 복은 화가 숨어 있는 바이다.[禍兮福所倚, 福兮禍所伏.]"라고 하였는데, 여기에서 온 말이다.

53) 소식(蘇軾)의 「후석고가(後石鼓歌)」에 "흥망이 백 번 변하였으나 이 물건 스스로 한가로웠고, 부귀는 하루아침이나 이름은 영원히 썩지 않네.[興亡百變物自閑, 富貴一朝名不朽.]"라고 하였다.

⟨부록 2⟩
난설헌 시에 차운하여 지은 시

1. 상촌(象村) 신흠(申欽)이 지은 「사시사(四時詞)」

 조선후기 사대가(四大家)로 불렸던 상촌 신흠(申欽, 1566-1628)이 난설헌의 시를 읽고 느낌이 있어 칠언고시 4수에 각각 화운하여 시를 지었다. 신흠은 다른 설명을 하지 않고 제목에서만 「규수 허씨의 사시사가 세상에 유행하므로 내가 읽어보고 거기에 화답하다[閨秀許氏四時詞, 行於世, 余見而和之]」라고 하여, 이 시가 이미 세상에 퍼졌기에 화운한다고 하였다. 신흠은 김성립의 이종사촌이다.

○ 봄

西樓昨夜經微雨。 어젯밤 서쪽 누각에 이슬비 스쳐
宿露滴滴滋蘭塢。 묵은 이슬 방울방울 난초 밭을 적시었네.
緗簾鉤盡十二重、 담황색 비단 주렴 열두 겹이 다 걸렸고
檻外煙絲彈萬縷。 난간밖엔 수양버들 많은 가지 늘어졌구나.
幽情無賴理梳粧。 그윽한 정 괴로워 머리 빗어 단장했건만
小池羨殺雙飛央。 작은 못에 쌍쌍이 나는 원앙이 부러워라.

玫瑰作柱鈿箜篌、 옥으로 기러기발 만들고 비녀로 공후 삼아
曲裏一一鳴鸞鳳。 곡조마다 하나하나 난새 봉새를 울리네.
却憶當時腸斷處。 당시에 애가 끊어진 일 문득 생각나
殘紅斂翠愁誰語。 쇠잔한 꽃 이 시름을 누구에게 말하랴.
瓊筵寥落錦屛空、 구슬 자리 적막하고 비단 병풍 쓸쓸하니
水榭漫記輕鴻舞。 수각의 기러기 춤 부질없이 기억나네.
流鶯如怨又如歌。 꾀꼬리 소리는 원망도 같고 노래도 같은데
獸爐香歇圍纖羅。 향로 연기 다하니 비단 휘장만 둘려있네.
傷心復送春歸去、 가슴 아프게 가는 봄을 다시 보내노라니
燕泥不禁花落多。 제비가 집을 짓느라 꽃이 많이 떨어졌네.
- 申欽,『象村稿』卷7「閨秀許氏四時詞行於世, 余見而和之. 四首. 右春」

○ 여름
殘英褪暈臙脂薄。 쇠잔한 꽃 빛 바래고 연지는 엷어졌네
煙絲嫋娜迷金閣。 휘늘어진 수양버들에 금각이 가렸구나.
輕雲釀出梅子雨、 가벼운 구름이 매자우를 빚어내어
一霎暗灑芙蓉幕。 한바탕 부용막에 남몰래 뿌려주네.
文機繡倦石竹花。 비단 베틀에 석죽화 수놓던 일 제쳐놓고
貪看簾前燕影斜。 주렴 앞에 비낀 제비 그림자 눈여겨보네.
氷瓜乍劈碧椀冷、 차가운 오이 쪼개니 푸른 주발 써늘하고
蜜脾欲滿黃蜂衙。 벌꿀이 꿀벌 집에 가득차려 하는구나.
閑愁交處翠眉重。 한적한 시름 엇갈린 곳 푸른 눈썹 무거워
故遣畫扇盤彩鳳。 일부러 그림 부채에 채봉을 수놓았네.
蓬山知隔幾萬里、 봉래산이 몇 만 리나 막혀있는지

象床驚破遊仙夢。 상아 침상에서 선경에 노는 꿈 놀라 깼네.
西陵消息北來舟。 서릉 소식이 북으로 온 배에 전해왔는데
去歲怨別江上頭。 지난해에 원망스레 강 머리서 이별하였지.
寄語南湖採蓮女、 남호에서 연 캐는 여인에게 말 전하노니
愼勿打起雙棲鷗。 삼가 짝진 갈매기 두드려 일으키지 마오.
-申欽, 『象村稿』 卷7 「閨秀許氏四時詞行於世, 余見而和之. 四首. 右夏」

○ 가을
遲遲蓮漏夜初永。 물시계 더디어 밤이 처음 길어지고
凄凄蕙逕霜華冷。 쓸쓸한 혜초 길에 서리도 차가우니,
輕寒乍逼六銖衣、 찬 기운 얇은 옷에 얼핏 스며들고
井欄蕭颯梧桐影。 우물 난간 오동나무 바람 소리 쌀쌀해라.
西樓窸窣五更風。 서쪽 누각의 오경 바람 불안하기에
爇盡蘭缸聞百虫。 등잔불 다 태우며 온갖 벌레 소리 듣노니,
閑愁祇是成怊悵、 한적한 시름 이내 슬픔으로 변하여
翠被生憎一半空。 독수공방 비취 이불이 밉기만 해라.
社日纔回燕如客。 사일이 오자마자 제비는 손님처럼 떠나고
重重羅幕圍椒壁。 겹겹의 비단 휘장을 초벽에 둘렀는데,
班騅何處望陸郎、 반추의 어디에서 육랑을 바라볼런지
寶盖香車迷紫陌。 일산 덮인 좋은 수레 서울 거리에 아득해.
南鴻那得到龍庭。 남쪽 기러기가 어떻게 용정을 갈 수 있으랴
玉宇瀏沉瞻雙星。 넓고 맑은 하늘에 견우직녀만 쳐다보네.
低頭暗擲金錢卜、 머리 숙이고 몰래 금전 던져 점을 치니
水沈香斷芙蓉屛。 수침향 연기가 부용 병풍에 끊어지네.

-申欽,『象村稿』 卷7 「閨秀許氏四時詞行於世, 余見而和之. 四首. 右秋」

○ 겨울

洞房寂寂漏方永。 동방은 적적하고 밤은 길기만 해서
博山裊裊煙初冷。 박산향로에 피어오른 향 연기 썰렁해졌네.
庭前密雪幾寸深、 뜰 앞엔 빽빽한 눈이 몇 치나 내렸는지
小梅枝亞渾無影。 매화가지 휘어지고 그림자 전혀 없구나.
黃金杯瀉白玉瓶、 황금 잔에다 백옥병의 술을 따르면서
繡襦披拂生微香。 수놓은 속옷 헤치니 그윽한 향기 생기네.
獸鑪熾炭暖似春、 난로 숯불 이글거려 따뜻하기 봄과 같으니
文機不怕凝新霜。 비단 베틀 새 서리에 얼까 두렵지 않구나.
幽情撩亂爲誰語、 그윽한 정 산란함을 누구에게 말하랴
寶帶參差一半瘦。 몸이 절반이나 야위어 띠도 맞지 않는데,
箜篌暗度阮郎歸、 공후로 은밀히 「완랑귀」1)를 헤아려보니
懊惱柔腸如中酒。 오뇌에 연약한 창자가 술취한 것 같구나.
芳心翻恨意中人、 꽃다운 마음 도리어 맘속 사람 한탄하건만
離夢豈到交河濱。 이별의 꿈이 어찌 교하 가에 도달하랴.
重門深閉日又昏、 겹문은 깊이 닫히고 날도 어두워졌는데
淚痕濕盡紅羅巾。 눈물이 붉은 비단 수건을 다 적시누나.
-申欽,『象村稿』 卷7 「閨秀許氏四時詞行於世, 余見而和之. 四首. 右冬」

---

1) 한(漢)나라 명제(明帝) 때 유신(劉晨)과 완조(阮肇) 두 사람이 천태산(天台山)으로 약초를 캐러 갔다가 선녀(仙女)를 만나 극진한 환대를 받고 돌아온 전설을 소재로 만든 노래이다.

신흠의 어머니 은진송씨는 송기수(宋麒壽)의 딸이니, 신흠은 난설헌의 남편 김성립과 이종사촌이다. 외가를 통하여 난설헌 시를 받아보고「사시사」4수의 차운시를 지은 것이다. 신흠은 시화『청창연담(晴窓軟談)』에서도 난설헌의 시를 칭찬한 바가 있다.

"초당(草堂) 허엽(許曄)의 딸이자 정자(正字) 김성립(金誠立)의 아내는 자호(自號)가 경번당(景樊堂)인데, 시집이 세상에 간행되었다. 편마다 모두 놀랄 만큼 뛰어나다. 그 중에서도 전해 오는「광한전(廣寒殿) 상량문(上樑文)」은 무척 아름답고 청건(淸健)하여 당나라 사걸(四傑)의 작품과 비슷한 점이 있다."

또 홍중인이 지은『시화휘성(詩話彙成)』에도 신흠의 긍정적인 평가가 실려 있다.

"내가 젊었을 때 김성립과 다른 친구들과 함께 집을 얻어서 같이 머물며 과거시험 공부를 했는데, 한 친구가 '김성립이 기생집[娼樓]에서 놀고 있다'고 근거 없는 말을 지어냈다. 계집종이 이를 듣고는 난설헌에게 몰래 일러바쳤다. 난설헌이 맛있는 안주를 마련하고 커다란 흰 병에 술을 담아서, 병 위에다 시 한 구절을 써서 보냈다.

  郎君自是無心者、낭군께선 이렇듯 다른 마음 없으신데,
  同接何人縱反間。같이 공부하는 이는 어찌된 사람이길래 이간질을 시키시는가?

그래서 난설헌은 시에도 능하고 기백도 호방함을 비로소 알게 되었다."

2. 전라도 나주의 선비 시서(市西) 김선(金璇)의 제시(題詩)와 차운시(次韻詩)

　김선(金璇, 1568-1642)의 자는 이헌(而獻), 호는 시서거사(市西居士)이다. 1605년 사마시에 합격하였지만, 1610년에 성균관에 오현(五賢)을 배향(配享)하자고 상소문을 쓰고 광해군 난정에 맞서던 이원익(李元翼)을 구하는 일에도 앞장섰다가 성균관에서 삭적(削籍)되었다. 이 일을 계기로 과거시험에 응시하지 않았으며, 인조반정 이후에 참봉이나 찰방에 제수되었지만 벼슬에 나아가지 않았다.
　나주성 서쪽에 작은 정자를 짓고 오락정(五樂亭)이라는 편액을 달았는데, 정자가 서쪽에 있다고 하여 시서(市西)라는 호를 사용하였다. 그는 시 읽기와 짓기를 즐기고 당시(唐詩)를 특히 좋아하여 조선중기 학당파(學唐派) 시인들의 시집을 많이 읽었으며, 그들의 시에 차운한 시도 많다.
　『시서유고(市西遺稿)』 제1권에 "무료한 가운데 여러 문집을 열람하며 각기 6수씩을 차운하다[無聊中, 閱覽諸集, 仍各次六首.]"라는 소서(小序)와 함께 박순(朴淳), 최경창(崔慶昌), 백광훈(白光勳), 임제(林悌), 이달(李達), 허초희(許楚姬), 고경명(高敬命), 임형수(林亨秀), 권벽(權擘), 청허당(淸虛堂), 송운선(松雲禪) 등의 시에 차운하여 시를 지었는데, 서산대사와 사명대사를 제외한 대부분이 이 시기 전라도에서 활동한 학당파

(學唐派) 시인들이다.
　이 가운데 특이한 경우가 바로 『난설헌시(蘭雪軒詩)』에 차운한 시이다. 학당파 시인들은 전라도 출신이거나 전라도를 중심으로 활동하여 유명한 인물들인데, 난설헌은 이들보다 나이도 어린데다가, 여성이 인정받지 못하던 조선중기에 아무런 관계도 없던 전라도 선비 김선이 조용히 시집살이를 하던 난설헌의 시를 당대 최고의 시인들과 함께 선정하여 차운한 것 자체가 특이하다.

○ '보허사'에 차운하다[次步虛詞韻]
靈飇挾腋着鮫衣。 신령스런 회오리바람에 교의(鮫衣)를 입고
催喚靑鸞帶月歸。 푸른 봉황새 재촉하여 달을 끼고 돌아가네.
晚罷瑤池王母宴、 저녁 요지의 서왕모의 연회를 마치자
八霞司外碧桃飛。 팔하사 밖에서 푸른 복사꽃이 나는구나.

　난설헌의 「보허사(步虛詞)」는 칠언절구 2수로 되어 있는데, 김선은 이 가운데 평성 의(衣)·귀(歸)·비(飛)의 미운(微韻)을 사용한 제2수에 차운한 것이다.

○ '청루곡'에 차운하다[次青樓曲韻]
門掩芳洲第幾家。 향긋한 물가에 몇 집이 대문 닫았나?
樓前先後五侯車。 누대 앞에 다섯 제후의 수레 이어지네.
善和坊裡橫塘曲、 선화방 안에서 횡당곡을 연주하면서
笑挽遊郎手折花。 웃으며 놀러온 이 붙잡고 손수 꽃을 꺾네.

○ '출새곡'에 차운하다 [次出塞曲]
伐鼓鳴金出塞門。 북을 치고 징을 울리면서 변방 문을 나서니
旌旗影入凍雪飜。 깃발 그림자는 언 눈에 들어가 펄럭이네.
胡虜自矜秋馬健、 오랑캐는 가을 말이 튼튼함을 자랑하면서
收軍分隊陣平原。 병사 거둬 대오를 나누어 평원에 진 치네.

　　김선의 「차출새곡(次出塞曲)」은 난설헌의 「새하곡(塞下曲)」 연작시 5수 가운데 제1수에 차운한 것이다.

○ '입새곡'에 차운하다 [次入塞曲]
新收遼薊十三州。 새로 요계 지역의 열 세 고을을 거두니
牙纛先懸老汗頭。 깃발에 먼저 늙은 칸의 머리를 매다네.
萬里陰山歸一尉、 만 리 음산이 한 명의 위(尉)에게 귀속되니
灤河從此作安流。 압록강은 이로부터 편안하게 흐르리라.

　　난설헌은 「입새곡(入塞曲)」도 5수 연작시로 지었는데, 김선은 그 가운데 제2수에 차운하여 시를 지었다.

○ '궁사'에 차운하다 [次宮詞韻]
春深紅桂閉粧臺。 봄이 깊어 붉은 계수 화장대에 닫았는데
聞道昭陽玉輦來。 듣자니 소양전에서 옥가마가 왔다 하네.
獨伴寒鴉帶日影、 홀로 추운 까마귀 짝하고 해 그림자 띠고
北宮魚鎖爲誰開。 북궁의 물고기 모양 자물통을 누굴 위해 열까?

난설헌의 「궁사(宮詞)」는 20수 연작시인데, 김선은 그 가운데 제2수에 차운하였다.

○ '유선사'에 차운하다 [次遊仙詞韻]
玉妃催上紫霞壇。 옥비는 자하단에 오를 것을 재촉하고
壇畔瑤花露氣寒。 단 주위 아름다운 꽃은 이슬 기운이 차네.
芳信命傳蓬島客、 향긋한 소식 봉도의 손님에게 전해지니
五雲飛處策靑鸞。 오색구름 나는 곳에 푸른 봉황 몰고 가네.

난설헌이 지은 「유선사(遊仙詞)」는 칠언절구 87수 연작시인데, 김선은 이 가운데 제5수에 차운하여 시를 지었다.
김선은 차운시 6수 외에 「제난설재후(題蘭雪齋後)」라는 독후감도 시로 지었다. 난설헌 시집은 첫 장에 실린 주지번의 서문 제목이 「난설재집소인(蘭雪齋集小引)」이어서 『난설재집』이라는 표제(標題)로도 유통되었다. 김선이 『난설재집』 뒤에 쓴 시이니 일종의 독후감이며, 어떤 방식으로든 『난설재집』을 얻어 보고 그 책 뒤에 직접 이 시를 썼다는 뜻이다.

○ 『난설재집』의 뒤에 쓰다 [題蘭雪齋後]
許家有女最淸秀、 허씨 집안에 여인 있어 가장 맑고 빼어나
蘭雪詩如語鬼神。 난설재의 시는 마치 귀신이 말하는 듯.
繡句縱驚文士耳、 비단 구절 비록 문사들 귀를 놀래키지만
不如蠶織奉南蘋。 옷을 지어 남편을 받듦이 더 나으리.

마지막 구절의 "봉남빈(奉南蘋)"은 출전이 불명확한데, 봉

빈(奉賓)은 제사를 받드는 것이다. '남(南)'자가 '남(男)'자였다면 현재 번역처럼 번역할 수도 있겠지만, 그래도 '남빈(南蘋)'이라는 어휘 용례가 고전 문헌에서 보이지 않기 때문에 정확하게 번역할 수 없어서 아쉽다.

허난설헌전집 3

초판 1쇄 발행일　2024년 12월 30일

옮기고 엮은 이 : 허경진·구지현
발행인 : 이정옥
발행처 : 평민사
주소 : 서울시 은평구 수색로 340, 202호
전화 : 02-375-8571
팩스 : 02-375-8573
　　　http://blog/naver.com/pyung1976
　　　e-mail: pyung1976@naver.com
등록번호 : 제25100-2015-000102호

ISBN 978-89-7115-874-6 93810
　　　978-89-7115-035-1(set)

값 : 42,000원

사전 동의 없는 무단 전재 및 복제를 금합니다.